CW01018487

LE LIVRE
DES ANCIENS

Sandy Johnson

Photographies de Dan Budnik

LE LIVRE
DES ANCIENS

Paroles et mémoires indiennes

Traduit de l'américain
par Alain Deschamps et Hélène Fournier

Albin Michel

« Terre indienne »
Collection dirigée par Francis Geffard

Édition originale américaine :
THE BOOK OF ELDERS
© Sandy Johnson et Dan Budnik, 1994
Publié avec l'accord de Harper San Francisco/
Harper Collins Publishers, Inc.

Traduction française :
© Éditions Albin Michel S.A., 1996
22, rue Huyghens, 75014 Paris

ISBN 2-226-08483-5
ISSN 1159-7100

INTRODUCTION

« L'homme rouge est seul dans sa misère.
Le voici aujourd'hui sur le point de disparaître,
et réduit à son dernier point d'appui...
Bientôt on parlera de lui comme d'une noble race
qui exista jadis mais qui a disparu. »

George Armstrong CUSTER,
extrait d'une dissertation écrite à West Point
à l'occasion d'une composition de morale.

« Aujourd'hui, sept générations plus tard,
tu te tournes vers nous
parce que ta propre culture a fait faillite.
La terre que tu nous a prise,
dont tu nous as dépossédés par ruse,
sera bientôt trop empoisonnée pour pouvoir te nourrir.
Tes ruisseaux et tes fleuves sont en train de mourir.
Je me demande pourquoi tu te tournes vers nous
à présent ?
Est-ce parce que, malgré tout,
nous n'avons jamais cessé de prier ?
Jamais cessé de battre nos tambours,
de danser et de chanter les louanges du Créateur ?
Et que tu n'as jamais pu nous réduire au
silence ? »

Un Ancien de la réserve sioux de Rosebud.

Aussi invraisemblable que cela puisse paraître, mon voyage de trois ans en pays indien commença dans la chambre à coucher de mon appartement de Manhattan, au cours de la nuit la plus sombre de mon existence. Les deux années précédentes avaient été placées sous le signe du deuil et de l'échec. Mon père et mon frère étaient décédés à un an d'intervalle, le roman auquel j'avais travaillé pendant plus de deux ans avait été refusé, ce qui m'avait placée dans une situation financière difficile, et je me tenais pour responsable d'un nouveau ratage dans ma vie sentimentale.

De plus, j'avais de sérieux doutes quant au projet pour lequel je m'efforçais de réunir de la documentation : une biographie de Katharine Drexel, la « bonne sœur millionnaire », que l'Église envisage de canoniser parce qu'elle a consacré sa vie, au siècle dernier, à construire des écoles pour les Indiens. Ma connaissance de l'histoire et de la culture indiennes était tout à fait insuffisante. Je n'avais pas lu grand-chose en dehors de la version officielle écrite par des non-Indiens à l'usage des manuels scolaires et, comme la plupart des citadins de la côte Est, ce que je savais des Indiens, avant la sortie de *Danse avec les loups*, me venait essentiellement des productions hollywoodiennes. Je me demandais si les pensionnats de Katharine Drexel avaient réussi à christianiser les Indiens et à les blanchir. Et si c'était le cas, cela faisait-il de cette femme une sainte ou une fanatique au prosélytisme malencontreux ? Cette nuit était décidément sombre.

Ce qui se passa ensuite pourrait n'avoir été qu'un rêve, mais je me rappelle très bien que, même engourdie à l'approche du sommeil, je gardais les yeux grands ouverts. Tout à coup, une lumière blanche et crue, comme celle d'un éclair, déchira l'obscurité de la chambre. Je regardai vers la fenêtre, pensant voir des nuages d'orage, mais la nuit était claire et des étoiles scintillaient entre les toits. La lumière était là, dans ma chambre ! Terrifiée, je me retournai, les yeux écarquillés, me demandant quelle sorte de folie venait de s'emparer de moi lorsque, dans cette clarté, le visage d'un homme apparut. C'était, sans aucun doute possible, le visage d'un Indien, émacié, creusé de rides, les pommettes saillantes, le nez busqué et de longs cheveux en désordre. Ce qui m'empêcha de crier et de tendre la main pour allumer la lampe de chevet, ce furent ses yeux. Ils me regardaient, pleins de sagesse et de compassion, me rappelant ceux de mon père. Il tendit la main, puis lumière et visage disparurent.

Bizarrement, pendant les quelques jours qui suivirent, je ne repensai pas vraiment à ce que j'avais vu cette nuit-là. Ce n'est qu'une semaine plus tard, alors que je faisais des courses, dans un centre commercial de la 5ᵉ Avenue, qu'une pensée me traversa soudain l'esprit : « Il faut absolument que j'aille sur place me rendre compte par moi-même. »

Mon voyage à travers les réserves indiennes d'Amérique a commencé en 1989, dans le Dakota du Sud, au mois de juillet, l'époque où se déroule la danse du Soleil. J'ai pris l'avion jusqu'à Rapid City où j'ai loué une voiture. En regardant la carte, j'ai vu que la route 44 traversait les Badlands, et que la 28 me conduirait au monument commémoratif du massacre de Wounded Knee.

Le soleil couchant de ce milieu d'été étirait des ombres roses sur les falaises gris perle et sur les majestueuses cheminées des fées qui jaillissent du sol argileux des Badlands. Devant moi, la vue s'étendait sur des kilomètres et des kilomètres, et la lune se levait, ronde et pâle, alors que le soleil flamboyait encore avant de disparaître derrière l'horizon. Deux chevaux se tenaient immobiles au sommet d'une butte, et, dans les dernières lueurs du couchant, leur robe était éclatante et cuivrée.

J'ai traversé les Badlands, pris la direction du sud et atteint les hautes plaines. La première agglomération indienne se nomme Manderson, un village de mobil-homes et de cabanes en papier goudronné, aux vitres brisées, avec des carcasses de voitures et de camions échouées dans des cours dépourvues d'arbres. Contraste saisissant, une église entièrement construite en bardeaux, blanche et proprette, se dressait au milieu d'une pelouse tondue récemment. Quelques kilomètres plus au sud, sur la route 28, je suis arrivée à Porcupine Butte où une pancarte signale « l'endroit de la reddition du chef Big Foot ». Par la suite, j'appris qu'en ce lieu la bande du vieux chef — environ trois cent cinquante

Sioux Miniconjous, hommes, femmes et enfants — avait été capturée par le septième régiment de cavalerie et poussée comme du bétail jusqu'à Wounded Knee Creek alors qu'elle se dirigeait vers la réserve de Pine Ridge pour y chercher refuge.

Quelques kilomètres plus loin, j'ai trouvé un autre panneau indiquant cette fois-ci le lieu où s'était déroulé, en décembre 1890, le massacre de Wounded Knee. Début 1973, la petite église située sur le monticule qui domine Wounded Knee servit de quartier général aux membres de l'*American Indian Mouvement*[1] lors de l'occupation et du siège, tragiques et violents, qui firent suite à la marche de protestation sur Washington, baptisée : la Piste des Traités Violés. Deux Indiens et un agent du FBI furent tués lors de ces événements, et plusieurs Indiens furent sérieusement blessés.

Finalement, j'ai atteint l'embranchement avec la route nationale 18 où un panneau indique à l'est la réserve de Rosebud, et à l'ouest celle de Pine Ridge. Katharine Drexel avait construit des écoles dans ces deux endroits, mais j'ai décidé de commencer par Rosebud.

Je ne sais pas si j'avais seulement une idée de ce à quoi pouvait bien ressembler une réserve indienne mais, en tout cas, je n'étais préparée ni à la banalité des maisons conçues par le *Housing and Urban Development*[2] et alignées le long de rues sans arbres, ni aux épaves de voitures et de camionnettes disséminées un peu partout, comme des boîtes de bière rouillées. Il n'y avait rien là de particulièrement « indien », seulement les signes extérieurs de la pauvreté à la mode américaine.

Un peu plus tard, j'ai découvert que se déroulait un *powwow*. En costume traditionnel, les danseurs, parmi lesquels de jeunes enfants, progressaient et tournoyaient tels des oiseaux exotiques ; leurs pieds chaussés de mocassins battaient la mesure au rythme

---

1. Mouvement des indiens d'Amérique né à la fin des années soixante, l'AIM mène des actions politiques destinées à faire aboutir les revendications indiennes comme le respect des traités, l'autonomie de décision, etc. (Toutes les notes sont des traducteurs.)
2. Aide au logement et à l'urbanisation.

des tambours et des chants interprétés par des voix fortes et haut perchées. J'ai regardé les spectateurs autour de moi, et pour la première fois j'ai vu les visages du pays indien.

— Tu as l'air de quelqu'un qui fait un mauvais rêve.

Très surprise, je me suis retournée et j'ai vu un grand Indien dégingandé, vêtu d'un blue-jean et d'une veste en peau, coiffé d'un chapeau de cow-boy, les cheveux séparés en deux longues nattes.

— Tu es d'où ?

— New York.

— Tu es venue jusque-là pour nous voir, nous les Indiens sauvages ?

Son sourire était ironique, mais ses yeux étaient dissimulés derrière des lunettes de soleil.

— Je suis venue rencontrer des Anciens.

Ma phrase m'a paru plutôt idiote.

— Eh bien, c'est ton jour de chance, voilà mon oncle ; c'est aussi un véritable homme-médecine, tu peux me croire.

Je lui ai lancé un regard circonspect, puis j'ai regardé dans la direction qu'il m'indiquait du doigt. Deux jeunes femmes japonaises étaient en train d'aider un petit homme à la figure toute ronde, vêtu d'une chemise à carreaux et coiffé d'un chapeau à larges bords, à gagner sa place et à s'asseoir. Je me suis laissé prendre par la main et entraîner jusqu'à l'endroit où était assis le vieil homme.

— Salut, mon oncle. La dame que voici a fait le voyage de New York pour rencontrer un homme-médecine.

Le vieil homme a levé les yeux sur moi, des yeux de la couleur des mûres, il a tiré sur sa cigarette et il m'a dit :

— Ne fais pas confiance à un homme-médecine qui porte une montre ou qui te demande de l'argent.

A la main qui tenait la cigarette, il y avait une grosse montre en acier. Les yeux couleur de mûre ont ri.

— Et fais attention aux coyotes.

Comme je ne comprenais pas, il a répété :

— Coyote ; le rusé.

Les jeunes Japonaises souriaient, mais je n'étais pas certaine qu'elles comprenaient bien tout. Le vieil homme est redevenu sérieux.

— Ces deux jeunes femmes sont venues ici pour étudier avec moi. J'ai soigné leurs parents quand je suis allé au Japon l'an dernier pour m'occuper de personnes gravement brûlées à Hiroshima.

Toujours souriantes, les jeunes Japonaises ont fait un signe de tête affirmatif.

— Leur visage va bien à présent. Il est complètement guéri.

J'ai passé une semaine à Rosebud. J'ai visité l'école Saint-Francis, celle qui a été fondée par Katharine Drexel ; j'ai parlé à des prêtres et à des Indiens âgés, et ils m'ont donné des avis très contrastés sur les effets du système des pensionnats pour jeunes Indiens.

Robert Steed, l'homme-médecine que j'avais rencontré le soir de mon arrivée, m'a fait participer à ma première cérémonie dans la loge à sudation et à mon premier rituel de guérison Yuwipi ; et il m'a initiée à l'humour bien particulier des Lakotas. Lorsque je lui ai demandé s'il allait soigner des malades à l'hôpital local, il m'a répondu :

— Surtout pas. Il y a trop de lunatiques dans cet endroit.

De lunatiques ? Une grand-mère m'a alors expliqué que Robert voulait parler des femmes qui étaient dans leur période lunaire (période menstruelle) et qui pouvaient, par leur puissance, réduire à néant les pouvoirs d'un homme-médecine.

J'avais projeté d'interviewer le vieil homme pour ce livre ; hélas, je m'y suis prise trop tard. Robert Steed est mort, juste avant la danse du Soleil, pendant l'été de 1992.

De Rosebud, je suis allée à Pine Ridge, la première réserve indienne que Katharine Drexel ait visitée, exactement un siècle auparavant. C'est là qu'elle a rencontré le chef Red Cloud. Réduit au désespoir par la situation dans laquelle se trouvait son peuple, le vieux chef lui a dit qu'il souhaitait une école pour les enfants, et qu'il voulait que ce soit les « Robes Noires » (les prêtres) qui s'en occupent.

Seize mille Sioux Oglalas vivent sur la réserve de Pine Ridge qui s'étend sur plus d'un million d'hectares parcourus par des routes dans un état indescriptible. La « ville » consiste en un supermarché tenu par des Blancs, le *Sioux Nation Supermarket*, une laverie libre-service, un bureau de poste, une station-service et une épicerie. Il n'y a pas de transports en commun sur la réserve, alors qu'un foyer sur cinq seulement possède une voiture. Le taux de chômage atteint les 90 pour cent, et le comté de Shannon, sur lequel est située en partie la réserve, est le comté le plus pauvre des États-Unis. Pine Ridge est notre Soweto.

Il commençait à faire nuit. J'ai roulé jusqu'à la frontière du Nebraska et je suis allée dans la ville la plus proche où j'ai passé la nuit dans un motel. Tôt le lendemain matin, je suis revenue sur la réserve, j'ai retraversé la « ville » de Pine Ridge et j'ai poursuivi sur quelques kilomètres vers le nord. Je suis passée devant l'hôpital public et j'ai continué jusqu'à la mission du Saint-Rosaire, également connue sous le nom de mission et école Red Cloud. Je me suis arrêtée et je suis descendue de voiture. Construite en pierre et en brique, l'imposante mission est entourée de jardins paisibles et d'allées bordées d'arbres. J'ai remarqué, au-dessus d'une porte, un nom : Drexel Hall ; je me suis aventurée à l'intérieur et j'ai découvert une galerie d'art et une boutique qui présentaient les créations d'artistes indiens locaux. Je me suis présentée au frère Simon, le responsable de la galerie, un grand barbu vêtu d'une soutane, et je lui ai expliqué la raison de ma visite. Sans cesser de tirer sur sa pipe, il m'a observée attentivement, puis il m'a conduite auprès de Robert Brave Heart, un Lakota, directeur de l'école.

J'ai été invitée à prendre le repas de midi au réfectoire ; je me suis retrouvée assise à côté d'un jeune jésuite qui m'a posé des questions si intelligentes et si provocatrices à propos de la biographie sur laquelle j'étais en train de travailler, que je me suis décidée à lui faire part de mes doutes concernant la « sainteté » de Katharine Drexel et des écoles qu'elle avait créées. Il m'a répondu qu'à son humble avis mes interrogations étaient tout à fait fondées, et il a ajouté, *sotto voce* :

— Allez-y. Il est temps de raconter cette histoire.

La plupart des Américains ne voient jamais d'Indiens : ni en faisant la queue devant les caisses de leurs supermarchés, ni derrière les comptoirs et guichets de leurs banques, ni parmi le personnel des magasins ou les restaurants qu'ils fréquentent. J'ai seulement pris conscience de cette réalité après avoir vécu à Santa Fe, une ville imprégnée par la culture indienne, et être ensuite retournée à New York, ce grand *melting-pot* d'où les Indiens sont totalement absents. Pendant un déjeuner dans un restaurant new-yorkais, un ami écrivain m'a demandé à quoi je travaillais. Lorsque je lui ai dit qu'il s'agissait d'un livre sur les sages indiens, il s'est exclamé, stupéfait : « Il y a encore de vrais Indiens ? » Par « vrais », je pense qu'il entendait non assimilés. J'ai dû admettre que je ne m'étais jamais posé la question avant qu'une récente série d'événements ne m'ait amenée à entamer mon odyssée à travers le pays indien.

En fait, il existe plus de trois cent cinquante réserves indiennes dans toute l'Amérique du Nord. Mais, perdues au bout de routes mal signalées et poussiéreuses, à des kilomètres des autoroutes et des centres commerciaux de l'Amérique moderne, elles échappent à l'œil désinvolte du voyageur blanc. Parfois, un panneau signale l'entrée dans la réserve. Plus généralement, la seule chose qui indique que l'on vient de quitter le monde des Blancs, c'est le brutal changement de décor : aux fermes construites en bardeaux, peintes en blanc et entourées de barrières de bois, succèdent de pauvres mobil-homes entourés de grillages éventrés. Et dans l'allée, le break Ford dernier modèle laisse la place à un pick-up vétuste dont les vitres brisées ont été réparées avec du ruban adhésif : *Indian car*, une voiture d'Indien.

Sur la plupart de ces réserves vit un Ancien. Ce qui le distingue des autres personnes, ce n'est ni son âge ni son sexe. L'Ancien est quelqu'un qui possède le savoir traditionnel et la sagesse du cœur ; quelqu'un qui place la vérité et la dignité au-dessus de tout, quel que soit son degré de pauvreté ; quelqu'un qui sait se montrer humble, même s'il est un objet de vénération pour beaucoup. Un Ancien est au service de son peuple, même quand son garde-manger ne contient plus qu'un paquet de café ou que son corps est rompu de fatigue. Quand il ne reste plus rien à donner, sa porte et son cœur sont toujours grands ouverts. Certains de ces sages soignent le corps et l'esprit en utilisant une médecine naturelle qui n'est pas encore reconnue par la culture dominante, tandis que d'autres font appel à une spiritualité plus riche que celle de beaucoup de prêtres portant soutane et prêchant le dimanche. Leurs lieux d'exercice et de culte sont les loges à sudation, les montagnes et les cours d'eau, les forêts de séquoias géants et les prairies. Ils ont pour collègues l'aigle, la pierre, le maïs, le tabac et l'eau. Leur maître est le feu.

Unma'ciya'tan est un mot lakota qui signifie « de l'autre côté, de l'autre monde ». Les Anciens, qui sont aussi des hommes-médecine ou des femmes-médecine, perçoivent cet « autre côté » et communiquent avec lui à l'occasion de jeûnes répétés ou de quêtes de vision. C'est lors de ces communications spirituelles qu'ils reçoivent certains enseignements dont leur savoir de guérisseur. Les uns appartiennent à des familles-médecine, d'autres apprennent auprès de maîtres qui acceptent de transmettre leurs connaissances à quelques élèves : chants et cérémonies sacrées, utilisation des plantes médicinales.

Aujourd'hui, alors que la société blanche est fascinée par tout ce qui a trait au chamanisme, le comportement d'un homme-médecine est observé de près par les membres de sa propre tribu. Il est sévèrement critiqué s'il quitte la réserve pour aller ailleurs célébrer des cérémonies moyennant finances, ou s'il a des relations sexuelles avec les femmes blanches qui viennent lui demander conseil et font parfois de lui leur gourou. Il est jugé tout aussi durement s'il laisse se développer autour de son nom une publicité tapageuse.

Les femmes-médecine soignent principalement avec des plantes médicinales, des racines, ou par imposition des mains. Elles traitent les problèmes psychologiques avec sagesse et compassion, mettant à profit leur don de double vue.

Les guides spirituels, ou saints hommes, sont aussi des guérisseurs. Ils sont les prêtres et les prophètes qui soignent les maladies de l'âme. Tous les hommes-médecine n'acceptent pas de recevoir des Blancs. Un sage sioux déclara :

— D'abord, ils nous ont pris nos terres, et maintenant ils veulent notre Pipe sacrée... Tous ces « Qui-veulent-être-Indiens », ces adeptes du *New Age*, arrivent avec leurs cristaux et veulent se procurer un sac-médecine dans lequel ils pourront les transporter. Si vous voulez apprendre nos façons de voir, de faire et de penser, venez faire un bout de chemin avec nous, mais gardez le silence et soyez attentifs.

Enfants, ces Anciens ont vu l'homme blanc leur voler leur terre et exterminer leurs principales sources de nourriture, bisons et autre gibier. Ils ont vu leurs peuples décimés par les maladies de l'homme blanc et la famine. Ils ont vu le chemin de fer traverser leurs terres natales, détruisant ainsi leurs territoires de chasse. Ils ont pleuré en silence. Le gouvernement des États-Unis a interdit la pratique de leurs religions et décrété qu'à l'âge de six ans tous les enfants seraient arrachés à leur famille et placés dans des pensionnats religieux ou gouvernementaux. Là, on leur a enseigné que les Indiens resteraient des citoyens de seconde zone tant qu'ils ne se décideraient pas à quitter leurs réserves pour se fondre dans la société blanche. On leur a dit que leur propre culture devait mourir, et ils ont lu dans leurs livres scolaires que leurs parents étaient des sauvages, des sans-travail, des sans-loi, des sans-Dieu.

Confondant humilité et humiliation, des missionnaires mal avisés les ont punis lorsqu'ils parlaient leur langue maternelle et se sont moqués de leurs « superstitions païennes », laissant dans leur

sillage sept générations de familles souffrant de dysfonction-
nement.

Résultat, la plupart des Indiens, hommes et femmes, qui ont
aujourd'hui entre trente et cinquante ans ont connu des problèmes de drogue et d'alcoolisme. Afin de briser cette malédiction,
nombre d'entre eux apprennent à leurs enfants à tirer fierté de
leur culture et de leurs traditions. Ils encouragent le développement d'un système éducatif qui prenne en compte la spiritualité,
et inclue l'enseignement de leurs langue, culture et traditions.

Ce livre s'intéresse aux sages traditionnels qui consacrent leur
existence à protéger et sauvegarder leur culture à l'intention des
enfants de la septième génération. Ils parlent des défis que vont
devoir relever les jeunes Indiens d'aujourd'hui, lesquels, si l'on en
croit les prophéties, devraient ramener leurs peuples vers un
mode de vie plus conforme à la tradition.

Plusieurs des Anciens qui ont été interviewés pour ce livre s'expriment pour la première fois par l'intermédiaire de l'écrit, et certains abordent des sujets considérés jusque-là comme trop sacrés
pour être divulgués. Ils parlent au nom de la Terre, Notre Mère,
qui, selon leurs prophéties, est au bord de la destruction. Ils
acceptent de partager avec nous leur savoir : comment nous soigner nous-mêmes, les uns les autres, et comment soigner la
planète.

Beaucoup de livres ont été écrits sur les Indiens d'Amérique...
par des Blancs ; celui-ci est écrit par les Anciens eux-mêmes, avec
leurs propres mots. Ils y parlent ouvertement de leur combat personnel pour demeurer dans le droit chemin, envers et contre tout.
Leurs récits, qui traitent de ce qu'ils ont perdu et de ce qu'ils ont
réussi à sauvegarder grâce à de longs et durs combats, sont à la
fois tragiques et héroïques. Ils nous permettent de pénétrer en
profondeur la vie et le cœur de ces femmes et de ces hommes
extraordinaires — souvent même surnaturels.

SIOUX

P ETE CATCHES : la vision sacrée

Au cours de mon séjour sur la réserve de Pine Ridge, Dakota du Sud,
j'avais fait la connaissance de plusieurs Anciens de la nation sioux
lakota. Tous, ils m'avaient parlé de Pete Catches, un Oglala, saint
homme et homme-médecine, et ils m'avaient conseillé d'aller le voir
et de lui parler. Ils m'avaient indiqué la route à suivre : « Après cette
colline, tourne à gauche au deuxième gros arbre, puis surveille le
rocher sur ta droite. Tu ne peux pas le manquer. »

Je l'ai pourtant manqué régulièrement au cours des trois jours qui
ont suivi. Le quatrième jour, j'ai décidé de faire une dernière tentative
avant de quitter Pine Ridge. Cette fois-ci, j'ai vu un arbre que je n'avais
pas remarqué les fois précédentes, et un rocher qui, je l'aurais juré,
n'était pas là auparavant. Un chemin sablonneux montait en serpentant
jusqu'au sommet d'une colline plutôt escarpée, beaucoup trop en tout
cas pour les faibles performances de ma voiture de location. Les roues
se sont mises à patiner, creusant de profondes ornières dans le sable,
et le bas de la voiture a frotté le sol. J'aurais abandonné si seulement
il avait été possible de faire demi-tour. Quand je suis enfin arrivée au
sommet de la colline, j'ai aperçu une caravane qui voisinait avec une
tonnelle faite de branches de pin, et soudain, comme par enchante-
ment, la voiture a réussi à se tirer des ornières dans lesquelles elle était
ensablée et à parcourir les derniers mètres sans encombre.

Des parpaings tenaient lieu de marches et permettaient d'accéder
à une porte mince en aluminium. J'ai frappé timidement. A l'intérieur,

une voix d'homme a demandé qui était là. Ne sachant trop comment m'identifier, j'ai répondu :

— Je m'appelle Sandy.

— Une minute. J'enfile ma chemise.

J'ai patienté. La porte s'est ouverte. Sa grande et svelte silhouette était à demi dans l'ombre. Tandis qu'il descendait de la caravane, je n'ai pu qu'articuler un : « Salut ! » En voyant son visage, j'avais eu le souffle coupé. C'était celui qui m'était apparu dans mon appartement de New York. Il me regardait avec ces mêmes yeux pleins de sagesse et de compassion. J'ai senti ma gorge se serrer tandis que je m'efforçais de retenir mes larmes.

J'ai voulu m'expliquer, mais il a levé la main et il a hoché la tête en disant : « Je sais », puis il a ajouté à mi-voix : « Viens, nous avons à parler. »

Nous nous sommes assis sous la tonnelle, d'où nous pouvions voir une bonne partie de la réserve, et nous sommes demeurés silencieux pendant un moment. Il aimait se tenir là pendant l'été, m'a-t-il expliqué, pour voir le soleil se lever et se coucher.

— Souvent, la lune est encore là quand le soleil se lève.

Il considérait cela comme un signe.

— Je me trouve dans un endroit privilégié, me dit-il, où l'âme se dilate constamment au contact de la beauté.

Il me parla d'un temps où la terre retrouverait son unité, où Indiens et non-Indiens seraient en communion d'esprit. Il y avait en lui un calme réconfortant. Ses mains, longues et fines, reposaient, tranquilles, sur ses genoux et, tandis que je lui parlais, il opinait de la tête, comme quelqu'un qui sait et qui comprend.

Je lui ai parlé de la biographie à laquelle je travaillais.

— Le problème des écoles indiennes est très complexe et pour bien le comprendre, il faut une certaine sagesse. Peut-être plus de sagesse que tu n'en as pour l'instant, dit-il gentiment. J'ai été interne au pensionnat du Saint-Rosaire, ici à Pine Ridge, une des écoles fondées par ta Katharine Drexel, mais à l'âge de neuf ans j'ai réussi à m'en échapper. J'ai eu de la chance. D'autres ont essayé mais ont été repris et reconduits de force au pensionnat.

Timidement, je lui ai demandé si c'était lui qui m'avait poussée à entreprendre ce voyage.
— Parfois, je me montre sous la forme d'un aigle.
J'espérais un complément d'information mais j'en ai été pour mes frais. Je lui ai demandé s'il fallait que j'abandonne mon projet de biographie. Après un long silence il a dit :
— La compréhension vient à son heure.
Nous avons parlé pendant des heures, longtemps après le coucher du soleil. Dans la langue lakota, il n'y a pas de mot pour désigner le temps. J'ai appris cela, ainsi que bien d'autres choses, au cours des nombreuses conversations que j'ai eues, pendant les quatre années qui suivirent, avec cet homme que j'ai fini par appeler « Grand-Père ».

D ans les temps anciens, dans le monde d'avant la venue de l'homme blanc, nous appelions cette terre l'île de la Tortue. Les bisons paissaient dans la Prairie avec de l'herbe jusqu'au garrot. Bêtes féroces, les ours et les loups allaient en bandes et menaçaient les troupeaux. Les bisons mâles se tenaient en sentinelle à la périphérie, toujours vigilants, surveillant les femelles et les jeunes.

Selon la légende, un jour froid et venteux, le plus âgé des bisons mâles entendit une voix qui criait dans le vent. Il baissa la tête vers le sol pour tenter de savoir d'où elle provenait. Mais c'était difficile à cause des hurlements du vent.

— A l'aide ! criait-elle. J'ai faim, je suis fatigué, je suis faible et j'ai froid.

Elle faisait pitié, mais le vieux bison ne parvenait pas à comprendre de quoi il s'agissait. La voix ne cessait de répéter :

— J'ai faim, je suis fatigué, je suis faible et j'ai froid.

Le vieux bison se dirigea dans la direction d'où provenait la voix jusqu'au moment où il tomba sur un caillot de sang. C'est alors qu'une grande transformation eut lieu. Le Grand Esprit travaillait à guider le peuple lakota vers le futur qui lui était réservé. La légende dit que le vieux bison adopta le caillot de sang ; le prenant pour jeune frère, il lui dit :

— Tu dis que tu as faim, que tu as froid, que tu es faible et fatigué. Je vais faire de toi mon jeune frère et ainsi tu pourras tout obtenir de moi. Je vais me sacrifier pour que tu puisses vivre, que tu n'aies jamais plus faim ni froid. Tu vivras et tu seras fort. Regarde-moi. Regarde le monde qui nous entoure. Tout ce que tu vois peut me servir de nourriture. Quand viennent les tempêtes de neige les plus violentes et que le froid devient mordant, j'affronte le vent du nord. C'est pourquoi j'ai une fourrure si épaisse. Je n'ai jamais froid. Utilise ma peau pour faire ton tipi, tes vêtements et tes mocassins. Nourris-toi de ma chair, vis et sois fort. Et là, dans ma bosse, il y a une bonne médecine. Utilise-la pour soigner ton peuple. Mon sang est le même que le tien. Nous sommes frères de sang. Tu peux vivre de mon sang.

C'est de ce caillot de sang que descend le peuple lakota. Nous sommes frères avec le clan du Bison, et c'est le bison que le Grand Esprit a choisi pour nous apporter la Pipe sacrée.

Pas loin d'ici, il y a un ranch où ils élèvent des bisons. C'est là qu'on va chercher celui dont on a besoin pour célébrer la danse du Soleil. Je prends part à cette cérémonie depuis huit ans. Une année, j'ai dit à ceux qui étaient chargés de tuer le bison que je voulais les accompagner. J'ai emmené mon fils Peter. On y est allés avec deux voitures, dont un pick-up où étaient entassés les couteaux, les sacs et les torchons. On a choisi un bison de deux ans et le propriétaire du ranch l'a abattu d'un coup de carabine. On a approché les voitures et avant de dépouiller l'animal et de le vider, il a été saigné. J'ai pris une tasse que j'ai remplie du sang de l'animal. Ils m'ont tous regardé la boire. Mon fils m'a demandé de lui passer la tasse vide et je la lui ai tendue. A son tour il l'a remplie et l'a bue. Les autres avaient des haut-le-cœur. L'un d'eux est allé se cacher derrière le pick-up pour vomir. Pourtant c'est un Indien de pure souche ! Voilà ce que le gouvernement américain a fait de nous.

Notre coutume veut que nous utilisions du sang de bison pour peindre la base de l'Arbre sacré de la danse du Soleil. Cette année-là, j'ai été chargé de procéder à cette opération. J'ai pris un pied de sauge, je l'ai coupé en deux et je l'ai trempé dans le seau de sang, puis je me suis servi de mes mains pour peindre l'Arbre sacré. Aujourd'hui, on est obsédé par la propreté. Mais comment détester le sang d'un animal que nous utilisons pour l'un des rites sacrés de la danse du Soleil ? Je mange avec les doigts, je me sers de mes mains pour travailler. Lorsque j'ai eu terminé, je me suis barbouillé le visage de sang. Ensuite, on est allés au festin rituel, et puis on s'est préparés pour les cérémonies du lendemain matin. J'étais chargé de conduire celle qui se déroule autour de l'Arbre sacré. Je devais bourrer la Pipe sacrée. Le sang du bison est pour toujours mêlé au mien.

Au début, j'ai refusé le don de guérison que le Créateur m'avait accordé, puis j'ai fait un rêve dont j'ai tout de suite su qu'il était sacré :

Je participais à la danse du Soleil et je criais tout le temps, je criais sans fin... Je ressentais dans le haut de la cuisse une douleur insupportable, vraiment insupportable. La pire douleur que j'aie jamais endurée. Le rêve était très réaliste, jusque dans ses moindres détails. Les chants qui étaient scandés, la position de l'Arbre sacré... Je lève les yeux vers lui... Les bannières d'offrande qui y sont fixées flottent... Il y a cinq chanteurs... La lanière de cuir non tanné transperçant la peau de ma poitrine est nouée à une corde fixée tout en haut de l'Arbre sacré... Toute la journée, en dansant au son des tambours, je m'efforce de me libérer, mais une de mes jambes est inutilisable. Ma peau se distend... se distend, mais ne rompt pas ; je ne parviens pas à me libérer... Un orage approche et le ciel devient sombre. Je brandis ma Pipe vers les cieux. L'orage se partage en deux... et le ciel au-dessus de la danse du Soleil redevient soudain bleu...

Pendant seize ans, j'ai essayé de fuir ce rêve. Je savais ce qu'il voulait me dire mais je ne voulais pas l'entendre. Je le fuyais. Mon père, et avant lui son père, et le père de son père ont tous été hommes-médecine. On m'a raconté que mon père était un grand guérisseur mais qu'il ne pouvait pas supporter de savoir à l'avance si la personne qu'il soignait allait vivre ou mourir.

Je suis né en 1912, au plus fort de la politique de christianisation des Indiens. Catches est un nom que le gouvernement nous a donné pour remplacer nos noms indiens. Autrefois, nous étions des Hunkpapas de la bande de Sitting Bull, mais mon grand-père a rejoint la tribu des Oglalas au moment de son mariage, donnant naissance à une nouvelle branche de la famille. Un de mes arrière-grands-pères s'est marié chez les Arapahos ; mon autre grand-père est allé chez les Cheyennes du Nord, dans le Montana, et il s'est marié là-bas. Mon père était homme-médecine jusqu'à ce qu'il décide de se convertir au christianisme. Moi, au contraire, j'ai été baptisé mais j'ai choisi de revenir à la religion de mes ancêtres et je suis finalement devenu homme-médecine.

J'ai beaucoup bourlingué : Colorado, Nebraska, Wyoming, trouvant du travail dans des ranches ; tout m'était bon pour fuir mon rêve et ce qu'il m'avait ordonné de faire. Pendant deux ans, j'ai été membre du Conseil tribal et j'ai enseigné le catéchisme à la paroisse catholique cinq années de suite. J'ai même essayé de m'engager dans l'armée pendant la Seconde Guerre mondiale, mais j'ai été déclaré inapte au service à cause du voile qui obscurcit l'un de mes poumons depuis l'épidémie de grippe espagnole de 1917. Mon rêve me suivait partout où j'allais.

Je me suis d'abord fait engager comme dompteur de mustangs et j'étais plutôt bon car j'ai une patience infinie. Je savais que chaque fois qu'on emmène un cheval loin de son territoire habituel, il vaut mieux le surveiller attentivement, sinon il s'échappe à la première occasion pour rentrer chez lui. Chaque fois que j'introduisais un nouveau cheval dans un ranch, je l'enfermais dans le corral avec les autres. Bien sûr, les anciens n'aimaient pas le nouveau venu, ils cherchaient à le mordre et à le tenir à l'écart. Mais je lui parlais :

— Reste ici. C'est ton nouveau domaine et on va travailler ensemble. Je vais t'apprendre quelque chose, mon ami, quelque chose qui te sera utile durant toute ton existence. Ils t'aimeront pour ce que tu sauras faire, alors reste dans les parages.

Ensuite, je le libérais. Aucun des chevaux dont je me suis occupé ne s'est échappé ; ils restaient près de moi.

Mon beau-père qui avait un ranch me demandait tout le temps :

— Comment c'est possible ? Avant toi, tous les nouveaux chevaux qui arrivaient ici s'échappaient à la première occasion.

Je n'étais pas payé pour faire ce travail. Je gagnais seulement le droit de me servir du nouveau cheval. Je lui parlais, et je savais qu'il me comprenait. Je le gardais jusqu'au jour où je voyais que je pouvais lui faire confiance, et puis je le rendais à son propriétaire. Voilà ce qu'était ma vie à cette époque-là.

J'avais une grande famille et il nous arrivait parfois de manquer de nourriture. Alors, je devais aller à cheval dans le Nebraska pour trouver un emploi saisonnier. Quand j'avais gagné assez d'argent pour payer l'épicier, je rentrais à la maison et je me remettais à dompter des mustangs. Certaines fois, je restais absent pendant deux ou trois semaines d'affilée. Exception faite du rêve qui ne cessait de me hanter, j'étais satisfait de la vie que je menais.

Dans les années cinquante, je travaillais dans la vallée de la Platte sur une exploitation où on faisait de la betterave sucrière. Ma femme, Amelia, et ma fille aînée, Christine, alors adolescente, étaient avec moi. Le champ était immense, trois familles de Mexicains y travaillaient aussi ; ils s'occupaient d'un côté, nous de l'autre. Nous étions lents alors qu'ils étaient rapides. Je m'entendais bien avec eux. Ils me faisaient signe de les rejoindre et on plaisantait ; on partageait une orange ou une pomme. De temps à autre, ils m'invitaient à leur campement, mais on était si fatigués après notre journée de travail qu'on allait se coucher tout de suite après manger.

Un jour, un des Mexicains est venu à notre campement.

— C'est notre dernier jour ici, a-t-il dit. Nos femmes et nos filles vont rester mais nous, les hommes, on se fait embaucher tous les ans à la sucrerie, et elle ouvre demain. Est-ce que tu pourrais avoir l'œil sur nos familles ?

J'allais donc leur rendre visite de temps en temps.

Un jour, j'ai entendu des cris qui venaient de l'endroit où travaillaient les Mexicaines. J'ai lâché ma binette et j'ai couru voir ce qui n'allait pas. Elles sautaient sur place en montrant quelque chose sur le sol. C'était une énorme couleuvre. Elle était lovée et prête à s'élancer. Je me suis dit que les femmes avaient dû la tirer de son sommeil en ouvrant son nid d'un coup de binette malheureux car elle semblait réellement folle de rage. J'ai expliqué aux Mexicaines que les fermiers attiraient des serpents dans leurs champs pour qu'ils fassent la chasse aux rongeurs et aux insectes. J'ai attrapé la couleuvre pour l'emmener loin du champ, je lui ai dit de ne pas avoir peur, mais elle était toujours très en colère. Elle ne s'intéressait pas à moi, elle en voulait aux Mexicaines. Je l'ai mise autour de mon cou. Elle était adulte et de belle taille. Comme je m'éloignais, elle a posé sa tête sur mon épaule pour lancer un regard furieux en direction des femmes. Elle me faisait penser à un enfant coléreux. Je l'ai emmenée dans le champ voisin et je l'ai posée sur le sol. Puis je lui ai parlé :

— Ne reviens pas avant qu'on ait fini de travailler.

Ma femme et ma fille s'étaient arrêtées pour me voir faire.

Peu après, il y eut une drôle de coïncidence. Nous étions revenus sur la réserve. Je faisais partie d'une équipe de base-ball et nous nous entraînions quotidiennement. Un soir, en rentrant chez moi, j'ai coupé à travers les collines. J'ai aperçu mes filles qui sautaient sur place, puis qui se sont mises à courir vers la maison. J'ai su exactement ce qui se passait. J'ai dévalé la colline et, bien sûr, il s'agissait d'un serpent, mais d'un crotale cette fois. Amelia était dans la maison en train de faire la cuisine. Elle est sortie en courant. J'ai attrapé le serpent et je l'ai tué. Amelia s'est mise en colère, elle m'a accusé d'avoir fait mon numéro devant les belles Mexicaines, en jouant avec le serpent et en le transportant sur mon épaule.

— Ici, tu t'es contenté de le tuer.

— C'est différent, ai-je expliqué.

Là-bas, c'était un serpent inoffensif et qui avait son utilité, chasser les insectes et les rongeurs, ici c'était un serpent dangereux et qui vivait là, à proximité de nos enfants. Si je m'étais contenté de l'emmener plus loin, il serait revenu, et quelqu'un aurait pu être mordu. Il faut être en accord avec la nature.

Plus tard, je me suis fait embaucher dans un autre ranch. McNurty, le patron, avait l'habitude d'acheter à bon prix des chevaux sauvages, demi-sang, puis d'engager un cow-boy de Gordon, Nebraska, pour les dompter.

Un jour, un énorme camion a amené dix-sept chevaux sauvages et nous avons tous assisté au débarquement, assis sur la barrière du corral pour mieux voir. Le patron m'a demandé lequel je préférais. Je me suis mis debout sur la barrière et j'ai regardé les chevaux qui galopaient en rond. Un gris pommelé m'a attiré l'œil. Quand les chevaux sont repassés devant moi, le gris était contre la barrière. J'ai sauté sur son dos. Il ne pouvait ni ruer, ni s'emballer car les autres chevaux le serraient de près. Dès qu'il a pu se dégager il s'est mis à décocher des ruades. Quand il s'est approché à nouveau de la barrière, j'ai sauté de côté et je m'y suis agrippé. Les autres m'ont traité de cinglé. Je ne m'étais pas contenté de dire quel cheval je préférais, j'avais voulu le monter pour le leur montrer.

Mais pendant tout ce temps, le même rêve m'accompagnait. Il se tenait à côté de moi, quoi que je fasse et où que j'aille. Il ne me quittait jamais. Finalement, j'ai dû m'avouer vaincu. J'ai pensé que

si j'allais jusqu'au bout, si je vivais mon rêve, j'en serais débarrassé. Je n'aurais peut-être pas besoin de devenir homme-médecine. Jusque-là, je n'avais jamais participé à une danse du Soleil, je n'y avais même jamais pensé. Mais j'ai fait le serment de participer à celle de l'été suivant.

C'est dans le mois où la lune se lève pendant que le soleil se couche et où mûrissent les merises, que commencent les préparatifs pour la danse du Soleil. On construit la loge et les abris de branchages. Puis on choisit un peuplier et on le marque à la peinture rouge. L'homme-médecine qui devait conduire la cérémonie m'a invité à venir avec les chanteurs couper l'Arbre sacré. Notre coutume exige qu'aucune partie de l'Arbre sacré ne touche le sol. Tandis qu'on le coupe, on se tient tous en ligne pour l'attraper lorsqu'il tombera.

J'étais le plus proche de la base du tronc. L'arbre a commencé à s'incliner lentement. Puis sa chute s'est brusquement accélérée et il est venu s'abattre sur ma cuisse. J'ai braillé :

— Je suis coincé !

Ils se sont tous précipités vers moi. Deux ou trois ont soulevé l'arbre pendant que les autres libéraient ma jambe. La douleur était atroce et m'a fait voir trente-six chandelles. J'ai tout de même réussi à revenir jusqu'au camp en boitant et transpirant à grosses gouttes.

On a dressé l'Arbre sacré et on l'a entouré d'herbe douce odorante, de sauge et de poils de bison. En tant que participant à la danse du Soleil, j'étais censé faire preuve de bravoure, d'endurance et de probité ; aussi, j'ai continué comme si de rien n'était, malgré la douleur.

Cette nuit-là, je n'ai pas pu trouver le sommeil. J'ai pris de l'aspirine, trois, quatre, cinq comprimés à la fois, mais ça ne m'a pas soulagé. J'ai pleuré et pleuré encore. Je ne pouvais pas m'en empêcher, les larmes me sont montées aux yeux pendant toute la nuit. Mon lit était trempé de transpiration, et à deux reprises j'ai dû me lever et changer les draps.

Le lendemain matin, un jeune homme qui avait entendu dire que j'avais besoin d'aide est passé chez moi ; il a arrêté sa voiture devant ma porte et il est venu à mon chevet. Il m'a demandé comment je me sentais.

— Je souffre beaucoup, lui ai-je répondu, mais que faire ? C'est aujourd'hui le jour que j'ai vu en rêve, et tout se passe comme dans mon rêve. Je dois aller jusqu'au bout.

Le jeune homme m'a porté dans ses bras, comme un bébé, jusque dans sa voiture et il a refermé la portière.

Jusque-là, je n'avais jamais pleuré de ma vie. Rien ne pouvait me tirer des larmes. Sans doute parce que je m'étais interdit de pleurer quand j'étais au pensionnat catholique et qu'ils me fouettaient pour me punir. Tout ce que j'avais dû subir dans cette école m'avait fait mal et le souvenir de ces souffrances ne m'a jamais quitté, mais j'avais mis un point d'honneur à ne jamais verser une seule larme.

Les participants à la danse du Soleil étaient déjà réunis dans la loge à sudation pour la cérémonie de purification qui précède. Le jeune homme a arrêté sa voiture devant l'entrée de la loge et il a quitté sa veste. De nouveau, il m'a pris dans ses bras et m'a porté jusqu'à l'entrée de la loge, puis il a glissé sa veste sous moi et m'a poussé à l'intérieur.

Je n'avais encore jamais pénétré dans une loge à sudation, je ne connaissais pas la signification des chants que l'on y psalmodiait, pas plus que celle des prières de l'homme-médecine. Je ne pensais qu'à la terrible douleur que je ressentais. Et tout ce que je trouvais à dire c'était : *Tunkashila, onshimalaye*, Grand Esprit, aie pitié de moi.

Plus tard, le jeune homme est revenu et m'a tiré hors de la loge à sudation. J'ai pris ma Pipe, je me suis levé et j'ai marché en m'appuyant sur lui, boitant bas et m'arrêtant de temps à autre pour me reposer.

Mon frère m'avait dit :

— Tu es complètement idiot. Avec ta cuisse qui te fait tellement souffrir... Oublie ton serment pour cette fois-ci. Pourquoi ne pas remettre ça à l'année prochaine ?

— Non. Tout se passe exactement comme je l'ai rêvé. Je dois aller jusqu'au bout. Si la journée se termine sans que j'aie fait ce que je dois, je le regretterai jusqu'à la fin de mes jours.

Lorsque je suis arrivé à la loge, les chants venaient de commencer. Je me suis avancé, je me suis planté au pied de l'Arbre sacré et j'ai dit ma prière : « *Tunkashila, onshimalaye* », Grand Esprit, aie pitié de moi. Puis j'ai fait le tour de l'Arbre avant de prendre ma place et de commencer à danser. Après la première série de danses, on m'a percé la peau pour y passer la lanière de cuir de cerf. C'était une douleur atroce, mais c'était exactement comme je l'avais rêvé.

La lanière qui passait sous la peau de ma poitrine était nouée à une corde qui était elle-même fixée en haut de l'Arbre sacré. Toute la journée je me suis efforcé de me libérer, en dansant au son des tambours, tirant sur ma peau mais sans parvenir à la déchirer. Je dansais en dépit de ma jambe inutilisable. J'ai passé un très mauvais moment. Ma peau se distendait de plus en plus mais la douleur n'était pas aussi forte que celle que je ressentais à la jambe.

C'était la première danse du Soleil célébrée en pleine nature, hors de la ville de Pine Ridge. Il n'y avait pas d'eau à proximité et nous avions dû en apporter avec nous. Vers trois heures, le ciel a commencé à s'obscurcir. Brusquement, nous avons été cernés par les éclairs. Tous ceux qui étaient là ont commencé à devenir nerveux. Ils savaient que s'il se mettait à pleuvoir à verse, ils ne pourraient plus sortir leurs voitures de la boue et donc regagner la route goudronnée. Il leur tardait de s'en aller. Comme dans mon rêve, j'ai demandé à quelqu'un de m'apporter ma Pipe et j'ai prié : « *Tunkashila, onshimalaye.* »

Des larmes ont ruisselé sur mon visage tandis que je brandissais ma Pipe vers les cieux et que je répétais ma prière : « *Tunkashila, onshimalaye.* »

Soudain, les nuages se sont écartés. Très nettement, ils se sont partagés en deux par le milieu. Une moitié de l'orage s'est dirigée vers le sud et l'autre vers le nord. Des deux côtés, l'orage a causé de gros dégâts. La moitié qui est partie vers le nord en suivant la

White River, en direction de Kyle et Rosebud, a provoqué des averses de grêle si terribles qu'elles ont endommagé des toitures. La moitié qui est partie vers le sud a fait autant de ravages. La grêle a détruit les récoltes et certains endroits ont été inondés.

Tu vois, la Pipe sacrée possède de grands pouvoirs, surtout lorsqu'on a reçu une vision sacrée, mais si on utilise ces pouvoirs pour contrecarrer la nature, on risque de courroucer les esprits. Cet orage était une manifestation de la nature, et moi qui étais-je pour oser le partager en deux ? Il aurait peut-être été bénéfique pour cette terre, alors que ses deux moitiés ont été destructrices. Les esprits ont peut-être été courroucés au point de se transformer en tornade.

Dans notre culture, nous pensons que les esprits sont des nôtres, que ce sont des Lakotas qui ont quitté cette terre bien avant nous. Quand nous entendons le roulement du tonnerre, nous imaginons que les esprits vont à cheval et galopent dans le lointain. Quand nous voyons un éclair, nous savons qu'un esprit a propulsé sa lance en direction de quelqu'un ou quelque chose. Les esprits respectent la Pipe sacrée et nous faisons de même. Nous ne devons pas faire un mauvais usage de ses pouvoirs. J'ai réalisé après coup que c'était moi qui, en partageant cet orage en deux, étais le responsable des dégâts qu'il avait causés. Et je me suis demandé ce qui serait arrivé si ces deux moitiés d'orage avaient dégénéré en quelque chose de plus grave encore ; si quelqu'un avait été tué.

A l'endroit où se déroulait la danse du Soleil, il n'est tombé que quelques grosses gouttes et chacun a repris sa place. La cérémonie s'est terminée dans la joie, et l'amour emplissait le cœur de toutes les personnes présentes. Même mon frère aîné, qui m'avait trouvé complètement idiot de ne pas renoncer, était heureux. Mais il y a quelque chose que personne n'a jamais su : la douleur qui m'avait tant fait pleurer avait disparu. A la fin de la danse du Soleil, j'ai quitté la loge par mes propres moyens, je ne boitais même plus.

Tout ça parce que j'avais eu cette vision sacrée, ce cadeau que m'avait offert *Tunkashila*. Au début, je pensais que si je vivais le rêve qui m'avait été envoyé, j'en aurais fini avec lui, que je pourrais reprendre ma vie normale. Mais ça ne s'est pas passé comme ça. Tout de suite après, j'ai commencé à avoir des visions au cours desquelles m'a été révélé le chemin à suivre pour devenir homme-médecine.

Après la danse du Soleil, j'ai observé mon premier jeûne de la Pipe sacrée, ce que certains appellent *hanblecheya*, c'est-à-dire la quête de la vision. Je me suis d'abord rendu à la loge à sudation pour la cérémonie de purification, puis mes aides m'ont conduit à l'endroit que j'avais choisi : un lieu situé à flanc de colline, non loin du sommet. Et je me suis jeté dans le jeûne de toutes mes forces. Le jeûne provoque la séparation du moi d'avec les choses de ce monde. Nous quittons notre famille et notre travail. Nous ne faisons pas ça pour nous reposer ou dormir ; nous nous efforçons de faire des sacrifices dans l'espoir de recevoir une vision sacrée.

Je me suis levé et j'ai fait face successivement aux quatre horizons, brandissant chaque fois ma Pipe en signe de respect pour le Créateur. Et ainsi de suite, des heures durant. Il n'y avait plus que moi, la Pipe sacrée et le Grand Esprit. Le soir est venu et j'avais envie de m'asseoir. La nuit est tombée, j'étais fatigué, j'aurais voulu m'allonger, dormir, et j'avais faim. Mais je suis resté debout. Ma Pipe me semblait de plus en plus lourde, mon bras fatiguait et retombait tout seul. J'avais besoin de toute mon énergie pour le lever de nouveau. Mais j'avais fait le serment de tenir quatre jours.

Le lendemain, le soleil était chaud, si chaud que j'avais l'impression que mes épaules et mon dos étaient en feu. La peau du visage me brûlait. J'ai pris ma couverture étoilée, la couverture traditionnelle dans laquelle nous nous enroulons, et je l'ai pliée pour former un carré de la dimension d'un coussin que j'ai posé sur ma tête pour avoir un peu d'ombre.

C'est le troisième jour, alors qu'il était midi passé au soleil, que c'est arrivé. J'étais debout, je tenais ma Pipe à hauteur des yeux mais je regardais bien au-delà. Soudain, à une quinzaine de mètres de distance, à gauche de la Pipe, j'ai vu un homme qui s'éloignait de moi. Je l'ai observé tandis qu'il se dirigeait vers sa droite, passant de l'autre côté de la Pipe. Devant lui, il y avait un grand feu, semblable à celui que l'on allume près de la loge à sudation. Il s'est dirigé lentement vers le feu et s'est agenouillé devant, me tournant toujours le dos. Puis il a prudemment écarté quelques bûches et a plongé ses mains nues dans le feu. Un peu plus tard, il en a retiré deux pleines poignées de braises ardentes. Elles étaient d'un rouge étincelant. Ensuite, l'homme s'est levé et a fait le tour du feu par la gauche. Je l'ai vu de face et j'en ai eu le souffle coupé. L'homme que j'observais depuis quelques instants, c'était moi. Alors, mon image et celle du feu ont disparu et j'ai compris que j'avais eu une vision sacrée.

Le quatrième jour, à la fin du jeûne, mes aides sont venus me chercher pour me ramener à la loge à sudation où devait se dérouler la cérémonie de la Pipe sacrée. Au cours du rituel, j'ai raconté ce que j'avais vu à Frank Good Lance, le grand homme-médecine qui m'a transmis son savoir. Le vieil homme demeura silencieux et pensif durant un long moment, puis il dit :

— Cette vision t'était destinée, et à toi seul. Tu en comprendras la signification en temps utile.

Je me souviens qu'à l'époque où je suis devenu homme-médecine, après la danse du Soleil et le jeûne de la Pipe, on m'a fait appeler pour guérir un vieil homme. J'avais alors une quarantaine d'années. Quand je suis arrivé, ils étaient en train de fumiger la maison où se trouvait le malade en y faisant brûler de la sauge pour purifier l'air ; je pouvais voir la fumée qui sortait par la porte. La famille m'a invité à entrer ; ils m'attendaient. J'ai franchi le seuil et le fils du vieil homme est venu à ma rencontre, en portant une chaise. Il m'a conduit au chevet de son père, m'a offert de m'asseoir et s'est dirigé vers une table où se trouvait la Pipe, déjà toute préparée. Il l'a prise, l'a allumée et me l'a présentée. Je l'ai acceptée et j'en ai tiré quelques bouffées. Je suis resté assis à fumer, pensif et songeur, la tête penchée et les yeux clos. Je voulais voir Dieu, le Créateur, le Grand Esprit, avec mon regard intérieur. Ce que j'avais à faire était difficile et je voulais m'en montrer digne tout en restant humble.

J'ai senti que quelqu'un me dévisageait, j'ai ouvert et levé lentement les yeux, et j'ai vu que c'était le vieil homme qui me regardait. Je pouvais lire ses pensées : « Est-ce que ce fils de chienne essayerait de me guérir ? Est-ce qu'il pense en avoir le pouvoir ? » J'ai refermé les yeux et continué à fumer. Quand j'ai eu fini, j'ai appelé un jeune homme.

— Quand les braises seront bien rouges, tu apporteras la sauge et l'herbe douce que tu répandras sur les braises.

Le jeune homme a haché l'herbe douce et apporté la sauge. A cette époque-là, chaque maison sur la réserve avait son poêle à bois ; c'était comme ça qu'on faisait la cuisine. Et tout le monde savait qu'il fallait de l'eau bouillante pour une cérémonie de guérison. Aussi, le poêle ronflait et l'eau chantait dans la bouilloire pour que je puisse préparer la médecine que je prescrirais.

Je me suis levé et, en marchant lentement, très lentement, comme je l'avais fait dans la vision que j'avais eue lors de mon jeûne, je me suis dirigé vers le poêle. J'ai ouvert la porte du foyer, j'ai plongé mes mains dans le feu, j'en ai retiré deux pleines poignées de braises et je suis revenu vers le lit en marchant toujours aussi lentement. Quand je suis arrivé au chevet du malade, le jeune homme a fait un pas en avant pour répandre la sauge et l'herbe douce sur les braises, et j'ai fumigé le vieil homme. Lorsque j'ai eu fini, je suis revenu très lentement vers le poêle et j'ai remis les braises dans le foyer dont la porte était restée ouverte. Il n'y avait aucune trace de brûlure sur mes mains.

J'avais pris de gros risques en concrétisant ma vision. Je m'en souviendrai jusqu'au jour de ma mort. Voilà ce que c'est que d'avoir les pouvoirs d'un homme-médecine. A partir de ce jour, je suis devenu *Petaga Yuha Mani*, Celui-qui-Marche-avec-des-Braises-Ardentes-dans-les-Mains. Depuis, j'ai observé le jeûne de la Pipe sacrée à deux reprises, et il faudra que j'en observe un quatrième avant de mourir. J'attends d'en connaître le moment.

En 1976, tandis que je me trouvais sur l'île de Maui pour donner une conférence à l'université de Hawaii, je suis allé sur la plage avec mes bottes et mon chapeau. Comme j'étais le seul à être habillé, je ne suis pas passé inaperçu. J'ai remarqué un groupe de personnes assises en cercle, qui me regardaient fixement, et plus particulièrement un jeune homme barbu avec de longs cheveux en broussaille. Ils se passaient et se repassaient un malheureux mégot de cigarette sur lequel, à tour de rôle, ils tiraient chichement. J'ignorais tout de la marijuana à cette époque-là, aussi j'ai pensé que ces gens devaient être très pauvres ; encore plus pauvres que moi pour se partager un petit mégot mal roulé. Ils avaient même une sorte de pince pour le tenir, et ainsi leurs lèvres ne touchaient pas le papier.

Au bout d'un moment, le chevelu est venu vers moi et m'a demandé d'où j'étais. Je lui ai répondu que j'étais Sioux Oglala et homme-médecine, et que j'habitais sur la réserve de Pine Ridge. Alors, il m'a dit :

— J'ai eu une vision. Au cours de cette vision j'ai vu Dieu. Il m'a parlé et je Lui ai parlé.

Ça m'a foutu en rogne. Après tout ce que j'avais vécu, les visions sacrées, la danse du Soleil, les rêves, les jeûnes, je n'avais encore jamais vu Dieu. Et voilà que ce jeune homme à moitié nu, entouré de jeunes femmes dévêtues tirant sur un bout de cigarette, prétendait L'avoir vu et Lui avoir parlé !

— Si tu avais réellement vu Dieu et s'Il t'avait vraiment parlé, tu ne serais pas là. Tu serais en train de courir les routes pour tenter de sauver des âmes, pour prêcher la bonne parole et soigner les malades.

Il est resté sans voix, et je suis parti.

Nicholas Black Elk était mon oncle adoptif, Frank Good Lance était mon professeur. Tous deux étaient extrêmement humbles.

Un matin de bonne heure, je me tenais à ma fenêtre et je regardais au-dehors quand une voiture s'est arrêtée devant la maison de mon frère où résidait alors Good Lance. Plusieurs personnes en sont descendues et sont entrées dans la maison. Peu après, elles en sont ressorties en compagnie de mon frère et de sa femme, et ils sont tous montés dans la voiture qui s'est éloignée. Je savais donc que Good Lance était seul. Je suis allé le voir et il m'a dit :

— Ils sont tous partis en ville. Ils ne reviendront pas avant long-temps. Ils m'ont laissé mon déjeuner. Je suis content parce que je voulais parler avec toi.

Il s'est levé, a mis son manteau et son chapeau, a pris sa canne et m'a dit :

— Viens avec moi.

Il a refermé la porte derrière lui et s'est engagé sur le chemin. Nous sommes passés devant ma maison et il s'est dirigé vers l'en-droit où se trouvait ma loge à sudation. Quand j'ai compris où il se rendait, j'ai pensé qu'il allait me demander d'allumer le feu pour une cérémonie, mais il ne l'a pas fait. Au lieu de ça, il m'a dit de m'asseoir et il s'est lui-même assis en face de moi. Le foyer d'une loge à sudation est situé à l'extérieur de la loge et à une courte distance de celle-ci. Entre les deux, à l'ouest de l'entrée de la loge, il y a un monticule de terre sur lequel on dépose la Pipe sacrée pendant toute la durée de la cérémonie.

En montrant du doigt le monticule, Good Lance m'a dit :

— Je veux que tu te serves de ton esprit pour visualiser ce que je vais te dire. Ce continent, cette île de la Tortue, possède quelques très hauts sommets, et au-delà des grandes eaux, dans d'autres pays, il y a des montagnes plus hautes encore. Mais tout ça n'est rien. Ce sont seulement des endroits que leur hauteur fait considérer comme les pinacles de la terre. Ceux qui recherchent la gloire pour eux-mêmes, qui veulent se rendre maîtres des lois du monde physi-que, mesurent ces montagnes chaque mois de l'année. Ils écrivent à leur sujet et en parlent pour glorifier leur ego. Mais cette petite butte-là, me dit-il en montrant du doigt le monticule, est l'endroit le plus élevé du monde. C'est notre église, le chemin de notre salut, celui que nous emprunterons un jour pour nous rendre dans le monde suivant. Beaucoup d'hommes et de femmes de bonne volonté ont essayé de mesurer cette butte, la plus haute de toutes les montagnes. Ils ont perdu l'équilibre et ont roulé jusqu'en bas. Petit frère, fais un bon usage de ta Pipe. Ne t'en sers pas pour mal agir. Sers-toi d'elle pour rendre les gens heureux et faire qu'ils se sentent bien. Guéris leurs maladies, et quand ils s'égarent, ramène-les sur la grand-route de la vie qui est faite de santé et d'amour. Quoi que tu fasses, petit frère, efforce-toi de parvenir au sommet de cette gigantesque montagne. Même si tu dois ramper sur les coudes jusqu'à ce qu'ils soient à vif, ne laisse pas échapper ta Pipe. Quand tu parviendras au sommet de cette butte, la plus haute de toutes les montagnes, tu y trouveras le Grand Esprit. Voilà ce que je voulais te dire.

Tout au long des années, je me suis souvenu de ses paroles et en pensée, je n'ai cessé de le revoir, assis en face de moi, plus particulièrement au cours de l'année 1991 où j'ai été si malade et où je ne m'en suis sorti que de justesse. La joie a été absente de toute cette année-là. Je me suis souvenu de ce qu'il disait : de la détermination, dans tous les domaines et tout au long de la vie. Les petits cailloux qui se trouvent sur le monticule de terre sont d'énormes rochers représentant les problèmes que nous rencontrons dans notre vie de tous les jours.

En 1980, j'étais à l'hôpital où je venais de subir une grave opération. Mon état nécessitait la présence constante d'une infirmière. Les médecins réservaient leur diagnostic. Un jour, tandis que l'infirmière était assise sur une chaise à mon chevet et lisait, je me suis endormi ; lorsque je me suis réveillé, elle était penchée en avant et somnolait ; son livre était tombé, grand ouvert, sur ses genoux. J'ai entendu un bruit sur ma droite, j'ai tourné la tête pour voir de quoi il s'agissait. Un vieil Indien se tenait debout à côté de mon lit. Je le voyais clairement. Son visage était peint pour la guerre, il portait un gilet en peau de daim, une chemise sans col et une sorte d'ornement pendu à son cou par une ficelle. Un paquet de tabac *Bull Durham* dépassait de la poche de son gilet et une sorte de large ceinture lui ceignait la taille. Ses culottes étaient également en peau de daim.

Il s'est penché sur moi.

— Quand j'étais jeune, me dit-il en lakota, j'avais douze doigts. On m'a dit que je devrais donner mes deux doigts supplémentaires à deux personnes qui auraient besoin d'aide. J'ai déjà donné le douzième, mais je n'ai pas encore eu l'occasion de donner le onzième. Je te l'ai apporté pour que tu survives.

A une main, il avait cinq doigts, à l'autre six. Le doigt qu'il m'a donné est invisible, mais il est bien là.

[Pete lève la main droite et écarte les doigts. L'espace entre annulaire et auriculaire est anormalement large, comme s'il y avait la place pour un sixième doigt.]

A partir de là, j'ai récupéré très rapidement.

L'année dernière, j'ai été invité en Russie pour y mener une cérémonie de plantation d'arbre avec les enfants de Moscou. La journée était froide et le vent soufflait. J'ai bourré ma Pipe. L'arbre était déjà planté, mais le trou n'était pas encore comblé. Il y avait beaucoup de monde, enfants et adultes. J'avais un interprète mais, bien sûr, il ne parlait pas lakota. J'ai conduit la cérémonie en lakota puis j'ai dit, en anglais, à l'interprète :

— Tous ces enfants qui sont là, je voudrais qu'ils s'avancent les premiers, qu'ils ramassent une poignée de terre et qu'ils la jettent au pied de l'arbre.

Il a traduit ce que je venais de dire et les enfants se sont tous avancés.

— Vous, les enfants, et la Russie elle-même, vous grandirez pour voir s'installer la paix, et vous apprendrez à aimer votre prochain. Cet arbre est jeune ; comme vous, il s'épanouira.

J'aime cette vie, avec toutes ses misères et toutes ses souffrances. Je reste allongé sur mon lit, dans ma caravane, ne parvenant pas à trouver le sommeil à cause de la douleur. Aux premières lueurs de l'aube, j'écoute le hurlement des coyotes et le hululement des hiboux dans le canyon voisin ; je ne fais rien d'autre, je me contente d'écouter. Peu après, perchés sur le toit de ma caravane, de petits oiseaux se mettent à lancer leur chant du matin, celui du réveil. Et en dépit de ma souffrance, je vois tout cela par la pensée.

Je les vois qui m'observent du coin de l'œil, heureux de constater que j'ai gagné un jour de vie supplémentaire. Des larmes coulent sur mes joues et j'entonne un chant sacré. Ma voix est faible et déformée par la douleur, mais je prends part à la célébration du jour nouveau. Je suis des leurs, et il me semble qu'ils le savent.

Arvol Looking Horse : un Ancien de demain

A une trentaine de kilomètres au nord d'Eagle Butte, Dakota du Sud, et au beau milieu des cinq cent mille hectares de la réserve de Cheyenne River, se trouve le village de Green Grass, où est conservée à l'abri des regards la Pipe sacrée de la nation lakota. Arvol Looking Horse est le « Gardien de la Pipe », sur laquelle sa famille est chargée de veiller depuis dix-neuf générations.

La Pipe a été apportée aux Sioux par Femme Bison Blanc. Elle est enveloppée de poils de bison et roulée dans une pièce de tissu rouge. Son tuyau a été taillé dans un tibia de jeune bison, et il est décoré de plumes d'aigle et de peaux de différents oiseaux. Son âge la rend si fragile qu'on ne peut plus la fumer. La chanunpa est l'objet sacré par excellence des Sioux. Sa pierre rouge est censée être leur chair, leur sang et leur cœur. Son fourneau contient tout l'univers.

Avec moins d'une centaine d'habitants, le village de Green Grass s'étire entre deux petits cours d'eau. C'est un endroit paisible et hors du temps où les chevaux vivent en liberté dans un décor de collines ondulantes qui restent verdoyantes tout au long de l'année. Descendue des Black Hills, les montagnes sacrées, la Moreau River traverse la réserve tout entière, alimente des sources et des cours d'eau souterrains.

Carole Anne et Arvol habitent une grande caravane moderne en compagnie de Cante, neuf ans, la fille de Carole Anne. Tous deux voyagent énormément. Arvol a conduit des réunions de prières aux Nations unies, à New York, et a donné des conférences à Harvard, Dartmouth et Berkeley. En 1990, pendant la crise au Moyen-Orient, il s'est rendu à Bagdad pour y mener des cérémonies.

*Carole Anne appartient au Centre indien d'assistance technique de
la région Centre-Nord qui a son siège à Bismarck, Dakota du Nord,
et rayonne sur sept États. Elle organise des ateliers consacrés à
l'éducation des enfants et à l'art d'être parents, et parcourt les États-
Unis afin de participer à des manifestations visant à mieux faire
connaître et comprendre la culture lakota.*

*A eux deux, ils forment un couple qui s'équilibre parfaitement :
Arvol représente la tradition et Carole Anne la modernité indienne.*

J e suis le Gardien de la Pipe sacrée de la nation sioux (Lakotas,
Dakotas et Nakotas). Nous, les *ikce wicasa*[1], avons notre propre mode de vie. Depuis que je suis tout jeune, j'ai pu apprécier
la puissance bénéfique de la prière. Elle m'a tiré de plusieurs mauvais pas. Pour survivre sur la réserve, on doit apprendre à se
débrouiller de toutes les façons possibles, à se maintenir en équilibre. Le quatre est pour nous un chiffre sacré : on est censé vivre
les quatre âges de la vie. Nous apprenons à être humbles et à
prier *Wakan Tanka.*

Quand j'étais petit, j'ai été piqué par une araignée, une « veuve
noire ». Le venin a commencé à se répandre et à me dévorer la
peau. Je me souviens que ma grand-mère priait pour que je sur-
vive, et c'est sa prière qui m'a tiré d'affaire. Mais les cicatrices
que ça m'a laissé sur le visage m'ont rendu très timide par la
suite : adolescent, je fuyais les autres parce que j'avais honte de
ces marques. Je passais mon temps à chevaucher dans les collines, à contempler la beauté de la terre et à imaginer comment
tout ça devait être il y a bien longtemps. Je me sentais en sécurité
et en paix. J'avais trouvé mon point d'équilibre.

Plus tard, après la mort de mon frère, j'ai décidé de faire quelque chose pour honorer sa mémoire, lui qui réussissait tout ce
qu'il entreprenait. A cette époque-là, j'étais tout le contraire de
lui, je n'avais aucune confiance en moi. Le jour de son enterre-

---

1. Les hommes, par opposition aux non-Sioux.

ment, j'ai pensé à la façon extraordinaire dont il s'y prenait avec les chevaux : il aurait pu être champion de rodéo. En souvenir de lui, je me suis promis de participer à des rodéos dans la catégorie qu'il préférait : la monte des chevaux sauvages.

La première fois que j'ai chaussé les éperons et que je me suis retrouvé dans le box de départ, j'avais tellement peur qu'on entendait mes éperons cliqueter. Depuis, je n'ai jamais cessé de penser que mon frère me disait toujours d'être courageux, et je me suis fixé des objectifs, comme il l'aurait fait. J'ai commencé par de petits rodéos, puis j'ai participé à des compétitions de plus en plus importantes. En 1980, je suis entré dans le circuit professionnel, mais un accident a mis fin à ma carrière en 1983.

La veille au soir, j'avais disputé le rodéo de Pine Ridge où j'avais eu la chance de tirer un bon cheval. Le lendemain, j'étais inscrit pour celui de Deadwood, mais je n'étais pas très en forme. J'ai tout de même confirmé ma participation parce qu'un tas d'amis avaient fait le déplacement depuis la réserve pour me voir monter. J'ai sellé le cheval qui m'était attribué. Je me sentais bien. J'ai levé les yeux vers la tribune d'honneur et je suis monté en selle. Le cheval a rué et s'est ensuite cabré ! Puis se renversant, il est

tombé en arrière et m'a écrasé. J'ai entendu un craquement sinistre dans ma colonne vertébrale. Quand le cheval s'est relevé, je suis resté allongé par terre, en état de choc. Je ne sentais plus mes membres. L'ambulance est arrivée et je me suis réveillé dans un lit d'hôpital. Le docteur m'a dit que je ne pourrais plus jamais marcher, que j'étais paralysé du cou aux orteils. J'avais trois vertèbres de cassées, une de fêlée, et une commotion cérébrale.

Je me suis rappelé qu'une fois ma grand-mère m'avait dit que lorsqu'une personne était sur le point de partir pour l'autre monde, les esprits des siens venaient à son chevet. A plusieurs reprises, j'ai ouvert les yeux et je les ai vus tous qui se tenaient autour de moi.

Puis une voix s'est adressée à moi :

— Je suis ta grand-mère et les tiens ont besoin de toi.

Elle m'a sermonné à propos du rodéo et m'a dit que tout ça était arrivé par ma faute. J'ai senti que ma mère et mon père entraient dans la chambre, mais je n'ai pas ouvert les yeux parce que je ne savais pas s'ils étaient réels ou non. Mon père a commencé à me parler de la danse du Soleil qu'ils allaient célébrer. Je me suis souvenu de ma grand-mère disant : « Peu importe le nombre de personnes qui prient pour toi, si tu ne pries pas toi-même, la prière ne sera pas efficace. » J'ai donc essayé de me détendre. Au moment même où elle se déroulait et depuis mon lit d'hôpital, je me suis concentré sur la danse du Soleil, avec tous les participants entourant l'Arbre de Vie planté au centre. J'ai prié avec ferveur et humilité, de tout mon cœur.

Quand la danse du Soleil s'est achevée, mes os s'étaient ressoudés tout seuls et les docteurs n'arrivaient pas à y croire. Une semaine plus tard, je quittais l'hôpital. Au fond de moi-même, je savais que mes prières avaient été exaucées.

Ma grand-mère m'avait toujours dit : « Si tu décides de choisir ce genre de vie, tu ferais bien de prier pour demander conseil, parce qu'un mauvais choix pourrait t'être fatal. »

Au milieu des années quatre-vingt, nous avons organisé une marche en direction de Pipestone, au Minnesota : c'est de là que provient la pierre rouge dans laquelle a été taillé le fourneau de notre Pipe sacrée. Les Anciens disent que cette pierre rouge est le sang de nos ancêtres.

Il existe une prophétie que nous appelons « La reconstitution du Cercle sacré ». Depuis l'époque du massacre de Wounded Knee, en 1890, jusqu'à la commémoration de son centenaire, les réserves ont ressemblé à des camps de concentration. Il nous a été impossible de vivre comme nous l'entendions jusqu'à la loi de 1978 sur la liberté religieuse. Aujourd'hui sur les réserves, les taux d'alcoolisme et de suicide sont très élevés car les gens ont perdu leur dignité et leur identité. Mais nous nous sommes fixé pour objectif d'éliminer l'alcoolisme d'ici à l'an 2000, et nous sommes nombreux à nous efforcer de revenir à notre culture. Ainsi, la prophétie est en train de se réaliser, nous sommes en train de reformer le Cercle sacré de notre nation.

A un certain moment de ma vie, j'étais si déprimé que j'ai bu sans arrêt pendant deux semaines. J'étais seul, je ne voulais parler à personne. La dernière nuit, j'étais tellement soûl que je n'avais plus conscience de ce que je faisais. Quand j'ai refait surface, j'étais allongé dans une voiture accidentée, celle avec laquelle je venais de faire plusieurs tonneaux. J'étais coincé au point de pouvoir à peine respirer. J'ai réussi à me tirer de là en brisant une vitre. Je me souviens avoir été fou de rage envers moi-même : il était bien trop tôt pour mourir. Le lendemain, j'ai passé la journée à soigner mes blessures et à extraire les éclats de verre qui s'étaient incrustés dans ma peau. Je suis allé dans la loge à sudation me purifier et prier. C'est alors que j'ai décidé de devenir quelqu'un de plus solide. Ça se passait en 1988, et depuis cette date, je n'ai plus bu une seule goutte d'alcool.

En janvier 1991, juste avant la guerre du Golfe, je suis allé à Bagdad avec un groupe de sages lakotas afin d'y prier pour la paix dans le monde. Ce sont nos prières qui nous ont permis d'en revenir sains et saufs : nous étions à Bagdad la semaine où les bombardements ont commencé. J'ai d'abord pensé que mon existence était en danger, puis j'ai réalisé qu'il valait mieux donner sa vie pour la paix que mourir dans un accident de voiture. Nous sommes allés en Irak suite à la vision d'un de nos Anciens qui avait vu de la fumée noire s'élever dans le ciel, là où le soleil se lève. Nous devions donc aller là-bas en signe de paix pour offrir la Pipe et prier, car nous nous considérons comme les gardiens de la Terre, Notre Mère, et nous croyons que lorsque l'on entreprend une démarche spirituelle, les esprits ne manquent pas de venir à notre rencontre.

Notre mode de vie est simple, mais certains des actes que nous devons accomplir pour tenir nos engagements vis-à-vis du Grand Esprit sont très difficiles. Ces obligations sont une affaire personnelle entre chacun de nous et *Tunkashila*, le Grand Esprit. Nous devons faire preuve d'humilité et lui adresser nos prières personnelles avec tout notre cœur. *Tunkashila* les entendra forcément puisque c'est lui qui a créé toute chose.

Selon la tradition, nous recevons un nom dans les premières années de notre vie, mais par la suite nous devons mériter notre nom lakota. Lors des cérémonies et des assemblées, c'est lui que nous utilisons d'abord en nous présentant.

Le plus grand honneur qui puisse être fait à une personne est de recevoir une plume d'aigle car elle symbolise la connaissance. Il y a bien longtemps, quand les nôtres partaient pour le monde des esprits, on les installait sur des plates-formes funéraires afin qu'ils soient au niveau le plus haut, car toutes les choses de la vie évoluent selon des cycles et franchissent des niveaux successifs. C'est une des raisons pour lesquelles nous ne laissons pas nos bébés par terre. Leurs mères les portent sur le dos ou les installent à hauteur du regard, car c'est à ce niveau-là que se trouve la connaissance. Dans notre mode de vie, les enfants sont sacrés.

Nos cérémonies reflètent les quatre stades de l'existence, de la naissance jusqu'au moment ou nous devenons grands-parents. Avec la Pipe, nous apprenons à prier pour conserver ou retrouver la santé et le bonheur. Dans nos prières, nous devons également toujours remercier le Grand Esprit pour toutes les bonnes choses qu'il nous a accordées. Nous apprenons aussi à tirer profit de l'observation des animaux, y compris des chiens de prairie. Nous pouvons prévoir l'épaisseur de la couche de neige de l'hiver suivant en observant la hauteur qu'ils donnent à leurs terriers. Nous croyons aussi que plus nous mettons de nous-mêmes dans une action donnée, plus nous recevrons en retour. La vie est belle quand on la regarde sous cet angle-là.

Mon grand-père pratiquait à la fois la religion chrétienne et notre religion traditionnelle.

— Peu importe comment tu pries, disait-il, il n'y a qu'un seul Créateur.

Par respect pour sa mémoire, nous avons continué à aller à l'église jusqu'à ce qu'un pasteur indien qualifie de « pratiques démoniaques » nos prières avec la Pipe. Mon père s'est levé et a quitté l'église en signe de protestation, entraînant à sa suite la moitié des fidèles.

Dans ma jeunesse, on nous a appris à ne pas parler de la Pipe. C'était avant la loi de 1978 sur la liberté religieuse. J'ai suffisamment de respect pour les autres religions pour ne pas les mépriser. Je sais bien que, quelle que soit la croyance d'une personne, elle en recevra des bienfaits si elle a vraiment la foi.

J'ai beaucoup appris de mes grands-parents. Quand j'étais enfant, je restais dormir chez eux et dès que le soleil se couchait, mon grand-père me racontait les histoires d'*Iktomi*, l'Homme-Araignée[1]. Il m'a aidé ainsi à comprendre les gens. Après la mort de mes grands-parents, je suis retourné vivre chez mes parents et ça a presque été pour moi un choc culturel. Mais il y avait des gens qui venaient chez nous le soir pour chanter et danser, raconter des histoires, et ça me rendait très heureux. Je pensais que ça durerait tout le temps comme ça.

Mes parents parlaient uniquement le lakota. Enfant, je croyais que ma vie entière se déroulerait entre Green Grass et la ville la plus proche. Je ne pensais pas qu'un jour je voyagerais pour par-

---

1. Personnage de la mythologie des Sioux : dupe et tricheur, humble et prétentieux, altruiste et cupide, créateur et destructeur ; l'équivalent du renard des contes occidentaux.

ler de la paix dans le monde. Parfois, j'aimerais que mes grands-parents soient encore là. Dans notre langue, il n'y a pas de mot pour dire « adieu ». Quand nous quittons quelqu'un, nous lui disons : *toksa*, ce qui veut dire : « Nous nous reverrons. »

Quand je contemple la terre de mes ancêtres, je me sens en sécurité et en paix.

— *Ma Lakota.* Je suis Lakota.

Les Anciens m'ont appris à me fixer des objectifs et à m'efforcer de les atteindre. C'est une leçon destinée à tous ceux qui doivent tirer des enseignements de leurs erreurs, même s'ils ont grandi au milieu des problèmes et que la vie les a blessés. En ce qui me concerne, j'ai grandi sur la réserve, mais j'ai l'impression d'avoir accompli un grand nombre de choses et j'essaye toujours de m'améliorer. Aujourd'hui, j'encourage les jeunes en leur disant qu'ils peuvent mener à bien tout ce qu'ils entreprennent ; je l'ai moi-même fait et je sais qu'ils peuvent le faire aussi. Le Cercle sacré de notre nation n'a ni commencement ni fin.

CAROLE ANNE HEART LOOKING HORSE : une Ancienne de demain

Je m'appelle Carole Anne Heart Looking Horse, je suis une Sioux du Dakota du Sud. Mon nom indien, *Waste Wayankapi Win*, c'est-à-dire Ils-Voient-le-Bien, signifie littéralement que les gens perçoivent de la bonté en moi.

Mon père, Narcise Francis Heart, était un Yankton et ma mère est une *Sicangu* ou « Cuisse Brûlée ». A l'époque des guerres inter-tribales, notre peuple mettait le feu à la prairie pour se protéger des attaques ennemies ; or, il advint qu'une fois, certains des nôtres furent brûlés aux jambes par le retour des flammes, d'où l'origine de ce nom. Mon arrière-arrière-grand-père, Horn Chips, un Lakota de Rosebud, fut l'un des conseillers spirituels de Crazy

Horse. Mon arrière-grand-mère s'appelait Stands Alone by Him et ma grand-mère paternelle Aberdeen Zephir Heart. J'ai grandi dans les réserves de Rosebud et de Yankton. Excellente élève à l'école secondaire de Saint-Francis et à Marty, j'ai sauté une classe et, dès l'obtention de mon diplôme de fin d'études, je suis entrée à l'université du Dakota du Sud. A cette époque, nous n'étions que sept Indiens, parmi lesquels Tom Shortbull qui finira par devenir sénateur. A partir du jour où l'un des étudiants indiens assassina un bijoutier, tous les habitants de la ville eurent peur de nous et, dans les magasins, on se conduisait envers moi comme si j'étais la coupable. J'appris alors que le racisme et le sectarisme pouvaient avoir plusieurs visages. Puis j'ai suivi une spécialisation en droit dans la même université et j'ai commencé à travailler au sein du département juridique du Bureau des affaires indiennes, à Washington, D.C. J'ai ensuite exercé, sur la réserve, à Mission, traitant toutes sortes de dossiers, depuis les litiges entre propriétaires et locataires jusqu'aux cas de conduite en état d'ivresse ; j'ai même eu à m'occuper d'un meurtre.

Je sais gré à mes grands-mères de m'avoir transmis ce sentiment très fort de respect de soi et d'identité culturelle. Elles m'ont appris qu'il existe une raison à tout ce qui nous arrive et qu'il faut toujours tirer une leçon de chaque événement. En regardant en arrière, je réalise que ce sont ces femmes exceptionnelles qui m'ont donné la force d'être celle que je suis aujourd'hui. Non seulement elles étaient infiniment généreuses, mais elles savaient honorer les autres avec beaucoup de simplicité et permettre ainsi à chacun de prendre conscience de son potentiel.

Il me fallut au moins quatre ans avant d'accepter de me marier avec Arvol Looking Horse, même si, de son côté, il avait pris sa décision un mois après notre première rencontre. J'étais plus réservée que lui car, n'ignorant pas qu'il était le Gardien de notre Pipe sacrée, j'hésitais devant un tel engagement. Quand j'ai finalement donné mon consentement, nous avons organisé un mariage traditionnel à Green Grass, sur la réserve de Cheyenne River, un 4 octobre. Nous avons choisi cette date car, dans notre culture, le chiffre quatre est sacré.

Nous fûmes stupéfaits de voir des aigles apparaître ce jour-là au moment même où s'ouvrait la cérémonie. Richard Charging Eagle, un prédicateur et pasteur lakota de l'église de Green Grass, et Harry Charger, un Ancien, adepte de la Pipe, dirigèrent le rituel. Richard nous précisa que les aigles étaient venus afin de nous rappeler qu'ils s'accouplaient pour la vie et que, nous aussi, devions rester unis jusqu'à la mort. J'ai écouté ces mots et les ai précieusement enfouis au fond de mon cœur.

Contrairement à un mariage non indien où l'assemblée se tient généralement derrière les mariés et ne peut donc voir leur visage, nous avons formé un grand cercle avec nos parents et amis à l'endroit même où se tient, chaque année, la danse du Soleil. Arvol et moi tenions une plume d'aigle entre nos mains jointes quand j'ai lu à voix haute un texte expliquant que le mariage représente l'union de deux êtres mais qu'il est également important que chaque individu conserve sa propre identité au sein du couple. Plus tard, Richard et Harry ont demandé à nos parents et amis de former un

petit cercle à l'intérieur du grand afin de symboliser le rapproche-
ment de nos familles. Je suis devenue membre de celle d'Arvol et lui
de la mienne, les deux familles n'en faisant plus qu'une.

Les quatre saisons nous ont aussi rendu visite : le jour de notre
mariage, il a neigé et plu avant que le soleil ne se montre. Après
la cérémonie, alors que tout le monde nous étreignait et nous féli-
citait, quelqu'un a remarqué un cheval qui nous regardait du sommet de la colline. Une voix s'est élevée : « Hé, lui aussi c'est un
Looking Horse[1]. »

En tant qu'épouse du Gardien de la Pipe sacrée, j'ai de nombreuses responsabilités, ce qui est parfois difficile car les gens attendent beaucoup de moi. J'essaie d'agir dans le but de promouvoir
notre culture de manière constructive. Lorsque l'un de nous deux
est sollicité pour prendre la parole quelque part, Arvol et moi
devons nous demander si c'est dans l'intérêt des Indiens ; si cette
démarche va permettre à la société dominante d'apprendre qui
nous sommes vraiment. Je pense qu'il est crucial de se poser ce
genre de questions. Il est également capital de travailler avec
notre peuple afin de l'aider à rétablir et à intensifier son lien à sa
propre culture. Je ne parle pas d'un retour au tipi et aux vêtements en peau de daim mais plutôt d'une fidélité aux valeurs de
générosité et de respect que nous, en tant qu'Indiens, avons toujours fait nôtres.

Si je devais résumer les responsabilités d'Arvol et les miennes,
je dirais qu'il s'agit de sauvegarder et de consolider notre culture,
notre spiritualité ainsi que la langue et les traditions lakotas, dakotas et nakotas. De par nos fonctions, les gens s'attendent à ce que
nous soyons meilleurs que quiconque, et ça n'est pas toujours
facile à assumer. Ceci est particulièrement vrai pour Arvol en tant
que Gardien de la Pipe.

A leurs yeux, sa vie devrait être exemplaire, de même que sa
famille. Je pense que beaucoup sont surpris d'apprendre que,
nous aussi, sommes des êtres humains, des gens tout simplement

---

1. Looking Horse = Cheval-qui-Regarde.

SIOUX

ordinaires ; ils ne devraient pas nous doter de qualités qu'ils n'ont pas eux-mêmes. Prenez la boisson par exemple : comme toute famille indienne, nous avons été touchés par l'alcoolisme. Personne n'y échappe. Je ne pense pas qu'il existe un seul Indien capable d'affirmer que sa famille n'a pas été concernée par ce fléau au cours des dernières générations ; nous devons vivre avec depuis tellement longtemps ! Les gens attendent donc beaucoup d'Arvol et, parfois, il est difficile, pour un simple être humain, de répondre à une telle demande.

Le rôle des femmes indiennes est en train de changer. La situation économique ayant évolué, il est presque impossible de s'en tenir aux fonctions existantes au cours des deux derniers siècles. Les contacts extérieurs ont modifié la place de chacun. Traditionnellement, tout appartenait à la femme, y compris la maison et, si une femme mettait son mari à la porte, il devait partir vivre chez des proches. A notre époque, les hommes ne vont plus chasser pour nourrir leur famille, mais doivent travailler pour payer le loyer et faire bouillir la marmite. Cette évolution a modifié la société et bouleversé les relations entre hommes et femmes.

J'ai appris que, pour qu'un mariage dure, il fallait s'entraider. Jadis, c'est l'homme qui rapportait le bison à la maison et sa femme l'honorait en le servant. Aujourd'hui, c'est souvent la femme qui, non seulement « rapporte le bison à la maison », mais le fait cuire. Elle devient « chef de famille ». D'où l'émergence d'un certain nombre de conflits entre des hommes plutôt traditionalistes et des femmes plus modernes.

Depuis 1974, je fais partie, sur la réserve de Rosebud, de la Société de Femme Bison Blanc. Avec une amie, j'ai écrit le projet qui a permis de financer la construction du premier Refuge contre la violence domestique sur un territoire indien. Nous avons choisi de nous attaquer directement à la question de la violence familiale car ça n'a jamais fait partie de notre culture. Après avoir constaté que certains de nos hommes maltraitaient leur femme, nous avons essayé de faire remonter ce problème à la surface afin de commencer à le résoudre. Nous avons découvert que, la plupart du temps, les mauvais traitements s'expliquent par une absence d'activité professionnelle chez l'homme, ce qui oblige la femme à faire appel à l'aide sociale afin de toucher des prestations : d'où l'inversion des rôles traditionnels. Les frustrations et tensions engendrées par ce type de situation remettent en cause les notions de pouvoir et de contrôle au sein du couple.

Notre société était matriarcale de tradition et basée sur des relations de dépendance mutuelle. On ne décidait jamais rien sans consulter les femmes, et les hommes devaient prendre l'avis de leur épouse avant de se prononcer sur une affaire importante ; je veux dire tous les hommes — et pas seulement monsieur Crazy Horse ou monsieur Red Cloud — car ce choix affectait la famille dans sa globalité.

Parfois, les gens qui ne partagent pas nos traditions ne comprennent pas. Les auteurs non indiens écrivent à la lumière de leur propre culture et transmettent des idées fausses ; c'est la raison pour laquelle nous avons toujours été mal compris. Aujourd'hui, la situation évolue car nos propres écrivains offrent une perspective fidèle, et il en est de même de ceux qui témoignent d'un respect particulier à notre égard et sont profondément attachés à ce que notre histoire soit racontée avec exactitude.

Même le magazine *Life* a dénaturé notre religion : dans son numéro d'avril 1993, un journaliste a qualifié Femme Bison Blanc de « *squaw* », celle-là même qui a apporté la Pipe à notre peuple, la figure fondamentale de notre spiritualité. J'en suis presque tombée à la renverse car pour nous, Indiens, ce mot a vraiment une connotation négative. Je fus d'autant plus surprise que *Life* est une publication de renommée internationale, capable de donner à ses lecteurs une meilleure connaissance de la culture indienne. Ironie de l'histoire, la même semaine, un article du *Lakota Times* expliquait la signifiation réelle du mot « *squaw* » : dans la langue des Indiens narragansetts, il désigne le vagin ; c'est donc un terme peu flatteur. Autrefois, les Blancs qui couchaient avec des Indiennes étaient également appelés « hommes à *squaws* », ce qui était bien évidemment péjoratif. Le journaliste de *Life* n'a pas réfléchi un seul instant lorsqu'il a décidé d'utiliser ce mot. C'est un peu comme si on qualifiait la Vierge Marie de salope.

Il est capital de reconnaître l'existence de cette barrière linguistique et de travailler à une évolution tangible en faveur du peuple indien qui s'est vu refuser tout accès à sa propre culture. On nous a punis quand nous parlions nos propres langues, ce qui a fait penser, à une époque, que notre culture était inférieure à celle des Blancs. On nous a affirmé que nous étions des sauvages sans religion. Aujourd'hui, sur les réserves, nous assistons à un retour important vers un mode de vie spirituel ; nous pouvons donc reprendre possession de ce que nous avions perdu depuis si longtemps.

Dans les écoles gérées par nos soins, nous aidons les élèves à se sentir fiers de leur héritage et à comprendre leur histoire, celle d'un peuple opprimé. Ceci leur permettra de réaliser pourquoi ils ressentent ce que l'on qualifie aujourd'hui de « douleur héritée de l'Histoire », et le processus de guérison pourra alors commencer. Aujourd'hui, les gens sont capables de s'expliquer pourquoi leurs parents ne leur témoignaient pas d'affection lorsqu'ils étaient petits. Nos mères et nos pères ignoraient tout du rôle de la maternité et de la paternité. Le gouvernement américain les ayant séparés de leur famille et mis en pension dès le plus jeune âge, ils n'avaient pu être élevés jusqu'à leur maturité.

Nous avons entamé un voyage spirituel. Nous voulons renouer avec le passé afin de retrouver ce chaînon manquant et combler de tout notre possible ce vide qui nous habite. L'adoption, en 1978, de la loi sur la liberté religieuse des Indiens fut pour nous un commencement.

Si les Etats-Unis partageaient nos valeurs, nombre de problèmes que nous rencontrons actuellement nous seraient alors épargnés. Nous sommes stupéfaits devant le manque de respect ambiant, non seulement à l'égard des personnes, mais aussi de l'environnement et des animaux ; j'insiste toujours sur l'importance qu'il y a à aborder ce sujet avec nos jeunes. Dans notre travail, nous essayons de satisfaire toutes leurs demandes car il est essentiel qu'ils sachent qui est Arvol et combien son rôle est fondamental auprès de notre peuple. De même faut-il rétablir leur lien avec la culture dont ils sont issus.

Je crois que l'AIM, le Mouvement des Indiens d'Amérique, a exercé une influence salutaire et positive sur les réserves : il a rendu sa fierté à notre peuple et permis le rétablissement de traditions que l'on croyait oubliées. J'aime me dire que ses membres ont senti qu'ils pouvaient indéniablement faire évoluer la situation ; ils ont fait ce qu'ils croyaient être nécessaire pour provoquer un changement de la condition indienne. Aujourd'hui, le Mouvement est toujours actif, mais, intervenant de manière plus pacifique, il fait moins parler de lui.

Je souhaiterais, dans les dix ou vingt prochaines années, être témoin d'une communauté qui honore ses enfants. Si nous voulons apporter de réels changements au sein de notre peuple, il nous faut commencer par nos enfants car c'est sur eux que repose notre avenir.

Cette idée, selon laquelle c'est avec eux que nous pourrons commencer à reformer le Cercle sacré, nous a poussés à présenter un projet de construction d'une école à Green Grass.

L'été prochain, nous allons rassembler nos familles et attribuer un nom indien à tous ceux qui n'en ont pas encore. Nous allons afficher notre arbre généalogique et le compléter en demandant à chaque aïeule de le tenir à jour ; ainsi, nous connaîtrons et resserrerons les liens sacrés qui nous unissent les uns aux autres. Nous allons faire renaître nos cérémonies, vivre selon notre culture et honorer nos Anciens. Ce faisant, nous renforcerons et réparerons le Cercle sacré au sein de notre propre famille et pourrons ainsi commencer à panser les blessures du monde.

HOPI

Martin Gashweseoma : la Prophétie

Les Hopis descendent des Anasazis[1] qui, pendant plusieurs millénaires, ont occupé la région des Four Corners[2]. Habitant primitivement des maisons semi-enterrées, les Anasazis ont construit à partir de l'an 750 de notre ère, et pour des raisons de sécurité, d'extraordinaires villages[3] fortifiés qui se composent de constructions contiguës à plusieurs étages ; certains refermés sur eux-mêmes, en croissant, comme « Pueblo Bonito » dont les ruines imposantes barrent encore le Chaco Canyon, au Nouveau-Mexique ; d'autres troglodytiques, comme « Cliff Palace » qui est toujours niché, comme une aire d'aigle, au flanc de Mesa Verde, dans le Colorado. Du Xe au XIIe siècle, les Anasazis, alors à leur apogée, ont étendu leur territoire dans toutes les directions. Mais au cours du XIIIe siècle, la raréfaction du bois (construction et combustible), la poussée d'envahisseurs venus du nord (Utes, Navajos, Apaches) et la sécheresse persistante ont contraint les Anasazis à émigrer vers le sud et l'ouest où ils ont fondé une vingtaine de nouveaux pueblos sur les territoires des États actuels de l'Arizona et du Nouveau-Mexique.

---

1. En langue navajo : les Anciens.
2. Les Quatre Coins, aux confins des États actuels du Colorado, de l'Utah, de l'Arizona et du Nouveau-Mexique.
3. Le mot espagnol *pueblo*, qui désigne le village, s'applique à la fois aux agglomérations composées de maisons contiguës construites en *adobe* — sorte de pisé — et à certains Indiens qui les habitent (voir p. 306).

En 1100 après J.-C., le groupe anasazi, qui est à l'origine du peuple hopi, a construit dans le centre de l'Arizona le pueblo d'Old Oraibi que l'on estime être le plus ancien lieu de toute l'Amérique du Nord à avoir été habité par l'homme sans discontinuité.

En 1906, les « traditionalistes », dont le guide s'appelait Yukima, ont été chassés d'Old Oraibi par les « progressistes » ouverts à l'influence des Blancs. Emportant seulement ce qu'ils pouvaient transporter sur leur dos, les fidèles de Yukima sont allés s'installer six kilomètres plus à l'ouest, dans une région sablonneuse où ils ont fondé Hotevilla.

Le neveu de Yukima, Martin Gashweseoma, est devenu le Gardien des tablettes de pierre sacrées sur lesquelles est gravée la « prophétie hopi ».

Il se dégage de Martin Gashweseoma une douceur et une bonté naturelles qui semblent apaiser les personnes qui l'approchent. Son regard n'est pas perçant, mais se pose paisiblement sur son interlocuteur, même lorsqu'il énonce de terribles prophéties. Il vit uniquement au présent, un présent qui n'a ni commencement ni fin.

Martin éprouve certaines difficultés à comprendre l'anglais, aussi son gendre, Emery Holmes, qui est homme-médecine, se tient à ses côtés. De temps en temps, ils discutent en hopi pour préciser certains points avant que Martin ne se sente tout à fait à l'aise pour répondre à mes questions. Emery a épousé Mildred, la fille de Martin, et c'est dans sa spacieuse cuisine que nous nous sommes installés. Mildred nous sert du piki, un pain délicieusement croustillant et feuilleté, fait de farine de maïs bleu, et cuit à l'ancienne, sur une pierre. Les enfants regardent la télévision dans la salle de séjour. Il y a un dicton à propos des maisons indiennes : « Pas d'eau courante, mais toujours un téléviseur. »

Au moment d'aller me coucher, j'accède par une échelle à l'endroit où se trouve le lit qui m'est réservé. Tandis que je sombre lentement dans un sommeil serein et propice au rêve, je pense à cette région de sables roses et de canyons aux falaises sculptées par les esprits du vent, où les quatre montagnes sacrées préservent l'harmonie du

*souffle vital et sauvegardent l'esprit de la terre et de la vie. Alors je
me dis qu'il y a bien de la magie dans l'air.*

*On dit que les Hopis sont les gardiens dont les prières et les céré-
monies maintiennent l'équilibre du monde. Je ne peux pas parler au
nom du monde entier mais, en ce qui me concerne, je me sens, ce
soir-là, en parfait équilibre.*

Il y a longtemps, bien longtemps, que les prophéties ont été
transmises aux Hopis. A la fin des années vingt, mon oncle
Yukima, qui était qualifié de Hopi « hostile » ou « traditionaliste »,
allait de maison en maison pour annoncer ce qui allait se passer
dans le futur. A cette époque-là, je n'avais rien remarqué d'anor-
mal et je me disais qu'il plaisantait peut-être. Mais j'observais ses
préceptes, et tous les matins je sortais de chez moi pour prier,
saluer le soleil à son lever, puis descendre à la rivière me baigner
dans l'eau froide. Ainsi, on peut se forger un cœur résistant et, s'il
arrive quoi que ce soit, on n'a rien à craindre de personne.

Je pense que quelque chose me poussait vers le mode de vie
traditionnel. Mon oncle me transmettait certaines de ses connaissances mais il devait en garder d'autres secrètes. Je ne savais
donc pas tout, et je priais pour acquérir ce savoir. J'ai prié ainsi
pendant des mois, me disant que je ne devais pas faire ce qu'il
fallait puisque je n'obtenais pas satisfaction. Ma vie a continué
ainsi jusqu'à ce qu'une année, je ne rêve plus du tout. Et puis, une
nuit, un esprit est venu me visiter. C'était comme un rêve mais ce
n'en était pas un. Cet esprit m'a réveillé et conduit à la *kiva*, la
chambre souterraine où les hommes se réunissent et où se déroulent les cérémonies sacrées. Une fois arrivés, il m'a tendu un objet
qui me rendrait invisible aux yeux des participants.

Je suis entré dans la *kiva*, j'ai surpris les conversations et appris
ainsi ce qui se transmet au sein des sociétés masculines. Quand
plus tard, j'ai demandé à mon oncle si ce que j'avais entendu était
exact, il m'a demandé comment je savais tout ça, et je lui ai parlé
de ma visite à la *kiva*.

— Tu as de bonnes oreilles, m'a-t-il dit. Tu as de bons yeux. Tout ce que tu as entendu et vu est vrai.

C'est ainsi que j'ai appris tout ce qui concerne leurs plumes de prière, leurs lieux saints et leurs pèlerinages. Parce qu'ils ne pouvaient pas me voir.

Aujourd'hui, je conduis ma vie comme mon oncle me l'a enseigné. Je vois que ses prophéties se révèlent exactes, que tout se déroule comme il l'avait prédit. Je suis bien résolu à vivre en suivant les enseignements du Créateur. Mes frères ont choisi le mauvais chemin, celui de l'homme blanc, et son mode de vie matérialiste.

Ces dernières années, tout, dans notre vie, a commencé à aller de travers. Nos Anciens avaient prédit que si les plantes venaient à fleurir au milieu de l'hiver nous devrions aller à Santa Fe prévenir les Blancs que s'ils ne changeaient pas leur façon de vivre, il en résulterait des destructions et des souffrances. L'an passé, au milieu de l'hiver, les plantes ont commencé à fleurir. Nous nous sommes réunis avec les Anciens et nous avons envoyé des lettres à ceux de Santa Fe pour leur dire que nous aimerions venir en parler.

De nombreux aspects de notre vie sont désormais soumis au gouvernement fédéral. Si nous perdons nos traditions, nous le regretterons. L'accroissement du nombre des tremblements de terre, annoncé par la « prophétie hopi », est déjà une réalité, de même que la prolifération des régimes militaires. Nous savions que les tremblements de terre commenceraient en Californie. J'avais dit à des visiteurs venus de cet État qu'ils feraient mieux de déménager vers l'est, en direction de Flagstaff ou Sedona s'ils voulaient être en sécurité. Les maladies, le Sida, la famine et le problème que posent les sans-abri ont été annoncés par nos prophéties.

Si ce village a été fondé, c'est avant tout pour respecter les lois du Créateur et pour vivre de la terre. Il était interdit d'y amener l'électricité, l'eau ou le tout-à-l'égout, parce que c'est à cause de tout ça que le gouvernement s'approprie nos terres. Il est déjà intervenu pour réquisitionner des terres en bordure de notre réserve sous prétexte d'installer toutes ces choses.

Nos Anciens nous ont enseigné que des gens viendraient sur ce continent à la recherche du Créateur. Tout comme la Bible a été écrite pour raconter la véritable histoire des événements qui ont bouleversé le monde dans le passé, j'ai demandé que l'on enregistre mes déclarations par écrit, de manière qu'elles puissent être publiées par la suite, après la purification de ce monde. Dans nos prophéties, il est question de deux frères : un jeune à la peau sombre, et son aîné à la peau claire que nous appelons Frère Blanc. Ensemble, ils décideront de quelle manière la purification doit s'accomplir.

L'équilibre de la vie a été rompu. Lorsque les humains seront totalement déboussolés, quelqu'un entendra notre voix et notre Frère Blanc répondra à notre appel et balaiera les démons. Selon la prophétie, il ne restera plus, après la purification, qu'une poignée de survivants dans chaque pays. Alors, ils viendront sur ce continent que nous appelons le Paradis. C'est ici que le Créateur a vécu en premier et c'est comme ça qu'il a appelé ce pays. Le royaume de Paradis. C'est d'Oraibi, un village hopi, qu'il a envoyé son propre fils à Bethléem pour qu'il y naisse. Les Hopis savaient déjà que l'étoile du matin se lèverait un beau jour pour annoncer la naissance de quelqu'un de particulièrement important.

Les deux frères étaient déjà avec nous quand nous sommes arrivés sur ce continent. Quand leur père est mort, le frère aîné est parti en direction du soleil levant et le cadet est demeuré ici. Ils avaient décidé que Frère Blanc s'en irait mais qu'il ne resterait pas absent très longtemps ; qu'il reviendrait lorsque les gens voyageraient en empruntant des routes construites dans les airs. A ce moment-là, nous saurions que la terre serait corrompue au point qu'il serait nécessaire de la purifier.

Le moment est venu. Tout s'est dégradé. Parce que nous avons perdu notre équilibre, nous n'obéissons plus aux lois énoncées par le Créateur. Ainsi, en dépit de nos avertissements répétés, il se passe, en ce moment même, des choses terribles en Californie. Il est désormais trop tard pour que les gens acceptent volontairement de se corriger petit à petit. Ils disent toujours qu'ils s'amenderont l'année prochaine, mais alors il pourrait bien être trop tard. C'est pour qu'ils cessent de mal agir et retrouvent leur équilibre que nous ne cessons de les avertir :

— Réveillez-vous tout de suite ! Faites quelque chose, dans votre propre intérêt !

Nous autres, Hopis, ne possédons pas la terre sur laquelle nous vivons ; nous ne faisons qu'en prendre soin. Nous en tirons notre subsistance, mais ne l'utilisons pas pour produire de l'électricité ni en extraire du charbon. Nous annonçons la purification parce que c'est notre devoir. Nous y sommes prêts ; nous voulons qu'elle se réalise. Nous savons que nous ne parviendrons pas à obtenir des gens qu'ils changent, mais le moment est proche. Tout proche. Nous prions le Créateur et nous lui disons que nous n'avons pas désiré cela, mais nous sentons bien qu'il n'y a plus le choix. Nous avons déjà dépassé la date qui nous avait été révélée par la Prophétie, et les chefs spirituels de notre village ont eux-mêmes repoussé l'échéance parce qu'ils ne veulent pas que cela se passe de leur vivant.

De nos jours, un grand nombre de gens se tournent vers les

Hopis pour tenter d'obtenir des réponses aux questions qui les tourmentent. Ceux qui sont prêts seront épargnés, mais ils seront mis à l'épreuve. L'an passé nous sommes allés à la rencontre des habitants du pueblo de Santa Clara, et nous avons allumé un feu que nous avons entretenu pendant un jour et une nuit. Ils sont indiens, mais ils ont oublié leur langue maternelle. Quand je les ai vus, je me suis demandé s'ils étaient réellement indiens. Tellement de tribus ont oublié leur langue, et c'est la raison pour laquelle notre culture a été corrompue. Aujourd'hui, ils ont des ordinateurs pour entrer en contact avec n'importe qui ; de cela aussi il est question dans la Prophétie. Il y est dit que nous autres Hopis deviendrons paresseux et que lorsque nous voudrons rendre visite à un ami ou un parent, nous n'aurons plus besoin de marcher, nous irons sans même toucher le sol. La Prophétie parle des voitures et aussi d'une grande route dans le ciel, c'est-à-dire des avions. Elle dit aussi que nous regarderons à travers une fenêtre pour savoir ce qui se passe : il s'agit de la télévision.

Une des premières choses que nos Anciens nous ont enseignées, c'est que, lorsque le temps de la purification sera venu, nous verrons apparaître un grand miroir. C'est devant ce miroir que nous serons jugés, et c'est ce miroir qui prononcera la sen-

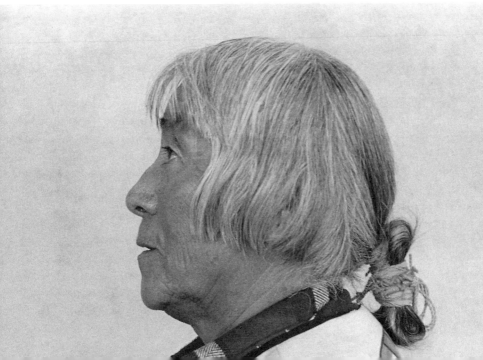

tence. À présent, je dirai que ce sera un peu comme un ordinateur. Ils nous poseront une question et ils compareront notre réponse à la multitude de données qui, durant des années et des années, ont été stockées dans la mémoire de l'ordinateur.

Les Hopis ont été également les premiers à se rendre sur la lune. Ils ont fait le voyage dans une calebasse. En ce temps-là, ils étaient de grands magiciens. Ils savaient à quoi ressemblait la lune bien avant que l'homme blanc n'y mette le pied. Les photos que l'homme blanc en a ramenées ressemblent aux descriptions qu'ils en avaient données, il y a bien longtemps de ça. Les Hopis possédaient de grands pouvoirs, mais personne n'a daigné tenir compte de leurs avertissements.

Je suis désolé d'avoir à vous dire ça, mais c'est la vérité. C'est ce qu'on nous a enseigné, et je dois vous l'apprendre pour que vous en soyez avertis lorsque le moment viendra. Tout dépendra de ce que vous aurez en tête à ce moment-là. Si vous êtes dans le droit chemin et que vous avez un corps sain, vous en réchapperez peut-être. Mais si vous n'avez pas un cœur résistant, vous risquez d'être terrorisés et d'avoir une attaque. Nous pouvons dominer notre peur en priant et en nous baignant dans l'eau froide pour nous endurcir. Tout cela aidera notre corps et notre esprit à devenir plus forts.

Thomas Banyacya : la maison de mica

Thomas Banyacya est le traducteur et l'interprète attitré des chefs traditionnels et spirituels de la nation hopi indépendante.

Le 10 décembre 1992, la pire tempête que New York ait connue, au cours des trois cent cinquante années de son histoire, a éclaté au moment précis où Thomas Banyacya parvenait enfin à mener à bien le projet qui lui tenait à cœur depuis trente-trois ans : s'adresser aux dirigeants du monde entier depuis la tribune des Nations unies. Tandis qu'il prononçait son message de paix, au nom des Hopis, la tem-

*pête s'est déchaînée. Des vents de cent cinquante kilomètres/heure
ont secoué la tour des Nations unies, et une pluie diluvienne a inondé
le métro, paralysant le trafic. D'énormes vagues ont pénétré à l'intérieur des terres, balayant une partie de l'autoroute qui longe la côte.
Plus d'un demi-million de New-Yorkais ont été privés d'électricité.*

*Un tiers du personnel des Nations unies a été contraint au chô-
mage technique par cette panne de courant. Le lendemain, les quelques rares personnes qui sont venues travailler ont demandé à
Banyacya s'il était possible de mettre fin à cette tempête.*

— Oui, a-t-il répondu. On peut l'arrêter.

*Il leur a demandé de former le cercle et de prier, de demander
pardon pour tous les maux qui ont été infligés à la terre, et de faire
le serment de se soumettre désormais aux lois du Créateur. Elles
l'ont fait, et presque immédiatement la tempête s'est calmée. Les
Hopis n'ont pas été surpris lorsqu'ils ont appris ce qui s'était passé.
Dans leur langue, le mot* banyacya *signifie eau.*

J e suis né au début du mois de juin 1909. A l'époque où j'ai
commencé à marcher, ma mère a eu un autre enfant. Elle est
morte en couches et le bébé n'a pas survécu. Mon père tenait une
petite épicerie avec ses frères, la première boutique qui se soit
ouverte à Moenkopi, un village proche de Tuba City, à cinquante
ou soixante kilomètres d'ici, et à proximité du Grand Canyon.

J'ai reçu mon nom, Banyacya, à ma naissance. Il me vient du
clan de mon père, le clan des Nuages de pluie, de l'Eau, des Sources, des Océans, de tout ce qui se rapporte à l'eau et au maïs.

Nous sommes tous hopis dans ce village. Ma mère appartenait
au clan du Coyote, et comme on appartient d'office au clan de sa
mère, j'en suis devenu membre. Le clan du Coyote a le pas sur
tous les autres dans les cérémonies religieuses. Notre devoir est
de veiller à ce que tous les autres chefs se conforment aux lois,
règles et instructions spirituelles qui maintiennent la terre en vie
et en équilibre. Quand j'ai été reçu dans notre société religieuse
et initié, les Anciens m'ont dit que j'avais le même rôle à jouer

que le coyote. De temps à autre, cet animal hurle à la nuit tombante pour nous délivrer un message. Parfois, il s'agit d'un salut ou encore d'un avertissement. C'est aussi une partie de notre mission. C'est pour ça que j'ai été choisi pour être l'un des interprètes et des porte-parole des Anciens et des chefs religieux qui se sont réunis en 1948 au village de Shongopovi sur *Second Mesa*.

Tous ces Anciens étaient âgés de quatre-vingts, quatre-vingt-dix ou cent ans. Leur assemblée a duré quatre jours. Ils ont déclaré que nous avions jusque-là mené une vie équilibrée, vertueuse, et qu'en retour la nature ne s'était pas montrée destructrice. Mais maintenant, nous étions entrés dans une période très critique car quelqu'un avait fabriqué cette calebasse remplie de cendres et l'avait lâchée sur Hiroshima et Nagasaki, brûlant tout et tuant des milliers de personnes en quelques secondes.

Cette terre appartient à *Maasau*, le Grand Esprit. Cette terre est Notre Mère, et tout ce qui existe sort de son corps. Tout ce qui vient de la Terre, Notre Mère, est un être vivant doué de pouvoirs : les animaux, les oiseaux, les arbres, l'herbe, tout comme les êtres humains.

Parce que nous avons été les premiers habitants de ce pays, nous, Hopis, savons prendre soin de cette terre. Nous avons appris de nombreux chants et rituels, de nombreuses cérémonies et pratiques, et chaque mois, nous les interprétons et les célébrons afin que notre terre et notre vie conservent leur ordonnance naturelle ; que nous ayons des pluies modérées, mais pas d'inondations ni de récoltes détruites ; pas de vents forts, mais des vents faibles qui nous amènent des nuages, et qu'il pleuve doucement, qu'il bruine jour et nuit pendant trois ou quatre jours, sans ruissellement ni inondation. C'est ainsi qu'était la vie jusque-là. Il y a beaucoup d'herbe par ici, jusqu'au genou, et un grand nombre de magnifiques fleurs de toutes sortes, des quantités de papillons et d'oiseaux. Nous avons été placés là par le Grand Esprit. Il nous a conduits jusqu'à cette région des *Four Corners* entourée de hautes montagnes. Quand nos ancêtres y sont arrivés ils y ont installé leurs lieux saints, faisant de cet endroit une sorte de chambre sacrée.

Selon la tradition hopi, c'est d'ici que tous les Indiens sont partis vers les quatre horizons. Beaucoup de nos ancêtres sont montés jusqu'en Alaska, jusqu'à l'extrémité nord de ce continent. Ils y ont établi des lieux saints et laissé un petit enfant de chaque sexe. D'autres se sont dirigés vers le sud, à travers jungles et contrées « sauvages », comme disent les Blancs. Nous préférons dire à l'état de nature, car c'est ainsi qu'était la nature avant l'intervention de l'homme. Ils ont atteint l'Argentine, l'extrémité de l'Amérique du Sud, où ils ont établi des lieux saints et laissé un petit enfant de chaque sexe. Des membres de notre clan sont allés vers l'ouest et y ont établi des lieux saints. Et ceux qui sont partis vers l'est ont fait de même au bord oriental de ce continent. Ainsi, il y a des lieux saints aux quatre points cardinaux.

Quand nos frères blancs ont fabriqué cette calebasse remplie de cendres et l'ont lâchée sur Hiroshima et Nagasaki, nos Anciens ont éprouvé le besoin de diffuser ce message pour prévenir tous les peuples de la terre, parce que nous ne formons qu'un seul peuple. Au cours du premier, du deuxième et du troisième âge du monde, nous ne parlions qu'un seul et même langage. Mais aujourd'hui, nous sommes dans le quatrième âge du monde, le dernier, la dernière vie que nous aurons.

Nous croyons que le Grand Esprit a ordonné un jour à tous les peuples de la terre de s'aligner devant lui, et qu'il a demandé à chaque chef de s'avancer et de choisir l'épi de céréale qu'il voulait pour nourriture en ce monde. Le premier a pris l'épi le plus long, et ainsi de suite, jusqu'à ce qu'il ne reste que le plus petit de tous. Nos frères hopis qui avaient patienté jusqu'à la fin ont ramassé ce petit épi.

— Je suis content que vous ayez choisi le dernier épi, leur a dit le Grand Esprit. Je vois que vous êtes patients et sages. Vous avez pris la véritable céréale ; toutes les autres ne sont que des imitations.

Le premier épi dont il est question, l'épi le plus long, contenait sans doute des grains de blé, car nos frères blancs cultivent surtout le blé. Le suivant pourrait être le riz choisi par nos frères

asiatiques. Mais ce sont les Hopis qui ont choisi le maïs, la véritable céréale. C'est pourquoi les Anciens nous ont appris à ne jamais en abandonner la culture. Quand nous prions, jeûnons et méditons pour faire pousser le maïs, nous encourageons du même coup l'herbe et tout le reste de la végétation à se développer.

Dans nos sociétés, on nous a enseigné à dire des prières pour les plantes, les animaux, les oiseaux, et toute la nourriture que la Terre, Notre Mère, nous procure ; et chaque fois que nous recevons d'elle une de ces choses, nous la remercions d'une prière. Quand nos plantations sortent de terre, nous les considérons comme des nouveau-nés, nous allons dans les champs pour les voir et nous chantons pour elles. Parfois, dans cette vallée, vous pouvez nous entendre, tôt le matin ; vous pouvez nous entendre chanter. Nous allons dans les champs et nous parlons à nos plantes comme si elles étaient des êtres humains, et nous les encourageons. C'est comme ça que nous prenons soin de ce qui fait notre vie par ici.

A la suite de l'assemblée de 1948, j'ai voyagé dans les quatre directions. Je suis d'abord allé dans l'Est pour rendre visite aux « Six Nations », à l'occasion du Grand Conseil de la Confédération iroquoise. A mon retour, nous nous sommes rendus dans les pueblos et les villages pour parler de tout ça. Puis nous avons formé une caravane de cinq ou six voitures et nous avons parcouru plusieurs États : Ohio, Iowa, Wyoming, Washington et Californie ; nous sommes allés à San Francisco et Los Angeles, avant de revenir ici. Une deuxième tournée nous a conduits au Nouveau-Mexique, en Oklahoma et de nouveau dans l'Est. Nous sommes retournés chez les Six Nations iroquoises et nous avons poussé jusqu'à la rive canadienne du lac Ontario. Au bout de six années de pérégrinations, nous nous étions dirigés vers les quatre horizons.

Le dernier rassemblement s'est tenu au Canada. Je n'y étais pas, mais on m'a dit que plus de deux mille familles, venues d'un peu partout, se sont retrouvées là pendant toute une semaine. Elles avaient établi leur campement, comme une nouvelle communauté. Les personnes âgées pleuraient de joie en voyant ça. C'était ainsi au commencement : nous avions l'habitude de nous retrouver ici ou là ; nous ne formions alors qu'une seule famille qui s'était dispersée depuis peu. Nous ne demandions pas à quelle tribu appartenait l'autre. Nous savons qu'à une certaine époque nous n'étions qu'un seul peuple, mais nous parlons désormais des langues différentes. Parfois, les mots sont encore très proches des mots hopis, mais certains ont changé de sens. Notre système de clans est le même que celui des Six Nations iroquoises.

Certains disent que ce pays gaspille toujours ses forces audehors. Tant de vies ont été sacrifiées en Corée, au Viêt-nam, au Japon, à Hawaii et ailleurs. Autrefois, il a utilisé sa puissance contre les Indiens. Aujourd'hui, il la retourne contre des pays étrangers comme l'Irak. Ce n'est pas en agissant ainsi un peu partout dans le monde que nous connaîtrons la paix, la justice et le bonheur. Adressons-nous à nos sénateurs et à nos représentants au Congrès. Poussons nos dirigeants et nos organisations à agir en commun, et voyons si nous pouvons mettre un terme à cette situation. Parce que, si nous ne faisons rien, nous nous préparons un avenir effroyable.

Si les Anciens m'ont choisi en 1948, c'est parce que j'avais un peu d'instruction et que je me débrouillais en anglais. En 1921, on m'avait envoyé, en compagnie d'un groupe de jeunes de mon âge, dans une école gouvernementale située à l'est de Riverside, Californie. J'y ai passé six ans avant d'être autorisé à retourner chez moi. Ça ressemblait fort à une école militaire et nous ne comprenions pas pourquoi nous étions là. J'ai réalisé plus tard que le gouvernement des États-Unis cherchait alors à éliminer les Indiens. Ils avaient essayé d'anéantir les Lakotas, mais comme ils n'étaient pas parvenus à les vaincre, ils avaient décidé de massacrer les bisons afin de les acculer à la famine. Puis, voulant aussi se débarrasser des autres Indiens, ils les avaient parqués dans des réserves. Mais, malgré tout, les Indiens avaient survécu et ils avaient eu beaucoup d'enfants. C'est alors que le gouvernement a eu l'idée d'envoyer tous ces enfants dans des internats très éloignés de leurs réserves, les « écoles gouvernementales », pour les soumettre à un lavage de cerveau, afin de leur faire perdre tout intérêt pour leurs cultures, leurs religions et leurs langues.

En 1930, j'ai obtenu mon diplôme de fin d'études secondaires. On m'a accordé une bourse pour que je puisse poursuivre mes études au Bacone College, une université réservée aux seuls Indiens, près de Muskogee, Oklahoma. J'y ai passé deux ans à étudier l'histoire comparée des religions. J'ai découvert des textes dont l'enseignement était tout à fait semblable à ce que nous apprenaient les Anciens, comment vivre tout en respectant son prochain.

Quand je suis revenu chez moi, j'ai rendu visite à de nombreux sages et ils ont finalement accepté de me parler. Avant ça, un jeune rebelle dans mon genre aurait dit :

— Oh, tout ça ce sont de vieilles histoires ! Ça ne nous concerne pas. On n'écoute pas les vieux.

Mais je sais à présent qu'ils connaissent tant de choses. Je passais mes jours et mes nuits dans les villages hopis de Hotevilla, Oraibi, Shungopovi, Mishongnovi et Walpi. J'allais dans les pueblos et je m'asseyais auprès des Anciens.

Chaque village possède sa version des événements qui se sont déroulés au cours du premier âge du monde (la première phase de l'histoire de l'humanité). Il s'est terminé par une catastrophe naturelle, tout le monde sait ça, et il n'y eut qu'une poignée de survivants. Par la suite, ils ne sont pas parvenus à s'amender ni à imposer de meilleurs choix à leurs chefs. Ils ont fait un mauvais usage des pouvoirs qu'ils avaient acquis et ils ont commencé à aller contre la nature. Le mot *koyaanisqatsi* signifie rejeter totalement les lois du Grand Esprit, les lois de la nature. Le quatrième âge du monde, dans lequel nous sommes à présent, est le dernier, et il est censé durer éternellement. A nous de faire en sorte qu'il soit effectivement éternel.

Même si, aujourd'hui, nous sommes de différentes couleurs comme les fleurs, si nous parlons des langues différentes, nous ne sommes en réalité qu'un seul peuple, et nous devons, tous ensemble, prendre soin de cette terre et de cette vie, au nom du Grand Esprit. Mais on dirait que la majorité des gens ne cherchent qu'à accaparer des choses pour eux-mêmes, qu'ils se moquent de tout et ne pensent qu'à détruire. Des événements effroyables ne vont pas tarder à se produire. Les Hopis l'ont toujours su, et ils ont toujours souhaité transmettre cette connaissance au reste du monde.

En 1972, nous étions quatre à nous rendre à Stockholm, et nous avons passé cinq jours en Belgique. De là, je suis allé en Suisse, en Autriche, en Allemagne, à Moscou, en Yougoslavie, en France, à Rome, Puerto Rico, au Salvador, Hawaii, au Japon et au Yukon, à la frontière de l'Alaska. J'ai rencontré de nombreux représentants des peuples autochtones. J'ai tenu la promesse que j'avais faite à nos Anciens. En 1948, ils m'avaient dit :

— Ce sera difficile. Les adeptes de certaines religions te traiteront de fou ou de menteur.

Il y a dans ce pays d'éminents chefs spirituels que l'on n'écoute pas, auxquels on ne donne jamais la parole. Je pense qu'il serait temps de le faire. Je ne suis qu'un simple porte-parole, un messager, et je délivre mon message chaque fois que j'en ai l'occasion. La dernière fois, c'était aux Nations unies, en décembre 1992. Cette promesse-là aussi je l'ai tenue.

Nous faisons partie de cette terre, comme les arbres et les animaux. Les peuples autochtones d'Amérique du Sud, ceux du Brésil, d'Argentine, du Pérou, du Guatemala, prient et célèbrent des cérémonies pour garder cette terre en vie. Ils mènent une vie simple et, aujourd'hui, ils dénoncent ce qui se passe. De riches étrangers, de puissantes multinationales, sont en train de tout emporter, de tout détruire pour gagner de l'argent et accroître leur pouvoir. Les arbres ne peuvent pas parler, les rochers ne peuvent pas parler, les rivières, les sources, les animaux et les oiseaux ne peuvent pas parler, c'est pourquoi les peuples autochtones doivent parler haut et fort.

Alors que les représentants des autochtones de l'hémisphère

occidental frappaient à leur porte depuis 1949, les Nations unies ont fini par leur ouvrir le 10 décembre 1992. Ce jour-là, elles ont reçu vingt de leurs porte-parole et ont déclaré 1993 : « Année des Peuples Indigènes. » J'étais le dernier à prendre la parole. J'avais préparé un discours, mais j'ai parlé avec mon cœur. Il faut que l'esprit qui est en vous s'adresse directement à l'esprit de celui qui vous écoute.

Les gens des Nations unies parlent de droits de l'homme, d'égalité, de justice et de liberté religieuse, mais ils ne nous ont jamais aidés, nous les autochtones. Ils ont laissé détruire nos cultures, nos religions et nos langues. Il est temps qu'ils nous aident avec leurs lois et leurs règlements. S'ils ne font rien, c'est la nature qui agira. C'est pourquoi ce grand vent s'est levé pendant que je parlais à la tribune, et qu'il les a secoués en leur envoyant tempête de neige, raz de marée, inondations et coupures de courant.

Nous devons remettre le monde en ordre, après tout ce qu'on lui a fait subir. Sinon, c'est la Terre, Notre Mère, qui va nous secouer vraiment fort. Nous respirons tous cet air qu'elle nous fournit ; tous les êtres vivants de cette planète ne peuvent s'en dispenser. Nous dépendons tous de lui. Nous n'avons aucun intérêt à détruire quelque forme de vie que ce soit. En ce moment, nous avons de terribles tremblements de terre, des vents effroyables, des tornades, des éruptions volcaniques, et à présent ces inondations dans la vallée du Mississippi. Et bientôt, il va se passer d'autres choses encore. A partir de maintenant, les événements vont se précipiter. C'est pourquoi les Hopis sont si préoccupés. Il faut nous arrêter et prendre le temps de réfléchir à ce que nous sommes en train de faire.

Nous devons tous nous considérer comme formant un seul peuple ; nous devons nous entraider et travailler ensemble pour que la vie sur cette terre, la nôtre et celle des générations futures, retrouve son équilibre. C'est mon espoir, et je tiens à vous remercier, vous et tous les autres, nations comme particuliers, qui, depuis 1948, m'ont soutenu avec des écrits, déclarations, fonds, etc. Je veux vous remercier de m'avoir aidé à accomplir ma tâche.

DINEH

Roberta Blackgoat : déclaration d'indépendance

Les Navajos, peuple nomade, descendent des Dinehs (Athapascans)
du nord du Canada. Au début du xve siècle, ils allèrent s'établir dans
le sud-ouest des Etats-Unis, sur des territoires situés à l'est des villa-
ges hopis. Là, les deux tribus coexistèrent de manière relativement
pacifique, commerçant et se mariant entre elles.

Quand leur territoire fut envahi, d'abord par les Espagnols, puis par
les colons blancs, les Navajos, contrairement aux Hopis qui opposè-
rent une résistance passive, attaquèrent l'occupant à maintes repri-
ses. Mais, en 1863, le général Kit Carson mena une offensive à la tête
de son imposante armée et accula les Navajos à se retrancher dans le
canyon de Chelly. Encerclés, les Indiens se trouvèrent pris au piège et
la famine les décima par milliers. Après leur reddition, Carson obligea
les survivants à parcourir des centaines de kilomètres jusqu'au camp
d'internement de Fort Sumner, au Nouveau-Mexique. Ceux qui purent
y échapper cherchèrent refuge à l'ouest, en pays hopi.

L'empiétement des Navajos sur leur territoire affecta moins les
Hopis que la présence des Blancs dont ils réclamèrent l'éviction, se
fondant sur le traité de Guadalupe Hidalgo de 1848 qui leur garantis-
sait le statut de nation souveraine. Le gouvernement répondit par
une réduction de soixante pour cent de l'étendue de leur territoire.
Mais, en traçant les limites de la réserve hopi, les Etats-Unis y inclu-
rent une étendue de terre déjà habitée par les Navajos et c'est cette
région qui, aujourd'hui, fait l'objet d'un litige entre les deux tribus.

En vertu d'une loi récente, dix mille Navajos et Hopis doivent quitter la terre qui a vu naître, vivre et mourir les membres de leur famille sur plusieurs générations pour être relogés ailleurs.

Les traditionalistes affirment que les États-Unis et leurs conseils tribaux fantoches — qui agissent sous la coupe du Bureau des affaires indiennes (les traditionalistes n'ont jamais rien eu qui ressemble, même de loin, à des conseils tribaux) — veulent expulser leur peuple afin de laisser la voie libre à des opérations d'extraction de charbon à ciel ouvert et de prospection d'uranium.

Chez les Navajos, la transmission se fait par la mère et, dans les familles traditionalistes, les femmes gèrent aussi bien les troupeaux de moutons que les biens du ménage. Il n'y a donc rien d'étonnant à ce que les femmes de plus de soixante ans aient été immanquablement au premier rang, un fusil à la main, au cours des violentes confrontations qui les opposèrent aux agents du gouvernement américain. Ces derniers tentaient alors de faire respecter le programme de transfert des populations.

Le 28 octobre 1979, une commission de soixante-quatre Anciens de la nation indépendante dineh (navajo), présidée par Roberta Blackgoat, signa une déclaration d'indépendance à Big Mountain. En voici un extrait :

« Le gouvernement des Etats-Unis et le Conseil tribal navajo ont violé les lois sacrées du peuple dineh (...) en créant en notre sein des divisions basées sur des sujets tels que la politique, l'éducation euro-américaine, la modernisation et le christianisme. (...) Nos lieux saints ont été détruits. En exploitant le charbon, l'uranium, le pétrole, le gaz naturel et l'hélium, on viole la Terre, Notre Mère. (...) Nous parlons au nom des êtres ailés, des êtres à quatre pattes, des générations passées et futures. Nous ne cherchons pas à changer de moyens de subsistance car seule cette existence naturelle, qui est notre loi sacrée, nous permet de survivre. »

Signée par Roberta Blackgoat, Présidente,
et par soixante-quatre membres du Conseil des Anciens

T out est en train de changer. Ici, il ne pleut pas, et seul le vent qui passe nous transmet des nouvelles de l'extérieur. L'écho de tous les tourments endurés dans ce pays suite aux tornades, aux inondations et aux tremblements de terre est apporté par le souffle de Terre-Mère car elle souffre. Aujourd'hui, à leur manière, même les animaux parlent et nous assistons à la disparition de certaines espèces.

Je suis née sur cette réserve en 1917 et cette région m'est très familière. Je sais tout des arbres et chacun porte un nom. Tous les membres de ma famille sont enterrés ici, y compris mes arrière-arrière-grands-mères qui purent échapper à la Longue Marche vers Fort Sumner et qui reposent maintenant à *Dzil Assas* ou Big Mountain. Là-haut, on trouve beaucoup d'herbes médicinales que mes ancêtres utilisaient pour soigner. Mes racines sont ici et puisque notre nom d'origine est Dineh, et non pas Navajo, je me déclare ainsi.

Dans le cadre du différend qui nous oppose aux Hopis concernant le tracé des frontières entre nos deux réserves, les ennuis ont véritablement commencé en 1977. Affirmant qu'elles revenaient aux Hopis, le gouvernement américain a décrété la clôture de nos terres : c'était la pire des choses qui puisse nous arriver. Nous avons arraché les grillages et les avons mis en pièces. Depuis, le combat n'a pas cessé. Cette réserve appartient aux Dinehs/Navajos et non pas aux Hopis.

En fait, cette controverse oppose plutôt le gouvernement américain aux traditionalistes hopis et navajos qui luttent pour garder leur terre vierge de toute intrusion. Il nous faut guérir notre Terre parce que, plus on y creuse des mines de charbon et d'uranium, plus elle souffre. C'est ce que je répète depuis le début, car cette lutte est également la mienne. De nombreuses personnes de par le monde ont écouté mes déclarations et me comprennent lorsque j'affirme que cette terre est sacrée. Mon grand-père m'a appris que la région des *Four Corners*, qui englobe l'Arizona, l'Utah, le Colorado, le Nouveau-Mexique et une partie du Texas, constitue notre Terre sainte et renferme les entrailles de la Terre, Notre Mère.

Je veux dire que beaucoup de choses se passent dans son ventre. L'homme blanc veut lui arracher une partie de ses organes vitaux, ce qui va finir par la tuer. En ce moment même, les tourments que lui inflige la Peabody Coal Mine sont déplorables. Mon grand-père me racontait que le charbon est le foie, l'uranium le cœur et les poumons de notre Terre-Mère et qu'elle se nourrit de ces minéraux.

Vous savez ce qu'est la douleur ; si vous vous coupez légèrement, ça fait mal. C'est ce que ressent la terre aujourd'hui et il nous faut trouver un moyen de la soigner. Si les dirigeants de ce pays nous comprenaient, ils la laisseraient tranquille et lui permettraient de panser ses blessures. Mais ils ne disent jamais rien et, après l'avoir exploitée, ne font qu'y enfouir poussière et cendre. Ils n'interviennent absolument pas pour améliorer un tant soit peu l'état de Notre Mère qui, non seulement ne guérit pas, mais souffre de plus en plus. Ces hommes essaient de lui arracher ses précieuses entrailles afin de se faire de l'argent et ils affirment à qui veut l'entendre qu'en creusant ici, on devient riche. Même l'air est empoisonné par les cheminées industrielles et notre eau de source polluée par ce qu'on y déverse.

Le Bureau des affaires indiennes[1] continue à nous demander de partir et de réduire nos troupeaux. Nous devons même présenter un laissez-passer dès que nous voulons couper des arbres pour nous procurer du bois de chauffage. Et, aujourd'hui, on vient nous annoncer qu'il nous faut payer des impôts sur nos pâturages et sur notre maison.

Je réponds aux agents du BIA : « Il n'est pas question que je paie d'impôts car notre loi ne m'y autorise pas. Cette terre nous appartient et nous a été destinée. C'est ce qu'on m'a raconté bien avant votre naissance : notre loi spirituelle a été élaborée il y a très longtemps de cela. Les Indiens ont été les premiers à peupler cette terre. »

Il est extrêmement difficile de comprendre les lois de l'homme

---

1. Ou BIA = Bureau of Indian Affairs.

blanc, surtout pour ceux qui ne parlent pas l'anglais. Cette situation m'attriste vraiment beaucoup. Un jour, alors que j'étais avec des gens qui ne parlent que leur langue ancestrale, un représentant du Bureau des affaires indiennes est passé pour leur faire signer un avis d'expulsion. Je suis restée assise, sans dire un mot. Ces personnes avaient beau ne rien comprendre, elles durent s'exécuter : l'une d'elles apposa une empreinte digitale et l'autre sa signature, mais aucune ne réalisait ce à quoi elles consentaient.

J'ai alors fait part de mes réflexions à l'agent du BIA : « Pourquoi de tels agissements ? Ces gens n'y entendent rien car leur éducation ne les y a pas préparés. Ils ont toujours vécu sur cette terre ; vous ne devriez pas les mettre en demeure. Ils pourraient très bien signer n'importe quoi et aller jusqu'à avaliser un ordre d'incarcération les concernant. »

Nous nous sommes querellés et il a menacé de m'envoyer tous les membres du conseil tribal. Je lui ai répondu : « Allez-y, dites-leur de venir tout de suite car moi aussi je souhaite leur parler. C'est un grave problème et vous n'avez pas le droit d'intervenir, ces lois n'étant pas les vôtres. Vous êtes avides d'argent, et c'est tout. En permettant à la Peabody Coal Mine de venir s'installer ici, vous essayez de tuer la Terre-Mère et, une fois tous ces Indiens expulsés, vous aurez enfin de l'argent plein les poches. Tout ça vous rend fous et vous détruit. »

Je sais que j'appartiens à cette terre et je ne peux vivre nulle part ailleurs. L'agent du Bureau des affaires indiennes venait régulièrement me demander si je désirais voir la région vers laquelle mon peuple était déplacé et, invariablement, je lui répondais : « Il n'est pas question que j'aille où que ce soit. Je ne bougerai pas. Et ceci, quoi qu'il arrive. Tous mes ancêtres sont enterrés ici et je préfère rester auprès d'eux. »

Un jour, le sénateur Barry Goldwater est venu nous annoncer qu'il nous laisserait vivre sur notre territoire et que, en aucun cas, nous n'allions devoir le quitter. Mais, environ deux ou trois mois plus tard, j'ai appris qu'il avait ordonné l'expulsion de tous les Navajos. Je me suis donc rendue à Shiprock, Santa Fe et Albuquerque, brandissant un panneau sur lequel on pouvait lire : « Expulsez Goldwater en Europe. » Des Allemands m'ont d'ailleurs envoyé une lettre amusante pour m'aviser qu'ils ne voulaient pas de lui dans leur pays.

D'ici peu, je vais intervenir lors d'une réunion en Floride au sujet de ce transfert forcé. Lorsque les organisateurs m'ont précisé qu'il me faudrait peut-être m'absenter une quinzaine de jours, je leur ai répondu que ça m'était impossible car, pendant ce temps, mes bêtes risquaient d'être embarquées et que je préférais l'être avec elles.

Plusieurs membres du BIA m'ont annoncé que, si je refusais de déplacer mes moutons et mes chevaux, il se pourrait qu'ils me soient enlevés dans les cinq jours. « D'accord, leur ai-je répondu, tenez-moi au courant et je contacterai mes avocats afin qu'ils soient à mes côtés pour assister à cette action illégale. » Lorsqu'ils m'ont demandé qui étaient mes avocats, j'ai refusé de leur donner des noms, mais je leur ai précisé : « J'en ai à New York, dans le Minnesota, en Floride, dans l'État de Washington, à San Francisco et en Allemagne. » Ce sont les endroits où je prends la parole lors de réunions de soutien.

Ce qui suit s'est passé peu après mon premier séjour en prison, qui fut d'ailleurs une expérience plutôt humiliante. Un jour, les agents du BIA sont venus me voir pour m'annoncer qu'on allait refaire le vieux barrage et creuser plus profond. Je leur ai alors expliqué : « Non, il n'en est pas question ; ni aujourd'hui, ni demain ni après-demain car, hier, nous avons fait des offrandes à Notre Mère. Nous devons donc la respecter pendant quatre jours et quatre nuits. Ce délai passé, nous en reparlerons et, quoi qu'il arrive, vous pourrez faire ce que bon vous semble. Mais pas maintenant. *S'il vous plaît*, essayez de me comprendre. » J'ai tenté de les chasser jusqu'au moment où ils ont fait appel à la police pour nous encercler.

Lorsque les policiers, hommes et femmes, arrivèrent, j'étais assise devant la lame du bulldozer. Quelqu'un fit démarrer le moteur et la lame se mit à se mouvoir de haut en bas dans mon dos. Alors, je me suis levée et je me suis dirigée vers les policiers en les suppliant : « S'il vous plaît, comprenez-moi. Hier, nous avons fait des offrandes à Notre Mère et elle doit rester intacte. Il ne faut absolument pas y toucher, ne serait-ce qu'en abattant un arbre. C'est très important. Nous devons respecter ce rituel pendant quatre jours et quatre nuits. Je vous en prie, comprenez-moi.» Je leur ai expliqué la situation à trois reprises mais l'un d'eux m'a coupé la parole en disant : « Si vous ne partez pas, nous allons être dans l'obligation de vous arrêter.» J'étais encore en train de les implorer quand les policiers ont commencé à empoigner certains d'entre nous. Je leur ai conseillé de n'opposer aucune résistance mais l'un d'eux a donné des coups de poing et s'est jeté à terre. Les policiers l'ont alors attrapé par les cheveux et l'ont emmené de force.

J'étais tellement en colère que, lorsque je me suis retournée, j'ai ramassé un bâton que j'ai lancé en direction des flics avant de leur déclarer : « Vous aussi violez la loi, notre loi sacrée.» Ils ont commencé à me brutaliser pour me faire avancer mais je les ai mis en garde : « N'essayez pas de m'aider à marcher, je ne suis pas un bébé.» Et j'ai continué à parler. Alors ils m'ont poussée dans le panier à salade et je me suis exclamée : « Chic, je vais manger à l'œil !»

J'ai passé environ sept heures et demie dans une cellule glaciale où j'ai attrapé du mal, et j'ai failli devenir aveugle suite à une infection.

Les principaux traditionalistes au sein des deux tribus refusent catégoriquement de perdre leur territoire car c'est là où, telles des plantes, nous avons été mis en terre. En cherchant à nous faire partir, nous avons l'impression qu'on essaie de nous congédier pour avoir prié et tenu des cérémonies.

Les quatres montagnes sacrées — *Sisnaajinni* (le mont Blanca), *Tsoodzil* (le mont Taylor), *Dook'oosliid* (le pic San Francisco) et *Dibe'Nitsaa* (le mont Hesperus) — forment l'intérieur de notre *hogan*[1] qui, et c'est essentiel, constitue notre église. Le Créateur

---

1. Habitation traditionnelle au toit arrondi faite de rondins et de boue séchée.

a édifié ces montagnes pour qu'elles deviennent la charpente de notre habitation. Ces montagnes sont là, imprégnées de nos prières et de nos chants et ce sont les Esprits qui les ont désignées pour être présentes auprès du peuple dineh à l'intérieur même du hogan.

Nous déposons du pollen et de la farine de maïs près de la porte qui fait face à l'est. Le mont Taylor est orienté au sud et le pic de San Francisco à l'ouest. Au nord, à l'emplacement du mont Hesperus, nous répandons une légère couche de pollen en priant. Voilà comment est disposée la pièce à l'intérieur du hogan.

Anéantir la vie de quelqu'un en lui demandant de quitter la terre de ses ancêtres est un acte infiniment violent qui m'évoque l'image d'un arc-en-ciel brisé. Les quatre montagnes sacrées, à qui le Créateur a donné vie, sont le foyer du peuple dineh et la terre, l'arc-en-ciel qui nous entoure. Aujourd'hui, on extrait du pétrole dans la région des *Four Corners* et de l'uranium sur le mont Taylor tandis que la Peabody Coal Mine effectue des forages ici même et qu'une autre mine de charbon s'ouvre entre Window Rock et Gallup. Toutes ces opérations s'effectuent donc à l'intérieur de nos hogans, sans respect aucun à l'égard de notre pays, Dinetah. Je dis que vous êtes en train de tuer la Terre Notre Mère et c'est pour nous une véritable souffrance.

Le BIA a provoqué une dissension entre les Navajos et les Hopis en affirmant que notre terre appartenait à ces derniers. Mais les Hopis ne vont pas pouvoir en jouir car le gouvernement y exploite des gisements : il sera impossible à quiconque d'y habiter. De plus, ils ne se déplaceront jamais jusqu'ici car ils se savent incapables de vivre au milieu de ces grands espaces. Enfin, le peuple hopi ne cherche jamais à se déployer aux dépens d'autres peuples car sa loi sacrée ne l'y autorise pas. Mais l'attitude du gouvernement est fonction de la richesse des sous-sols. C'est la raison pour laquelle j'affirme qu'il essaie de tuer Terre-Mère.

Cette région entière est un endroit d'une grande douceur. Peu importe les difficultés que nous rencontrons lorsque nous ne trouvons ni pâturages, ni eau à proximité ; ça reste un endroit où je me sens bien et il m'est inconcevable d'aller vivre ailleurs. C'est ce que j'ai expliqué : « Si vous essayez de me transplanter dans un lieu inconnu, pensez-vous que je vais pousser ? Je survivrai une semaine, peut-être, mais pas plus, à l'instar de certaines plantes et tout particulièrement de ces vieux buissons ou de ces vieux arbres qui refusent de se réadapter à un sol différent. »

Nous discutons de la façon dont nous devons résister car les événements vont se précipiter, d'autant que le gouvernement cherche uniquement à se faire de l'argent, encore et toujours plus. De surcroît, il est infiniment difficile de nous faire comprendre des autres personnes, des autres pays.

Je désire mettre ma vie au service de mon peuple, prendre fait et cause pour lui et combattre le mal sous toutes ses formes. Je prie pour tous les êtres humains, quelle que soit la couleur de leur peau, et pour les êtres qui vivent dans l'eau, sur terre ou dans les airs. Nous nous battons tous pour notre survie et c'est pourquoi nous prions à l'intention de tout le monde. Si vous êtes capable de faire preuve de courage pour embellir votre vie, alors votre famille et votre peuple seront peut-être fiers de vous. Cet enseignement, ce message, est difficile à transmettre aux autres nations mais tel est mon but.

TULALIP

Janet McCloud : le cercle des Anciens

Janet McCloud habite une grande bâtisse pleine de coins et de recoins entourée d'un terrain de quatre hectares à Yelm, Washington. Ce village, situé aux portes de la réserve des Nisquallis, est à environ une heure de route de Seattle. Il y a trente ans, Janet et son mari, Don, ont pu acquérir cette maison contre un acompte de trois cents dollars seulement et, depuis plusieurs années, Janet organise sur ces lieux, baptisés Centre Sapa Dawn, cérémonies et conférences.

En août 1992, je fus invitée à participer au dix-septième Rassemblement Annuel des Jeunes et des Anciens. Lorsque j'arrivai, la veille de l'ouverture de cette réunion, les tentes et les tipis étaient déjà montés et les Anciens installés dans des bungalows à côté de la maison. Le lendemain, trois cents personnes, jeunes et moins jeunes, étaient là. La fille de Janet prit en main la cuisine équipée de deux réfrigérateurs et d'un immense fourneau. Des rangées de tables de pique-nique étaient disposées sous une vaste tonnelle devant un grand jardin potager luxuriant. Deux loges à sudation étaient érigées au pied d'une butte, près du lieu de prière.

Les chefs Oren Lyons et Leon Shenandoah, de retour du Sommet international de Rio, évoquèrent d'un ton abattu l'absence quasi totale de perspectives de changement. A tour de rôle, d'autres Anciens prirent la parole pour aborder certains problèmes propres à leurs tribus et pour prier.

Le quatrième jour, un jeune Indien, étudiant en droit, attira l'atten-

tion de l'assistance sur le fait que l'Église catholique avait publié au cours de l'Histoire un document qui allait à l'encontre de certaines notions précédemment établies concernant le caractère « humain » des peuples indigènes. La bulle papale de 1537 affirmait clairement que, même non chrétiens, les Indiens n'en étaient pas moins des êtres humains qui, à ce titre, jouissaient du droit de propriété et ne pouvaient être asservis. D'après ce texte, « nonobstant certaines objections passées ou à venir, lesdits Indiens et tout autre peuple que les chrétiens pourraient découvrir ne doivent, en aucun cas, être privés de leur liberté et de leur biens, même s'ils n'adhèrent pas à la foi en Jésus-Christ... pas plus qu'ils ne peuvent être réduits en esclavage... ».

La bulle papale de 1537 fut ratifiée et son application contrôlée par tous les pouvoirs séculiers d'Europe. Cette déclaration des droits de l'homme fut également reprise mot pour mot dans la Northwest Ordinance de 1787, première loi d'importance relative aux Indiens et édictée par le gouvernement des Etats-Unis deux ans avant l'adoption de la Constitution fédérale. Les principes directeurs de cette dernière sont d'ailleurs très proches de ceux de la Northwest Ordinance et de la bulle papale précitée.

Lors du rassemblement de 1992, les participants sont allés plus loin en déclarant que, « non seulement les Etats-Unis n'ont jamais fait respecter ne serait-ce qu'un des trois cent soixante-douze traités signés avec les Indiens, mais ils continuent à bafouer leur propre Constitution en refusant de reconnaître à ces derniers, qui sont ici chez eux, l'accès juste et légitime à la propriété et tout droit politique ». D'après les Anciens, ce document soulève de nouvelles questions touchant à la souveraineté des tribus et il aura un impact sur les futures décisions de la Cour suprême.

Bien que Janet puisse être un porte-parole imposant, voire intimidant, des larmes ont coulé sur son visage lorsqu'elle s'est levée pour parler du suicide, de l'alcoolisme, de la drogue et du Sida qui font des ravages parmi la jeunesse indienne. « J'ai la mort dans l'âme et je suis lasse d'enterrer nos enfants », a-t-elle ajouté.

J e suis née sur la réserve des Tulalips le 30 mars 1934 au cours d'une des plus violentes tempêtes qui ait jamais secoué le nord-ouest des Etats-Unis. Ma mère voulut m'appeler Stormy[1] ou Gale[2] mais elle devait seize dollars à ma tante Jane et cette dernière insista pour que je porte son nom. J'ai toujours eu un caractère emporté et, malheureusement, le prénom Janet ne vous apprend pas grand-chose sur moi.

Mon nom indien est *Yetsiblu Talaquab*, ce qui signifie « Mère pour Tous et Celle-qui-Dit-ce-qu'Elle-Pense ». C'est ma tante Marge qui me l'a donné car, élevée par sa grand-mère, elle est la dernière de la famille à parler notre langue. Pour ce qui est de mes origines, je descends de la famille du chef Seattle.

C'est au cours d'une cérémonie, après approbation, qu'un nom indien vous est attribué. Vous devez d'abord choisir un parrain qui vous aidera à préparer le rituel du *giveaway*[3] et c'est à l'intérieur d'une maison-longue[4] qu'on vous déclarera titulaire du nom. Tout individu s'y opposant doit formuler ses objections. De même, quiconque souhaite bénéficier à votre place de ce nom doit organiser un *giveaway* et présenter devant les Anciens un festin deux fois plus copieux que le vôtre afin que ces derniers puissent juger du bien-fondé de sa demande. S'ils donnent raison à cette personne, elle doit organiser une deuxième cérémonie du don et, à nouveau, offrir un repas deux fois plus abondant que le vôtre, ce qui peut revenir très cher.

A l'époque, plutôt matérialiste, j'ai demandé à mon parrain : « Je ne suis qu'une pauvre Indienne. Combien de couvertures et autres cadeaux suis-je censée distribuer ? »

---

1. *Storm* = tempête.
2. *Gale* = grand vent.
3. *Giveaway* ou cérémonie du Don : distribution cérémonielle de cadeaux pour honorer un individu ou un groupe. Cette cérémonie est souvent associée à d'autres, telles qu'une attribution de nom ou un hommage rendu à un défunt.
4. Maison-longue *(longhouse)* : habitation tout en longueur avec un toit arrondi ou en pointe et une porte à chaque extrémité. Elle est construite à partir de mâts et généralement recouverte d'écorce d'orme.

Alors, il répondit en riant : «Quel que soit ton manque de moyens, tu dois quand même te montrer très généreuse.»

Je pense qu'en fait, je cherchais bien plus à recevoir qu'à donner. Finalement, je me suis décidée à aller jusqu'au bout et à organiser cette cérémonie en même temps que le mariage de ma fille Julie.

Je m'étais préalablement rendue sur la réserve pour demander aux Anciens s'ils acceptaient de m'entourer en cette occasion, ce qu'ils m'ont accordé. Nous devions organiser deux *giveaways* car tout mariage traditionnel en comporte également un, offert par la famille des époux. Mais les cadeaux ne sont pas destinés aux jeunes mariés, ces derniers ne recevant que des conseils.

Au cours d'un mariage traditionnel, ce sont les mères qui donnent leur consentement et non les futurs époux car il ne s'agit pas uniquement de l'union de deux êtres mais de celle de deux familles. C'est ainsi que, pendant la cérémonie, on m'a demandé : « Aimez-vous ce jeune homme choisi par votre fille ? Acceptez-vous de l'accueillir dans votre cœur comme votre propre fils ? Êtes-vous prête à les aider à traverser les moments difficiles ? » Et ils ont posé les mêmes questions à la mère du futur marié. Le mari de Julie étant iroquois, cette cérémonie fut dirigée par les chefs de deux maisons-longues qu'un continent entier sépare habituellement.

Puis vint mon tour. On m'avait fait répéter comment et quand faire les choses mais, malgré cela, je suis restée muette pendant la cérémonie du nom. A partir de ce moment-là, j'ai adoré les *giveaways* et j'ai commencé à en organiser très souvent. Je continue encore aujourd'hui et c'est formidable.

La première *Yetsiblu* était la sœur du chef Seattle. A son époque, l'homme et la femme qui présidaient le Conseil de l'immense maison-longue étaient *Schewabe* et *Skolitsza*. Je suis apparentée à eux par mon arrière-arrière-grand-oncle et par mon arrière-arrière-grand-mère qui sont enterrés à leurs côtés. Après ma mort, il faudra attendre trois générations avant que quelqu'un puisse recevoir à nouveau le nom de *Yetsiblu Talaquab*.

Certains affirment que recevoir le nom de quelqu'un après trois générations, c'est en quelque sorte faire revivre cette personne. Il faut donc essayer de mener une existence honnête car quiconque recevra notre nom devra en accepter le bon et le mauvais côté. Depuis que le mien m'a été attribué, ma vie ne s'est pas trop mal présentée ; je pense donc que la personne qui le portait avant moi a dû mener une existence vertueuse.

Vivant dans le nord-ouest des Etats-Unis, ma tribu est à l'origine un peuple de pêcheurs et toutes nos légendes se réfèrent au saumon. Ce poisson était aussi important pour nous que le maïs pour les Iroquois ou le bison pour les Sioux. Pendant plus d'un siècle, nos rituels ont été interdits dans l'État de Washington où l'on considérait nos *potlatchs*[1] ou *giveaways* comme une menace envers l'éthique de l'économie américaine. Notre réserve fut l'une des premières à rétablir la cérémonie du saumon. A chaque espèce correspondait un chant de bienvenue et lorsque les femelles allaient pondre en amont, il fallait faire aussi peu de bruit que dans une chambre d'enfant.

Nous avons une légende qui se rattache à l'époque où le soleil n'existait pas. Le Créateur, après être allé voler l'astre dans le monde des esprits, le rapporta dans une boîte en disant aux êtres humains : « Ne vous en approchez pas trop. Vous allez devoir apprendre à vivre avec cette lumière. Alors attendez que je vous ai donné quelques explications. »

Mais ils n'arrêtaient pas de pousser le Créateur en criant : « Laisse-nous regarder. Nous voulons voir ce qu'il y a dans la boîte ! » — et ils le bousculèrent si violemment que le couvercle s'ouvrit brusquement. Quand surgit le soleil, tout le monde prit peur. Certains sautèrent dans les eaux et se changèrent en saumons, phoques ou baleines. D'autres coururent dans la forêt et se trans-

---

1. Le mot *potlatch* trouve son origine dans le jargon commercial des Indiens Chinooks et signifie « donner ». La distribution de cadeaux aux invités d'un *potlatch* faisait d'eux les témoins des titres et privilèges dispensés.

formèrent en cerfs, antilopes ou toute autre espèce adaptée à cet environnement. Quelques-uns se mirent à l'écart, dans l'obscurité, conservant à jamais leur couleur noire. Mais les plus arrogants ne bougèrent pas et, éblouis par le soleil, ils devinrent blancs. D'où nos différentes couleurs de peau.

Enfant, j'ai vécu à la fois en ville et sur les réserves car nous avions l'habitude d'alterner les séjours à Seattle avec ceux chez les Tulalips et les Quinaults. Je me souviens avoir alors connu des moments de bonheur, surtout lorsque j'étais touchée par la beauté de la nature. C'était vraiment impressionnant : je sortais seule dans les bois et passais toute la journée au milieu des arbres, des animaux et des oiseaux. Je vivais dans un monde imaginaire qui sans cesse m'attirait et j'adorais ça. Quand nous habitions sur la côte, je me promenais toute la journée le long de la plage et, une fois sur la réserve, je passais mon temps dans la montagne. J'étais toujours seule, me nourrissant de cette beauté environnante. Je me souviens particulièrement d'une source si limpide et si pure que je m'y désaltérais.

Les sources me parlaient des Petits Êtres, les *Sasquaches*, et de magnifiques fleurs sauvages. Cette beauté dans laquelle je baignais m'a tout simplement aidée à vivre. La présence de la nature m'a équilibrée et apaisée. Souvent, je sortais pour pleurer ; j'avais alors l'impression que quelqu'un essayait de soulager ma peine et je me sentais mieux. Aujourd'hui encore, quand je me sens mal, je vais me promener au milieu des arbres, m'asseoir pour regarder le lever ou le coucher du soleil et je me rassasie de toute cette beauté jusqu'à me sentir renforcée et habitée par la sérénité.

Je crois que tous les problèmes que nous, Indiens, rencontrons, remontent à plusieurs générations. Dès sept ans, j'étais pleinement consciente du fait que quelque chose clochait dans nos vies et, malgré mon jeune âge, j'étais déjà en quête de vérité. J'ai alors commencé à fréquenter diverses églises. Bien sûr, leurs représentants ont tous essayé de m'endoctriner ; je les écoutais avec attention et leur posais des questions mais, s'ils ne pouvaient y répondre, ils ne me revoyaient plus. De plus, je ne m'expliquais pas le fait que, croyant tous en Jésus-Christ, ils puissent se dénigrer mutuellement à ce point. J'étais à une période de ma vie où ce genre de polémiques à coups d'arguments oiseux me fatiguait. Un peu plus tard, j'ai découvert l'Église des Scientistes chrétiens [1]. On y apprenait que ceux qui ont la foi peuvent déplacer des montagnes et que la souffrance, pur produit de l'esprit, n'existe pas. J'avais fermement envie de croire à ces enseignements et de les intégrer à ma propre vie. Un jour, alors que mon beau-père devait se rendre à Seattle pour essayer de trouver du travail, sa voiture — une modèle A qu'il fallait faire partir à la manivelle — refusa de démarrer. Nous sommes descendus et je l'ai regardé d'un air sérieux en disant : « Tu sais, Punk — c'était son surnom —, si tu croyais en Dieu, cette voiture démarrerait. Mais pour cela, il faut la foi. »

Il ne s'est pas moqué de moi, a ri un court instant avant de me proposer : « Écoute, il faut que tu aies la foi à ma place. Prie pendant que j'essaie de lancer le moteur. »

Je me suis donc agenouillée pour prier. En vain. Alors je me suis dit : « Il y a quelque chose qui cloche en moi. Je n'ai sans doute pas assez la foi. »

J'ai continué à fréquenter cette église. Mais, un jour, alors que j'avais fait une grosse bêtise, m'a mère m'a donné une fessée et j'ai pleuré toutes les larmes de mon corps. Elle m'a demandé : « Pourquoi pleures-tu ? La souffrance n'existe pas. C'est un pur produit de ton esprit. » Une douleur cuisante me brûlait les fesses et j'ai regardé ma mère en pensant : « Pourtant, j'ai sacrément mal. »

Ce fut la fin de mon expérience au sein de l'Église des Scientistes chrétiens. En ce qui me concerne, il suffit de deux fins de non-recevoir pour que je laisse tomber. Je ne suis donc pas retournée à l'église pendant un certain temps.

Quand je suis allée vivre chez ma grand-mère, elle fréquentait

---

1. Secte fondée par l'Américaine Mary Baker Eddy en 1866, qui professe que toute maladie vient de l'âme et se soigne par des moyens religieux.

une église pentecôtiste dont les membres croyaient en un seul Dieu alors que les membres de l'église pentecôtiste à laquelle allait mon amie croyaient en la Trinité. Ma grand-mère était en colère contre moi car, une semaine sur deux, j'allais à la messe avec mon amie pour lui faire plaisir. Cette dernière avait le don des langues mais moi, j'avais beau essayer, je n'y arrivais pas. Toute la nuit, je lisais la Bible, priais intensément et essayais de m'exprimer dans des langues inconnues. Je pensais que si j'échouais en tant que chrétienne, ça signifiait que quelque chose en moi n'allait pas. Et je supposais que tout le monde sur terre était sauvé mais que je ne pouvais l'être.

Quand nous avons commencé à nous battre pour la reconnaissance de nos droits de pêche, je me souviens m'être dit : « Bigre, quand les chrétiens vont apprendre comment on maltraite les Indiens, ils vont se révolter et jeter en prison tous ces fonctionnaires du ministère de la Pêche ! » Le réveil fut brutal lorsque j'ai réalisé que les chrétiens, eux non plus, n'étaient pas sauvés et que je m'étais fait des idées.

Au cours d'une des réunions de défense de nos droits de pêche à laquelle Thomas Banyacya et moi participions, j'ai rencontré des hippies pour la première fois et ce fut un véritable choc culturel. Ils étaient venus nous chercher à l'aéroport de Los Angeles pour nous conduire à l'endroit où nous devions dîner. Dans la voiture, roulant à plus de cent à l'heure sur l'autoroute qui traverse la gigantesque ville, ils fumaient tous de l'herbe pendant que le conducteur s'endormait au volant : j'avais une peur bleue. Nous avons cependant fini par arriver à destination. Ceux qui étaient déjà là faisaient passer de main en main une étrange pipe et, lorsque arriva mon tour, je ne sus qu'en faire. Alors Thomas, qui était assis à mes côtés, me dit : « Porte-la simplement à tes lèvres sans la fumer. » Puis vint l'heure du repas : les hippies se précipitèrent sur la nourriture sans nous laisser quoi que ce soit, mis à part un peu de fromage et quelques olives. Il se faisait tard et nous avions faim.

Pour finir, on nous a emmenés à Pasadena chez des Hopis. Il y avait là des Shoshones et des Utes qui ont sorti leur tambour et se sont mis à jouer et à chanter après nous avoir invités à nous lever. Je n'avais jamais dansé de ma vie, si ce n'est sur du be-bop. J'ai donc observé les pas d'une Indienne Yakima avant de l'imiter et c'était comme si je n'avais fait que ça toute ma vie. Soudain, la fatigue m'a quittée et je me suis mise à baigner dans un merveilleux sentiment de bien-être. Ça ressemblait à cette espèce d'exultation qui vous envahit lorsque vous commencez à boire. Mais avec l'alcool, une fois passé ce stade, c'est l'effondrement.

Le lendemain, nous nous sommes rendus au forum organisé à notre intention. Tous les participants étaient des traditionalistes très spirituels et je n'en avais encore jamais rencontré. A l'époque, simple militante contestataire, je me suis dit : « Qu'est-ce que je fais avec tous ces gens ? J'en ai par-dessus la tête des tourments de l'enfer du christianisme. Alors, qu'est-ce que je fous là ? » Mais lorsque les Hopis entonnèrent leur chant de la Création, je sentis s'éveiller et s'ouvrir au fond de moi une partie de mon être. Ces hommes et ces femmes étaient dépositaires de quelque chose et, peut-être, était-ce ce à quoi j'aspirais depuis des années. Je suis rentrée à la maison, pensive.

Plus tard, je fus invitée à participer à un rassemblement spirituel en Oklahoma. A travers cérémonies et conférences, j'ai su ce qu'était cet amour naturel que chaque être éprouve à l'égard d'autrui et j'ai alors compris que ma quête s'arrêtait là. Cette fois-ci, je m'assurai de rester liée avec tous ces gens. Tout en continuant à militer, je faisais mon possible pour rejoindre les Anciens dès qu'ils tenaient une assemblée. C'était devenu mon école. J'allais également voir ceux de ma région et j'écoutais leur enseignement. Quand je redécouvris nos propres traditions, ma mère me déclara : « Je suis heureuse que tu aies finalement trouvé ce que tu cherchais, Janet, car tu as été en quête toute ta vie. »

Pendant ma période radicale, lors de la lutte pour la défense de nos droits de pêche ou de mes séjours en prison, on m'a souvent traitée de militante communiste. Une fois, certaines personnes m'ont même qualifiée d'intellectuelle et je leur ai répondu : « C'est la meilleure ! Je ne suis pas allée au-delà de la cinquième ! »

En 1960, Mildred Ikebe, une Ancienne devenue depuis l'une de mes meilleures amies, m'a nommée porte-parole du président du Conseil tribal des Nisquallis. Je suis allée à l'étranger pour la première fois en 1973, en plein milieu des événements de Wounded Knee. Outre-Atlantique, ils faisaient la une des journaux mais ici, aux Etats-Unis, le black-out était total. Au début des années soixante, lorsque nous avons commencé notre action, je me battais en priorité pour que nous puissions bénéficier de l'aide à l'enseignement et avoir accès aux prestations sociales ; à l'époque, nous n'avions aucune assistance médicale.

La situation des Indiens était catastrophique. En décembre 1963, alors que je me lançais dans l'étude des différents traités conclus entre les tribus et le gouvernement américain, la Cour suprême de l'État de Washington rendit son verdict dans l'affaire McCoy : cet arrêt, foncièrement raciste, autorisait l'État à réglementer le droit de pêche des Indiens. En fait, ce jugement ne nous accordait véritablement aucun droit de pêche car il limitait cette activité au strict minimum ; c'était comme si on permettait à un ours de ne prendre qu'un seul poisson ou à un cerf de ne boire qu'une gorgée d'eau. Nous avions essayé d'obtenir l'appui du BIA mais, plus tard, nous avons découvert qu'il avait, dans le plus grand secret, fait cause commune avec l'État. Quand la décision McCoy tomba, nous avons pensé que nous ferions mieux de réagir immédiatement. A l'époque, le gouverneur Rosselini projetait de transformer l'Etat de Washington en véritable « pays des merveilles pour l'amateur de pêche », sa priorité étant de débarrasser les rivières de tous les Indiens. Il fit usage de l'ensemble de ses pouvoirs pour nous terroriser, permettant aux policiers de nous harceler et de nous confisquer notre matériel de pêche. Des gens ont commencé à nous tirer dessus, à abîmer nos bateaux et taillader nos canots pneumatiques. C'est à ce moment-là que j'ai lancé un mouvement de résistance pour la défense de nos droits.

Le 13 octobre 1965, eut lieu la première occupation des rivières et je fus arrêtée. En mettant en place un nombre important d'actions de ce genre, nous cherchions à attirer l'attention du public, et la présence de célébrités, telles que Jane Fonda et Marlon Brando, élargissait d'autant la couverture médiatique. Cette dernière atteignit son maximum lorsque l'acteur Dick Gregory vint nous soutenir. Je pense qu'il s'investit plus que tout autre, allant jusqu'à se faire incarcérer et à jeûner pendant quarante-cinq jours. Il fut condamné à six mois de prison et la sévérité de cette peine reflétait bien la haine du procureur à notre égard. Ce dernier avait d'ailleurs affirmé que le onzième commandement de l'Etat de Washington était : « Tu ne pêcheras pas avec les Indiens. »

Au moment même où le jugement était prononcé à l'encontre de Dick Gregory, à deux pas de là, une femme était condamnée à une peine de six mois avec sursis pour avoir assassiné son enfant avant de le jeter dans une poubelle. En fait, pêcher avec des Indiens représentait un délit bien plus grave qu'un infanticide. A Yelm, quand nous allions faire nos courses, les Blancs nous affirmaient : « Vous savez, vous aviez vraiment notre soutien jusqu'à ce que vous invitiez ce foutu nègre à venir pêcher avec vous. » Furieuse, je répliquais : « Votre soutien va-t-il vraiment nous permettre de manger ? » Et ils répondaient de façon immuable : « A vrai dire, non. » Alors, j'ajoutais : « A quoi nous sert votre soutien quand nous sommes en train de nous noyer ? Nous perdons pied, cet homme vient nous tendre la main pour nous empêcher de couler et nous devrions refuser son aide sous prétexte qu'il a la peau noire ! » Une telle attitude était monnaie courante. Dick Gregory aurait pu éviter d'être condamné — il en avait les moyens — mais il a décidé d'aller en prison afin de se faire l'écho de notre cause.

Beaucoup de gens veulent nous aider, mais certains n'hésitent vraiment pas à nous exploiter. Un jour, alors que mon ami hopi, Thomas Banyacya, était à la maison, une femme est venue raconter à cet Ancien toutes sortes d'histoires sans queue ni tête. Thomas, qui est dur d'oreille, se manifestait par des « hum, hum ». Et la femme poursuivait : « Vous seriez donc d'accord pour que je devienne la représentante des Hopis dans le Nord-Ouest ? » Et il répondit : « hum ». Alors je suis intervenue : « Thomas ! Réveille-toi ! Comprends-tu ce que cette femme est en train de te dire ? » Il m'interrogea : « Que dit-elle ? » et se rétracta dès que je lui eus expliqué la situation : « Oh non, surtout pas ! Je ne vous ai jamais autorisée à quoi que ce soit ! » Voilà le genre de situations auxquelles sont confrontés nos Anciens.

Souvent, elles sont à l'image de l'attitude adoptée par Brooke Medicine Eagle lorsque cette dernière s'installa chez une vieille femme cheyenne délaissée par ses enfants, tous partis vivre en ville. Medicine Eagle l'aida à ramasser son bois et à accomplir les tâches dont ses enfants et petits-enfants auraient dû s'acquitter. L'Ancienne lui en fut si reconnaissante qu'elle l'adopta et commença à lui transmettre les croyances de son peuple. Medicine Eagle les divulgua aussitôt et fit croire à tout le monde qu'elle était femme-médecine.

Les Cheyennes en furent très contrariés. Mais je peux comprendre pourquoi de telles choses arrivent car, de nos jours, les Anciens sont souvent négligés. Notre tribu ne fait pas exception, certains de nos jeunes ne s'inquiètent pas des besoins de leurs aînés. Alors, lorsque quelqu'un de l'extérieur vient donner un coup de main aux personnes âgées, elles lui en savent tellement gré qu'elles n'hésitent pas à lui faire partager effectivement certaines de nos croyances, voire à l'adopter.

Dans ce pays, tout est dichotomie. C'est la raison pour laquelle je reste fidèle aux Anciens. Ils ne ressemblent en rien à ces gens qui prêchent une chose et en pratiquent une autre ou qui édictent des lois pour le commun des mortels mais pas pour l'élite. Les Blancs semblent oublier que nous sommes originaires de tribus et de peuples différents. Quand je participe à des débats en Europe, je me rends compte que ces pays continuent à se combattre et à se haïr. Les Allemands haïssent les Français et réciproquement ; les Anglais haïssent les Français, les Allemands et les Irlandais. Et je pourrais continuer. Et ils ont le culot de nous dire : « En tant qu'Indiens, vous pourriez vraiment arriver à quelque chose si vous faisiez cause commune. »

Nous n'avions nulle part où pratiquer notre religion librement, nulle part où faire un feu, ériger des loges à sudation et vénérer le Créateur selon les rites qui nous permettent d'entrer en contact avec Lui. Mais nous avions besoin de ce lien pour reprendre goût à la vie et ne plus nous sentir suicidaires en laissant l'alcool ou la drogue nous anéantir. Grâce à nos cérémonies traditionnelles qui sont aussi puissantes aujourd'hui qu'elles l'étaient jadis, nous avons recréé ce lien. On nous dit qu'on ne peut pas revenir en arrière et vivre sous le tipi, mais les lois de la vie telles qu'on nous les a enseignées sont toujours présentes en nous.

Quand, en Europe, je scrute mon auditoire, je vois des gens de toutes couleurs, de toutes opinions, et je pense au Créateur. Il aurait pu nous faire tous pareils, avec la même peau, les mêmes cheveux, la même taille ; tous exactement identiques. Ne pensez-vous pas que ce serait odieux de rencontrer votre image dans la rue tous les jours ? Cette diversité et ces différences ne sont-elles pas merveilleuses ?

Mais discrimination, racisme et exploitation prennent tant de visages différents aujourd'hui. A Santa Fe, on vend des bijoux et de l'artisanat fabriqués par les Indiens. Heureusement, l'entrée des magasins est gratuite car, sinon, je ne pourrais pas me l'offrir. La situation est la même dans le nord-ouest des Etats-Unis avec nos artistes sculpteurs. Les objets d'art indiens ne valent rien lorsque l'un des nôtres en est le propriétaire. Mais dès qu'ils passent dans les mains de négociants blancs, leur prix augmente d'environ un million pour cent.

Notre passé à nous, Indiens, a été brisé. Alors, aujourd'hui, nous essayons de ramasser tous les morceaux et de les recoller afin que notre avenir ne soit pas aussi fragmenté. Et moi, en tant que grand-mère, je désire voir ces jeunes grandir en bonne santé dans un environnement sain. Je désire les voir devenir des grands-parents et qu'à leur tour ils s'assoient pour regarder leurs petits-enfants parler et chanter, conscients et fiers de leur identité. C'est ma raison de vivre.

La magnifique leçon que j'ai apprise du peuple lakota est *mita-*

kuye oyasin : « à tous mes proches[1] ». C'est une formule merveilleuse et grandiose qui, si j'ai bien compris, englobe tous les êtres nés ou même à naître : êtres humains ou à quatre pattes, oiseaux, animaux, pierres et tout ce qui vit aujourd'hui dans l'univers ; arbres, plantes, montagnes, soleil, lune, étoiles et tout ce qui viendra au monde *un jour* ! Quelle déclaration incommensurable ! « A tous mes proches. » Je m'émerveille de la beauté de ces mots. Ils sont si puissants ! La technologie moderne abîme la terre, pollue l'air et les eaux. Seulement un pour cent de l'eau du globe est potable et il paraît qu'aujourd'hui plus de la moitié en est déjà polluée. On ne peut pas, à l'instar des personnes qui quittent la Californie, souhaiter changer de cadre et abîmer son nouvel environnement parce qu'on conserve les mêmes exigences. « En fait, la Californie est polluée à cause de notre style de vie. Il est temps de partir. » Alors ces gens déménagent mais continuent à vouloir bénéficier des commodités et autres progrès techniques dont ils jouissaient auparavant. Nous ne sommes plus en équilibre et en harmonie avec la nature car l'homme en a fait un tel usage que son ordonnance en est bouleversée.

Ici, aux Etats-Unis, la corne d'abondance est presque vide. Vous savez, la plupart des colons, bien qu'ils affirment avoir quitté l'Europe pour pouvoir pratiquer librement leur religion, étaient en fait attirés par les richesses et les grands espaces de ce pays. De quelle liberté parlent-ils ? Voyez, tout au long de notre histoire, ce qu'ils ont fait à notre peuple au nom de la liberté de culte : ce fut terrible. Un pape alla même jusqu'à déclarer que, n'étant pas des animaux, nous n'en étions pas pour autant des êtres humains et que nous n'avions donc aucun droit ; que n'étant pas chrétiens, nous ne pouvions posséder notre propre terre et encore moins

---

1. « Toutes les cérémonies lakotas se terminent par les mots *mitakuye oyasin*, qui signifient : A tous mes proches. Ils indiquent que nous avons prié pour tous nos proches, ce qui inclut tous les êtres humains sur cette terre, et tout ce qui vit : tous les animaux, même l'insecte le plus minuscule, et toutes les plantes, y compris la fleur sauvage la plus frêle. » Archie Fire Lame Deer, *Le Cercle Sacré, mémoires d'un homme-médecine sioux*, « Terre Indienne », Albin Michel, 1995.

être sauvés. Les luthériens affirmaient la même chose et ne nous garantissaient aucun droit non plus. Nous continuons à nous battre sur ces points.

Comme le bison, la tourterelle du Canada et bien d'autres espèces, le saumon disparaît progressivemenet à cause de la pollution et des barrages. Mais, permettez-moi de vous dire que la race la plus menacée actuellement, c'est la nôtre : nous sommes en voie d'extinction.

Il arrive que de jeunes Blancs, adeptes du *New Age*, viennent me voir et, bien sûr, je les aime bien, mais ils ne me laissent pas une minute de répit. Ils me demandent : « Oh, Janet, s'il te plaît, je t'en supplie, il faut que tu m'aides. Je veux retourner à la nature. » Alors je réponds : « C'est ridicule ! Comment peux-tu retourner à la nature alors que nous *sommes* la nature ! Nous sommes partie intégrante du monde naturel, de cette terre et de tout ce qui vit. » Aucune psalmodie ou autre mantra ne pourra transformer instantanément ces individus. « Donne-moi une pilule, une prière, je veux devenir un être spirituel sur-le-champ. » Je dis qu'il faut déjà apprendre à être un être humain.

Et donc, à commencer par éprouver du respect à l'égard de nous-même. Il y a tant de gens qui ne s'aiment pas. Svelte et net : tout le monde suit un régime. Pendant que la famine sévit en Somalie, les Américains dépensent des millions dans la consommation de produits basses calories alors qu'ils leur suffirait simplement de fermer la bouche.

Il nous faut panser les blessures à l'intérieur de nos propres familles. Nous, Indiens, en connaissons un bout à ce sujet : alcoolisme, Sida, drogue, coups, violence, corruption de nos dirigeants. J'affirme haut et fort que tous ces problèmes auxquels nous sommes confrontés perturbent les familles. Mais, depuis que j'entends parler de familles en difficulté, je n'en vois aucune, aux Etats-Unis, qui ne le soit pas. A croire que tout le pays est malade et souffre de schizophrénie. D'un côté on apprend à l'enfant : « Tu ne tueras point », et, quand il a dix-huit ans, on lui tend un pistolet en lui disant : « Vas-y ! Tue ces salauds qui n'adhèrent pas à nos dix commandements !» Quelle dichotomie faisons-nous peser sur nos enfants ? Quels messages leur transmettons-nous ? De quoi les nourrissons-nous à travers les programmes de télévision ?

L'enfant apprend en imitant. Petite, vivant avec des parents alcooliques, j'ai joué aux adultes en buvant des bouteilles de bière remplies d'eau. Un mégot de cigarette aux lèvres, je me déplaçais en titubant, faisant semblant d'être ivre. Je prenais mes parents pour modèle.

Si nous désirons améliorer l'avenir de nos enfants, peu importe qui nous sommes, mais l'essentiel est de toujours garder à l'esprit que nous sommes leurs premiers professeurs. Si nous aspirons à un monde heureux, sans racisme, haine ou violence, il nous faut examiner notre propre cœur.

Une des légendes que j'aime est celle qui parle de l'Ours et de l'Aigle et qui explique comment ils sont devenus chefs. On raconte que, jadis, dans un passé lointain, nos ancêtres tuaient les animaux uniquement pour le plaisir. Non pas pour se nourrir ou pour survivre, mais simplement pour s'amuser, menaçant ainsi de disparition des espèces entières. Alors, le Créateur conféra à chaque être vivant le pouvoir de lutter contre l'injustice. Dès le début, il leur apprit également à entrer en contact avec lui lorsque l'iniquité était telle que leur propre pouvoir ne pouvait y faire face. Formant un cercle, les animaux mirent leurs pouvoirs en commun afin de demander au Créateur de leur venir en aide pour combattre les êtres humains qui, tels le renard et le coyotte, rusent, mentent et avalent goulûment leur proie après l'avoir dupée. Au bout d'un moment l'Ours dit : « Je serai le gardien, je choisirai l'endroit pour nous rassembler et vous protégerai tous contre quiconque viendrait semer des troubles. Ainsi, tous les chemins menant à notre lieu de rencontre seront protégés par les ours. » Et l'Aigle ajouta : « Je surveillerai de loin et préviendrai les ours de toute présence indésirable. »

Ainsi, les animaux et les oiseaux finirent par s'organiser. Ils réfléchirent ensemble et prièrent le Créateur. Ce dernier eut pitié d'eux et leur porta secours : voilà l'origine de toutes les maladies contractées par l'homme. Il s'ensuivit que des millions d'êtres humains disparurent de ce pays. Les végétaux s'alarmèrent et se dirent que si tous les êtres à deux jambes mouraient, un vide se formerait qui engloutirait toute vie. Ils décidèrent donc de fournir un antidote à chaque maladie que les animaux infligeraient à l'homme. Aujourd'hui, les hommes qui prient, méditent, jeûnent et sont en paix avec la nature, peuvent sortir dehors et entendre une plante se manifester en disant : « Prends-moi. C'est de moi que tu as besoin. » C'est ainsi qu'il y a bien longtemps notre peuple apprit à utiliser les herbes médicinales et nous y avons encore recours aujourd'hui.

ONONDAGA

A huit kilomètres au sud de Syracuse, dans l'État de New York, Nedrow est la capitale de la nation onondaga. C'est une petite ville aux rues sinueuses et pentues, bordées de grands ormes majestueux. Le mot iroquois onondaga signifie « lieu planté d'ormes », et selon la prophétie de « Celui-qui-dicta-la-Grande-Loi », c'est en ce lieu que se réfugiera le peuple iroquois au moment des « derniers jours ».

Quand je suis arrivée à Nedrow, vers la fin du mois d'avril, une crise interne agitait la petite ville. Des voitures et des camions stationnaient le long des rues, bloquant l'entrée des magasins. La nation onondaga avait ordonné que tous les commerces soient fermés pour cause de non-paiement de taxes. Leurs propriétaires refusaient de s'en acquitter, demandant à être mieux informés sur la façon dont le produit de ces taxes était dépensé. La question était également de savoir si les commerçants indiens étaient tenus de payer des taxes à la nation onondaga. La décision finale appartenait aux Mères de clan.

J'ai passé la journée à converser avec le chef Leon Shenandoah, Audrey Shenandoah (une des Mères de clan) et Alice Papineau (Dewasenta), qui m'a invitée à dîner en sa compagnie dans la salle à manger de la maison-longue.

Alice est un petit bout de femme qui s'exprime avec l'ardeur d'une jeune fille, mais d'une voix douce comme un murmure. Pendant tout le repas, nous avons parlé des Indiennes et des Indiens que nous connaissons l'une et l'autre, car il se trouve qu'elle a visité la plupart des réserves où je me suis rendue.

Assis près de nous, un jeune homme nous écoutait en souriant.
— Vous, les femmes, vous êtes toutes les mêmes, partout, finit-il par dire en secouant la tête. Quelle que soit la couleur de votre peau, vous aimez papoter.
Alice s'est redressée de toute sa hauteur.
— Nous ne papotons pas, nous échangeons des informations.
Alors, le jeune homme s'est levé, a ramassé son verre, son assiette et ses couverts.
— Ah, bon... Je m'étais toujours demandé comment pouvait bien fonctionner le « télégraphe mocassin [1] ».

L<small>EON</small> S<small>HENANDOAH</small> : Chef suprême de la nation onondaga

Je suis le *Tatodaho*, le Chef suprême de la nation onondaga. J'ai été choisi en 1969, mais même avant ça, je conduisais les cérémonies qui se déroulent dans la maison-longue, en employant les mots du Faiseur de Paix.

Le Créateur nous a envoyé le Faiseur de Paix pour changer notre mode de vie et fonder la Confédération des Cinq Nations iroquoises [2]. Le Créateur nous a enseigné que si nous voulions nous entendre, il nous fallait parler avec douceur et avoir un bon esprit. Nous devions également employer les mots qui mettent de l'harmonie dans la vie en commun, parce qu'ils entretiennent les bonnes relations.

Je porte des plumes d'aigle à mon bonnet parce que l'aigle est le chef de tous les oiseaux. Ici, dans le Nord, l'érable est le chef de tous les arbres. Il y a également quelques médecines qui sont les meilleures dans leurs domaines respectifs, dont celle du cerf qui est le chef de tous les quadrupèdes dans le Nord-Est.

1. L'équivalent du « téléphone arabe ».
2. Mohawks, Oneidas, Onondagas, Cayugas et Senecas, rejoints au début du XVIII<small>e</small> siècle par une sixième nation : les Tuscaroras.

A l'origine, j'appartiens au clan de l'Anguille mais, du fait de ma position, c'est comme si je ne faisais plus partie d'aucun clan. Nous l'avons voulu ainsi pour que le Chef suprême ne soit pas tenté de favoriser tel ou tel clan, pas même celui de sa mère — si elle a tort, elle a tort. Les Onondagas ont quatorze chefs princi-paux et douze chefs de rang inférieur, soit vingt-six chefs en tout, qui sont élus par les Mères de clan. Pour ma part, ce ne sont pas elles qui m'ont élu mais l'assemblée des chefs.

Ma mère était une Gardienne de la Foi. Généralement ce sont des femmes. Elles aident ceux qui sont dans le besoin et annon-cent la date des cérémonies religieuses. Elles sont chargées de veiller au respect de notre mode de vie traditionnel. Ma mère me disait souvent :

— Aujourd'hui, tu n'iras pas à l'école, tu vas assister à une céré-monie.

C'est pourquoi j'ai beaucoup appris. A présent, il n'en est plus de même.

A l'âge de trois ou quatre ans, j'ai été victime d'un grave accident qui aurait pu m'être fatal. Je marchais à quatre pattes autour d'un poêle et l'une des femmes qui travaillaient là m'a renversé, sans le faire exprès, de l'eau bouillante sur le dos. Ma mère m'a emmené à de nombreuses cérémonies et a fait appel à la médecine tradition-nelle pour essayer de me garder en vie. On pensait que j'étais perdu, alors elle est allée chez les Senecas, à soixante-dix kilomètres de là. Elle a dû rouler une partie de la nuit dans une vieille Ford T qui ne dépassait pas les vingt-cinq kilomètres à l'heure.

Là, au cours de la célébration d'un rituel, un vieil homme s'est levé et a déclaré :

— Quand ce petit garçon sera grand, il occupera une position importante qui concernera beaucoup de gens.

Ainsi, ma vie était toute tracée. Ma mère se demandait si j'allais vivre ou mourir, et ce vieil homme disait que mon heure n'était pas encore venue, que j'allais vivre. C'est seulement lorsque j'ai été choisi comme Chef suprême, que ma mère m'a parlé de la prédiction du vieil homme.

C'est très difficile d'être un chef, on subit un tas de pressions. Dès qu'une personne a des problèmes, il faut aller la voir et l'aider à les résoudre. Je célèbre les mariages, et les autres chefs célèbrent les enterrements. Une fois, quelqu'un m'a demandé si nous avions des prêtres, et je lui ai répondu :

— Oui, nous en avons vingt-six.

Car chacun des chefs est également prêtre. Nous travaillons pour le Créateur qui commande que tous les chefs s'efforcent d'apporter à leur peuple la paix et le bien-être. Voilà quel doit être le comportement d'un chef. Si quelqu'un se montre plein d'égards et parle vrai et avec douceur, vous pouvez en déduire qu'il a un bon état esprit. C'est exactement ça, avoir un bon état d'esprit.

C'est difficile pour un chef de mal se comporter car ça finit toujours par rejaillir sur lui. Par exemple, il ne peut pas dire à quelqu'un : « Dis donc, tu ne devrais pas tourner autour de cette femme, tu es marié », s'il en fait autant. Nous pensons que le mariage est indissoluble. Nous ignorons le divorce. Il y a parfois des gens qui abandonnent leur foyer pour vivre avec quelqu'un d'autre, mais ce n'est pas bon pour eux. Le Conseil ne leur accorderait pas la permission d'agir ainsi. Il est écrit que vous êtes uni à votre conjoint pour la vie et que seule la mort peut vous séparer. Si un couple a besoin d'aide, si une famille a des problèmes, je leur rends visite et j'essaie de les remettre dans le droit chemin. Ce n'est pas facile, personne n'aime se mêler des affaires des autres. Personnellement, je déteste ça, mais je dois le faire quand on me le demande, et le faire de mon mieux.

Quand, parmi nous, quelqu'un réclame la réunion du Grand Conseil des Six Nations, je convoque tous les chefs des Onondagas. Nous nous assemblons et nous décidons si c'est opportun ou pas. Si nous répondons par l'affirmative, nous envoyons un messager à chacune des cinq autres nations. Nous agissons toujours comme par le passé, nous préférons faire porter des messages ; la seule différence c'est qu'aujourd'hui nos messagers se déplacent en voiture. Parfois, nous nous servons du téléphone, mais nous n'aimons pas du tout ça.

A leur retour, les messagers nous rapportent la réponse de chacune des cinq autres nations : un morceau de bois décoré de perles taillées dans des coquilles de palourdes, et un message en iroquois qui nous indique le nombre de Mères de clan que compte leur nation, et combien d'entre elles assisteront au Grand Conseil ; ainsi, nous pouvons prévoir leur hébergement.

Dans nos saluts (nous n'avons pas de prières mais des saluts), nous remercions le Créateur pour tout ce qu'il a déposé sur la Terre, Notre Mère. Je ne lui ai jamais exprimé le souhait d'avoir de l'argent car il ne se mêle pas de ce genre de choses. Quand il est venu en ce monde, il a créé la terre et planté les êtres humains, mais aussi toutes les sortes d'herbes, les bonnes et les mauvaises, et toutes les sortes de plantes médicinales pour aider les hommes à survivre. Il a commandé aux eaux souterraines, à la pluie et à l'orage de laver la Terre, Notre Mère, et d'arroser tous les végétaux qu'il avait plantés. Tous nos saluts nous rappellent ce que le Créateur a fait et pourquoi nous devons le remercier.

Par exemple, la lune contrôle le cycle des femmes et préside à la naissance. Elle contrôle aussi les eaux. Ainsi, quand nous saluons les eaux, nous faisons référence à tous les bienfaits dont la lune nous comble. C'est comme ça que nous savons quel usage nous devons faire de tous ses bienfaits. C'est notre devoir de remercier pour tout ce qui nous est donné. C'est pourquoi je dis parfois que nous devons être les gardiens de la terre sur laquelle nous vivons. Nous ne sommes que des visiteurs de passage et nous ne savons pas quand il nous faudra partir. Le Créateur seul le sait.

Nous ne l'appelons pas Dieu. J'ignore la signification du mot Dieu. Le Créateur nous a enseigné que nous sommes nés de la Terre et que nous y retournerons. Mais l'esprit qui nous habite nous vient de lui et retournera auprès de lui. Nous avons reçu du Créateur des commandements. Si certains ne suivent pas ses commandements et agissent mal, leur esprit ne retournera pas auprès de lui. C'est pourquoi nous autres chefs devons sans cesse enseigner ce qui est bien et ce qui est mal. Parce que ce sont les mauvais agissements qui démolissent la communauté. On appelle ça un « changement d'état d'esprit ». L'alcool vous fait faire des choses que vous ne feriez pas dans votre état normal. Il change votre état d'esprit.

On peut parler aux jeunes qui boivent, mais on ne peut pas les amener à s'arrêter. Eux seuls peuvent décider de le faire. C'est vrai que beaucoup d'entre eux boivent, mais ils ne cesseront que le jour où ils seront prêts à le faire d'eux-mêmes. Ils ont perdu toute fierté, ils ont rompu avec leur compagne, et ils essaient d'oublier, mais ils ne font que se détruire. Parfois, leurs amis ou des personnes plus âgées leur disent :

— Vous n'êtes bons à rien.

Et ils le croient. Mais ces mêmes amis, ces mêmes adultes ne leur disent jamais qu'ils valent autant que n'importe qui et ne leur conseillent jamais d'être eux-mêmes.

J'étais jeune quand j'ai commencé à participer à des cérémonies. C'était alors beaucoup plus important que de s'instruire. J'ai appris peu de choses à l'école car, à l'époque, il n'était pas nécessaire d'aller au lycée ou à l'université. Aujourd'hui, s'il faut au moins obtenir le diplôme de fin d'études secondaires, il est tout aussi important de ne pas oublier sa propre culture. L'instruction c'est très bien, mais n'oublions pas notre langue.

Le juste équilibre est difficile à trouver. Quand j'avais cinq ans, ma mère me parlait tout le temps en iroquois. Mon père m'a beaucoup appris parce qu'il était bilingue. A présent, certains jeunes ne savent même plus qu'ils ont une langue maternelle. Si nous ne connaissons pas notre propre langue, nous risquons de manquer certains des messages que le Créateur nous a laissés. Même si j'ai beaucoup appris étant jeune, j'apprends encore tous les jours, car le Créateur nous a laissé tellement de messages à propos de ce qui doit arriver.

Nous avons quatre cérémonies saisonnières : au printemps, en été, en automne et au milieu de l'hiver. Cette dernière dure quatorze jours. Une fois l'an nous fêtons nos ancêtres, généralement en mars, avant le renouveau de la végétation, car on ne doit pas mélanger la mort et la vie.

Près de l'endroit où j'ai été élevé, il y a un monument à la mémoire du chef Handsome Lake. C'était un Seneca qui vécut au XVIIIe siècle. En ce temps-là, les Senecas avaient l'habitude d'aller à la chasse avant que le lac ne soit pris par les glaces. Quand le printemps revenait, ils envoyaient un éclaireur jusqu'au lac pour voir si la glace avait fondu et s'ils pouvaient se rendre en canoë jusqu'au comptoir d'échange pour y troquer les peaux qu'ils avaient préparées pendant l'hiver. Le responsable du comptoir commençait par leur offrir du rhum pour les soûler et ainsi les duper plus facilement.

Comme ils buvaient plus que de raison, ils ne se préoccupaient guère des conditions de la transaction et il leur arrivait même d'échanger une partie de leur réserve de viande contre de l'alcool. Quand ils revenaient au village, tout le monde pouvait les entendre chanter tant ils étaient ivres. Handsome Lake était malade de trop boire, et cela l'amena à réfléchir à celui qui avait créé les arbres, le ciel, la lune et le soleil. Il ne cessa pas de penser à tout cela jusqu'à ce qu'il tombe très malade et en meure.

Durant la veillée mortuaire, Corn Planter, son demi-frère, toucha son corps et le trouva légèrement chaud. Il toucha son cœur et dit :

— Il est encore chaud.

Ils attendirent tous que son cœur soit froid, mais ils ne virent pas son esprit lorsqu'il se leva et sortit par la porte. Au-dehors, l'esprit de Handsome Lake rencontra les Quatre Protecteurs envoyés par le Créateur. Ils lui dirent qu'il devait se débarrasser de quelque chose avant de pouvoir partir avec eux. Handsome Lake pensa qu'ils faisaient allusion à l'habitude qu'il avait de chanter quand il était gai, mais ils répondirent non. Il fit trois ou quatre autres suggestions, mais ils répondirent chaque fois négativement. Finalement, il dit :

— C'est peut-être que je bois trop.

Et ils répondirent :

— Oui, c'est ça.

Puis ils lui préparèrent une sorte de médecine à base de racines

de groseillier, une potion pour l'aider à ne plus boire. Ils partirent et revinrent le lendemain, et il était guéri. Ils estimèrent qu'il était prêt, l'emmenèrent avec eux auprès du Créateur et lui révélèrent l'avenir. Il regarda en bas et vit la terre. Il y avait une grande route qui allait d'un océan à l'autre. Ils lui apprirent qu'il existerait un jour des voitures sans chevaux, et que de nouvelles inventions feraient un grand nombre de morts. Ils lui parlèrent aussi d'une maladie qui dévorerait les gens de l'intérieur. Aujourd'hui, on appelle ça le cancer.

La dernière chose qu'ils lui dirent, c'est qu'à la fin de ce monde-ci, tous ceux qui étaient nés rejoindraient le Créateur. Auparavant, ils reviendraient vivre sur la terre un moment, mais n'atteindraient pas l'âge adulte.

J'estime la durée de chacun de ces événements en fonction de tout ce qui nous a été enseigné. Quand je les vois se produire les uns après les autres, je sais que les temps seront bientôt révolus. Notre prophétie ne dit pas s'il y aura un autre monde après celui-ci, mais je pense qu'il en sera ainsi. Les chefs parlent toujours des messages du Créateur pour nous garder dans le droit chemin. D'abord, nous devons tous faire la paix. Ensuite, les chefs doivent rechercher le bien de leur peuple. Ce qui signifie qu'il leur est interdit d'agir dans leur propre intérêt, pour gagner plus d'argent ou améliorer leur train de vie, et qu'il leur faut aider les autres.

J'étais aux Assises de la Planète, à Rio de Janeiro, en 1992, et la conférence a été dominée par les chefs d'État qui se désintéressent de l'environnement. Quand le président Bush est arrivé, il y avait, dans l'hôtel où se tenait la conférence, deux milliers de personnes venues des quatre coins du globe. Il a fait évacuer tout le monde pour pouvoir entrer avec tous les gens qui l'accompagnaient. Il a parlé devant l'entrée de l'hôtel pendant dix minutes et personne n'a applaudi quand il a eu terminé. L'accueil a été plutôt froid. Il n'a pas fait grosse impression. Trois des nôtres se sont exprimés ce jour-là : Vince Johnson, Oren Lyons et moi-même. Nous avons été très occupés.

A mon avis, il n'est pas sorti grand-chose de ce sommet. Certains groupes de travail étaient soucieux de l'environnement, d'autres s'intéressaient plus au développement. Si nous n'y prenons garde, nous allons être submergés par les problèmes de pollution. L'eau ne sera bientôt plus potable, l'air plus respirable, et la terre sera bientôt si polluée que plus rien n'y poussera. On sait que ça va arriver, mais on ignore quand. Nous pourrions ralentir le processus en arrêtant de produire toutes ces choses qui empoisonnent l'air, la terre et l'eau. Mais, selon moi, nous sommes tout près du point de non-retour. Tout le monde semble vouloir gagner de l'argent et avoir une belle voiture. C'est une tendance absolument générale, alors comment pourrions-nous la renverser ? Tout le monde court pour prendre de l'exercice, mais personne ne veut se remettre à marcher.

Nous avons conservé nos anciennes coutumes. Nous sommes gouvernés par des chefs élus par les Mères de clan, et c'est ce qui fait notre force. Nous sommes différents des peuples européens car nous ne demandons pas d'aide à l'extérieur. Nous ne dépendons pas d'autres gouvernements, c'est ce qui nous donne du pouvoir. Même si on veut nous éduquer, nous avons nos propres professeurs qui enseignent notre langue et notre histoire dans nos écoles.

Quand les Hopis sont venus ici, ils ont été très surpris de voir que nous pouvions encore célébrer nos cérémonies alors que nous vivons si près de la ville. Notre langue se perd, c'est vrai, mais d'autres langues se perdent aussi, tout autour de nous. En ce moment, il y a des problèmes entre les commerçants et notre gouvernement tribal. Au début, un accord a été passé entre les deux parties aux termes duquel tout commerçant doit payer une taxe de vingt-cinq *cents* sur chaque cartouche de cigarettes vendue. Pendant quelque temps, ils l'ont payée, et puis ils ont cessé brusquement. Le Conseil les a mis en demeure, puis a fait bloquer l'entrée des commerces réfractaires. Ils refusent toujours de s'en acquitter parce qu'ils exigent de savoir où va l'argent ainsi collecté. C'est l'excuse qu'ils ont trouvée. Ils ne refusent pourtant pas de payer des taxes au gouvernement de l'État de New York sous prétexte qu'ils ne savent pas à quoi elles vont servir.

C'est la même chose avec le *bingo* (loto). Pas l'été dernier, mais celui d'avant, quelques étrangers ont intrigué pour tenter d'obtenir l'autorisation d'ouvrir une grande salle de *bingo*. On a eu des tas de problèmes avec ce projet, aussi, on a décidé de s'y opposer parce qu'il nous est apparu qu'il ne profiterait qu'aux étrangers et non aux Indiens. Ceux qui font des affaires ne pensent qu'à l'argent ; ils oublient le reste. L'argent n'est pas tout. Ils ne respectent plus la Terre, Notre Mère.

Par ici, seuls des Onondagas peuvent acheter des terrains et construire. C'est pourquoi nous devons savoir qui appartient à notre nation, mais ça nous intéresse peu de savoir combien nous sommes. Le gouvernement fédéral a essayé de nous recenser pour nous taxer, mais nous avons mis ses agents à la porte. Nous avons signé un traité avec les États-Unis, et s'ils veulent nous imposer leur façon de faire, ils devront payer tout ce que prévoit le traité. S'ils utilisent la route qui traverse la réserve ils devront l'entretenir. Déjà, s'ils ont besoin de faire des travaux sur la réserve, il faut qu'ils demandent l'autorisation. Même la compagnie du téléphone doit demander la permission pour venir réparer ses lignes. Même chose pour la police. Nous ne voulons pas de la garde nationale sur la réserve ; nous ne travaillons qu'avec le bureau du shérif.

J'ai toujours appris que la spiritualité était incompatible avec la force. Nous appliquons ce principe dans notre vie de tous les jours et dans notre « religion ». C'est ainsi que nous nous comportons avec la terre et avec tout ce qu'elle porte. Nous ne cherchons pas à faire des affaires ni à gagner de l'argent. Notre mode de vie, notre façon de voir, de faire et de penser sont totalement différents de ceux des habitants des États-Unis. Nous ne taxons pas les terres ni les maisons. Elles sont libres d'imposition. Quant à ceux qui nous rendent visite, nous voudrions qu'ils se sentent chez eux.

Il est dit que nous sommes tous des visiteurs, qu'aucun de nous n'est ici pour toujours. La date est fixée, mais seul le Créateur sait quand nous devrons partir. C'est notre lot à tous : nous sommes de passage et nous essayons de tirer le meilleur parti de cet état de fait.

Audrey Shenandoah : Mère de clan

Je suis une Mère du clan de l'Aigle de la nation onondaga. Au sein de notre peuple, ce titre est décerné par les membres du clan. Jadis, la femme la plus âgée avait qualité pour occuper ce poste mais, avec le temps, on nous a ravi nombre de personnes qui auraient pu être éligibles : je pense à celles qui se sont tournées vers le christianisme ou qui se sentent des affinités avec la société blanche et, à ce titre, ne peuvent accéder à une telle fonction. En effet, la Mère de clan doit être capable d'enseigner et de perpétuer les traditions de notre maison-longue. Elle doit être partie intégrante de notre organisation et prendre position sur les différents problèmes au fur et à mesure qu'ils se posent. Aujourd'hui, on ne choisit donc pas toujours la femme la plus âgée mais la femme *éligible* la plus âgée et elle conservera cette fonction jusqu'à sa mort.

Avant de choisir une Mère de clan, on observe la façon dont elle a vécu et pris soin de sa famille. Ce doit être une femme qui a fondé un foyer et qui connaît les charges inhérentes à la maternité, prouvant ainsi qu'elle prendra soin de son peuple comme s'il s'agissait de ses propres enfants. Voilà pour les compétences requises. En ce qui concerne ses devoirs, ils sont nombreux. Une Mère de clan est d'abord une conseillère qui se doit d'être disponible à ceux qui traversent une crise familiale ou personnelle et qui peut émettre des recommandations pour les aider à gérer une situation difficile. Cette charge revient donc à une personne qui a respecté les traditions de notre maison-longue car là sont nos enseignements.

Un couple qui s'est marié l'année dernière est venu me voir

régulièrement. Nous avons parlé du fait d'élever une famille, de prendre soin non seulement l'un de l'autre mais également de ceux qui nous entourent. En devenant adulte et en assumant les responsabilités du mariage, on s'engage aussi à aider ses voisins, et tout particulièrement les Anciens.

Au sein de notre *Hodenausaunee*, peuple de la maison-longue, les Mohawks, Onondagas et Senecas sont les frères aînés tandis que les Cayugas et les Oneidas sont les jeunes frères. Ces deux groupes, appelés également maisons, siègent de part et d'autre. Seuls les Onondagas sont assis au centre, à la tête du feu du Conseil.

Les Mères sont également chargées de désigner un candidat à la fonction de chef de clan. Nous devons déjà présenter cette personne devant nos membres puis, s'ils l'acceptent, l'introduire auprès des frères de notre maison. Si tout le monde appuie sa candidature, la maison opposée est consultée et peut, à cette occasion, interroger le postulant et examiner en détail toute objection.

Si le candidat est rejeté au cours d'une de ces étapes, nous devons tout recommencer et en trouver un autre. C'est donc un processus très long car on doit obtenir l'accord de nombreuses personnes avant d'être enfin nommé à cette charge.

La cérémonie d'intronisation est toujours dirigée par la maison opposée : les Oneidas et Cayugas prendront en charge celle qui concerne les Mohawks, Onondagas et Senecas et vice versa.

Dans toute maison-longue (chacune de nos maisons possède la sienne), il y a deux côtés. Certains clans s'assoient à la droite du feu et d'autres à sa gauche afin de préserver l'équilibre. De même, les tâches, quelles qu'elles soient, sont toujours effectuées par deux personnes appartenant aux deux côtés ; il en est ainsi des messagers envoyés en mission.

Si un chef est destitué pour attitude incompatible avec sa fonction, il est de notre devoir de lui trouver un remplaçant. Mais auparavant, si son comportement est inacceptable, nous allons lui parler et lui rappeler ses responsabilités. C'est ce que, dans notre langue, nous appelons « le faire retomber sur ses pieds ». Cela n'arrive pas souvent mais j'en ai été témoin à deux reprises au cours de mon existence.

Cette situation est très délicate. Si sa conduite ne change en rien, la Mère de clan demandera à un Gardien de la Foi de l'accompagner afin qu'ils puissent ensemble lui parler et l'aider. Si son attitude n'évolue toujours pas, elle fera appel à un jeune homme du clan pour le raisonner.

Il est totalement inadmissible, pour un chef de clan, de faire des avances à une femme. Il sera aussitôt contraint à retirer la coiffe matérialisant sa fonction, ce qu'il accomplira lui-même en silence. A ce moment précis, aucun mot ne sera prononcé et le chef sera déchu sur-le-champ, prouvant ainsi la place respectable qu'occupent les femmes au sein de notre société.

La même sanction s'applique à celui qui, ayant tué quelqu'un, a du sang sur les mains. Mais il existe d'autres motifs d'éviction : ce peut être le cas d'un chef qui, par le mensonge, devient indigne de confiance ou qui, négligeant ses fonctions, n'assiste ni au Conseil ni aux cérémonies.

Un chef se doit de présider les cérémonies, d'assumer ses responsabilités et de parler sa propre langue. Quand le moment sera venu, il sera très difficile de remplacer mon beau-frère, Leon Shenandoah, et cette préoccupation est dans tous les esprits. Mais, en fait, nous ne prenons d'avance aucune disposition à cet effet.

Je suis née au sein de la nation onondaga le 5 mai 1926, non loin de l'emplacement de l'actuelle maison-longue. Mes parents ainsi que mes grands-parents maternels et ma grand-mère paternelle étaient onondagas alors que mon grand-père paternel était mohawk. Nos nations ayant toujours voyagé ensemble, les mariages mixtes n'avaient rien d'inhabituel. Ma mère ne fut jamais nommée Mère de clan, mais ma grand-mère paternelle était Gardienne de la Foi quand elle était jeune. Ma mère ainsi que tous les membres de sa famille étaient chrétiens.

Ma grand-mère paternelle a suivi sa scolarité à l'Institut de Hampton, Virginie, puis dans une école privée pour jeunes filles. Quand elle se maria, elle se convertit au christianisme. Mais, petite, je me souviens qu'on venait toujours la consulter à propos de nos cérémonies traditionnelles. Bien que fréquentant l'église et non plus la maison-longue, elle était toujours une mine d'informations.

Mes oncles et mon père assistaient aux cérémonies de la maison-longue et certains allaient également à la messe. Enfant, j'allais à l'église et il arrivait que ma grand-mère m'y emmène trois fois par jour ; mais je suivais également mon père, ses frères et mes proches voisins lorsqu'ils se rendaient à la maison-longue et ma mère n'y trouvait jamais à redire. Elle n'a jamais parlé en mal de cet endroit et ne l'a jamais critiqué d'aucune manière. Alors, progressivement, j'y suis allée de plus en plus souvent.

A l'âge de dix ans, j'ai fait partie du scoutisme au sein d'une compagnie de guides. Comme nous étions toutes indiennes, on nous invitait souvent à participer à des rassemblements organisés dans l'Etat de New York. Etant différentes des autres guides, celles-ci nous questionnaient toujours sur nos origines ; mais aucune de nous n'était capable de leur répondre de façon satisfaisante. J'ai donc eu envie de mieux connaître ma culture et je me suis mise à fréquenter la maison-longue de plus en plus assidûment.

J'étais très jeune lorsque j'ai commencé à assister à des réunions, des débats et des cérémonies à l'intérieur de la maison-longue. Ayant été élevée par ma grand-mère qui m'avait recueillie alors que je n'avais que neuf mois, nous ne parlions que notre langue à la maison. C'était une Ancienne et tous ceux qui venaient lui rendre visite, eux aussi assez âgés, ne parlaient pas du tout l'anglais. Ils discutaient de beaucoup de sujets concernant notre peuple.

Les parents de mon père parlaient le mohawk, sa grand-mère le seneca et si vous écoutez avec attention, vous découvrirez que les deux sont très similaires. J'ai beaucoup entendu parler notre langue à la maison, ce qui a facilité mon apprentissage des traditions. Les parents de nombre de personnes de mon âge furent envoyés en pension, comme beaucoup d'autres à l'époque. De retour dans leur famille, ils ne connaissaient pas leur propre langue et furent donc incapables de transmettre la culture de leur peuple à leurs enfants.

Ma mère ne parlait que l'anglais. Elle était chrétienne et très bien disposée à l'égard de la culture dominante. Ne vivant pas avec elle, cette situation ne fut pas source de conflits pour moi, d'autant que je ne la voyais qu'en période de vacances. A ma naissance, mes parents étaient séparés, mais la vie auprès de ma grand-mère fut d'une telle richesse que je n'eus pas à souffrir des séquelles d'un foyer désuni. Quand je me tourne vers le passé, je pense que j'ai dû beaucoup apprendre sur notre culture grâce à tout ce que j'entendais à l'intérieur de la maison-longue. Le chef Irving Powles, qui mourut il y a quelques années, était ébahi par toutes mes connaissances et me demandait souvent : « Comment, à ton âge, peux-tu savoir tant de choses ? » Mais j'avais en mémoire tous ces gens qui venaient chez nous pour discuter avec ma grand-mère. Nous habitions juste à côté de la maison-longue et lorsqu'un événement impliquait la présence de représentants des Six Nations, des gens de tous horizons faisaient halte à la maison.

Petite, je ne pense pas avoir été prédisposée à la spiritualité, mais j'y étais exposée plus que tout autre enfant de mon âge. J'avais seulement quinze ans lorsqu'on m'a demandé de prendre des notes au cours d'un rassemblement des Six Nations car la personne habilitée à le faire ne pouvait s'y rendre. J'avais suffisamment assisté à ce genre de réunions pour que les participants sachent que je comprenais notre langue et ce dont il s'agissait. Je me souviens de ma grande nervosité mais également de mon émoi et de ma joie à l'idée de m'asseoir parmi tous ces grands chefs et de les écouter. Ce fut l'un des moments les plus importants de ma vie.

Il s'est écoulé du temps avant que je coupe définitivement tout lien avec la religion chrétienne. Après mon mariage, je me suis mise à fréquenter la maison-longue au détriment de l'église, mais mes enfants allaient aux deux. Un jour, à Pâques, j'ai fini par dire à ma tante que mes enfants ne l'accompagneraient plus à la messe. Elle pleura comme si elle venait d'apprendre mon décès, et sans doute plus encore. Deux jours après, elle est venue à la maison accompagnée du pasteur pour prier et parler avec moi. Ma mère était morte et ma grand-mère ne m'avait jamais expliqué les raisons pour lesquelles je devais ou ne devais pas fréquenter l'église ; elle me disait juste d'aller là où je me sentais bien. Donc, bien que chrétienne, elle n'était pas contrariée de nous voir nous rendre à la maison-longue. Par contre, l'attitude de ma tante m'a mise en colère et nos relations restèrent très tendues jusqu'à sa mort, il y a cinq ans. Dès que nous nous rencontrions à l'occasion d'un anniversaire ou autre événement familial, elle réussissait toujours à donner des coups de griffes à l'encontre de ces sauvages de païens.

Aujourd'hui, j'enseigne notre langue et notre culture à l'école indienne. J'y travaille depuis 1972. J'ai été assistante jusqu'en 1978, date à laquelle j'ai fini par obtenir mon diplôme d'enseignement. C'est le Conseil des chefs qui me demanda d'occuper ce poste, au moment même où nous enquêtions sur le système scolaire.

Cette enquête fut lancée par quelques lycéens de dernière année, désireux de laisser tomber études et diplôme afin d'apporter certains changements au profit des plus jeunes. A l'époque, les livres ne faisaient nulle mention de notre peuple, si ce n'est en quelques lignes, et nous en mîmes donc un certain nombre au rebut. Nous avons regroupé en une caisse commune les deniers publics alloués par l'Etat de New York à l'éducation des Amérindiens et constitué une commission d'enquête pour l'examen des fonds attribués aux autres écoles ; c'est ainsi que l'on a découvert qu'en comparaison nous n'avions rien.

Plus tard dans l'année, certains d'entre nous ont fait un travail

épatant en enquêtant sur les différents domaines du système éducatif dans son ensemble. C'est à cette période que le Conseil m'a demandé d'intervenir et d'enseigner notre langue. J'ai eu beaucoup de mal à me décider car notre culture s'est toujours opposée à tout enseignement formel, étant donné les dégâts qu'il a provoqués parmi nous. J'ai donc eu à tenir compte à la fois de mes propres convictions et de celles de ma communauté.

Aujourd'hui, notre jeunesse représente mon plus grand sujet d'inquiétude. Nous vivons si près de New York — nous sommes d'ailleurs parmi les quelques tribus établies à proximité d'une grande ville — qu'il est difficile pour des adolescents de rester convaincus de l'importance qu'il y a à être eux-mêmes.

C'est au cours de ces années d'adolescence qu'ils s'attirent généralement des ennuis : il est particulièrement dur pour eux d'assumer leur différence car la culture dominante les submerge de toutes parts, et plus particulièrement à travers la télévision, la radio et la presse écrite. Certains, ceux dont les parents sont solides, s'en sortent. Et la plupart, une fois arrivés à vingt ans, réalisent la richesse de leur propre culture.

De la maternelle à la fin du primaire, les enfants absorbent pratiquement tout ce que vous leur offrez ; leur langue et leurs traditions les enthousiasment. Mais, une fois au collège, leurs priorités changent. Ils ne passent plus tout leur temps à la maison et sortent en groupe. S'ils peuvent simplement traverser ces années en gardant à l'esprit nos lois et nos cérémonies, alors ils prendront les bonnes décisions. Je continue à insister sur le fait que ce que nous appelons la « Grande Loi » contient l'ensemble de nos règles et principes de vie.

Je leur explique que s'ils se trouvent devant une décision importante à prendre, ils doivent faire appel à l'enseignement qu'ils ont reçu dans la maison-longue et se demander : « Cette décision va-t-elle me faire du mal ou faire du mal autour de moi ? » Au fond, c'est ce que nous appelons le respect — respect à l'égard de soi-même, des autres et de la terre.

En tant que femmes, nous sommes détentrices d'un privilège

et d'une responsabilité extraordinaires : nous donnons la vie et nourrissons l'enfant à ses débuts. Pour cela même, nous devrions éprouver de la dignité. Il s'agit là d'une fonction d'une importance considérable mais, malheureusement, beaucoup de femmes ne le réalisent pas et n'en tirent aucune estime pour elles-mêmes. Nous n'avons pas à nous surpasser pour être l'égale de l'homme et c'est là où nous nous différencions de tant d'organisations féministes.

Depuis des temps reculés, on perpétue l'idée erronée selon laquelle les femmes de jadis effectuaient toutes les tâches difficiles. Il est vrai qu'elles plantaient et cultivaient, mais la raison en était la relation particulière à l'égard de tout ce qui pousse que notre culture pressentait en chaque femme. De toute façon, ces activités sont pratiquées par toutes les femmes de la planète et l'ont toujours été. Lorsque les enfants devenaient adultes, vers neuf ou dix ans, ils avaient toutes les connaissances nécessaires à leur survie. Ils savaient planter et récolter, cueillir et conserver la nourriture. Ils savaient s'occuper d'eux-mêmes et s'entraider. Tout en restant sous la protection des femmes nourricières de leur village.

Lorsque les garçons et les filles étaient assez âgés pour se mélanger, leurs talents étaient généralement manifestes. Les uns seraient chanteurs, les autres orateurs ou danseurs. Toutes ces histoires, racontées par les Blancs, du petit Indien allant chasser un cerf avec son arc et ses flèches pour le rapporter à la maison étaient donc fausses car on ne leur parlait d'arc, de flèche et de lance que lorsqu'ils étaient physiquement capables de les utiliser. Notre peuple est à l'origine du dicton selon lequel « Il ne faut pas envoyer un petit garçon faire le travail d'un homme. » Avec le temps, il n'y eut plus de restriction à l'activité physique d'une femme : elle faisait ce dont elle était capable. Seuls étaient exclus les sports qui sur-développaient les muscles et les organes d'un corps appelé à porter et à donner naissance à un bébé. Il y a plusieurs années, de nombreuses universités commencèrent à mettre en place des équipes féminines de crosse[1], mais nos traditions n'autorisent pas nos jeunes filles à pratiquer ce sport et nos cérémonies elles-mêmes nous enseignent qu'il est réservé aux personnes de sexe masculin.

Nous formons une communauté très unie grâce à notre système de clans toujours en vigueur. Ainsi, chacun a conscience d'appartenir à une famille. Les gens se connaissent encore au-delà du troisième ou du quatrième degré, mais nous ressemblons de plus en plus à la société blanche et nos liens se distendent. Notre culture nous apprend que nos tantes sont nos mères et que les frères de notre mère sont également nos pères. Que tous les Anciens sont nos parents.

ALICE PAPINEAU : dans le secret des sociétés-médecine

Je m'appelle Alice Papineau mais mon nom religieux est *Dawasenta*. Onondaga et Mère du clan de l'Anguille, je vis sur la réserve depuis le 1er août 1912, jour de ma naissance. Ma mère, qui eut six enfants, ne fit jamais appel à un médecin ou à une infirmière pour accoucher, mais à une sage-femme car tel était l'usage à l'époque.

Certaines règles d'hygiène touchant à la grossesse se sont transmises jusqu'à aujourd'hui. Après l'accouchement, une femme devait boire de onze à quinze litres d'une infusion d'écorce de merisier afin d'avoir du lait et de purifier son organisme car elle n'avait pas eu ses règles pendant neuf mois. Toute autre boisson — café, thé ou eau — lui était interdite. Quand je suis née, ma mère observa cette discipline.

---

1. Jeu de balle au cours duquel deux équipes de dix garçons ou de douze filles, chacun utilisant une espèce de filet à long manche, essaient d'envoyer une petite balle de caoutchouc dans le but de l'équipe adverse après lui avoir fait traverser le terrain. A l'origine, ce jeu était pratiqué par les Indiens d'Amérique du Nord.

A l'époque, nous étions considérés comme faisant partie d'une famille très nombreuse car l'absorption de ce breuvage diurétique limitait souvent à quatre le nombre des enfants. Son but, cependant, n'était pas d'empêcher une croissance de la population mais de réglementer l'hygiène. Depuis qu'on a dissuadé les femmes d'en consommer, certains couples ont jusqu'à neuf enfants. En fait, même si nous ne la prenions pas dans ce but, cette infusion permettait un contrôle naturel des naissances. Elle purifiait le corps de la femme et lui évitait tout risque de grossesse pendant plusieurs mois.

Pour les reines d'Angleterre, accoucher allongée constituait un luxe et cette coutume est parvenue jusqu'ici. En fait, contrairement à la posture debout ou accroupie, cette position est totalement contre nature. De même, la nécessité, pour une femme, de rester au lit après la naissance nous vient également d'Angleterre mais nous n'en avons jamais tenu compte : après l'accouchement, nos sages-femmes obligeaient la parturiente à se tenir bien droite sur ses jambes et à boire un bol d'infusion. Et les femmes allaitaient leurs enfants pendant plus de trois ans. Ma mère a agi ainsi pour la naissance de chacun de nous.

Notre peuple ne buvait pas de lait de vache et nous n'en donnions jamais aux nourrissons car notre organisme, ne possédant pas les enzymes nécessaires à sa digestion, ne pouvait l'assimiler. Lorsque les services de santé de l'État de New York venaient sur la réserve, ils essayaient toujours de nous bourrer le crâne en affirmant que notre lait était nocif, « N'allaitez pas vos enfants car votre lait tourne. » J'ignore sur quoi se basaient de telles assertions. Et, d'après le gouvernement, toutes nos femmes étaient concernées. Elles se sont alors mises à utiliser du lait en poudre.

Je m'en souviens car, à l'époque, j'avais vingt-cinq ans et je venais d'accoucher de mon premier enfant. Je ne l'ai donc pas allaité mais, comme je l'ai déjà dit, le lait de vache ne convient pas à notre organisme — il contient des mucosités et provoque des otites chez nos nourrissons. Avant d'être introduit dans notre pays par les Européens, il ne faisait pas partie de notre alimentation.

Je suis heureuse car, aujourd'hui, beaucoup de jeunes mères décident d'accoucher chez elles. A l'hôpital, on nous interdisait de boire notre breuvage dépuratif et nous devions rester alitées pendant dix jours. Mais, finalement, les Blancs ont réalisé que ça n'était pas sain. Aussi, aujourd'hui, nous pouvons vivre notre accouchement comme bon nous semble, et les mères ont à nouveau la possibilité d'allaiter leur enfant. Elles ne se purifient plus car on les en a trop dissuadées. A une certaine période, il est même arrivé que des sages-femmes pratiquant à domicile soient arrêtées. On nous a toujours affirmé que la réglementation de l'Etat de New York condamnait nos lois naturelles.

Ma mère n'était pas Mère de clan mais Gardienne de la Foi. Ce rôle consiste à protéger et à entretenir la foi. Au cours des cérémonies, la Gardienne de la Foi travaille et fait la cuisine. C'est également elle qui établit la chronologie des rituels car nous ne suivons pas le calendrier mais nous nous réglons sur la lune et les saisons. La cérémonie de la Plantation vient juste de se clôturer. Ma mère disait toujours qu'il fallait attendre de voir éclore les fleurs blanches de l'arbre poussant à flanc de coteau en face de chez nous — et dont le nom indien est *gehet* — pour commencer à semer les graines de maïs. Nos cérémonies ont lieu entre la nouvelle et la pleine lune.

Ma grand-mère paternelle était une Onondaga, membre du clan du Cerf. Au cours des guerres, sa famille dut fuir vers le nord pour échapper à l'incendie de son village.

Le clan du Cerf n'existe pas chez les Mohawks. Mon grand-père rencontra sa femme alors qu'il était allé jouer une partie de crosse en pays mohawk et il la ramena sur la réserve onondaga. Ayant pu faire la preuve de son appartenance au clan du Cerf, ma grand-mère fut habilitée à devenir Gardienne de la Foi. Elle est morte ici, à l'âge de quatre-vingt-six ans, mais avait vu le jour sur la réserve mohawk. De nombreux Onondagas y vivent actuellement car leurs ancêtres avaient dû fuir notre pays au moment des conflits. Mais, connaissant le clan dont ils font partie, ils savent qui ils sont et d'où ils viennent. Ma grand-mère maternelle n'eut que trois enfants, deux fils et une fille. Onondaga, elle a toujours vécu sur la réserve. Ma mère et moi lui devons de faire partie du clan de l'Anguille, l'appartenance à un clan se transmettant par la femme dans notre société.

Nous célébrons la cérémonie des Ancêtres, ou *Okawa*, au début du printemps, alors que les arbres, ensommeillés, ne bourgeonnent pas encore. Les femmes — Gardiennes de la Foi et Mères de clan — se renseignent pour connaître la date exacte à laquelle doit se tenir ce rituel. Puis, quinze jours avant, elles vont de porte en porte demander argent ou nourriture en prévison de cet événement. Alors, les familles rassemblent ce qu'elles peuvent et vont déposer leurs offrandes à l'intérieur de la maison-longue. Ici, c'est une pratique connue et acceptée de tous : même ceux qui ne fréquentent pas la maison-longue font preuve de générosité.

Les chants de nos ancêtres ouvrent la cérémonie vers neuf heures du soir. Chacun d'eux, entonné par les hommes — il y en a quatre-vingts en tout — est repris aussitôt par les femmes. Ce qui nous mène aux alentours de minuit.

Ensuite nous organisons un *giveaway*. Nous offrons des objets neufs à ceux qui ont participé à l'élaboration de cette fête et tout le monde reçoit un petit présent, que ce soit une serviette de toilette, une paire de chaussettes ou une chemise. Puis, entre une heure et demie et trois heures du matin, nous dînons sur nos genoux, assis par terre. Chacun est servi dans son propre couvert qu'il a apporté à cette intention. Au cours de ce repas, les mets traditionnels — soupe de maïs, courges, diverses espèces de citrouilles et de haricots, pain de maïs — côtoient tartes et gâteaux.

Quand tout est débarrassé et rangé dans la cuisine, nous dansons jusqu'à l'aube, certains ayant revêtu leur costume traditionnel. Puis, au lever du jour, après une cérémonie et un chant, nous rentrons chez nous. Les gens viennent de partout, de Cattaraugaus, d'Allegheny, de Tuscarora, des chutes du Niagara : des représentants de toutes les nations formant la Confédération Iroquoise sont présents. Et nous nous entraidons. Chaque nation célèbre ses ancêtres, quel que soit le nom qu'elle donne à cette cérémonie. Même si le tempo est différent, les paroles des chants sont les mêmes.

Au cours de l'année, nous avons quatre cérémonies d'une importance majeure, une par saison. Avant, nous fêtions l'équinoxe hivernal en décembre, mais un grand nombre d'entre nous s'étant mariés à des chrétiens, nous devons tenir compte de Noël. La date a donc été repoussée au mois de janvier. Noël est une période de grande activité pour les chrétiens et il est difficile pour nos jeunes, au milieu des lumières, des scintillements et de tous les messages publicitaires, de ne pas célébrer cette fête. Tout dépend de la force spirituelle de leur famille. Certains offrent des cadeaux, d'autres rapportent un sapin chez eux, mais ça n'a aucune signification religieuse. C'est simplement un moment exaltant, mais qui peut également être très pesant.

La cérémonie du solstice d'hiver s'étend sur trois semaines. Nous réglant sur la lune pour en déterminer la date, elle peut aussi bien avoir lieu au début, au milieu ou à la fin du mois de janvier. Au printemps, la danse de la Plantation dure six jours. Il en est de même de la danse du Maïs Vert qui lui fait suite.

Entre la danse de l'Équinoxe et celle de la Plantation, nous organisons d'autres cérémonies en plus des quatre principales liées aux saisons. En février, lorsque se clôt la cérémonie de la Sève, nous fabriquons du sucre à partir du sirop d'érable et le faisons durcir dans des casseroles avant de le découper en carrés. En juin, on célèbre pendant une journée les premiers fruits de l'année au cours de la cérémonie de la Fraise. Puis, un peu plus tard, se tient la danse du Haricot pour fêter le maïs, les haricots et la courge. Nous ne consommons jamais le maïs jaune car il a été croisé depuis l'arrivée des Européens.

Nous sommes connus pour nos sociétés-médecine secrètes au sein desquelles se tiennent des rituels de guérison. Seules les personnes ayant été atteintes d'une maladie bien particulière sont autorisées à y assister. Je fais partie de quatre sociétés secrètes et nous nous réunissons toujours chez l'un d'entre nous. Le pouvoir de nos guérisseurs est considérable, mais soigneusement tenu secret. Et, à moins d'être membre d'une société-médecine, il est absolument impossible à quiconque d'en être témoin. Ces rituels sont particulièrement nombreux en hiver.

L'une des sociétés dont je suis membre ne se réunit que le soir ; une autre, la société de l'Ours, en fin d'après-midi. J'appartiens également à celle du Poisson et à celle du Grand-Père. Les Grands-Pères sont des guérisseurs ; ils portent des masques-médecine, ces faux-visages qui symbolisent leur pouvoir. Ce rituel a lieu pendant le solstice d'hiver et se déroule sur trois semaines, la très grande majorité des cérémonies ayant lieu le matin.

Au cours des rites de guérison, des chanteurs et des tambours interviennent, ce que tout le monde ignore. En effet, nous interdisons systématiquement l'entrée à tous les non-Indiens, de peur que nos secrets ne soient aussitôt divulgués. De plus, comme je l'ai déjà mentionné, seules les personnes ayant contracté telle maladie bien spécifique sont invitées à y participer. Pendant ces cérémonies, la cuisine tient une place importante, chaque société utilisant des ingrédients particuliers. Nous célébrons tout spécialement les Grands-Pères, les Êtres-Tonnerre et l'Esprit du Vent.

A l'âge de neuf ans, j'ai été guérie par Electa Thomas, l'une des plus grandes femmes-médecine de l'époque. D'ailleurs, la plupart de nos chamans ont toujours été des femmes. Elles connaissent les vertus des plantes. Je crois au pouvoir des herbes médicinales, d'autant que je serais certainement invalide si on ne les avait pas utilisées pour me soigner.

Il y a eu un moment où mon bras suppurait, à l'endroit même où, aujourd'hui, je porte une cicatrice ; mais, à l'époque, on aurait dit un furoncle. Ma mère fit appel à un médecin blanc qui habitait au sud de la réserve. Il arriva chez nous au volant d'une vieille Ford T. Après qu'il eut ouvert le furoncle, un autre se forma un peu plus haut. Le médecin, ignorant la nature du mal, refusa d'intervenir et dit à ma mère : « Ça n'est pas un furoncle ; j'en suis sûr. Utilisez vos plantes médicinales. » C'était un simple médecin de campagne et, de plus, les prises de sang n'étaient pas chose courante à l'époque. Puis, le mal se propagea à ma jambe et je devins incapable de poser le pied par terre.

Finalement, ma mère m'emmena chez Electa Thomas qui me prescrivit une infusion d'herbes de sa fabrication et dont je dus boire plus de sept litres. Après les trois cérémonies qu'elle organisa à mon intention, le mal disparut à jamais. Au cours de chacune d'elles, Electa avait utilisé certaines plantes bien spécifiques.

J'ai grandi en face de la maison-longue. Dans la région, les gens connaissent bien la signification de ce mot. A l'hôpital d'État, par exemple, on demandera au patient d'indiquer sa confession, afin de pouvoir lui administrer les derniers sacrements si nécessaire. Et ils acceptent le terme de maison-longue. Chaque individu né au sein de la Confédération iroquoise est *Hodenausaunee* ou membre de la maison-longue. Même ceux qui, plus tard, se tournent vers le christianisme restent *Hodenausaunee*.

Chaque jour, comme mon père possédait deux vaches, j'apportais un litre de lait à Electa. Je n'avais jamais vu une maison aussi désordonnée. Mais c'était une femme très occupée qui ramassait elle-même les plantes qu'elle utilisait : sa maison était remplie de bocaux et autres pots pleins d'herbes médicinales. Les gens venaient la voir en voiture à cheval ; elle jouissait d'une excellente réputation. Elle acceptait même de soigner les non-Indiens originaires de la ville. Elle a d'ailleurs fini par s'acheter une maison à Syracuse et y a installé un cabinet pour les y recevoir. Elle parlait très bien l'anglais, et sa propre langue, bien sûr.

Electa a gagné beaucoup d'argent en travaillant en ville. Par

contre, en échange de ses soins, les Indiens lui faisaient des dons de toutes sortes. Elle est morte maintenant, mais je l'adorais et j'ai gardé une photo d'elle dont j'aimerais donner un double à l'école pour qu'ils l'affichent, comme beaucoup d'autres, dans le hall d'entrée. Si vous vous adressez à la Société historique de la ville de Syracuse, vous pourrez vous procurer sa biographie. N'ayant pas eu d'enfants, elle n'a jamais transmis ses connaissances à qui que ce soit.

Nous ne formons que les personnes qui expriment un certain désir et témoignent d'un intérêt particulier car c'est un domaine où on ne doit rien imposer. Mais nos jeunes ne se sentent pas concernés : ils ne partagent pas les mêmes valeurs que leurs aînés. Quant à moi, contrairement à d'autres, je ne suis absolument pas douée pour reconnaître plantes et racines ou me souvenir de leur nom.

Généralement, je n'aborde pas ces questions. Certains pensent que seuls les Indiens de l'ouest des Etats-Unis connaissent les plantes médicinales car nous nous montrons extrêmement réservés à ce sujet. J'ai entendu parler de deux hommes qui monnayaient leurs soins et qui, eux aussi, avaient installé un cabinet médical où ils recevaient les non-Indiens. Bien sûr, ils firent fortune. Ce genre de personne qui s'enrichit par ce biais ne nous intéresse pas. A l'instar des Indiens de l'Ouest, nous ne payons pas le guérisseur mais lui offrons le plus souvent une couverture ou tout autre cadeau.

Nous consommons notre tabac sacré qui provient d'une graine bien particulière que nous sommes les seuls à posséder. J'insiste sur le fait que nous avons nos propres plantes médicinales. Tout le monde pense que seuls les Sioux et les Crows sont traditionalistes alors que nombre d'entre eux ont assimilé le christianisme. Même Leonard Crow Dog avait une croix dans sa valise lorsqu'il est venu diriger une cérémonie dans notre maison-longue.

Jamais vous ne verrez une croix dans l'une de nos habitations car nous avons notre propre messie, le Faiseur de Paix, né au bord du lac Ontario. Il était huron de naissance, mais son propre peuple n'accepta pas ses visions. Alors, se dirigeant vers l'est, il a marché jusqu'à la vallée des Mohawks. Ces derniers l'accueillirent et crurent en lui. De tels événements se passèrent il y a deux mille ans, mais la légende continue à se transmettre. Nous ne prononçons pas son nom afin de ne pas le banaliser et de ne pas permettre à d'autres de l'utiliser inutilement, en jurant par exemple, lorsqu'ils sont en colère. Nous l'appelons donc tous le Faiseur de Paix. Son véritable nom n'est mentionné qu'une seule fois, au cours d'une cérémonie. Et il est bon de savoir ce secret gardé.

Lors d'un voyage auquel j'ai participé et qui nous a conduits sur les pas du Faiseur de Paix, nous nous sommes rendus sur son lieu de naissance, là où il a grandi et nous avons vu l'endroit où son canoë a disparu alors qu'il entreprenait sa mission de paix. Puis nous avons passé neuf jours dans la vallée des Mohawks avant de découvrir l'endroit où le Faiseur de Paix rencontra *Hiawatha*, près de O'Hara Creek. Des réunions étaient organisées lors de certaines étapes. A Troy, les représentants des églises chrétiennes nous ont invités à dîner. L'organisateur de ce voyage, Jake Thomas, est un Cayuga du Canada, membre de la Confédération iroquoise. C'est un des hommes les plus érudits de sa génération qui donne des conférences sur les *Hodenausaunee* et, à cette occasion, retrace brièvement la vie du Faiseur de Paix. Ce dernier devait certainement posséder un esprit divin pour avoir été capable de créer une confédération. Des non-Indiens participaient également à ce voyage ; ils se montraient d'ailleurs très intéressés et la plupart connaissaient déjà l'histoire du Faiseur de Paix. Pour moi, cette histoire est sacrée et ce voyage fut un véritable pèlerinage au même titre que celui qui réunit tant de gens à Jérusalem.

SIX NATIONS

Sara Smith : sous l'Arbre de Paix

En octobre 1992, j'ai pris l'avion pour Buffalo, dans l'État de New York, où j'ai loué une voiture. Je me suis d'abord arrêtée dans les réserves du nord de l'État, projetant ensuite de traverser la frontière canadienne pour aller dans l'Ontario sur la réserve des Six Nations où j'avais rendez-vous avec Sara Dale Smith. A mon arrivée à Buffalo, le ciel était couvert ; à cinq heures du soir, il était devenu très sombre et parsemé de nuages menaçants qui arrivaient de l'ouest, poussés par un vent violent. Une heure plus tard, pluie et neige fondue fouettaient mon pare-brise, me privant de toute visibilité. Ayant promis à Sara d'être chez elle avant la nuit, je persévérai, m'évertuant à trouver le pont de la Paix alors que les panneaux indicateurs semblaient disparaître à chaque virage. A l'heure de pointe, les autres automobilistes eurent raison de moi, klaxonnant et m'empêchant de changer de file, sans parler de ces gigantesques camions qui me dépassaient en éclaboussant ma voiture. Et pendant tout ce temps, je réalisais avec indignation que les Indiens avaient été regroupés dans des réserves pour laisser place à cela.

La nuit était tombée lorsque j'arrivai au Canada et je dus rouler environ une heure et demie sur l'autoroute. Puis, suivant minutieusement les instructions de Sara, je parcourus des kilomètres de petites routes sans plus aucun panneau pour me renseigner. Il allait être bientôt neuf heures et je poursuivais mon chemin, me demandant si j'avais oublié de tourner à un moment ou à un autre lorsqu'à mon plus grand soulagement j'aperçus les lumières d'un petit magasin. Je téléphonai à Sara et elle me donna de nouvelles indications similai-res, dans leur forme, aux précédentes : « Tournez à droite après l'ar-bre ; prenez sur votre gauche au niveau du rocher. » La seule différence était que, maintenant, il faisait nuit, j'avais encore du che-min à faire et personne à qui demander ma route.

Sara me décrivit sa maison qui, m'assura-t-elle, ne se trouvait qu'à quelque seize kilomètres de là, et me promit de laisser une lampe allumée à l'extérieur. Lorsque j'arrivai, à onze heures, elle ouvrit la porte et me serra dans ses bras sans un mot. Elle avait préparé une infusion accompagnée de biscuits et fait le lit dans la chambre d'amis. Je faillis fondre en larmes.

Il était évident que, si je voulais faire ce voyage à travers le pays indien sans jurer comme un charretier contre le réseau routier, j'avais intérêt à améliorer mon sens de l'orientation.

Le lendemain matin, après le petit déjeuner, nous nous installâmes dans le salon qui, inondé de soleil, donnait sur un jardin, et nous commençâmes notre entretien.

Sara est une jeune Ancienne, à la voix douce, aimable et qui pos-sède la sagesse de ceux qui l'ont précédée. Depuis son plus jeune âge, sa quête spirituelle a toujours été au centre de son existence et, m'expliqua-t-elle, ses Dodahs[1] entrèrent dans sa vie dès qu'elle les y invita.

M oi, Sara Smith, suis née sur la réserve des Six Nations dite de la Grande Rivière qui est située dans la province cana-dienne de l'Ontario. Je suis membre de la tribu des Mohawks et, au sein de la Confédération iroquoise, j'appartiens au clan de la Tortue. Mes ancêtres prirent une part active dans la défense de notre territoire et de notre communauté avant et après que nous ne quittions la vallée des Mohawks pour l'État de New York.

---

1. Ancien qui, bien que sans lien de parenté, remplit la fonction de grand-parent et dispense un enseignement.

Certains de mes *Dodahs* furent interprètes et porte-parole de la Confédération car ils parlaient plusieurs dialectes iroquois ainsi que l'anglais et le français. Mes grands-parents comprenaient leur langue mais ne la parlaient pas. Quant à mes parents, ils ne connaissaient que l'anglais.

Ainsi, ma génération a-t-elle grandi coupée de notre langue traditionnelle. Mais on a pu nous faire découvrir notre identité par d'autres biais ; c'était à nous d'aller à la recherche de nos racines.

Les Iroquois formaient la Grande Ligue de la Paix et ceci m'a toujours inspiré beaucoup d'estime, d'amour et de respect car je réalise combien j'ai été privilégiée de recevoir un tel héritage. Je crois que nous sommes des êtres réincarnés qui avons déjà vécu plusieurs vies et qu'aujourd'hui, nous sommes la somme de toutes ces existences. D'après moi, nous entamons ce parcours terrestre afin de corriger nos erreurs passées et tendre vers la perfection pour, finalement, redevenir des esprits. Je reconnais et j'accepte volontiers le fait que nombre d'options et de choix nous sont offerts tout au long du chemin.

Nous avons appris qu'en cherchant nos racines, nous trouverions paix et protection sous le Grand Arbre, symbole de la Confédération iroquoise, ces cinq nations d'origine qui choisirent la paix pour gouverner leur peuple. Pour moi, aujourd'hui, l'important est d'avancer pour que nous puissions à nouveau fouler le « Chemin de Paix ».

Mon *Dodah* me demandait toujours : « Jusqu'où veux-tu remonter dans le passé ? » Et, aujourd'hui, beaucoup insistent en me posant cette question : « Pourquoi vouloir faire marche arrière ? » Je ne pense pas qu'il s'agisse de faire marche arrière mais plutôt de revenir à notre point de départ et de repartir : nous nous sommes écartés de ce chemin de paix depuis tellement longtemps ! Nous, les prétendus « Peaux-Rouges », devons admettre que nous nous en sommes éloignés ; sinon, nos villages ne seraient pas actuellement confrontés à tant de dissensions internes, de chaos et de confusion. Et nous devons reconnaître que, si nous vivions conformément à la loi que le Grand Mystère, Celui qui donne la

Vie, le Créateur, Dieu — Celui qui a tant de noms — nous a transmise, nous n'aurions pas à faire face à tant de troubles. Je ne pense pas qu'il existe aujourd'hui une famille qui ne souffre et n'ait besoin de panser ses blessures.

Notre peuple avait prédit que nous en arriverions là. Que nous errerions dans l'obscurité malgré le soleil. Et que les têtes de nos chefs tomberaient ; ils seraient emportés tels des arbustes dans la tempête.

Ces prophéties se sont en grande partie réalisées. Dans nos villages, on polémique beaucoup pour savoir qui est habilité à porter tel titre ou à prendre les décisions et à gouverner. Mais avant, lorsque nous marchions sur le chemin de paix, de telles querelles et remises en cause n'existaient pas. Les prophéties évoquent le Foyer Sacré du Conseil qui, jadis, brûlait intensément ici, sur l'île de la Tortue, car notre peuple avait décidé de gouverner pacifiquement et non par la force. Ce sont deux attitudes bien différentes.

Il est important de comprendre la dualité de la vie, l'hiver et l'été, le froid et le chaud, le jour et la nuit. L'équilibre entre le jour et la nuit est crucial mais nous avons perdu tous nos repères temporels. Il semble « apparemment » nécessaire de travailler de seize à dix-huit heures par jour et de se reposer cinq heures au maximum. Aujourd'hui, nous laissons nos enfants partir seuls à l'école tous les matins et passer six à huit heures avec un enseignant qui n'est pas membre de leur famille. Ils doivent se lever tôt pour arriver à l'école après un trajet d'une heure en bus et, le soir, à leur retour, ils regardent la télévision avant et après le dîner puis vont se coucher. Nous ne partageons plus avec eux un temps de qualité et les générations ne dialoguent plus entre elles.

Les enfants ne peuvent trouver un équilibre qu'à travers leurs parents et les personnes âgées. Jadis, le soir, on se racontait des histoires et on se partageait les enseignements de la journée. Car les enfants ont aussi des choses à nous apprendre mais nous avons perdu l'habitude d'honorer cet aspect de nos relations.

A l'époque de la vie originelle, notre peuple consacrait douze heures au travail et au jeu et le reste au repos et à la récupération. La nuit représente un temps si précieux. Aujourd'hui, nous sommes dans un état de « mal-être » important dont nous cherchons les causes.

Au cours de la nuit, nous avons la chance inestimable de rêver et d'entrer ainsi en lien avec l'univers spirituel. Mais nous sommes devenus très matérialistes et accordons une place trop importante au monde physique. D'où, là encore, un déséquilibre. Il nous faut retrouver nos repères et apprendre à nos enfants à comprendre leurs rêves et à en tirer profit.

C'est une bénédiction pour moi d'être née avec cette capacité à rêver. Mes souvenirs d'enfance les plus lointains et les plus forts sont mes rêves et ils m'ont toujours guidée. Les rêves offrent des perspectives illimitées ; d'ailleurs, une partie de l'enseignement transmis par nos ancêtres portait sur le monde onirique. Lorsqu'ils étaient réunis en conseil, il ne leur arrivait jamais de voter sur-le-champ à main levée ; toute décision importante concernant l'avenir de leur peuple sur sept générations requérait du temps ; et les recommandations divines leur parvenaient à travers rêves et visions.

Certains de mes rêves d'enfant étaient négatifs en apparence ; c'était en quelque sorte des cauchemars. Mais j'aimerais convaincre les gens que les mauvais rêves n'existent que lorsque nous nous laissons persuader de la réalité d'une force négative. Exclusivement personnel et intime, chacun de nos rêves nous vient de l'Esprit dans toute sa pureté. Un rêve peut nous prodiguer un enseignement et nous enjoindre, par sa récurrence, à le prendre en compte pour avancer dans notre quête. En ne réagissant pas, nous permettons au rêve de se mettre en veilleuse. Nous devons apprendre à percevoir la beauté de ces enseignements que nos rêves véhiculent et à les laisser guider nos vies. C'est comme ce chemin de bonté que nous souhaiterions emprunter sans parvenir à le trouver. Tant que nous ne commencerons pas à examiner toutes les facettes de notre existence et de nos rêves, nous serons incapables d'en appréhender la beauté, cette même beauté qui vit au fond de chacun de nous. Car les mondes réel et onirique sont complémentaires. Quand un enfant fait un cauchemar, c'est signe qu'il doit entreprendre sa propre quête.

Nous devons comprendre peu à peu qu'en laissant la peur envahir nos vies, nous entravons toutes les forces naturelles qui sont en nous. En effet, peur et jalousie sont deux des armes les plus destructrices qui existent et le Créateur, le Grand Mystère, nous a dotés de moyens naturels pour anéantir ces « forces négatives » : à travers nos rituels, le vent les balaiera, l'eau nous purifiera et les plantes médicinales nous en guériront.

Des choix nous sont proposés ; lesquels allons-nous faire ? Où désirons-nous que nos vies nous entraînent ? Qu'en est-il des enfants nés et à naître ? Je crois qu'il est temps de commencer à aller au plus profond de nous-mêmes pour pouvoir transmettre un héritage aux futures générations. En tant que grand-mère, j'aimerais que cet héritage les aide à retrouver le chemin de paix. J'ai confiance car, aujourd'hui, les enfants ont conscience de cet enjeu et acquièrent par eux-même un certain discernement ; beaucoup sont lucides et bienveillants. Nous devons écouter ce que nos enfants ont à nous dire.

Une de nos légendes explique que le lapin possède de grandes oreilles parce qu'il a été créé pour écouter. Ressemblons à notre frère, le lapin, et développons nos oreilles spirituelles pour entendre même au-delà du non-dit. Nous ne percevons plus le bruit du vent, le langage des pierres, des couleurs et de toutes les forces de la nature ; nous ne sommes plus à l'écoute de l'univers car, depuis longtemps, nous avons bouché nos oreilles et les avons mises en sommeil. Il est temps de réagir. Contrairement aux autres êtres vivants, nous avons oublié de respecter nos engagements car nous considérons que tout nous est acquis. Nous avons usé et abusé de ces dons sacrés mis à notre disposition pour que nous en tirions un enseignement. Les éléments, le vent et les êtres à quatre pattes sont nos meilleurs professeurs, chacun nous transmettant un ensemble unique de connaissances. Et, de l'aigle au plus petit être ailé, les oiseaux nous apportent le même message :

ils nous apprennent à surmonter les situations et à nous libérer en volant toujours plus haut.

Enfant, j'ai été influencée par les propos de mes parents et des Anciens. Ils parlaient des *Hodenausaunee*, notre peuple originel, et, à les écouter, je ressentais toujours un mélange de tristesse et d'orgueil. Etant née avec la peau moins foncée que les autres, les yeux clairs et les cheveux bruns, nombre de personnes questionnaient mes parents sur mes origines. Et je souffrais beaucoup de cette différence. Mais plus tard, j'ai réalisé que les autres ne comprenaient pas ou ignoraient ce qui se passait au fond de moi et que l'apparence n'était rien comparée à la vie intérieure.

J'ai eu la chance de grandir sur la réserve. Mon père, instituteur diplômé de l'Ecole normale, était un amoureux de la nature et insufflait cet amour à chacun de ses élèves. Je dois dire qu'il n'était pas quelqu'un d'ordinaire et ce, jusque dans ses méthodes éducatives essentiellement basées sur l'expérience. Rien de plus naturel pour lui, quel que soit le jour, de nous dire : « Rangez vos livres et enfilez bottes et manteaux. » Et nous voilà partis dans les bois. Nous y apprenions tellement de choses, étudiant tout à la fois les sciences naturelles, l'utilisation des plantes médicinales et l'histoire. Le plus souvent, il nous prodiguait son enseignement par le biais de légendes, de pictogrammes et à travers l'œuvre de notre poétesse iroquoise, Pauline Johnson. Et, lors de ses cours d'histoire, il opposait toujours un regard indien aux concepts non indiens.

A la fin du secondaire, j'ai instinctivement désiré m'engager politiquement pour contribuer, dans la mesure de mes moyens, à la vie de mon peuple et j'ai, à ce titre, exercé la fonction de représentante élue du Conseil pendant un trimestre. Mais cette activité ne m'a pas permis de trouver les réponses aux questions que je me posais. Elle m'a cependant donné l'occasion de faire des recherches et d'aller interroger les traditionalistes de notre Confédération. C'est par ce biais que j'ai rencontré mon *Dodah* ou grand-père, celui à qui je dois d'avoir tant appris. Il était capable de répondre à mes questions avec franchise et précision et j'ai passé beaucoup de temps à l'écouter. Il était mon inspiration, mon mentor et son enseignement me survivra. Même si, aujourd'hui, il est entré dans une autre dimension de la Vie, sa voix me parvient, plus forte et plus claire. Cette vie originelle m'habite maintenant, et je suis prête à partager modestement mon expérience avec quiconque le désire. J'ai appris à révérer la Vie, à être en paix avec moi-même et à aider les autres dans la mesure de mes possibilités, car c'est ainsi que nous remplissons notre mission. Ma modeste tâche est de me faire l'écho de cet enseignement dont il m'a été fait don et de le transmettre à qui veut l'entendre.

Nous n'imposons jamais notre point de vue ; ça n'est pas notre façon d'agir. Lorsque j'étais en quête de nos traditions, *Dodah* me disait : « Il faut que ta pensée apprenne à quadrupler la portée de cet enseignement car je ne peux te le transmettre qu'en anglais, notre langue commune. Mais quadruples-en la portée. » Puis, lorsque adolescente je croyais, comme tous les gens de mon âge, que je savais tout, il insistait : « Maintenant, tu dois décupler la portée de ce que tu entends. » Je sais aujourd'hui qu'il me faut apprendre à penser encore à bien plus grande échelle et que la quête continue.

C'est un apprentissage joyeux et, ici, les professeurs ne manquent pas. Il est essentiel d'apprendre à écouter les Anciens de différentes nations avant de choisir sa propre route. Mon « grand-père » m'a toujours poussée à aller rencontrer le plus de monde possible. De son côté, mon mari m'a laissée libre de voyager, ignorant même parfois où j'allais. Et, à travers tous ces contacts, je récoltais toujours des parcelles de vérité, des mots de sagesse.

J'ai vécu plusieurs expériences plutôt traumatisantes que je n'aurais pas pu surmonter sans la force et le soutien de tous ces individus qui contribuèrent à l'élaboration de mon être. Il y a vingt ans, le feu détruisit notre maison ainsi que tous les biens matériels que nous avions accumulés au cours des ans, nous obligeant pratiquement à recommencer à zéro. Cette épreuve m'apprit beaucoup. Mais le plus grand défi que j'eus à relever fut de devoir affronter la mort d'un enfant et ce, à deux reprises. Et, chaque fois, une voix intérieure me disait que ces enfants n'étaient pas les nôtres ; qu'ils étaient un don que nous devions chérir quelle que soit la brièveté de leur existence ; elle m'invitait à savoir gré du temps que j'avais passé à m'en occuper, à les réconforter et m'engageait à les porter dans mon cœur pour toujours. Ces expériences renforcèrent ma foi.

Nous avons quatre enfants qui, par le mariage, nous en ont amené quatre autres et, aujourd'hui, nous avons dix petits-enfants. Bien sûr, nos enfants n'ont pas toujours emprunté le chemin que nous aurions aimé les voir parcourir. Mais je réalise maintenant que notre seule responsabilité consiste à les laisser libres de vivre ce que la vie leur réserve. Nous devons être suffisamment compréhensifs pour leur accorder cette liberté puisque nul ne connaît les étapes qu'ils ont besoin de franchir pour se parfaire.

Ces enfants nous ont choisis comme parents. Nous naissons tous à cette vie terrestre en connaissant ce qui nous lie les uns aux autres et en sachant quelles sont les personnes qui nous apporteront les connaissances dont notre âme — et pas notre être physique — a besoin. La seule chose que nous puissions faire est de transmettre cette vérité à nos enfants. Nous ne pouvons pas les obliger à parcourir le chemin que nous aurions choisi pour eux. Mais aimons-les encore et toujours.

Dès que nous nous réunissons, même si nous ne sommes que deux, et que nous parlons avec bonté et sincérité afin de créer un climat de compréhension, nous formons un cercle : les êtres invisibles sont toujours présents auprès de nous. Et, au moment où nous quittons ce cercle, nous sommes différents de ce que nous étions lorsque nous y sommes entrés car nous avons partagé pendant tout ce temps énergie et vibrations. Nos cœurs et nos esprits se sont ouverts ; telle est la loi connue, respectée et transmise par notre peuple.

Parfois, en rangs, nous pouvons nous imaginer formant un cercle et, par le pouvoir de nos esprits, apporter un changement même à une petite échelle. Nos pensées sont énergie ; elles sortent de nous pour s'exprimer. Tout se révèle dans l'univers spirituel avant de se manifester matériellement et un véhicule physique, l'être humain, est nécessaire à ce passage.

Mais les hommes ont cessé de s'acquitter de leurs devoirs et de leurs responsabiités en tant que tels, tant était grand leur désir de contrôler tous les aspects de la vie. Je pense que les gouvernements échouent car trop de gens veulent le pouvoir. Tant que nous ne coexisterons pas avec toutes les formes de la vie sans renoncer à la plus petite parcelle de l'ensemble de la Création, nous ne pourrons pas empêcher les conséquences dévastatrices de se profiler à l'horizon. Tout a été dit dans nos prophéties. Elles mentionnaient un trou dans notre habitation, cette étoffe de la vie, bien avant qu'on ne parle de couche d'ozone et annonçaient qu'un jour la situation serait irréversible. J'ai appris qu'arrivera un temps de mutation et que nous devons toujours être attentifs aux cycles et cercles de la vie. Maintenant, seules quelques années nous séparent de l'an 2000, véritable commencement qui ouvre un cycle totalement nouveau. D'ici là, nous serons revenus à notre point de départ.

Les prophéties annoncent que viendra le jour où du sang apparaîtra sur notre Grand-Mère la Lune, et que l'Aigle, notre oiseau-gardien, nous préviendra d'un danger imminent. En mettant le pied sur la lune, les premiers mots prononcés par les astronautes furent : « L'aigle a atterri. » Cet oiseau est également le symbole des États-Unis et voilà bien longtemps qu'il nous met en garde contre un danger qui ne saurait tarder. Aussi, les Iroquois vécurent-ils l'atterrissage des astronautes comme une double réalisation de leur prophétie.

Nous transmettons notre enseignement par le biais de la nature. Par exemple l'Arbre de Paix, que j'ai déjà évoqué, est le pin blanc dont les quatre racines s'étendent jusqu'aux quatre coins de la terre, embrassant ainsi l'humanité entière. Notre oiseau-gardien, l'Aigle, est perché au sommet de cet arbre pour nous avertir de tout danger et, au-delà, au centre, brille l'éternel soleil, source de toute vie.

Les couleurs représentent une autre forme d'énergie qui, elle aussi, nous guérit et que même les aveugles peuvent percevoir. Je souhaite un retour à cette vie originelle, lorsque nous marchions sur le chemin de paix. Ce serait merveilleux de réussir à vivre unis, en harmonie, dans un climat d'amour et de respect réciproque, nos cœurs emplis de pureté, de dignité et de paix. Un choix nous est proposé et c'est à chacun de nous de l'exercer ; car l'époque actuelle est des plus critiques. Il nous faut lâcher tous les repères auxquels nous nous sommes raccrochés si longtemps ; non pas que certains d'entre eux n'aient pas eu leur raison d'être, mais nous devons les envisager sous un nouvel angle.

Au temps de l'ardent Foyer du Conseil et de la Confédération de la Paix, nous vivions ainsi. Il fut prédit qu'un jour, alors que ce feu serait presque éteint, on enverrait des messagers pour en apporter les braises à toutes les nations, leur en préciser l'origine et leur demander de les garder jusqu'au jour où il faudrait les rendre et les raviver. Alors le feu brûlerait à nouveau dans sa forme première.

D'après nos prophéties, les trois grandes sœurs — l'Amérique du Nord, l'Amérique du Sud, et l'Amérique centrale — devront se rapprocher, mettre en commun leurs ressources et se renforcer mutuellement. Nous devrons nous rassembler pour rallumer le Foyer Sacré et tisser à nouveau la tapisserie de la vie. Le tissage est propre à notre peuple ainsi que l'art d'allumer un feu. Je crois que nous pouvons atteindre ce but aujourd'hui grâce à tous ceux qui nous aident et nous témoignent de l'intérêt.

Nous entrons dans un nouveau cycle lunaire et solaire où la notion de temps à l'échelle humaine va être dépassée. Tout s'est accéléré à un tel rythme au cours de ce siècle — avec la radio, les avions, le téléphone et l'informatique —, que nos esprits en sont perturbés. Nos prophéties annoncent qu'un jour viendra où la route présentera un embranchement ; beaucoup resteront sur le chemin du temps accéléré et un petit nombre empruntera la nouvelle voie. Tels les deux doigts d'une main, ces deux chemins se ressembleront ; et pourtant, ils seront totalement différents.

L'espoir est toujours présent et nous devons l'entretenir pour nos enfants. Comme je l'ai déjà dit, mes enfants ont été mes professeurs et, aujourd'hui, mes petits-enfants ont pris le relais. Un soir, il n'y a pas très longtemps, fascinée par une lumière particulièrement brillante dans le ciel, j'ai demandé à mon mari : « Qu'est-ce que c'est ? Une étoile ou un avion ? » Mon mari leva les yeux et répondit : « Ça ? C'est un avion. » Mais mon petit-fils de cinq ans qui se trouvait avec nous m'assura : « Grand-mère, c'est une étoile. »

Je ne pouvais détacher mon regard de cette lumière car, normalement, on ne voit pas d'étoile aussi brillante si tôt dans la soirée ; ça n'était pas encore le crépuscule et le soleil ne s'était pas encore couché. Finalement, mon petit-fils m'a demandé : « Grand-Mère, sommes-nous gagnants ou perdants ? »

Je l'ai regardé, surprise, me demandant ce que cachait une telle question. J'ai beaucoup réfléchi, souhaitant être vraie tout en replaçant les éléments dans leur contexte, et je finis par répondre : « Roggie, je crois que nous sommes perdants. » Mais lui a aussitôt rétorqué : « Non, Grand-Mère, nous sommes gagnants. »

L'affirmation de Roggie me confirme que nous devons entretenir l'espoir et faire notre possible pour renaître plus forts et devenir les gagnants dans le jeu de la vie afin de sauver l'humanité de la destruction annoncée.

Nous ne pouvons y parvenir que si nos cœurs sont purs, confiants et cléments. Les enfants en sont très conscients mais, à peine voient-ils le jour que nous obstruons leur esprit. Puis, lorsqu'ils ont vingt et un ans, nous leur disons qu'ils sont assez grands pour savoir ce qu'ils veulent, oubliant ce que nous avons fait pendant tout ce temps pour les entraver. Il faut donc leur apprendre que les réponses viennent de l'intérieur et leur permettre ainsi de trouver leur propre expression.

Jadis, nous mettions en pratique cet enseignement, ce Chemin de Vie mais, peu à peu, nous nous en sommes écartés. Nous sommes seuls responsables d'une telle dérive car nous n'avons rien fait pour l'éviter. Soyons assez forts pour le reconnaître et pour nous racheter en commençant tout simplement par honorer la vie et prendre conscience de notre lien à toute chose vivante.

Cet été, j'ai eu le privilège d'aller au Yukon, en Alaska. Là, au bord de l'autoroute, mon regard a plongé dans la vallée des Rocheuses sur des kilomètres à la ronde et j'ai ressenti avec une grande acuité la petitesse de l'homme. Puis, en me retournant, j'ai levé les yeux et réalisé que nous n'étions pas plus gros que des grains de sable. Avec, pour chacun de nous cependant, cette unicité qui nous rend si différents les uns des autres, chaque petit grain de sable vibrant d'une manière qui lui est propre. C'est l'une des richesses offertes sur ce chemin de vie. La nature ne cesse de nous parler, nous invitant à toujours la respecter car elle est là pour nous. Une énergie constructive peut naître si nous savons à la fois accueillir ses dons et méditer.

La méditation fait partie intégrante de ma vie. Un jour, un événement particulier eut un impact sur ma vie entière. A sept ou huit ans, j'aperçus l'un des mes *Dodahs* en pleine méditation et cette image restera à jamais gravée dans mon esprit : l'Ancien, revêtu de ses plus beaux atours, était assis sur une bûche et tirait des bouffées de la pipe-médecine qu'il emportait toujours avec lui. Je l'ai regardé longtemps, consciente que quelque chose d'important était en train de se passer. Tout mon être me le disait et ce spectacle m'apporta une paix intérieure extraordinaire.

Tout à coup, mon *Dodah* se retourna — depuis le début, il savait que je le regardais — et m'invita à venir m'asseoir auprès de lui. Puis, me tendant sa pipe, il dit : « Tire simplement une bouffée et laisse la fumée retourner au Créateur ; ne l'avale pas. Ça aussi, c'est prier. » Ce souvenir m'est très présent et je ne pourrai jamais effacer de mon esprit ce qui se passa à ce moment-là. Était-ce un rêve ou la réalité ? Je me pinçai : non, je ne rêvais pas.

Plus tard, j'interrogeai un autre « grand-père » à ce sujet. Il me répondit que, rêve ou pas, l'important était ailleurs ; mais que si je croyais à ce qui s'était passé, m'en montrais reconnaissante et désirais accueillir en moi cette expérience, alors je devrais brûler du tabac. Mais je ne comprenais toujours pas ; peut-être n'étais-je pas encore prête à prendre cet engagement.

Des années plus tard, j'ai demandé à des Anciens ce que « prier avec du tabac » signifiait. On me répondit que brûler du tabac était un acte sacré qu'il fallait apprendre à honorer et à respecter. Inutile de dire que j'ai beaucoup médité à ce sujet. De plus, j'ai fait quatre rêves qui m'apportaient toujours le même message. Quand je suis retournée voir *Dodah* pour lui en parler, nous avons discuté de la prière, de la méditation, des rêves et des songes. Et il m'apprit que, pour prier, il suffit d'ouvrir son cœur à des sentiments purs. En brûlant du tabac, on communique directement avec le Grand Mystère, permettant ainsi à notre voix et à notre nom de se faire entendre.

Je fis de plus en plus appel à la méditation. Aujourd'hui, je comprends qu'il s'agit de laisser sortir de soi les réponses à nos questions plutôt que de laisser ces réponses nous être dictées de l'extérieur. Et plus je parviens à le vivre, c'est-à-dire à m'asseoir et à faire la paix en moi, plus je comprends mes *Dodahs*.

Si ma santé venait à chanceler, et quel que fût le degré de gravité du mal, je souhaiterais que ma famille rende grâces, tout simplement. La gratitude est une véritable école. J'ai vu des miracles se produire lorsqu'on est prêt à accepter sa destinée. Qui sait si notre mission n'est pas de rejoindre l'autre dimension de la vie ? Je crois que mes *Dodahs* interviennent depuis cette autre dimension. Mais je suis convaincue que, lorsque je les aurai rejoints, je ne serai pas séparée de mes arrière-petits-enfants, pas plus que mon père n'est séparé des siens ; il marche à nos côtés. En regardant nos petits-enfants, je pense à lui qui aimait tant les enfants et je me dis : « Oh, c'est trop triste qu'il ne soit plus là pour les voir. Comme il aurait été fier ! » Puis, je m'adresse à mon père en souriant : « Papa, je sais que tu es bien là, que tu vois ces enfants. Pardonne-moi, j'ai la vue courte parfois. »

Nos petits-enfants portent en eux une partie de leurs arrière-grands-parents. Et je suis sûre qu'il en sera de même pour nous lorsque nous ferons le voyage vers cette autre dimension de l'existence. J'aimerais apporter ma modeste contribution à la vie de mes petits-enfants et garder contact avec eux, si tel est leur désir. Après tout, l'une de nos missions sur ce parcours terrestre est d'assurer l'avenir des générations futures.

MOHAWK

CRAIG CARPENTER : un messager traditionnel

Après mes premiers voyages dans l'Ouest, la vie à New York a perdu tout attrait pour moi. J'ai participé à une université d'été, enseignant pendant deux mois la « création littéraire » au Washington College de Chestertown, Maryland. A la fin de l'été, j'ai repris la route, en direction du sud-ouest cette fois-ci, pour rencontrer les Indiens Pueblos. L'Est n'étant pas l'endroit rêvé pour écrire sur les Indiens, j'ai fini par louer une petite maison d'adobe à Santa Fe et je suis revenue à New York y prendre mes affaires.

Indian Country, le beau livre de Peter Matthiessen, m'avait appris l'existence de Craig Carpenter, un Mohawk, et j'avais rencontré à Santa Fe quelques-uns de ses amis qui m'avaient conseillé de le contacter. Ils m'avaient donné un numéro de téléphone du nord de la Californie où je pourrais laisser un message, mais étant donné que Craig habitait à des kilomètres de toute cabine téléphonique, ils m'avaient prévenue que cela pourrait prendre des semaines avant que j'aie de ses nouvelles. J'ai appelé, mais à mon grand étonnement, c'est Craig lui-même qui m'a répondu. Nous avons parlé un bon moment et un échange de correspondance a suivi notre conversation téléphonique. Il m'a dit qu'il serait heureux de me voir à la condition que je me rende à son campement.

J'ai pris l'avion pour San Francisco et j'ai remonté la côte jusqu'à Eureka où j'ai passé la nuit. Dans sa lettre, Craig m'avait donné des instructions que j'ai suivies à la lettre : « A Willow Creek prends la direc-

tion de Hoopa. Parcours un bon kilomètre sur la route de montagne qui s'élève en serpentant au-dessus de la rivière. A partir de là, la route redescend dans une autre vallée. Roule encore un bon kilomètre et tu trouveras sur ta droite un pré où paissent deux vaches. »

J'ai dépassé plusieurs prés avec quatre ou six vaches, mais aucun avec deux vaches seulement ! Finalement, j'ai poussé jusqu'à Hoopa et à la librairie où travaille l'amie de Craig pour lui demander si elle pouvait me fournir des indications plus précises. Elle a dessiné une carte pour me montrer où se trouvait le pré aux deux vaches. J'ai fait demi-tour, conduisant d'une main et tenant la carte de l'autre, dubitative. Mais, mystérieusement, les deux vaches étaient bien là, au beau milieu d'un pré devant lequel j'étais passée à trois ou quatre reprises.

Ensuite, il a fallu que j'enjambe le grillage, que je traverse le pré et que j'appelle Craig.

Il est apparu, grand et bien bâti, vêtu d'un pantalon de jogging, d'un sweat-shirt à capuche, le front ceint d'un bandana à fond bleu ; et il m'a conduite jusqu'à son campement.

Beaux et courtois, John, Danny et Mike, ses trois fils âgés de sept à douze ans, l'avaient rejoint pour les vacances d'été. Le campement se composait de deux tentes plantées dans un verger abandonné, au milieu des pruniers sauvages et des pommiers. J'ai été surprise d'apprendre que Craig habitait là toute l'année. Il m'a expliqué que le maïs, les courgettes, les carottes, les haricots, les navets géants, les rutabagas, les pommes de terre, les oignons, l'ail et les divers fruits qu'il cultivait dans son jardin, suffisaient à tous ses besoins.

— Il le faut, me dit-il. Je vis, depuis 1952, avec moins de six cents dollars par an pour ne pas payer d'impôts et ne pas financer la machine de guerre.

Je lui avais expliqué, par téléphone et dans mes lettres, que je faisais des enregistrements des conversations que j'avais avec des Anciens, aux quatre coins de l'Amérique du Nord. Je lui ai demandé s'il était d'accord pour y participer. Il s'est assis, a gardé le silence pendant quelques instants, puis m'a regardée et a dit :

— On commence quand ?

L es deux côtés de ma famille étaient indiens, mais jusqu'à ce que j'atteigne l'âge de trente-deux ans, nous ignorions à quelle tribu nous appartenions, parce que du côté de mon père, quatre générations plus tôt, quatre petits garçons avaient été enlevés à leurs parents et placés dans des familles non indiennes pour qu'ils oublient leur propre culture. Ça se passait probablement dans la région de Canadaigua, au sud de Rochester, dans l'État de New York. A l'âge de treize ans, l'un de ces quatre garçons gagnait un dollar par jour pour aider à creuser le canal de l'Érié. Ils ignoraient tout de leurs origines indiennes. De génération en génération, ils ont émigré vers l'ouest jusqu'au sud de l'État du Michigan. C'est là que j'ai fait la connaissance d'Alex Gray, chef du clan de l'Ours, qui m'a reconnu comme étant un Mohawk et m'a parlé sans discontinuer pendant quatre jours et quatre nuits.

La famille de ma mère a quitté l'Ohio avant la guerre de Sécession pour aller s'établir à Temperance, Michigan, à quelques kilomètres au nord de Toledo, Ohio. Cette partie de la famille a fait partie de l'« underground railroad », le réseau nordiste qui aidait les esclaves du Sud à gagner le Canada, où ils trouvaient la liberté.

Nous sommes des militants antialcooliques depuis quatre générations, nous nous abstenons strictement de boire de l'alcool, ce fléau qui a tué plus d'Indiens que toutes les balles et toutes les maladies de l'homme blanc réunies.

Je pense que mon père était un Seneca, mais il pourrait aussi avoir appartenu à la minorité mohawk qui a émigré vers l'ouest. Ma mère descend d'une femme mohawk, qui fut vraisemblablement l'une des propagandistes les plus actives du mouvement de renaissance religieuse fondé par le chef seneca Handsome Lake. Elle partit vers l'ouest et s'installa à Sandusky, Ohio [1]. Nous devons être une branche de sa famille qui est finalement montée vers le nord pour aller s'installer au cœur de la région des Grands Lacs.

---

1. A l'est de Toledo et au bord du lac Érié.

Depuis que je suis môme, j'ai toujours été attiré par le mode de vie traditionnel indien, même si les deux côtés de ma famille ont été acculturés. Pendant ma scolarité, nous habitions sur la rive ouest du lac Saint-Clair[1]. A un pâté de maisons de chez nous, vers le sud, commençait un lambeau de la forêt originelle qui s'étendait sur des kilomètres. On y trouvait des ormes gigantesques de presque un mètre cinquante de diamètre. A la moindre occasion, je m'enfonçais seul dans les bois. Mon grand-père était très contrarié quand il me voyait redevenir indien car il voulait que ses petits-enfants soient avocats ou médecins. Certains y sont parvenus. Mes parents étaient dans l'enseignement : mon père comme principal de collège, ma mère professeur de lycée, et j'avais une tante qui était institutrice dans le Massachusetts. Grand-père voulait que je sois avocat, mais je n'y suis pas arrivé. J'ai abandonné mes études à l'âge de seize ans.

Je n'aimais pas l'école. J'ai réussi le tour de force de faire mes trois dernières années de lycée en une seule année, ce qui m'a permis de boucler mes études secondaires en quatre ans seulement. Aucun autre élève avant moi n'avait connu une telle réussite. J'ai obtenu une bourse pour aller à l'université, mais je ne suis pas parvenu à m'intégrer à ce milieu. Je passais le plus clair de mon temps à la bibliothèque, à lire les livres qui m'intéressaient au lieu d'étudier. J'ai finalement compris que je ne parviendrais pas non plus à m'intégrer au monde de l'enseignement ou du commerce. Alors j'ai choisi l'agriculture. J'ai travaillé comme un forcené et je me suis retrouvé à la tête de la plus grande surface semée en maïs de tout le sud du Michigan : plus de cent hectares. Tandis que je passais des heures et des heures sur mon tracteur, l'inspiration m'est venue.

Étant enfant, j'avais entendu mon père parler des Hopis. Plus tard, à l'université, j'avais lu dans un journal un entrefilet consacré à de jeunes Hopis objecteurs de conscience. Ils étaient si fortement attachés au mode de vie pacifique de leur peuple qu'ils avaient préféré aller en prison plutôt que de partir faire la guerre.

---

1. Au nord de Detroit, entre lac Huron et lac Érié. L'autre rive est canadienne.

J'ai senti le besoin irrésistible d'aller parler avec ces gens. Aussi, en 1947, je suis parti vers l'ouest à la rencontre des Hopis. Je n'avais pas un sou en poche, pas de provisions, pas de couverture, ni même un manteau de rechange. Pour manger, j'étais bien déterminé à ne pas mendier, à ne pas travailler, à ne pas emprunter d'argent, et encore moins à voler de la nourriture. Je me suis seulement mis en marche.

Quand j'ai quitté la vallée où coule la rivière Saint-Joseph, à l'ouest de Jonesville, Michigan, quelqu'un m'a proposé de me prendre dans sa voiture. Je ne cherchais pas à faire d'auto-stop, mais si quelqu'un offrait de m'emmener c'était différent. Au cas où l'on ne me donnerait pas de nourriture, j'étais prêt à mourir, à dire à ce monde qu'il aille se faire foutre ; de toute façon, il est tellement corrompu. Une fois, au Nebraska, j'ai eu très envie de traverser la route pour aller ramasser un sac en papier qui était posé au sommet du remblai.

Je me suis dit : « Si je m'arrête pour ramasser tous ceux que je trouve au bord de la route, je n'arriverai jamais chez les Hopis. »

Et une petite voix dans ma tête m'a répondu : « Si tu ne le ramasses pas, tu pourrais le regretter. »

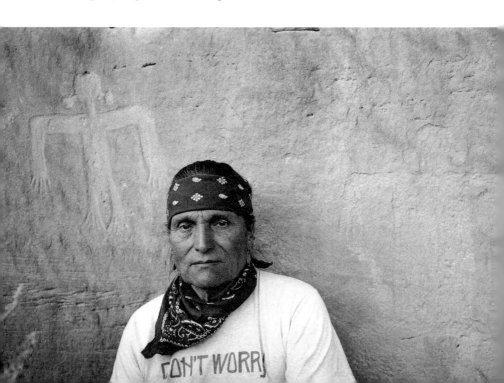

J'ai escaladé le remblai, j'ai pris le sac et j'y ai trouvé une demi-miche de pain frais. Une autre fois, comme je marchais le long d'une route, je suis tombé sur un faisan qui venait d'être tué par une voiture. Il était encore tiède. Ce jour-là, j'ai fait un bon repas. D'autre fois encore, de la nourriture est tombée juste devant moi, aussi je veux croire qu'elle est tombée du ciel. Parfois, des gens m'ont donné de quoi manger, et ainsi je faisais au moins un repas par jour, comme les Esprits me l'avaient promis.

En entamant la traversée du désert du Grand Lac Salé, je me suis dit : « Comment diable pourrais-je traverser ça, sans nourriture, sans eau, sans rien ? » J'avais vraiment peur. Je me suis agenouillé au bord de la route et j'ai prié pour savoir si je devais continuer ou non. Puisque j'avais reçu ce qu'il fallait pour arriver jusque-là, j'étais certain que les anges continueraient à me fournir le nécessaire. Cette pensée m'a donné le courage d'aller de l'avant. Je n'avais pas fait trois pas lorsque j'ai vu, à mes pieds, une tablette de chewing-gum. Je l'ai ramassée et j'ai pensé : « Eh bien, ça va me permettre de traverser », et j'avais raison. Presque immédiatement, une voiture s'est arrêtée pour me prendre. Tout ce que j'avais à faire c'était de relever le défi et de voir si ma foi était assez forte pour me pousser à continuer.

J'ai atteint le mont Shasta. Il n'y avait pas de chemin pour escalader la face ouest, mais j'ai pourtant réussi à atteindre le sommet. J'avais entendu parler d'un peuple magique qui vivait sur le mont Shasta et avait rejeté la civilisation, et je voulais rencontrer ces gens. Mais personne ne vivait là, il n'y avait pas de peuple magique sur le mont Shasta.

J'ai continué en direction du pays des Hopis, mais en chemin j'ai consacré quatre ans à l'étude de la parapsychologie, puis quatre autres années à recevoir l'enseignement des chefs spirituels de la nation dineh [1]. A cette époque-là, ils avaient le taux de mortalité infantile le plus élevé des États-Unis. En tant qu'agriculteur,

---

1. Le groupe linguistique Déné, ou Na-Dene, ou Athapascan, qui comprend les Navajos, s'étend de l'Alaska au Nouveau-Mexique.

j'ai pensé que mes quelques idées pourraient aider à résoudre leurs problèmes nutritionnels. Mes petits jardins de subsistance expérimentaux ont apporté un début de réponse.

Durant les quatre années que j'ai passées chez les Navajos, j'ai travaillé avec leurs hommes-médecine. Ils ont vu que je menais une existence morale et vertueuse, que j'étais réservé ainsi que correct sur le plan spirituel, alors ils m'ont demandé de leur rendre quelques services, par exemple de trouver le bois nécessaire pour les cérémonies de guérison, quatre nuits de chants pour invoquer les gardiens invisibles et leur demander de venir en aide à un malade. Ils avaient besoin de quelqu'un d'irréprochable pour rassembler ce bois cérémoniel. Il était nécessaire que ce soit un adulte parce qu'il fallait grimper jusqu'en haut des grands genévriers pour casser les branches mortes, en faire quatre gros fagots — de quoi tenir quatre nuits — et les ramener sur son dos. Ils m'ont également demandé de filer le coton que je cultivais afin de l'utiliser au cours de leurs rituels.

Je conduisais les Anciens aux réunions et aux cérémonies. En ce temps-là, j'avais une vieille Dodge modèle 1927 capable de supporter des routes de campagne qui auraient démantibulé des voitures plus récentes. J'emmenais parfois des malades qui allaient sur la réserve hopi se faire soigner par des hommes-médecine, et j'ai été le témoin de nombreuses guérisons miraculeuses.

J'ai donc passé quatre ans chez les Navajos, étudiant les *chindis* (esprits malfaisants), les sorciers et les moyens de lutter contre la magie noire. J'ai aussi appris comment défendre fermement et fidèlement les lois fondamentales de cette terre : la paix et la justice.

Et puis, un beau matin, un esprit est venu me trouver dans mon jardin et m'a dit d'abandonner ce que j'étais en train de faire, d'aller me laver, de me baigner dans la rivière Paria et de me rendre au village hopi de Shungopovi. Je devais annoncer au chef du clan de l'Oiseau Bleu que le printemps était arrivé, puis lui demander quels étaient ses problèmes et lui offrir mon aide. Étant enfant, je m'étais donné le nom de Robin[1]-qui-cherche-quelque-chose-en-marchant. Je pense que c'est pour ça que l'esprit, qui était invisible mais que je pouvais entendre et dont je pouvais sentir la présence, m'a envoyé au chef du clan de l'Oiseau Bleu. Là où je suis né, le robin et l'oiseau bleu sont les messagers qui annoncent la venue du printemps.

Je suis arrivé à Shungopovi au lever du soleil — comme l'esprit me l'avait ordonné — et je me suis appuyé contre une maison qui se révéla être celle du chef. Mais les habitants du village semblaient avoir peur de moi, et ils m'ont très mal accueilli. Aussi, deux jours plus tard je suis retourné chez les Navajos. J'étais terriblement déçu, complètement découragé.

Deux ans plus tard, j'ai conduit quelques Navajos à Window Rock[2], et ils ont voulu s'arrêter sur la réserve hopi pour assister à la danse du Serpent. C'est à cette occasion que j'ai fait la connaissance de deux chefs hopis, Thomas Banyacya et David Monongye. Et cette fois-ci, j'ai été accepté. Ils m'ont enseigné les principes de base, et au bout d'une année j'ai pris mes fonctions de messager. C'était en 1955 et je n'ai pas cessé depuis de les remplir.

Les prophéties hopis annonçaient que, le jour où l'homme inventerait une calebasse remplie de cendres et serait assez corrompu pour la lancer sur la terre depuis le grand chemin qui traverse le ciel, les eaux se mettraient à bouillir et la terre serait brûlée et couverte de cendres sur une vaste étendue où rien ne pousserait plus pendant des années. Si cela se produisait — et cela s'est produit les 6 et 9 août 1945, à Hiroshima puis Nagasaki — le devoir des Hopis, qui sont un peuple pacifique et vertueux, serait de proclamer leur message de paix à la face du monde, pour prévenir les autres hommes et leur apprendre à

---

1. *Robin* désigne le rouge-gorge en Angleterre et, outre-Atlantique, une sorte de grosse grive au ventre et à la gorge rouge : *Turdus migratorius*.
2. La « capitale » des Navajos, la ville où se trouve leur « capitole ».

s'amender et à faire que leurs dirigeants fassent de même avant qu'il ne soit trop tard.

Je suis chargé de diffuser leur message pour tenter de promouvoir leur enseignement. Je consulte leurs Anciens et, si c'est nécessaire, je communique avec les esprits de leurs ancêtres pour essayer de découvrir ce qu'était alors leur langue, où se trouvait leur territoire, et comment ils pratiquaient leur religion. Tout ce que font les Indiens, chaque acte de leur vie quotidienne — la collecte de la nourriture, le réveil, le bain, etc. —, possède une dimension cérémonielle, et il y a un chant ou une prière pour accompagner chacun de ces actes. J'encourage ceux qui m'écoutent à réfléchir aux quatre mots clés de Thomas Banyacya : « *Arrêter, réfléchir, changer* et *corriger.* » *Arrêtez* de faire ce que vous faites actuellement. *Réfléchissez* aux conséquences de vos actes. Est-ce qu'ils protègent la vie sur cette terre ? Ou bien est-ce qu'ils la détruisent ? Si ce que vous faites est destructif, *changez* de système de valeurs et *corrigez* votre comportement. Nous ne sommes pas censés soumettre la terre à notre domination, la fouler aux pieds, la vaincre ainsi que toute vie. Nous sommes supposés prendre soin d'elle et de la vie qu'elle porte. A nous de choisir notre camp.

Finalement, en 1973, ils m'ont envoyé faire le tour du monde, et j'ai rencontré des Indiens partout. Ils n'avaient pas tous la peau brune, ce n'étaient pas tous des « Peaux-Rouges » comme nous appelle l'homme blanc. Mais ils avaient tous reçu à l'origine leurs propres commandements sacrés et ils s'efforçaient de s'y conformer.

Dans les anciennes prophéties, il nous avait été demandé de porter le message de paix des Hopis aux dirigeants de tous les peuples du monde qui se réuniraient sur la rive orientale de cette grande île, dans une haute maison aux murs transparents : *To Zrupiki*, la « Maison de mica », les Hopis d'alors ne connaissant pas encore le verre. Voilà pourquoi les Hopis d'aujourd'hui appellent le palais des Nations unies : la Maison de mica.

Les prophéties faisaient également état de quatre méthodes de communication : la première consistait à rencontrer les gens et à leur parler de vive voix, la deuxième à leur parler par l'intermédiaire d'une toile d'araignée. On tient un petit instrument dans sa main et on parle dedans. La personne qui se trouve à l'autre extrémité de la toile d'araignée tient le même instrument contre son oreille, et elle peut vous entendre. On peut ainsi parler à beaucoup de gens car la toile d'araignée couvre toute la terre. La troisième méthode consistait à se servir de signes tracés sur des enveloppes d'épis de maïs, car dans un futur proche, l'homme blanc allait inventer un système pour échanger des pensées en utilisant des signes tracés sur des enveloppes d'épis de maïs. Et la dernière méthode enfin, la quatrième, consistait à s'asseoir dans une petite pièce sans fenêtre et à parler, votre voix pouvant être entendue clairement de l'autre côté des montagnes.

La première fois que des Hopis ont parlé à la radio, c'est au début des années soixante, dans le cadre d'une émission diffusée à une heure tardive sur les antennes de la station KFI, de Los Angeles ; la première au monde où les auditeurs pouvaient s'exprimer en direct, par l'intermédiaire du téléphone. Le message de paix des Hopis est parvenu ainsi à franchir la Sierra Nevada et à atteindre la Californie et le Nevada.

J'ai été l'un des premiers messagers ; il y en avait eu trois autres avant moi, dont un nommé George Yamada qui avait été objecteur de conscience pendant la Seconde Guerre mondiale et avait fait de la prison en compagnie de Thomas Banyacya. Au début des années cinquante, nous n'étions que quelques centaines d'objecteurs de conscience dans tous les États-Unis. Moi aussi, j'ai dû affronter cet univers de portes qui se referment.

Nous devions transmettre le message des Hopis aux quatre coins du monde en utilisant les quatre méthodes de communication.

La prophétie hopi, telle qu'elle est figurée par les pétroglyphes de Prophecy Rock, montre *Massau* au commencement de la vie, au moment où nous autres humains émergeons du monde souterrain. *Massau*, le nom hopi du plus grand des esprits qui aient jamais foulé la surface de la terre, suit un chemin étroit et rectiligne. Les principaux événements de notre époque sont représentés, y compris trois guerres mondiales. Nous espérons que la troisième ne se produira pas, car si elle avait lieu, elle détruirait probablement toute trace de vie sur cette terre. Si cela arrivait, nous n'aurions pas accompli notre tâche en ce monde, et perdu notre droit d'y vivre en tant qu'êtres humains.

Massau apparaît aussi à la toute fin de la série d'idéogrammes. C'est le jour de la purification. *Massau* dit :

— Je suis le premier, je suis le dernier, je suis l'éternel.

Le message de paix révèle d'où nous venons, nous les humains. Nous sommes les survivants du monde qui a été détruit par les grandes inondations à cause de la corruption de nos ancêtres. Il révèle aussi pourquoi nous sommes venus ici, ce qui nous est arrivé par la suite, comment nous avons rencontré *Massau*, ce qui se passe à présent et ce qui nous arrivera si nous ne nous amendons pas et si nos dirigeants ne le font pas eux aussi pendant qu'il est encore temps.

Aussi, lorsque *Bigfoot*[1] a commencé à révéler son existence au monde moderne, en octobre 1958, nous avons été très heureux. C'était la première indication manifeste qu'il revenait, comme promis. En 1992, il a recommencé à laisser la trace de ses mains, sous forme de pétroglyphes, dans des régions très éloignées les unes des autres.

Dans son livre *Facing Mount Kenya*, Jomo Kenyatta écrit que le territoire d'origine des ancêtres de Bigfoot est l'Amérique du Nord. Ils sont d'abord descendus vers le sud, puis ils ont traversé l'océan pour passer en Afrique. Ensuite, cet homme géant couvert de poils noirs a gagné l'est du continent africain, établissant des populations çà et là, au fur et à mesure de son avancée. Il est arrivé finalement au pied du mont Kenya, et il a dit à la population qu'y a établie :

---

1. Le *Bigfoot* ou *Sasquatch* est l'équivalent nord-américain du *Yéti* ou *Migou* himalayen.

— C'est ici que votre peuple va vivre ; voilà ce que sera votre langue, voilà votre nourriture, voilà la forme que vous donnerez à vos champs — de longs rectangles — et à vos maisons — des dômes —, voilà les cérémonies religieuses que vous célébrerez, et comment vous organiserez la vie de votre famille et de votre village.

Il leur a tout enseigné, et lorsqu'ils eurent tout appris, il leur a dit :

— Maintenant, je vais me cacher pour voir si vous êtes capables de suivre mes commandements en toutes circonstances. De temps à autre, je me manifesterai physiquement et je laisserai des traces de pas dans vos jardins pour vous faire savoir que je vous surveille et que vous devez continuer à suivre mes commandements originels. Mais si vous commettez l'erreur d'y ajouter ou de retrancher quoi que ce soit, vous pourriez le regretter, en souffrir et même finir par en mourir.

Les Hopis ont reçu exactement le même enseignement, dans une langue totalement différente ; ils vivent à l'autre bout du monde, la couleur de leur peau est différente, mais on leur a laissé les mêmes commandements.

Bigfoot était là le premier. Nous autres, les êtres humains, y avons été installés par la suite. Et les Indiens ne sont pas les seuls à avoir bénéficié de son enseignement ; j'ai parlé avec des montagnards du Viêt-nam, ils l'appellent *Lei*, l'homme-singe ; seulement, ce n'est ni un singe ni un homme. C'est un dieu. La plus puissante créature anthropomorphe que l'on puisse trouver à la surface de la terre. En Inde, ils l'appellent le Dieu-Singe ou le Père.

En 1992, il a commencé à s'adresser à certaines personnes, en Europe et en Amérique, à haute et intelligible voix. D'habitude, il communique par transmission de pensée, ou par l'intermédiaire de visions ou de rêves, ou encore au moyen d'un langage corporel, le langage gestuel des Indiens.

Bigfoot est le super-dieu de la terre. Il est possible qu'il y ait, dans l'espace, des dieux plus grands que lui et qui possèdent plus de pouvoirs, plus d'intelligence et plus de compassion que lui, mais, autant que l'on sache, il est la divinité la plus puissante à la surface de la terre.

A présent, il descend des hautes montagnes et se montre en pleine lumière, à la lisière des villages. Il apparaît à des Blancs, et comme ils ne sont pas assez observateurs pour le voir, il saisit une branche et l'agite comme un drapeau pour attirer leur attention. Il ne rate pas une occasion de nous permettre de témoigner de sa présence. Pour nous, Indiens, c'est le commencement de l'accomplissement de sa prophétie selon laquelle il devait revenir pour rétablir la justice sur cette terre.

PIT RIVER

Willard Rhoades : un conteur

Craig Carpenter et Sharon Laurence, son épouse depuis deux mois, sont venus me chercher à l'aéroport de Redding, Californie. Nous devions d'abord aller chez les Rhoades, à huit kilomètres à l'ouest de Cottonwood. Installée sur la banquette arrière, je me relaxais tout en écoutant Craig et Sharon se disputer au sujet de la route à prendre, satisfaite de laisser à quelqu'un d'autre le soin de se perdre.

Une pancarte « A VENDRE » signalait le chemin de terre d'un kilomètre et demi qui conduisait à la roulotte des Rhoades. Willard était allongé sous l'une des six voitures — les « accessoires de jardins indiens », comme Craig et moi avions pris l'habitude de les appeler — qui étaient stationnées de part et d'autre de la roulotte. Mildred Rhoades est apparue sur le pas de sa porte et a crié à son mari de « sortir de sous ce fourbi », parce qu'ils avaient des visiteurs.

Nous sommes entrés et nous nous sommes installés dans la salle de séjour qui domine la vallée du fleuve Sacramento. Willard est le chef spirituel de onze bandes indépendantes de la nation des Pit River. Mildred, quant à elle, travaille à La Rancheria, un centre d'accueil pour alcooliques, drogués et enfants abandonnés. Elle dirige également le programme d'aide aux personnes âgées qui sont dans l'impossibilité de sortir de chez elles. C'est une Indienne wintu, le peuple qui habite la région du mont Shasta, et elle parle savamment de leurs deux tribus.

Les Rhoades ont immédiatement interrogé Craig sur les activités

164

des traditionalistes dans les autres tribus et, plus particulièrement, chez les Hopis qui sont considérés comme étant la moins corrompue de toutes les nations indiennes, le bastion de la tradition. Jouant son rôle de messager traditionnel, Craig leur a parlé du combat que les Hopis de Hotevilla mènent contre un monde moderne usurpateur.

Ensuite, Willard s'est installé dans ce qui est visiblement son fauteuil favori, et il a commencé à nous conter des histoires de Coyote :

— Le vieux Coyote était un malin. Il était plus rusé que bon...

Je suis originaire de la vallée du lac Goose, dans le nord de la Californie. C'est là que je suis né et que j'ai été élevé. J'appartiens à une bande achomawi de la tribu des Pit River. Mon père venait du Missouri. Il est arrivé là alors qu'il n'était encore qu'un bébé. Ma mère est née et a été élevée dans la vallée. Mon grand-père était originaire de Patrick, Californie, et ma grand-mère de la vallée de la rivière Pit. Le grand-père de ma mère était le chef des Indiens du lac Goose. Il a transmis son autorité à mon grand-père quand ce dernier est venu épouser ma grand-mère, et mon grand-père me l'a transmise.

Étant enfant, j'avais l'habitude de rendre visite aux Anciens ; j'aimais beaucoup entendre ce qu'ils avaient à dire. Je suppose que c'est comme ça que je me suis instruit. Ils me racontaient des histoires relatives au commencement des temps, à la création de ce monde et à la destruction du précédent. Ils parlaient du nombre de survivants et de la façon dont ils avaient été réinstallés sur cette planète, mais aussi de la première fois où cette réinstallation avait eu lieu.

Ce monde-ci a déjà été reconstruit à deux reprises et il approche de son dernier terme. Si l'on en croit les prophéties, il ne reste plus beaucoup de temps.

Au commencement, nous vivions dans un autre monde. Je le sais parce que mon peuple vient de ce monde-là. Il a survécu au

grand froid et au déluge, et il survivra aussi au grand feu qui va arriver. Ceux qui n'ont pas oublié les commandements que nous avons reçus à l'origine seront emmenés loin d'ici pour la durée du temps de la destruction, et réinstallés quand le monde aura été reconstruit. Pas seulement ceux qui n'ont pas oublié, mais aussi ceux qui croient.

Dans le monde précédent, ils avaient tout ce que vous pouvez imaginer, plus encore que vous n'avez aujourd'hui. Il n'était même pas nécessaire de travailler. On pouvait rester assis chez soi si on en avait envie et recevoir tout ce dont on avait besoin. Ce n'était pas des gens qui vous apportaient tout ça, mais des robots ou quelque chose dans ce genre. Je suppose qu'il y avait des avions puisqu'il était possible de se déplacer dans les airs ; et des voitures, puisqu'on allait et venait sur la terre dans des engins en forme de boîte. Il y avait des réfrigérateurs, des congélateurs, des téléviseurs, des postes de radio, et tout ce que l'on désirait. Seulement, ils avaient oublié le Vieil Homme. Ils disaient : « Nous n'avons plus besoin de lui puisque nous avons tout. »

Alors le Vieil Homme s'est mis en colère et il a dit à Qan, le renard argenté, son aide :

— Je vais créer un autre monde.

Il a demandé à Qan de rassembler tous ceux qui se souvenaient de lui et observaient encore ses commandements.

— Tisse une toile en forme de poche, comme celle des petites araignées, et mets tous ces gens dedans. La toile vous emportera vers le monde nouveau.

Mais Coyote — que nous appelons Jamo et qui est l'aide de Weblah, le diable — mendia une place dans la toile.

— Je sais ce que vous allez faire, dit-il. Vous allez détruire ce monde, et je ne veux pas mourir.

Mais les autres lui ont répondu :

— Nous ne pouvons pas t'emmener à cause de ce que tu as fait. Tu as poussé les hommes à mal agir et à oublier les enseignements du Vieil Homme.

— Je ne le ferai plus. Si vous voulez bien m'emmener, je n'inciterai plus personne à faire le mal.

Mais ils ont refusé. Alors, il a utilisé son dernier argument :

— Votre Père vous commande de ne pas tuer votre propre frère. Si vous me laissez là, vous allez me tuer.

Finalement, ils l'ont emmené. Mais, en chemin, ils l'ont prévenu :

— Si tu agis mal, si tu refais les mêmes choses qu'avant, les hommes seront détruits une fois de plus.

Et c'est exactement ce qui s'est passé. Le Vieil Homme a fait mourir les hommes de froid, puis il a reconstruit le monde et l'a repeuplé avec les survivants. Mais au bout d'un certain temps, ils ont recommencé à se comporter aussi mal qu'avant.

— Eh bien, a dit le Vieil Homme, il va nous falloir détruire les hommes encore une fois. Ils sont oublieux. Ils recommencent à mal agir.

Cette fois, il a lâché sur eux le déluge, et il les a noyés. Mais juste avant la montée des eaux, il a commandé à Qan de construire deux bateaux et d'y placer les semences de tous les hommes et de tous les animaux, afin d'être en mesure de reconstruire le monde une fois de plus. Qan a mis toutes les semences dans un des bateaux et s'est installé dans l'autre. De nouveau, Coyote a demandé à être du voyage, et de nouveau le Vieil Homme a cédé.

L'endroit où nous sommes était devenu stérile. Lorsqu'ils y ont abordé, Coyote a sauté à terre le premier et a dit :

— Qu'allons-nous manger ? Il n'y a rien ici, seulement un tas de cailloux.

Le Vieil Homme avait déjà préparé un autre endroit, de l'autre côté des grandes eaux, et il y a installé les hommes. Il a dit à Coyote :

— Vas-y et enseigne-leur à faire le bien. Si tu ne le fais pas, si tu leur apprends à mal agir, comme tu l'as déjà fait auparavant, je devrai les détruire de nouveau, et toi avec.

C'est pourquoi nous sommes rendus au même point. Le mal qu'ils ont déjà fait, vous le refaites aujourd'hui. Vous construisez des choses inutiles, des automobiles qui tuent, des choses qui vous rendent malade à en mourir, y compris la nourriture que vous mangez. Vous oubliez de prier, de célébrer les cérémonies religieuses. Chaque nation, chaque tribu, chaque bande, partout dans le monde, a certaines choses à faire pour honorer le Vieil Homme, mais toutes ont oublié, et les hommes qui les composent sont des hommes perdus. Seuls, ceux qui se souviennent encore ne sont pas perdus. A ceux-là, le Vieil Homme dit :

— Quoi que les autres puissent faire, je ne vous détruirai pas, parce que vous n'êtes pas responsables de ce qu'ils font.

C'est le problème avec les hommes d'aujourd'hui, ils ont tout oublié. Ils en sont arrivés au point de dire : « Nous pouvons aller sur la lune, nous pouvons aller dans les étoiles, nous pouvons parcourir l'univers, nous n'avons plus besoin du Vieil Homme. »

Il faudrait toute la nuit pour raconter cette histoire. Je vais en raconter encore un petit peu, jusqu'à ce que tu aies sommeil, et quand tu te réveilleras, je te dirai la suite.

La suite de mon histoire raconte comment le Vieil Homme a réinstallé les différents survivants dans diverses parties du monde. On raconte qu'ils ont été différenciés par les accessoires dont ils se servaient pour manger. Le premier s'est levé et a pris une cuillère, et le Vieil Homme lui a dit : « Tu habiteras sur cette petite île, au-delà de l'océan. » Le suivant a mangé avec une fourchette, et il lui a dit : « Tu habiteras sur cette grande île de l'autre côté de l'océan. » Le suivant a mangé avec un couteau, et il lui a dit : « Tu habiteras au milieu de cette même grande île. » Le suivant a mangé avec des baguettes, et il lui a dit : « Tu habiteras à l'autre extrémité de cette même grande île. » Le suivant a mangé avec des coquilles, et il lui a dit : « Tu habiteras sur cette autre grande île située en dessous de cette autre île. » Tous les autres ont mangé avec leurs doigts, et il les a installés ici même.

Tous étaient de couleur différente, et ils avaient chacun leur façon de prier. Chacun d'eux reçut une certaine part de terre et le Vieil Homme leur dit que s'ils en prenaient soin, la terre le leur rendrait au centuple. Et il ajouta :

— Surtout, que chacun de vous reste chez lui et n'aille pas embêter les autres.

Et qu'est-ce qu'ils ont fait ? Certains se sont dépêchés d'aller harceler les autres. Ils ont pris leur prétendue religion sous le bras, ils l'ont trimballée d'un endroit à l'autre, et ils l'ont utilisée comme une arme. Ils ont essayé de changer les autres. Et ils ont assez bien réussi. Mais pas totalement, car il y a des hommes dans le monde entier qui n'ont pas oublié. Une petite bande par-ci, une petite bande par-là, qui n'oublieront jamais. Ce sont de pauvres gens dans un monde de nantis, vous pouvez le dire, mais ils possèdent d'autres richesses.

Les Indiens ont fait la guerre aux peuples qui ont cherché à leur imposer leur religion. Si tu déranges un nid de frelons, tu risques de te faire piquer. Si tu les laisses en paix, ils te laisseront tranquille. Même une souris se défendra si tu l'embêtes. Au besoin, elle affrontera un ours ; elle ne gagnera pas, mais elle se battra.

Beaucoup de cérémonies que l'on voit aujourd'hui ne sont pas célébrées à la manière ancienne. Par contre, les Hoopas, qui habitent non loin d'ici sur la côte, célèbrent leur danse des Broussailles et leur danse de la Peau de Daim dans les règles de la tradition. Autrefois, ils se réunissaient pour prier une fois l'an, principalement au printemps, mais aussi en été, quand il était facile de se déplacer. Chaque peuple avait sa propre façon de faire. Nous, on ne priait que le matin. On se levait, on se lavait la figure, on priait et c'était tout pour la journée.

Nous avons des maisons pour les bains de vapeur, mais elles nous servent surtout à nettoyer notre corps. La loge à sudation a été discréditée parce qu'elle mêlait les deux sexes. C'est contraire à la loi. Aujourd'hui, les femmes ont leurs propres bains de vapeur.

C'étaient les femmes qui étaient chargées de l'éducation des enfants, depuis la prime enfance jusqu'à l'âge de dix ou douze ans. Ensuite seulement, les hommes prenaient le relais. C'étaient donc les femmes et non les hommes qui étaient responsables de la transmission des connaissances fondamentales. Lorsque les hommes prenaient une décision, il leur fallait obtenir l'approbation des femmes. Les assemblées avaient lieu à l'intérieur de la plus grande des loges à sudation. Tous les Anciens s'y retrouvaient pour discuter des problèmes qui se posaient à la collectivité et rendre la justice. Ils en parlaient entre eux et, si c'était nécessaire, ils en référaient aux chamans. Si quelqu'un était accusé d'avoir tué un homme marié et s'il était reconnu coupable, les Anciens demandaient à la veuve de la victime ce qu'elle voulait qu'on fasse de lui. Elle avait le choix entre réclamer sa mort ou l'obliger à travailler pour nourrir ses enfants. Dans tous les cas, on prenait l'avis des personnes lésées, et c'était elles qui décidaient du châtiment. Les condamnés à la peine capitale n'étaient pas exécutés séance tenante mais livrés aux chamans qui étaient chargés de l'application de la peine. Ceux qui se livraient à des violences sur leurs enfants étaient simplement rejetés de la tribu. Mais comme aucune autre tribu n'acceptait de les accueillir, la plupart du temps ils finissaient par mourir. En hiver, il était très difficile de survivre par ses propres moyens.

Nous consommons tous du tabac, d'une façon ou d'une autre, mais ce sont surtout les chamans qui se servent de la Pipe, pas les hommes ordinaires. Ces derniers ne fument que très rarement. Mon père, mon grand-père et mon arrière-grand-père étaient tous chamans. Je suis, plus ou moins, un professeur et un conseiller.

Bigfoot est un esprit qui s'est incarné pour montrer aux gens qu'il existe. Sa chair n'est pas de la chair comme la nôtre, et ses poils sont différents des nôtres. Il ne marche pas comme un homme ordinaire. La plupart du temps, il marche à cloche-pied. Il peut traverser un champ sans laisser de traces. Il a été placé là pour nous surveiller, pour voir ce que nous faisons. C'est un intermédiaire entre la terre et le Vieil Homme. Les esprits qui composent le Petit Peuple sont aussi des intermédiaires. Ils regardent comment tu traites ton cheval et les autres animaux. Et ils rapportent tout au Vieil Homme, ainsi les gens paient toujours pour ce qu'ils ont fait.

Même un arbre peut nous surveiller. Il y avait une fois un petit arbre ; Mildred, ma femme, le voyait tout le temps ; moi, je ne le voyais jamais. Chaque fois que nous allions à Big Bend, cet arbre lui faisait signe.

— Le petit arbre m'a encore fait signe.

Je regardais, je le cherchais, mais je n'ai jamais réussi à le voir. C'est ce genre de choses qui nous rappelle que nous sommes toujours sous surveillance.

Bigfoot ne se montre qu'à certaines personnes, généralement à celles qui le respectent. Parfois il apparaît sous la forme d'un animal ou d'un oiseau, mais il y a toujours quelque chose qui le distingue. Il a également un comportement différent ; il n'est pas craintif, comme le sont les oiseaux et les autres animaux. Certaines personnes le connaissent et se vantent de l'avoir rencontré. Alors, il peut disparaître pendant un moment et revenir plus tard.

Avant que les chutes de Fall River n'existent, les saumons remontaient jusqu'à Alturas. Coyote avait des parents dans toute la vallée, mais il n'aimait pas voyager.

— Je sais ce que je vais faire, dit-il. Je vais barrer la rivière et créer des chutes ; ainsi, quand ceux d'Alturas descendront pour pêcher, il me suffira de venir là pour voir tous mes parents à la fois.

Alors, il a créé les chutes.

Dans ce canyon, il y a eu aussi un glissement de terrain. Coyote était un sacré coureur de jupons. Il poursuivait toujours les femmes de ses assiduités. Aussi, Qan décida de lui donner une leçon. Il imita le bruit d'un groupe de jeunes femmes, riant et gloussant tout en marchant, et le vieux Coyote dressa l'oreille et se lança à leur poursuite. La nuit était là. Coyote courait, courait ; il était sur le point de les rattraper. Le brouillard se leva et envahit le canyon, et Coyote confondit le brouillard et la rivière.

— Je vais courir et franchir la rivière d'un bond. Si je n'y parviens pas, je finirai à la nage.

Il sauta dans le brouillard et heurta la paroi de la montagne, provoquant un glissement de terrain dont on voit encore les traces aujourd'hui. Si tu vas à Fall River, tu verras un creux et tu sauras qu'il a été creusé par Coyote alors qu'il courait après des femmes.

Quand j'étais petit, je rêvais beaucoup. Une fois, j'étais au lit, malade, ma mère m'a dit :

— Va chercher ton frère vers quatre ou cinq heures et faites votre travail car nous rentrerons tard à la maison.

Mon frère aidait quelqu'un à ramasser des pommes de terre. Je me suis levé et j'ai rassemblé toute ma maladie, comme une brassée de bois. Je l'ai prise sous mon bras et je suis parti chercher mon frère. Tout en rampant pour passer sous le portail, j'ai creusé un trou, j'y ai déposé ma maladie et je l'ai enterrée. Je n'étais plus malade. J'ai aussi enterré ma peur. Et elles sont toujours là.

A une certaine époque, ma mère était chaman ; c'était avant qu'elle ne commence à aller à l'église. Une fois, je me suis crevé un œil avec un fil de fer barbelé, et tout ce qui était à l'intérieur est sorti, une substance gluante ; mon œil était tout ratatiné. Je suis rentré à la maison et ma mère a poussé un cri en me voyant. Elle a posé une compresse sur mon œil et m'a mis au lit. Puis elle est passée dans la pièce voisine. Tout à coup, un gros nuage est descendu et s'est posé sur moi, il m'a paru très lourd. Puis il est remonté et a disparu. Ma mère est revenue et a enlevé la compresse. Mon œil était complètement guéri.

Je me souviens d'un autre petit enfant, je crois qu'il devait avoir deux ans. Il est tombé d'une véranda, une chute de plus d'un mètre, et sa tête a heurté une pierre pointue. Ça a fait un gros trou dans son crâne. Sa mère l'a pris dans ses bras, l'a amené chez nous, et ma mère lui a fait la même chose qu'à moi. Elle l'a couché dans la chambre et a mis quelque chose sur sa tête. Il était tout froid, nous pensions qu'il était mort. Ma mère a dit à celle de l'enfant de rentrer chez elle, de faire son ménage et de revenir deux heures plus tard. Quand elle est revenue, son fils était complètement guéri ; il n'avait même pas de cicatrice.

Quand ma mère a commencé à aller à l'église, elle a perdu tous ses pouvoirs. Elle ne pouvait plus guérir. On l'avait suppliée d'aller à l'église, exactement comme ils le font aujourd'hui. Les pasteurs sont toujours en train de nous supplier de fréquenter leurs églises. A leurs yeux, nous sommes des païens, des sauvages, et nous faisons des « tours de magie », mais ceux-ci ont aidé beaucoup de gens. Après sa conversion, ma mère n'a plus pu aider personne.

De nos jours, il n'y a plus de chamans comme ça. Il y en a qui se prétendent très forts, mais j'en sais plus qu'eux. Si quelqu'un affirme devant toi être un chaman, et si tu veux savoir à quoi t'en tenir, offre-lui un peu de tabac. Ou même une cigarette. Peu importe de quel tabac il s'agit. Offre-lui en un peu et vois ce qu'il fait. S'il tire plus de deux bouffées, ce n'est pas un vrai. Un véritable chaman tirera une bouffée, deux bouffées, puis rejettera la fumée et te rendra la Pipe ou la cigarette. Ensuite, tu es supposée tirer une bouffée, et lui est censé te dire ce qui ne va pas. Tu devras peut-être attendre quelques minutes, mais il te le dira, et aussi s'il peut t'aider ou non.

Si tu veux lui donner quelque chose, fais-le, mais il ne te demandera rien et n'attendra rien de toi. S'il te dit qu'il a oublié son matériel chez lui, tu ferais mieux de t'adresser à un autre. Les pouvoirs d'un chaman ne peuvent pas tenir dans un sac. Ce que je viens de te dire est valable pour tous les chamans, quelle que soit leur tribu.

Les vrais chamans faisaient toujours des choses extraordinaires. Si tu leur rendais visite, ils faisaient quelque chose pour toi sans que tu aies besoin de leur demander quoi que ce soit. Parfois, c'était une sorte de tour comme celui que mon oncle a fait une fois devant moi. Il m'a demandé d'aller dans la maison lui chercher des allumettes. Il avait une cigarette, mais pas d'allumettes. Je suis allé en chercher, mais je n'en ai pas trouvé. Quand je suis ressorti, il m'a dit :

— De toute façon, je n'en ai pas besoin.

Il a levé un doigt et l'a regardé une minute. Puis il l'a posé sur l'extrémité de sa cigarette et, très vite, elle s'est allumée ; et il s'est mis à fumer.

Une autre fois, nous nous rendions en voiture à Hat Creek. Il faisait nuit noire et, brusquement, les phares se sont éteints. C'est moi qui conduisais. Je me suis arrêté car je ne voyais plus la route. Mon oncle est resté assis sans bouger pendant peut-être quinze minutes, puis il a dit :

— Eh bien, qu'est-ce qu'on attend ? Allons-y !

— Nous n'avons plus de lumière.

— Rallume les phares.

J'ai tourné le commutateur, mais il ne s'est rien passé. Alors mon oncle est sorti de la voiture, a enlevé les verres des phares et dévissé les ampoules qu'il a mises en miettes avant de revisser les culots ; il est remonté dans la voiture et m'a dit :

— Maintenant allons-y !

Je lui ai rappelé que les phares ne marchaient plus.

— Essaye encore une fois.

J'ai essayé et les phares se sont allumés. Je n'arrivais pas à le croire. Nous avons roulé jusqu'à Bernie, où nous nous sommes arrêtés pour prendre de l'essence et manger un morceau. Je me demandais encore comment les phares avaient bien pu se rallumer. Je me suis levé et j'ai quitté la table en lui demandant de m'attendre. Je voulais voir s'il ne s'était pas moqué de moi, s'il n'avait pas mis des ampoules neuves. J'ai enlevé les verres des phares et il n'y avait que des restes d'ampoules brisées.

Je ne sais pas comment ils font. On ne peut pas appeler ça des tours de passe-passe ; il n'y a pas de truc.

Nous avons un conte qui parle de deux serpents, un en argent et l'autre en or. Deux Indiens traversaient un lac et ils ont vu ces deux minuscules petits serpents qui flottaient à la surface, blottis sur une touffe de mousse. Ils les ont attrapés, les ont ramenés chez eux et les ont nourris. Ils disaient : « Si nous les laissons là, ces pauvres créatures se noieront. » Ils les gavaient de moustiques, de mouches, et de tout ce que les petites bêtes pouvaient avaler. Quand les serpents sont devenus gros et qu'ils se sont mis à manger des orignaux, des bisons et des cerfs, ils se sont échappés.

Le serpent en or s'est dirigé vers le nord, dévorant tout ce qu'il trouvait sur son passage, et il est devenu de plus en plus gros. De son côté, le serpent en argent a pris la direction du sud, dévorant tout ce qu'il trouvait sur son passage, et il est devenu de plus en plus gros. Quand ils sont parvenus aux deux extrémités de cette terre, il ne restait plus rien à manger, alors ils se sont mangés eux-mêmes, jusqu'à se détruire complètement.

C'est exactement ce qui se passe actuellement. Ils vivent tous de l'argent des impôts, et ils se croient riches. Ça n'a pas de sens. Il y a seulement une certaine quantité de richesses dans le monde, et elle ne peut pas s'accroître. Les gens pensent le contraire et disent qu'un dollar triple sa valeur chaque fois qu'on le retourne. C'est stupide. Ce pays est le plus riche du monde, mais c'est aussi le plus pauvre. Votre argent ne vaut même pas le prix du papier sur lequel il est imprimé. Sa valeur n'est plus garantie par une encaisse métallique suffisante. Pourquoi crois-tu qu'ils ont retiré les pièces d'or de la circulation ? Parce que même si l'or brûle et fond, il ne disparaît pas. Même chose pour les pièces en argent. Mais si le papier-monnaie brûle, il ne reste plus rien. Les gens pensent qu'ils ont de l'argent à la banque, mais ils n'ont que du papier. C'est facile à comprendre.

Quand tu pries, ne demande pas de biens terrestres — argent, richesses, réussite —, sinon le Vieil Homme ne t'écoutera pas. La seule chose que tu puisses demander dans tes prières, c'est la sagesse. Si tu l'acquiers, tu n'auras plus à te préoccuper du reste. Si tu apprends à te contenter de ce que tu as, à traiter les autres comme tu aimerais qu'ils te traitent, tu oublieras ton porte-monnaie, tu ne penseras pas à ce que tu vas manger le lendemain, comment tu vas t'habiller, ça ne te préoccupera plus. Tu oublieras tous tes soucis. C'est ça le véritable sens de la vie.

Quand Coyote a traversé l'océan sur son petit bateau, il a touché terre sur la côte Est ; il a admiré le paysage et il a dit :

— Mince alors ! L'endroit est magnifique. Je vais me l'approprier.

Et il a pensé qu'il devait bien y avoir des habitants. Il a cherché et les a trouvés, mais il n'a pas pu les atteindre car ils vivaient sur un plan supérieur au sien. Alors, il s'est dit, je suis beau parleur, grand menteur, je les aurai. Il a braillé pour attirer leur attention :

— Holà ! Si vous me donnez l'un de vos enfants à manger, je poursuivrai ma route. Je suis le soleil dans sa course. Je veux voir où il va. Mais pour le moment, je suis affamé. Si vous voulez bien m'en donner un, je ne vous embêterai plus jamais. Par contre, si vous ne le faites pas, je vais monter vous tuer tous, séance tenante.

Les habitants se sont concertés et ont décidé qu'après tout ils pouvaient bien livrer un de leurs enfants à Coyote. Ils le lui ont donné et il est parti.

Au bout d'un certain temps, Coyote est revenu et leur a dit :

— Je n'ai pas réussi à atteindre l'autre côté, alors je rentre chez moi, mais j'ai faim. Donnez-moi un autre de vos enfants à manger, je poursuivrai ma route, et je ne vous embêterai plus.

Il leur a fait le même chantage :

— Si vous ne le faites pas, je vous tuerai tous.

Ils lui ont donné un autre de leurs enfants pour se débarrasser de lui. Très vite, il est revenu et leur a dit :

— J'ai oublié où j'ai laissé mon bateau. J'ai encore faim et mon cerveau ne fonctionne pas très bien, mais si vous me donnez un autre enfant à manger, mon cerveau recouvrera toutes ses facultés et je me rappellerai où j'ai laissé mon bateau.

Mais ils ont refusé de lui donner un troisième enfant.

Aujourd'hui, nous en sommes toujours au même point. Coyote est toujours dans les parages, il a dévoré le cœur de notre peuple, et il essaie toujours d'obtenir qu'on lui donne ce troisième enfant.

SHOSHONE

En partant de chez les Rhoades, Craig, Sharon et moi sommes descendus vers le sud jusqu'à Susanville, Californie, à proximité de la frontière avec le Nevada, pour y rencontrer Glen Wassen, un activiste shoshone de l'Ouest, qui nous a informés des derniers développements survenus dans l'affaire Dann. La date du procès venait d'être fixée au 3 mars 1993 (soit quelques mois après ma visite). L'arrestation de Clifford Dann s'était déroulée de façon dramatique. Il avait été appréhendé le 19 novembre 1992 pour avoir tenté d'empêcher des agents du BLM[1] d'emmener du bétail qui lui appartenait, portant la marque de son ranch, et qu'ils avaient capturé illégalement. Il était monté sur le plateau de son camion, s'était arrosé d'essence et avait menacé de s'immoler par le feu si les fédéraux ne relâchaient pas au moins ses chevaux.

Nous étions impatients d'avoir une conversation avec Carrie et Mary, les sœurs de Clifford Dann, et avec le chef Frank Temoke. Glen Wassen a téléphoné pour savoir si les routes avaient été dégagées depuis la dernière tempête de neige, et il nous a conseillé de partir au plus vite, avant l'arrivée de la prochaine.

Nous avons traversé le désert du Nevada et pris la direction de Ruby Valley, au sud-est d'Elko, Nevada, pour nous rendre chez le chef Frank Temoke. Il n'y avait pas de neige dans le fond de la vallée,

---

1. *Bureau of Land Management* : Bureau fédéral à Washington, chargé de gérer les terres, à travers tout le pays, qui appartiennent au gouvernement américain et non pas aux États. Ces terres peuvent être louées comme pâturages, par exemple.

le sol était couvert d'armoise argentée et d'une herbe courte et brune. Craig m'a signalé les tiges rouges des saules nains dont l'écorce entre dans la composition du kinickinick, *le tabac sacré des Indiens des plaines du Nord.*

La roulotte des Temoke est installée au pied d'une montagne qui surplombe Ruby Valley. Nous avons été accueillis par Theresa, la femme de Frank, qui nous a introduits dans le séjour où se tenait le vieux chef. Craig fut tout heureux de revoir le moulage d'une empreinte de pied de Bigfoot qu'il avait réalisé en 1958, en plâtre de Paris, et avait fait porter au chef Temoke par messager spécial en 1972.

— C'est l'empreinte qui a fait connaître Bigfoot au monde moderne, a expliqué Craig.

Nous avons offert au chef Temoke le kilo de pignons que j'avais acheté en route, dans un supermarché.

— Des pignons, murmura-t-il en tournant et retournant le sac en papier dans ses mains. Ça fait longtemps que je n'en avais pas vu. Combien avez-vous payé ça ?

— Deux dollars, je crois...

C'était peut-être bien trois dollars, mais je n'en étais pas sûre.

— Si cher que ça ! On arrivait à en ramasser dix fois comme ça en un quart d'heure.

Frank Temoke, de Ruby Valley

En tant que chef héréditaire des Shoshones de l'Ouest, je souhaite témoigner de la façon dont les choses se sont passées durant ma vie. Il faut savoir qu'en 1903, l'année de ma naissance, le mode de vie ancien était encore largement répandu. Nous habitions la Ruby Valley et on nous appelait *Wat-a-duca*, parce que nous utilisions les graines d'une herbe appelée *wat*, qui devient rouge à la fin de l'été et noire à l'automne. Elle pousse dans les plaines et sur les îles de la rive occidentale des lacs Franklin et Ruby, et nous nous

en servions pour améliorer notre régime alimentaire en mélangeant ces graines à des pignons et autres aliments.

Une des histoires qui se racontait le plus souvent parmi notre peuple était celle de la première rencontre entre mon grand-père Old Temoke et des Blancs. Ils lui ont demandé où ils pouvaient trouver de l'eau[1]. Old Temoke[2] et tous ceux qui étaient avec lui ont pensé qu'ils désiraient du *wat*, et ils leur en ont offert un peu, mais les hommes blancs n'en ont pas voulu.

Je pense que nous autres les *Wat-a-ducas* avons été, depuis cette époque-là, aussi honnêtes qu'il était possible de l'être avec nos voisins blancs. Au cours des années 1860, tandis que les Gosiutes, à l'est, les White Knives et les Païutes, à l'ouest, étaient la cause de bien des problèmes pour les immigrants blancs, nous avons fait tout notre possible pour ne pas être entraînés dans ces hostilités. En fait, les chefs de la Ruby Valley ont fait de leur mieux pour résoudre ces conflits.

D'un autre côté, nous avons le sentiment de ne pas avoir été traités honnêtement et équitablement, en retour. Avant même la signature du traité de Ruby Valley, en 1863, les Blancs avaient promis à notre peuple qu'un territoire lui serait réservé au nord de la rivière que nous appelons *Be-a-o-gitch* (Big Creek), ou au nord de la rivière que les Blancs appellent Overland Creek. Mais c'est seulement à la suite des pressions constantes exercées par mon père et quelques autres que nous avons fini par obtenir soixante hectares au nord d'Overland Creek. Une misère en comparaison des milliers d'hectares promis par le traité.

En 1865, les soldats nous ont donné cinq cents têtes de bétail et nous ont encouragés à devenir agriculteurs et éleveurs. Mon peuple faisait paître ses troupeaux dans les montagnes en été, et sur le versant est de la vallée, près de *Wat-a-bah*, ou Medicine Springs, en hiver.

En 1874, peu après que le gouvernement eut regroupé les White

---

1. En anglais *water*.
2. En anglais *temoke* signifie : corde.

Knives sur la réserve de Carlin, des hommes blancs et des White Knives sont venus nous voler la quasi-totalité de notre bétail, ne nous laissant qu'une cinquantaine de têtes. Old Temoke a tenté de les en empêcher, les menaçant de prévenir les soldats, mais en vain. Les agents du gouvernement sont venus trouver le chef Temoke et ont essayé de le décider à aller s'installer sur une autre réserve, dans la Duck Valley, en dehors du territoire shoshone. Mais Old Temoke leur a répondu :

— Non ! Ceci est mon pays. C'est ici que vous nous avez concédé une réserve de dix kilomètres sur dix. Il y a des daims dans ces montagnes et des canards sur les lacs ; il y a des antilopes de l'autre côté de la vallée et dans ces collines, et on y trouve les pignons dont nous avons besoin pour passer l'hiver.

Quand nous avons traité avec les hommes blancs, nous ne savions pas qu'ils continueraient à nous dépouiller un peu chaque jour. Nous avions compris qu'il nous faudrait accepter des mines, des chemins de fer, des villes et des ranches, mais nous ne savions pas que nous ne pourrions plus chasser librement. Nous n'avons jamais accepté d'être obligés de prendre un permis de chasse. Nous n'avons jamais renoncé au droit de couper tout le bois qui nous est nécessaire, ni de ramasser ou de cueillir les pignons, les baies et les autres plantes dont nous avons besoin. Nous nous sommes toujours opposés aux empiètements du *Forest Service* [1] et du BLM, ainsi qu'à la création de parcs naturels. Nous n'avions pas compris non plus que le gouvernement des États-Unis continuerait à contrôler les réserves et en resterait propriétaire.

Nous croyions que les réserves étaient censées devenir notre propriété et que nous aurions le droit d'en disposer au mieux des intérêts de nos peuples. Nous ne savions pas qu'un jour nous ne pourrions plus faire paître notre bétail sur les terres fédérales. Plus le temps passe et moins il nous reste de choses. Nous attendons toujours que l'on nous donne effectivement la réserve de dix kilomètres sur dix qui nous a été concédée.

---

1. L'équivalent de notre Service des Eaux et Forêts.

Quand j'étais enfant, nous hivernions encore dans « le pays des pignons et des genévriers », aux environs de Duck Creek, entre ici et Ely (Nevada), comme les *Wat-a-ducas* avaient l'habitude de le faire depuis des temps immémoriaux. Un hiver, les Anciens m'ont montré l'endroit où les soldats blancs de Fort Ruby avaient massacré un grand nombre des nôtres, hommes, femmes et enfants. Les Shoshones qui servaient comme scouts à Fort Ruby avaient pu prévenir ceux de Duck Creek de l'arrivée des soldats, mais seules les familles Mose et Knight avaient tenu compte de l'avertissement et levé le camp, quelques heures seulement avant le massacre. La plupart des ossements des victimes étaient encore sur place le jour où l'on m'a conduit sur les lieux.

Durant le terrible hiver 1888-1889, ma famille a perdu la plus grande partie du bétail qui lui restait. Pourtant, depuis cette époque, il y a toujours eu quelqu'un qui élevait un troupeau, le montant paître dans les montagnes pendant l'été, et le redescendant dans la plaine pour passer l'hiver. Ma sœur, mes fils, mon petit-fils et moi-même avons fait ou faisons encore de l'élevage, emmenant nos bêtes estiver dans les montagnes. Machoch Temoke, mon père, avait plus de chevaux que de bêtes à cornes. Quand j'étais petit garçon, il élevait des mustangs dans la Butte Valley et la Long Valley. Au printemps, il en vendait la plus grande partie, ne gardant que les meilleurs qu'il emmenait passer l'été sur les Ruby Mountains. Parfois, il avait jusqu'à trois cents chevaux en même temps. Nous ne pensions pas qu'un jour nous aurions besoin d'un permis pour pouvoir faire ça. Aujourd'hui, le *Forest Service* exige que nous en ayons un. A mon avis, c'est plutôt lui qui devrait avoir besoin d'un permis délivré par nos soins pour empiéter sur notre territoire.

Comme je l'ai déjà dit, nous avons beaucoup de problèmes. Premièrement, nous n'avons jamais accepté d'abandonner nos droits d'usage sur les terres que nous n'utilisons pas pour l'élevage ou la culture. Deuxièmement, les terres sur lesquelles nous faisons paître notre bétail, en accord avec les termes du traité, font partie de la réserve de dix kilomètres sur dix que nous n'avons toujours pas obtenue. Nous avions cru comprendre que nous avions le droit, un droit ancestral, de mener paître nos troupeaux sur les Ruby Mountains, mais aujourd'hui on nous dit que non. Troisièmement, c'est le gouvernement fédéral qui nous a encouragés à devenir agriculteurs et éleveurs.

Nous autres Indiens avons tenu nos engagements, mais les hommes blancs n'ont pas tenu les leurs. Comme disait mon père :

— Ceci est notre pays. Si vous arrivez à le prendre et à l'emmener ailleurs, nous irons avec lui. Mais en attendant, nous restons ici.

Carrie Dann : une Shoshone de l'Ouest [1]

Carrie Dann et ses enfants vivent avec Clifford et Mary, frère et sœur de Carrie, sur un ranch près de la Crescent Valley, Nevada. Un jour de 1973, alors que Mary y faisait paître ses troupeaux, un agent du BLM l'interrompit dans sa tâche, exigeant qu'elle lui présente une autorisation de pâturage. Mary lui répondit qu'elle n'en n'avait nul besoin : cette terre se trouvait, non pas en territoire américain, mais sur la réserve shoshone, la terre de ses ancêtres. Les Dann furent alors accusés d'occupation illégale. Ce fut le début de vingt années d'une lutte ponctuée d'innombrables interventions devant les tribunaux et qui se conclut par la tragique arrestation de Cliff.

Mary est une femme de la campagne à la haute stature et aux traits marqués. Contrairement à sa sœur Carrie qui ne mâche pas ses mots, elle est d'un tempérament calme et effacé. Mais toutes deux sont opiniâtres dans la lutte qu'elles mènent pour libérer leur frère et reconquérir la souveraineté de leur terre. Le 26 novembre 1993, Clifford fut relaxé après avoir purgé une peine de neuf mois de prison

---

1. Ce témoignage se réfère uniquement aux Shoshones du Nevada, et non à ceux du Wyoming ou de l'Idaho.

mais dut faire face à deux années de liberté surveillée et à une amende de cinq mille dollars.

Le 8 décembre 1993, Carrie et Mary Dann furent deux des cinq femmes de diverses nationalités à recevoir, à Stockholm, le Right Livelihood Award. *Ce prix récompensait le courage et la persévérance dont elles avaient fait preuve en revendiquant les droits des peuples indigènes sur leur terre. Le discours qui leur fut adressé à cette occasion soulignait, entre autres, que « pendant plus de vingt ans, les sœurs Dann se sont toujours placées au cœur de la lutte qui oppose les Shoshones au gouvernement des Etats-Unis lorsqu'il tente de les exproprier et de mutiler leur terre en exploitant son sous-sol et en s'y livrant à des essais nucléaires ».*

Le lendemain, cette récompense, appelée souvent « prix Nobel alternatif », leur fut à nouveau décernée devant le Parlement suédois, la veille de la remise du prix Nobel.

J' ai vu le jour dans cette vallée en décembre 1934 et j'ai grandi au sein d'une famille très unie. Je suis membre de la nation des Shoshones de l'Ouest. Nous sommes de véritables survivants et j'en ai fait l'expérience pendant toute mon enfance. Ma mère cultivait son jardin et, suivant les saisons, nous ramassions fruits et légumes pour les faire sécher. Nous nous nourrissions également de viande de cerf. Et, bien qu'ayant très peu d'argent, nous parvenions toujours à avoir largemement de quoi manger.

Contrairement à mes sœurs et moi qui sommes allées à l'école publique de notre village, mon frère et mes cousins furent envoyés dans un lointain pensionnat du Bureau des affaires indiennes avant d'être appelés sous les drapeaux lors de la Seconde Guerre mondiale. A leur retour, ils ne savaient plus parler notre langue. Quant à moi, encore enfant, je ne connaissais pas un mot d'anglais. J'en veux énormément aux pensionnats du gouvernement : ils ont contribué à la disparition de nos traditions et de nos rituels religieux.

Nous avons toujours organisé des cérémonies, surtout en automne et au printemps. C'était l'occasion pour les familles de se réunir et de rendre grâces. Aussi loin que je me souvienne, nous allions ramasser des pignons et dirigions nos rituels en suivant l'enseignement de notre grand-mère. Mais, dans les années quatre-vingt, le BLM autorisa la coupe en série du pin pignon, notre arbre cérémoniel, sur plus de quatre cent mille hectares nous appartenant. Je me suis rendue une fois sur place, mais n'y suis jamais retournée car, à nos yeux, cette terre est à jamais profanée. Je trouve cette pratique, qui consiste à tendre une chaîne entre deux bulldozers pour arracher dix hectares d'arbres à l'heure, d'une extrême brutalité.

Mon père était natif de Grass Gully. Dès que lui et ses oncles essayaient de faire pousser des pommes de terre et du blé dans un champ, les Blancs y faisaient passer leurs vaches pour détruire les récoltes et, en automne, quand le blé était mûr, ils y mettaient le feu. Finalement, la famille de mon père dut partir. Je pense que ce dernier était résolu à ne pas laisser se reproduire ce genre de situation et, lorsque mes parents se marièrent, ils emménagèrent à Crescent Valley. Ceci, conformément à la tradition selon laquelle un homme devait aller s'installer dans le pays dont était originaire la famille de sa femme.

En regardant autour de lui, mon père vit que l'eau descendait des montagnes, ce qui laissait augurer une terre de qualité et il se mit dans la tête que personne ne le ferait partir. J'ignore par quels moyens il réussit à venir au bout de ses peines. Ses amis le prévinrent que, dans la vallée, des propriétaires de ranch étaient déterminés à le faire décamper, mais lui était bien décidé à ne pas se laisser faire. Et nous sommes toujours là. Je ne sais vraiment pas comment il parvint à acheter une parcelle de deux cent soixante hectares appartenant aux chemins de fer. Nous ne savions pas que nous aurions encore à nous battre aujourd'hui.

En 1973, le BLM accusa ma sœur Mary de faire paître son bétail sans autorisation sur une terre fédérale. Mary les informa qu'elle se trouvait en terre shoshone reconnue souveraine par un traité avec le gouvernement des Etats-Unis et, qu'à ce titre, elle ne pouvait être dans l'illégalité à l'égard d'elle-même ou de son propre peuple. Cet été-là, nous échangeâmes un courrier ininterrompu avec le BLM, exigeant d'eux la preuve de ce qu'ils avançaient. En effet, si ce territoire n'appartenait pas aux Shoshones, nous voulions connaître le nom des propriétaires et celui de ceux qui furent payés en échange de cette terre, notre tribu n'ayant jamais rien touché. Dans sa réponse, le bureau nous conseillait fortement de partir pour une autre réserve.

Ma grand-mère nous répétait que nous aurions à faire face à nombre d'injustices et que certaines personnes — des avocats par exemple — nous mentiraient. Aujourd'hui, je réalise la véracité de ses dires. En 1974, on nous intenta un procès et l'affaire fut portée jusqu'à la Cour suprême des États-Unis. Nous soutînmes que nous vivions sur des terres appartenant au peuple shoshone dont la souveraineté avait été reconnue par le traité de Ruby Valley signé en 1863 par le gouvernement américain.

En 1979, le ministre de l'Environnement de l'époque, Cecil Andrus, approuva la décision de la Cour suprême d'accorder vingt-six millions de dollars en dommages et intérêts à notre tribu. Mais nous refusâmes car ce jugement ne répondait en rien à nos prétentions. Cette décision était basée sur une déclaration de la

Commission des revendications territoriales indiennes selon laquelle les Shoshones n'étaient plus propriétaires de leur terre depuis 1872 ; et qu'en conséquence, les vingt-six millions de dollars étaient en quelque sorte alloués à titre de compensation pour l'empiètement subi depuis lors.

Je refuse le terme d'« empiètement » et c'est la raison pour laquelle nous sommes encore ici à nous battre. Le montant accordé avait, bien sûr, été évalué à partir des prix en cours en 1872, soit un dollar l'acre, alors qu'il tourne aujourd'hui autour de deux cents. Je ne pense pas non plus que la Constitution des Etats-Unis fasse mention d'un quelconque droit du gouvernement américain à « empiéter » sur les terres d'un peuple indigène souverain.

Au cours de la Seconde Guerre mondiale, les Blancs considérèrent Hitler comme le pire dictateur qui ait jamais existé. Mais étudiez l'histoire de mon peuple et voyez la manière dont les Blancs ont traité les autochtones de ce pays. Très peu de tribus cédèrent leurs terres au gouvernement américain car elles ignoraient la signification même de ce mot. Il ne faut pas oublier que nous ne savions pas lire l'anglais, encore moins le parler, et il est fort probable que certains interprètes aient dit une chose et en aient écrit une autre.

Deux mois plus tard, le tribunal fédéral statua contre notre requête puisque nous étions censés avoir été dédommagés pour nos terres. Mais, au fond, notre territoire n'avait jamais été à vendre et j'insiste sur ce point. Cette terre est ma mère ; je ne peux et ne veux la vendre. Ma loi fondamentale est d'obéir au Créateur. Par contre, je n'hésiterai pas à enfreindre la loi des hommes s'il le faut.

En février 1992, le BLM est venu pour rassembler nos chevaux et voler notre bétail : c'était la première fois que des représentants du gouvernement fédéral se rendaient dans cette région bien qu'elle ne relève toujours pas de leur juridiction. Depuis leurs hélicoptères, ces hommes pourchassèrent les chevaux en leur faisant franchir des haies de barbelés, provoquant la mort d'au moins

quatre d'entre eux. L'année précédente, nous avions rassemblé un millier de bêtes sans qu'une seule soit blessée.

Plus tard, en automne, les mêmes agents du BLM vinrent chercher environ deux cents chevaux, tous propriété de la tribu des Shoshones, affirmant que la loi sur les chevaux sauvages les autorisait à les vendre. Mais ils prirent également certaines de nos bêtes marquées au fer rouge et barrèrent les routes pour empêcher toute intervention de notre part. C'est alors que mon frère Cliff décida de prendre les choses en main.

Je suis arrivée au moment ou il menaçait de s'immoler par le feu si le shérif ne le laissait pas entrer pour identifier notre bétail. Cliff est un homme de cinquante-neuf ans d'un tempérament posé et travailleur, et qui n'a jamais de sa vie pris part à une quelconque activité politique. Calmement, il a demandé au shérif s'il avait jamais vu quelqu'un faire ainsi le sacrifice de sa vie et ce dernier lui répondit : « Oui, au Viêt-nam. » J'étais à la fois surprise et horrifiée devant le spectacle que j'avais sous les yeux.

Pour moi, une telle mort est insupportable. Un peu plus tôt, j'avais dit au shérif et aux agents du BLM que leur action était des plus injustes car ils volaient du bétail appartenant aux Shoshones et dépassaient les limites de leur juridiction.

Cliff sortit un bidon d'essence de son pick-up et prévint le shérif qu'il laisserait volontiers passer les véhicules de secours mais pas les bêtes. Et il ajouta : « Quelqu'un doit mourir. » Je sais qu'il faisait référence à lui-même et à ses liens à la terre. En effet, à nos yeux, perdre notre terre signifie nous acheminer lentement vers une mort spirituelle et nous en sommes arrivés au point où il vaut mieux mourir que vivre sans spiritualité.

Quand Cliff se déplaça pour laisser passer les véhicules à bestiaux, il fut aveuglé par un produit vaporisé sur son visage et jeté à terre. Soudain, six individus furent sur lui. Ils lui arrachèrent ses lunettes et lui tordirent violemment le bras dans le dos. Du sang coulait sur son visage. Finalement, ils l'arrêtèrent et l'emmenèrent en prison.

Nous obtînmes que le tribunal nomme un avocat pour sa

défense mais nous ne fûmes autorisés ni à lui téléphoner ni à lui rendre visite pendant son incarcération et ce, jusqu'à la première audience. J'étais là au moment des faits et je sais que s'ils n'avaient pas agressé Cliff, il se serait simplement approché du véhicule pour vérifier qu'aucune de nos vaches ne s'y trouvait ; qu'il n'y avait que des chevaux. Jamais il n'a cherché à blesser qui que ce soit ; il voulait simplement des réponses à ses questions. Avec le temps, on ne peut qu'être méfiant, tant de gens nous manipulent.

Lors de l'audience, il plaida « non coupable » lorsqu'on l'accusa d'agression et d'entrave à l'action d'un agent fédéral dans l'exercice de ses fonctions. Nous avions fait appel, pour le représenter, à un avocat qui nous avait aidés à traiter le dossier touchant à la juridiction. Puis, devant les juges shoshones, nous assurâmes nous-mêmes la défense de notre frère. Aux yeux de nos tribunaux, ses actes n'étaient pas répréhensibles : il n'y a rien de délictueux à défendre sa terre ou même à s'immoler par le feu ; en fait, c'est faire preuve d'un grand patriotisme. La cour shoshone décida donc que Cliff était innocent mais que le gouvernement américain était coupable d'avoir permis à des représentants du BLM et du shérif d'entrer sur un territoire ne relevant pas de leur juridiction.

Quand, finalement, Cliff fut entendu par le tribunal fédéral, nous décidâmes de ne pas contester l'inculpation de « tentative d'agression » mais d'insister plutôt sur ce non-respect, par les Etats-Unis, des limites de leur compétence. Le juge se mit en colère et dit à notre avocat, qui n'était pas originaire du Nevada, qu'il n'était pas habilité à nous représenter dans ce tribunal. Cependant, je requis sa présence en tant que témoin, ce qui me fut accordé.

Lors du contre-interrogatoire, mon témoin insista sur ses notions de compétence et, lorsque le juge finit par lui demander combien de temps allait durer son intervention, il répondit : « Toute la journée si je veux faire du bon travail. » Alors, le juge lui accorda cinq minutes.

Aujourd'hui encore, je pense que les États-Unis ont eu tort de nous jeter à la tête leur législation fédérale. Et il est évident que le système judiciaire américain n'est pas fait pour défendre les peuples indigènes, aussi légitimes que soient leurs revendications.

Depuis octobre 1993, Cliff est en prison. Il est si désœuvré que je me demande à quoi il peut bien songer, lui qui, sa vie durant, a travaillé dur au ranch. Homme à tout faire, il était responsable du système d'irrigation et du matériel. Bien sûr, il lui arrivait souvent de crier après ses machines ou après moi ; c'est normal, je suis sa sœur, toute famille connaît ça. Mais je ne l'ai jamais vu lever la main sur quiconque.

Lorsque je lui demande ce qu'il pense de la situation, il me répond simplement : « Nous devons en passer par là. Sache que je suis prêt à rester trois ans en prison pour défendre mon peuple. Et pour que cette question de juridiction soit portée devant les tribunaux. »

Les traditions occupent une place tellement importante dans nos vies. Cliff n'a pas perdu la tête. C'est juste quelqu'un qui préfère mourir plutôt que d'accepter une existence telle que celle que nous menons aujourd'hui.

CREE

Vernon Harper : le huitième feu

Les Crees constituent la plus importante nation indienne du Canada. Au moment de sa plus grande extension, leur territoire s'étendait d'est en ouest depuis le Labrador jusqu'aux Rocheuses, et du nord au sud depuis le lac Athabasca jusqu'à l'actuel État américain du Montana. Ils se subdivisent en Crees des bois, appelés parfois Crees des marais (qui habitent la forêt boréale et les alentours de la baie d'Hudson) et Crees des plaines (qui habitent la Prairie canadienne).

Vernon Harper est un descendant de Mistowa-sis, *ou Big Child, un grand chef de guerre, et de Big Bear, autre chef célèbre qui, en compagnie du chef Poundmaker, de Louis Riel et Gabriel Dumont, organisa, en 1885, la révolte des Crees et des métis contre les visées expansionnistes du gouvernement canadien.*

Vernon a mené son propre combat contre l'alcool et la drogue qui lui ont valu de se retrouver, en 1968, dans une cellule capitonnée d'un hôpital psychiatrique, étroitement ligoté dans une camisole de force.

Il a triomphé de ces adversaires-là et il est aujourd'hui un homme-médecine et un guide spirituel hautement respecté. Il est l'un des rares hommes-médecine qui soient autorisés à faire de l'assistance socio-psychologique et à célébrer, à l'intérieur des prisons canadiennes, des cérémonies en relation avec la loge à sudation.

Son message est simple et fort, comme tous les enseignements traditionnels des Crees : Commençons par nous débarrasser de la pollution qui souille notre propre corps, puis occupons-nous de l'environnement.

Parmi tous nos enseignements traditionnels, ce qui a le plus d'importance pour nous, c'est « l'écoute active ». Nous autres Crees apprenons à être à l'écoute de notre environnement, des vents et des rochers. On nous enseigne comment être attentifs à tout. Certains de nos Anciens disent que notre jeunesse a aujourd'hui besoin d'aide pour réapprendre « l'écoute active », et c'est pour ça que j'ai voulu te parler. Je pense que ton livre peut nous aider à les ramener vers cette manière d'être. C'est quelque chose d'essentiel dans notre enseignement traditionnel. Nos jeunes ont oublié. Les Blancs, eux, ont oublié tout ça il y a bien longtemps. Ils ont tous besoin d'y revenir et d'apprendre comment faire. Il n'y aura pas de véritable respect mutuel si nous n'apprenons pas à nous écouter les uns les autres, non pas pour entendre ce que nous avons envie d'entendre, mais pour entendre la vérité.

La philosophie et les enseignements traditionnels crees sont la meilleure clé pour comprendre que la première règle de vie c'est la sobriété ; sobriété du corps, de l'esprit et de l'âme. C'est parce qu'ils se sont éloignés de cette sobriété que les Indiens sont tellement paumés aujourd'hui. A une certaine époque, les Indiens ont été les peuples les plus libres de toute la planète. A présent, je vois certains des nôtres, alcooliques et drogués, souffrir les pires tourments parce qu'ils font le contraire de ce que faisaient nos ancêtres. Nous sommes devenus des esclaves. Les Indiens haïssent l'esclavage, mais quand ils s'adonnent à la boisson ou à la drogue, ils sont des esclaves. Notre devoir, notre responsabilité, c'est d'être libres, et de libérer les autres, sur le plan physique, mental et spirituel.

Le but de notre enseignement, c'est de faire de nous les gardiens de la Terre, Notre Mère. Nous faisons partie de l'environnement, et tout ce qui touche à l'environnement nous touche. Les Occidentaux sont allés trop loin dans l'autre direction. Nous nous

comportons avec les arbres et le reste de la nature comme s'il s'agissait d'êtres vivants. Quand nous allons en montagne, nous la pénétrons ; nous devenons la montagne, nous n'essayons pas de la vaincre, mais d'en faire partie.

Nous pensons aussi aux animaux. Le bison est tout pour nous. L'aigle est également très important, mais le bison et l'ours sont encore plus importants à nos yeux. L'ours est la médecine du Nord. Il est très fort sur le plan spirituel. Quand les Crees des plaines tuaient un grizzly, ils en étaient très affectés.

Certains disent que les animaux sont ignorants ; pourtant, dans bien des domaines, ils sont vraiment plus intelligents que nous. Vous ne verrez jamais un chien se prendre pour un aigle, ni un écureuil se prendre pour un loup. La même chose pour les plantes. Dans notre langue, il n'existe pas d'équivalent à « mauvaise herbe ». Ces deux mots impliquent qu'il existerait des plantes inutiles, alors que le Créateur a donné à chaque plante une raison d'être et des instructions spécifiques au sujet de ce qu'elle doit faire. Plantes et animaux suivent les instructions qui leur ont été données. Ce sont les êtres humains qui ne suivent plus les leurs.

Le quatre est le chiffre magique des Crees ; il représente les points cardinaux, les saisons, les quatre couleurs, les quatre peuples qui constituent notre cercle sacré. Si un enfant ignore qui il est à la fin de sa quatrième année d'existence, il risque de passer sa vie à essayer de découvrir la réponse à cette question. Ses parents sont censés le protéger pour qu'il puisse se développer comme il faut. Nous croyons qu'un enfant naît innocent. Quand il atteint l'âge de quatre ans, il reçoit son propre karma, sa propre prédestination. Jusque-là, ses parents sont responsables.

J'ai perdu ma mère à l'âge de quatre ans. Je me rappelle qu'elle nous tenait dans ses bras, mon frère jumeau et moi, au moment où elle est morte. A cette époque-là, nous habitions à Toronto dans le quartier de Regent Park qui était alors un ghetto. C'était dans les années trente, pendant la Grande Crise, et mon père travaillait au chemin de fer. Le jour de sa mort, ma mère nous a fait l'un des dons les plus magnifiques qu'elle nous ait jamais faits

— je m'en souviens très nettement —, elle a soufflé sur nous juste avant de mourir. Elle nous a fait don de son dernier souffle de vie. Il a fallu nous arracher à son étreinte afin de nous envoyer dans des familles d'accueil. Mais elle nous avait fait cadeau de son dernier souffle. J'ai parlé de tout ça avec mon frère jumeau. Devenus adultes, nous avons suivi des chemins différents, mais chaque fois que nous avons eu de sérieux ennuis, que nous avons été sur le point d'abandonner la lutte — nous sommes devenus tous les deux alcooliques et drogués —, ce dernier souffle de notre mère est venu nous réveiller. J'ai expérimenté ça à plusieurs reprises ; chaque fois que j'ai songé à en finir, j'ai senti son souffle sur moi.

J'ai finalement réussi à triompher de l'alcool et de la drogue à la fin des années soixante, et je suis allé annoncer la bonne nouvelle à ma tante :

— Je m'en suis sorti. Je ne boirai plus jamais et ma vie va changer, mais quel gâchis !

Elle m'a répondu :

— C'est toujours comme ça, Vernon. La vie est semblable à un jardin : pour que quelque chose de valable y pousse, y fleurisse, produise des fruits ou devienne agréable à l'œil, il faut un tas de merde et de fumier.

C'était exactement ce que je venais de vivre. Elle a ajouté :

— Maintenant, à toi de choisir. Tu peux rester dans ce fumier et te lamenter sur ton sort, ou bien tu peux grandir et fleurir jusqu'à devenir quelque chose de très beau et de très productif. Ça ne dépend que de toi.

J'ai réalisé tout à coup qu'elle était en train de me dire que tout ce temps n'avait pas été perdu ; que mon expérience de l'alcool et de la drogue et ma guérison allaient me servir dans ma nouvelle vie. C'est ce que j'appelle mon « univers Crow Dog »[1]. Leonard Crow Dog et moi sommes allés à la même école, nous l'appelons

---

1. Du nom de Leonard Crow Dog, homme-médecine sioux et chef spirituel de l'*American Indian Movement* ; voir à ce sujet : Mary Crow Dog, *Lakota Woman*, Albin Michel, 1992, et Mary Brave Bird (ex-Crow Dog), *Femme Sioux, envers et contre tout*, Albin Michel, 1995.

« l'université de l'univers » et on y apprend que toutes les choses de la vie sont reliées entre elles. C'est ma propre guérison qui m'a préparé à aider les autres à guérir à leur tour. Je ne leur dis pas : « Je sais ce que vous êtes en train d'endurer », parce que je ne veux pas leur faire cet affront. Mais je peux leur dire : « J'ai vécu une expérience similaire à la vôtre et j'ai ma petite idée sur la question. » Comme ils voient que je mène une vie vertueuse, que je fais quelque chose de ma vie, et que ma conduite est en accord avec mes paroles, ils finissent par m'écouter.

C'est comme ça que j'ai vraiment commencé à comprendre la philosophie cree qui enseigne que la parole ne vaut pas grand-chose, et que seuls les actes ont un effet pédagogique et bénéfique. J'avais, en quelque sorte, bouclé la boucle, ce qui correspond aussi à une de nos croyances. L'humour joue également un rôle important dans notre méthode de guérison. Alors que certaines nations indiennes n'apprécient pas beaucoup ça, les Crees aiment beaucoup se taquiner les uns les autres. Cela nous aide à nous en tirer et à survivre. L'humour est très important pour nous et, même si la plupart des autres Indiens sont d'un avis contraire, nous pensons que notre humour est salutaire. Tandis que l'humour des autres nations indiennes est plutôt du genre caustique, le nôtre est du genre un peu fou ; « diaboliquement fou », comme nous disons. Quand nous nous taquinons les uns les autres, et que l'un de nous le prend mal, nous nous retournons tous contre lui. Parfois, ça peut devenir impitoyable.

Nos commandements sont très simples. On nous enseigne que la femme est un être complet, contrairement à l'homme. La femme est ainsi parce qu'elle porte en elle-même le feu de la vie, alors que l'homme doit découvrir ce feu pour s'accomplir. Nos instructions sont d'avoir des enfants et des petits-enfants pour pouvoir transmettre ce savoir. Dans certaines cultures, l'homme est supérieur, mais dans la nôtre, c'est la femme. Historiquement et traditionnellement, nous avons toujours suivi l'avis des femmes. Pour nous, la femme est « la Visiteuse », le feu et la vie.

C'est ce que j'explique aux jeunes femmes qui ont peur d'entrer dans la loge à sudation. Je leur dis :

— N'ayez pas peur, ce sera plus facile pour vous que pour les hommes.

J'organise des bains de vapeur rituels depuis bientôt dix-huit ans et au cours de toutes ces années, les femmes ont toujours été, sauf à deux reprises, plus soudées psychologiquement que les hommes.

Au fond, les femmes n'ont pas besoin des hommes. Eux, ont besoin des femmes. Nous sommes incomplets, c'est pourquoi nous devons trouver des partenaires. Nos commandements disent : « Sois un homme bien, et une femme bien te choisira. » Nous n'avons pas la sensibilité et l'émotivité d'une femme, aussi nous devons nous efforcer d'être des hommes bien. Il y a un vieux proverbe cheyenne qui dit : « Si les femmes n'ont plus de courage, c'est la fin de tout. » Peu importe que les guerriers possèdent les armes les plus sophistiquées, et qu'ils soient de redoutables combattants, si les femmes n'ont plus de courage, tout est fini.

Au moment de prendre une décision, notre peuple a toujours pensé aux générations à venir. Nous nous posons la question : « En quoi notre décision va-t-elle affecter la vie de nos enfants ? » Ainsi, lorsque mon arrière-grand-père a été contraint de négocier avec les Blancs, il a réfléchi aux conséquences que le fait de signer ou non ce traité pourrait avoir pour moi. Chaque génération doit être parfaitement consciente des effets et des répercussions qu'auront ses actes. Nous sommes responsables de l'avenir de nos enfants et de l'environnement dans lequel ils vivront.

Je crois que nous avons obtenu des avantages substantiels pour les générations futures. Selon notre tradition, nous sommes actuellement dans la période que nous appelons « le huitième feu ». Les grands changements que connaît la génération actuelle ne sont qu'une partie de la longue purification commencée pendant la période précédente, le « septième feu », que nous considérons comme une période de réveil. Je crois que le septième feu a coïncidé avec les années soixante, cette époque où la société américaine a connu tant de bouleversements.

Un siècle avant l'installation des Européens en Amérique du Nord, une prophétie cree avait prédit qu'un jour viendrait où nous verrions venir à nous ceux du « peuple de l'arc-en-ciel » et ceux du « peuple des couleurs » ; précisant qu'ils seraient innocents et semblables à des enfants, et que leur venue serait l'annonce de grands changements. La prophétie appelait cette période « le septième feu ». J'ai parlé avec plusieurs de mes oncles et tantes, et nous sommes d'accord pour penser que la prophétie faisait allusion aux hippies. C'est sans doute pour ça que, dans les années soixante, de nombreux Indiens se sont identifiés à ce mouvement contestataire.

Nous sommes maintenant dans la période du huitième feu, et nous ne pensons pas que l'avenir soit sombre. Nous croyons que la Terre, Notre Mère, va retrouver son équilibre et nous aider à retrouver le nôtre. C'est pourquoi il est important que nous soyons physiquement et spirituellement forts. Il faut que nous parvenions à retrouver notre équilibre parce que le huitième feu doit être une période d'achèvement. Nous croyons que la Terre va se débarrasser de tous les poisons qui la rongent. Nous autres Indiens avons survécu parce que nous avons été très souples ; nous nous sommes adaptés, nous avons appris à préserver les valeurs de nos ancêtres, à emprunter des éléments aux autres cultures et à en tirer parti. Comme nous sommes désormais dans la période du huitième feu, nous avons besoin de retrouver notre équilibre, sur le plan physique, mental et spirituel. C'est impossible si l'on est distrait par l'alcool ou la drogue. Nous avons besoin d'être sobres pour affronter les durs moments qui nous attendent. Ça fait partie de la purification.

Nous allons soigner la Terre, Notre Mère. Selon nos enseignements traditionnels, la façon dont nous vivons notre existence terrestre influence notre voyage spirituel. Si nous sommes amers, coléreux et pleins de remords, notre voyage s'en ressentira. C'est pourquoi nous pensons que l'existence terrestre est sacrée. Chaque jour doit être un bon jour, avec plein de pensées et de sentiments positifs, car nous ne savons pas quand nous devrons quitter cette terre. J'ai vu la mort de près à plusieurs reprises, mais j'ai mis longtemps à comprendre. J'ai finalement appris à apprécier la vie, parce qu'elle est sacrée. Maintenant, si quelqu'un me dit : « Je ne comprends rien à la spiritualité », je lui réponds :

— Tu respires, non ? Eh bien, la spiritualité c'est la respiration, le souffle.

Et je pars de là pour lui parler de la spiritualité. Ma religion, c'est la spiritualité de la terre. Quand nous pénétrons dans une loge à sudation, nous accomplissons un acte religieux. Il faut replacer ça dans l'ensemble des choses que nous faisons. Une fois, je me suis posé la question : « Pourquoi célébrons-nous tant de cérémonies ? » Et la réponse m'est venue, clairement : « Pour nous rappeler que la vie est une cérémonie. » *La vie est une cérémonie.* Nos enseignements traditionnels insistent beaucoup là-dessus. Ainsi, quand nous nous réveillons le matin, nous célébrons une cérémonie en l'honneur de la vie qui quitte le monde des rêves. Quand nous nous endormons, nous pénétrons dans ce dernier et nous accédons à un autre état de conscience. Le réveil est donc une cérémonie. Nous croyons que les oiseaux suivent les instructions que leur a données le Créateur. Il existe un moment, le matin, où on ne les entend pas gazouiller, et nous croyons que les oiseaux font silence parce que c'est notre tour de prier. Si tu es attentive, tu peux t'en rendre compte toi aussi. Quand les oiseaux se taisent, c'est à nous de prier. C'est bien la preuve que tout est interconnecté.

Chacun de nous a le devoir de découvrir pourquoi il a été placé sur cette terre. Et la seule façon d'y parvenir, c'est d'être sobre, de méditer et de prier. Il n'y a pas d'autre moyen, mais il m'a fallu quarante ans pour m'en apercevoir. Traditionnellement, les hommes crees n'étaient pas autorisés à exercer des responsabilités au sein de la communauté, ni à parler au nom de quelqu'un, tant qu'ils n'avaient pas cinquante ans. Avant ça, ils devaient écouter et apprendre. Mais les choses ont changé car les besoins ont évolué.

Nos Anciens sont d'abord des historiens. Ils enseignent nos

croyances, notre mode de vie ancestral et notre histoire ; et plus ils vieillissent, plus ils prennent d'importance, car les jeunes peuvent profiter de leur savoir. J'ai commencé à être considéré comme un Ancien avant d'avoir atteint la cinquantaine, et je crois que notre destinée est tracée d'avance. Pendant quarante ans j'ai essayé de savoir pourquoi j'étais sur cette terre.

Certains sont nés pour accomplir de lourdes tâches, d'autres pour en accomplir de très simples. La mienne est très simple. Nous croyons, et nous avons toujours cru, à la réincarnation. Nous pensons qu'il est possible d'entrer en contact avec ceux qui étaient là avant nous, les âmes anciennes et les âmes nouvelles. Depuis le début de la période du huitième feu, les morts reviennent de plus en plus vite, les choses se précipitent.

Nous sommes contre le suicide, mais nous perdons une bonne partie de nos jeunes de cette façon-là. La plupart se donnent la mort parce qu'ils ont perdu un être cher, ou le respect d'eux-mêmes, ou encore leur dignité. Notre jeunesse connaît le taux de suicide le plus élevé des États-Unis, probablement parce que nous n'avons pas su conserver notre culture, notre identité, notre spiritualité. Mais nous pensons que les choses n'en resteront pas là. Nous sommes des esprits qui se sont incarnés, nous ne pouvons pas mourir. Nous sommes venus sur cette terre pour bénéficier des leçons de la vie.

C'est ainsi que nous utilisons la loge à sudation. Toute ma vie j'ai souffert, mais toujours égoïstement. Quand j'utilise la loge à sudation, je le fais d'une manière altruiste. J'y pénètre en rampant, et je pense à mes frères et à mes sœurs. Je pense à l'environnement, je souffre et je prie. Notre existence terrestre n'est qu'une partie de notre voyage vers le monde des esprits, et il est essentiel de bien le préparer. C'est pourquoi je m'efforce de simplifier mon enseignement. Quand je m'adresse aux enfants, je leur conseille de faire de leur vie un bon voyage et ainsi ils seront prêts. Prenez seulement ce dont vous avez réellement besoin. Nous devons tous nous préparer, ainsi lorsque notre heure viendra, notre voyage vers le monde des esprits se passera au mieux. Je suis sur cette terre pour enseigner aux enfants ; ça paraît simple mais ça ne l'est pas. Je pense que nous vivons une période passionnante.

Rose Auger : la loge-médecine de la peau de bison

Rose est une Cree originaire de la région d'Edmonton dans la province d'Alberta, Canada. Son pouvoir médicinal lui vient de Grand-Mère Araignée qui, dès son plus jeune âge, est entrée dans sa vie. En effet, enfant, ces animaux lui étaient déjà familiers et elle jouait avec eux ; aujourd'hui encore, des araignées se rassemblent autour de Rose lorsqu'elle participe à une réunion.

On raconte qu'une Cree, féroce guerrière, participa à la bataille de Little Big Horn et tua nombre de soldats de la cavalerie américaine. Par la suite, le gouvernement de ce pays voulut la retrouver pour la punir, mais elle s'enfuit au Montana où elle vécut jusqu'à un âge très avancé sous la protection de son peuple.

Rose est une femme-médecine qui, à l'instar de cette guerrière, s'est toujours postée en première ligne dans la lutte qu'elle mène pour défendre les droits de sa famille et de son peuple. Ses six enfants, Fred, Ann Marie, Dale, Laura, George et Michael respectent tous la tradition, et Rose dit en rendre grâces.

Dans la loge-médecine qu'elle a aménagée dans sa maison, elle a guéri des gens venus des quatre coins du Canada et des États-Unis. Aujourd'hui, elle espère pouvoir construire une seconde loge plus grande, à l'extérieur de son domicile.

Je m'appelle *Osoka Bousko* ou Femme Courageuse, je suis membre de la tribu des Crees des bois, qui vit dans le nord de la province d'Alberta (Canada). Ma mère, une Cree elle aussi, eut seize enfants dont seulement douze survécurent. Le nomadisme de mes ancêtres explique qu'on ait peu écrit à leur sujet.

Mon grand-père était un trappeur. Un jour, alors qu'il était très malade, mon père dut parcourir un long trajet à cheval pour aller chercher un homme-médecine. Je me souviens d'une pièce plongée dans la pénombre et de gens qui chantaient. J'ignore l'âge que j'avais à l'époque, peut-être trois ou quatre ans, mais la cérémonie est restée clairement gravée dans ma mémoire. Lorsque je vis l'homme-médecine retirer une sangsue du bras de mon grand-père, j'eus tellement peur que je m'agrippai à ma mère et cachai ma tête sous son tablier.

Un peu plus tard, en jetant un coup d'œil furtif alentour, j'aperçus les esprits. C'était des oiseaux rayonnants. Ils prirent soin de mon grand-père et, quelques instants après, je vis ce dernier se redresser : il n'était plus mourant. Je ne racontai cette expérience à personne de peur qu'elle ne se renouvelle plus.

En grandissant, je devins plus consciente du monde extérieur et commençai à réaliser combien les gens étaient malheureux. Surtout ma mère qui, élevée par les missionnaires et devenue par la suite une fervente catholique, ignorait tout de nos traditions. Puis les esprits ont commencé à se manifester à nouveau quand je me promenais en montagne. Je pensais qu'il s'agissait simplement d'enfants désirant jouer avec moi mais, lorsque de retour à la maison je racontais à ma mère mes aventures, elle me conjurait d'arrêter de fabuler.

Je finis par ne plus en parler. Mais, lorsque j'allais à la rivière, les castors venaient nager autour de moi et les oiseaux se posaient sur ma tête ou sur mes épaules. Sans parler des ours. Un jour, alors que je cueillais des baies avec mon père, nous vîmes que des bûcherons tentaient d'en abattre. Alors, mon père intervint : « A quoi bon les tuer ? Il suffit de leur demander de partir et ils s'exécuteront. » Puis il s'approcha très près des animaux et leur dit de s'en aller. Ils obéirent, purement et simplement. A partir de ce moment-là, je n'eus peur d'aucune bête car j'avais compris que nous faisions partie de leur univers.

Mon autre grand-père était homme-médecine. A l'époque, une forte épidémie de tuberculose sévissait partout sur les réserves.

Bien que nos traditionalistes l'aient vue dans leurs rêves, cela ne fut pas suffisant. Quelques hommes-médecine, dont mon grand-père, surent qu'ils pouvaient aider à juguler cette maladie. D'ailleurs, certaines personnes en vie à ce jour ont été guéries par lui. Mais il dut se cacher dans les collines pour conduire ses cérémonies car de telles pratiques étaient alors prohibées.

Pendant toute cette période, la loi exigeait que les personnes atteintes de tuberculose soient suivies. Aussi, après les avoir traitées, mon grand-père leur demandait d'aller faire une radio à l'hôpital pour prouver que le mal avait disparu. Les résultats déconcertèrent toute la population, les médecins blancs en particulier. Un peu plus tard, ces derniers essayèrent d'obtenir de mon grand-père qu'il les forme et leur révèle comment il avait pu réussir là où eux avaient échoué, mais il refusa.

Enfant, j'avais le pouvoir de faire disparaître la douleur en frictionnant le corps des malades. Alors, cette douleur devenait mienne et me faisait énormément pleurer. Les Anciens décidèrent donc d'organiser une cérémonie pour demander au Créateur et aux esprits de tenir ce don éloigné de moi jusqu'à ce que j'aie grandi. C'est ma grand-mère qui me raconta que le Créateur souhaitait s'assurer que j'acquière d'abord une bonne connaissance de moi-même, car j'étais la seule à posséder un tel pouvoir à l'époque. J'allais très souvent lui rendre visite et elle m'enseignait nos traditions.

Ma grand-mère me parlait beaucoup des membres de notre famille, des pouvoirs dont ils étaient détenteurs, et m'apprit qu'ils étaient tous au courant du mien ; c'était la première fois que mon don était ainsi reconnu. Mais je n'ai pu arriver à ce que je suis aujourd'hui uniquement parce que j'ai continué à suivre cet enseignement et acquis peu à peu le sens du sacrifice et de l'obéissance. Si on me disait d'aller jeûner plusieurs jours dans la montagne ou de me joindre à d'autres pour travailler, je le faisais. J'essayais de vivre aussi parfaitement que possible car j'avais la chance d'être investie d'un pouvoir important et je me sentais protégée. Alors, quelle que soit la difficulté que représentaient ces épreuves, j'étais toujours habitée par l'histoire de mes ancêtres. Je pense par exemple à ces femmes de ma famille qui, en se frictionnant les cheveux, pouvaient convoquer les esprits du tonnerre et de la pluie lorsque l'atmosphère était sèche et malsaine.

Aujourd'hui encore, je me sens soutenue. J'ai une foi telle que je pourrais aller n'importe où sans crainte. Quel bonheur de se laisser guider par sa spiritualité ! Mais trop peu de gens en ont la possibilité et il est temps de la leur offrir. En commençant par leur apprendre à écouter leur propre musique intérieure, ce qui les habite et que nous appelons notre esprit gardien. Car, alors, leur vie deviendra féconde. C'est ce vers quoi nous devons tous tendre puisque nous savons tous inconsciemment distinguer le bien du mal.

Vous pouvez opter pour une vie d'amour ou d'égoïsme. Mais, dans ce dernier cas, le prix sera lourd à payer car, avec la vieillesse viendra la solitude, sans personne pour vous aimer et prendre soin de vous. Les maisons de retraite sont des lieux terribles où l'on meurt de solitude. Par contre, si vous avez vécu au service des autres, en les aimant, vous trouverez toujours quelqu'un auprès de vous pour vous aider. J'essaie de faire pénétrer dans l'esprit de tous que nous sommes responsables de nos Anciens, qu'ils soient membres ou non de notre famille.

Je prie également afin qu'il me soit donné d'être autonome jusqu'au jour de mon départ ; je vois tant de personnes âgées maltraitées par les leurs. Et, en agissant ainsi, nous perdons notre culture, notre identité et nos traditions. Pour se justifier, les gens recourent à leur enfance en disant : « Mon père était un être cruel et je n'ai pas beaucoup d'estime pour moi-même. Comment voulez-vous que je saisisse votre message d'amour, de gentillesse et de générosité ? » Alors, je leur réponds : « N'essayez pas de vous trouver un prétexte avec ce genre de foutaises. Le Créateur vous a donné l'intelligence, un courage incroyable et une façon d'être qui vous permettent d'entreprendre quoi que ce soit sans plus attendre ! De même qu'il est indéniable que le jour succède à la nuit, vous êtes indiscutablement capable de changer d'attitude, d'état d'esprit et de transformer votre être tout entier. » J'ai connu la souffrance et l'horreur ; pourtant, je suis aimante, attentionnée et généreuse car je choisis de l'être, de même que je choisis d'écouter le monde des esprits. Nous avons tous en nous la capacité de changer les choses dès maintenant.

Et, que vous ayez ou non des enfants, il faut penser à la génération suivante. En partant, nous devrons laisser derrière nous toute la bonté que nous avons reçue à notre naissance. Cette vérité finira par s'imposer quel que soit le temps que cela prendra. Une personne honnête et vraie ne rencontrera jamais de véritables épreuves car la vérité, telle une plante médicinale, sera toujours là pour panser ses blessures, quelles que soient les persécutions subies. De nos jours encore, je suis persécutée. Mon propre peuple vit tellement dans la peur ! L'enseignement qu'il a reçu dans les écoles missionnaires a instillé en lui une crainte folle à l'égard de nos cérémonies et de nos traditions.

Dans la vie, rien n'est échec. Il est important de se demander : Qui suis-je ? Où en est ma vie aujourd'hui ? C'est comme s'examiner de bas en haut devant la glace pour essayer de se comprendre soi-même.

Si vous veniez me voir pour me dire que vous êtes malade et me demander : « Grand-mère, apprends-moi à prier », alors, je vous dirais : « Qu'as-tu fait de ta vie pour te rendre ainsi malade ? » Puis je vous apprendrais, par la prière, à vous déchiffrer. Je vous conseillerais de prendre de l'eau et, onze jours de suite, de la bénir à l'aide d'une de vos plantes sacrées — pour nous c'est l'herbe douce, le cèdre ou la sauge —, et de prier chaque matin avant le lever du soleil. Cela vous permettra d'entrer en lien avec le Créateur onze jours d'affilée à la même heure. Si vous oubliez une seule fois de le faire, il vous faudra tout recommencer jusqu'à ce que vous ayez accompli ce cycle de onze jours. Alors, vous pourrez communiquer avec le Créateur, mais également avec vous-même, avec votre propre esprit.

Nous ne pouvons plus survivre hors de nos terres et de nos rivières. Il est donc indispensable que nous priions pour être secourus, pour nourrir et habiller nos enfants et offrir un toit à ceux qui nous sont chers. L'aide que nous recevons des autres ou que nous leur prodiguons est beaucoup plus qu'un simple cadeau : c'est une véritable offrande. En la considérant ainsi, notre peuple comprendra peu à peu combien il est important de faire preuve de générosité. Ceci nous renforce ainsi que ceux avec qui nous sommes en contact au travail, à la maison et au sein de notre communauté. Faire quelque chose au bénéfice de tous, ce peut être aussi simple que de s'occuper d'un jardin et d'y faire pousser des plantes qui remplaceront thé et café et nous feront du bien. Chaque saison en offre que nos ancêtres utilisaient pour conserver force et santé.

J'ai essayé de mettre en place des petits groupes qui vont camper et ramasser des plantes et autres herbes médicinales. Mais c'est un processus très lent ! Lorsque j'offre une de mes infusions, il y a toujours une personne pour se plaindre de son goût. Alors je lui explique : « Cette plante purifie le sang et fortifie le cerveau. Et elle pousse là, devant chez nous. Il suffit juste d'aller la cueillir. » Certaines peuvent l'être en toutes saisons et sont cent fois plus saines que tout ce qu'on trouve sur le marché ; de plus, elles ne coûtent rien. Et c'est en amassant de telles informations que nous pourrons devenir indépendants et subvenir à nos besoins.

L'idéal serait d'agir de même avec tout ce qui nous a été donné et qui, souvent, est encore à notre disposition. C'est ensemble que nous devons travailler car nul n'a été créé pour vivre sur une île déserte. La solitude et le vide sont le lot de ceux qui ne sont motivés que par le profit et guidés par l'égocentrisme. Alors qu'il est tellement satisfaisant de partager ce que l'on a : on reçoit tant en retour !

Parfois, je dois vendre certaines de mes affaires pour pouvoir m'en sortir mais je suis toujours entourée de gens prêts à m'aider. Telle était la vie de nos ancêtres et nous avons grand besoin d'y revenir. L'avidité est stérile car on ne peut rien emporter dans la mort. De plus, nous devons faire preuve d'humilité si nous voulons servir le Créateur et user du don d'amour qui nous a été fait.

Être humble, c'est être généreux et ne pas oublier que ce sont les esprits, à travers nous, qui apportent la guérison. Nous ne sommes qu'un vaisseau, un véhicule, un simple être humain. C'est pourquoi il est indispensable que notre existence ressemble autant que faire se peut à la vie originelle de notre peuple. Tâche difficile, mais pourtant accessible. Car une fois que ces formidables croyances sont ancrées en vous, vous êtes capables de communiquer et de vous adapter n'importe où.

Mais l'humilité ne signifie pas qu'il faille autoriser les autres à vous malmener, à vous marcher sur les pieds ou à vous manquer d'égards. Je ne suis pas de ceux qui se laissent faire. Je suis très exigeante vis-à-vis de moi-même et assez forte pour défendre les valeurs auxquelles je crois. Et je résisterai à tout type de préjugé ou d'injustice infligé à mon peuple ou à ma personne. A une époque, je ne permettais à personne de m'humilier ou de m'injurier ; il m'est même arrivé de donner des coups et j'avais souvent le dessus. Quand cette violence venait des policiers, je leur tenais tête car je savais qu'ils ne pourraient jamais détruire mon esprit ; c'est impossible. On peut supprimer un corps, mais pas un esprit et c'est ce qui est réconfortant.

Cependant, je suis reconnaissante d'avoir pu vivre ces expériences. Maintenant, mes apprentis continuent le travail que j'ai entrepris depuis tant d'années car leur heure est venue. Ils ont santé et jeunesse ; c'est à eux de prendre la relève. Je me sens tellement récompensée de mes efforts que, parfois, je me couche sur notre Terre-Mère et la remercie en larmes pour tous ces changements qui surviennent dans la vie de nos femmes, de nos hommes et de nos jeunes. Mais ces transformations paraissent si lentes et si insignifiantes ! J'aimerais être témoin de changements en masse, pas uniquement chez les Indiens mais chez tous les peuples de la terre. Il y a trop de guerres, de violences et d'abus de toutes sortes auxquels il serait bon de mettre un terme ; sinon, nous allons tous disparaître.

Il ne suffit pas de dire : « Oh, je ne peux rien faire. » Même ceux qui ne possèdent rien ont un rôle à jouer. Aujourd'hui, les jeunes font preuve d'un grand courage et osent quitter leur pays lorsque ce qui s'y passe ne leur plaît pas. Beaucoup viennent ici et comptent sur les Indiens pour apporter des réponses à leurs questions. Mais ils fantasment tellement sur nous qu'ils nous prennent pour des magiciens. Alors je leur dis : « Je suis désolée, mes amis, mais il faut d'abord apprendre à vous regarder pour connaître la personne qui est en vous. C'est par là qu'il faut commencer. »

Certains restent, ceux qui parviennent vraiment à comprendre leur vie et leur destinée ; d'autres partent. Mais je mets beaucoup d'espoir dans la jeunesse. Ils sont nombreux ceux qui courent à travers le monde en se demandant : « Quel est mon avenir ? Pourquoi suis-je sur terre ? Ce dont je suis témoin aujourd'hui dans le monde ne me convient pas ; je le refuse en bloc. » Et, tout en continuant leur quête, ils souffrent et se sacrifient. Finalement, le Créateur aura pitié d'eux et indiquera le chemin propre à chacun pour poursuivre le voyage. Cette perspective est pleine d'espoir.

Nos prophéties avaient annoncé que l'Araignée reviendrait au cours des dernières étapes de purification pour essayer de remédier aux maux que nous rencontrons. Ces prophéties se réalisent aujourd'hui : l'Araignée intervient à travers moi sans relâche, où que je sois.

Les gens le savent. A Santa Clara Pueblo, lors du Conseil des Anciens, elles vinrent nous écouter et nous aider. A un moment, l'une d'elles sauta sur les genoux d'un jeune homme-médecine qui, effrayé, voulut porter la main sur elle. Alors, l'Ancien assis à ses côtés lui dit : « Ne fais pas ça ; elle a un message à nous délivrer. » Mais le jeune était si terrorisé qu'il en tremblait. Aussitôt l'animal redescendit et traversa la pièce en direction de l'officiant. Malheureusement, aucun des participants ne comprenait le langage des araignées.

Étant malade ce matin-là, je ne pus arriver à la réunion que dans l'après-midi. L'araignée revint et agit de même. Mais cette fois-ci, l'homme recueillit son message et, la prenant dans sa main, se dirigea directement vers moi en disant : « Vous êtes celle que les araignées ont choisie. »

Pour travailler avec les esprits, il faut avoir reçu un don : ce sont eux qui vous choisissent. Lorsque nous apercevons un aigle dans le ciel, par exemple, nous nous mettons aussitôt à prier, espérant comprendre son message et pouvoir ainsi communiquer avec le Créateur.

Je travaille avec cent vingt-six de ces esprits : ils sont mes ancêtres, mon peuple. Etant encore jeune, j'ai un long chemin à parcourir avant de les connaître tous mais, chaque année, de nouveaux esprits se révèlent à moi pour que nous travaillions ensemble ; car tel est mon devoir. Je pense à celui d'une Ancienne, qui, à travers moi, est venue cet hiver nous conseiller d'utiliser les plantes médicinales et de faire de nouvelles infusions pour nous protéger d'une épidémie de grippe des plus violentes. Elle a prédit que nombre de personnes se retrouveraient à l'hôpital à cause de la pollution atmosphérique. Et que, de plus en plus, nous serions touchés par des maladies encore inexistantes.

Nous devons prendre soin de notre être et nous purifier mentalement, physiquement, spirituellement et émotionnellement. Si nous ne changeons pas, nous ne pourrons pas survivre aux maladies actuelles qui, déjà, nous tuent. Je pense au cancer, au diabète, au Sida, à tous ces maux qu'on nous avait prédits il y a longtemps. Nous savions que nous aurions à y faire face. Mais si nous ne sommes pas en harmonie avec toute chose vivante et guidés par le monde des esprits, jamais nous ne pourrons nous délivrer de ces maladies mortelles.

Le Sida fait de tels ravages. L'automne dernier, j'ai rendu visite aux différentes tribus de la région de Seattle et j'ai rencontré beaucoup de jeunes gens séropositifs. Ils passaient dans les écoles et partout où on voulait les écouter pour raconter leur histoire, pour expliquer ce qu'ils ressentaient devant le peu de temps qui leur restait à vivre.

Une jeune femme de dix-neuf ans, mère de deux enfants, est venue me voir. L'homme qui lui avait transmis le Sida était mort

et elle-même était déjà très malade. Je lui ai parlé essentiellement du monde des esprits, espérant lui ôter toute peur de la mort en lui rappelant qu'au-delà, la vie continue. J'ai pu ainsi préparer nombre de gens à faire le grand voyage. Au début, il leur est extrêmement difficile d'accepter mais, peu à peu, à travers nos cérémonies, eux et leur famille comprennent et trouvent la paix.

Personne ne pense à les préparer et ils sont terrifiés. Pourtant, cette étape fait partie de la vie. Face à la mort, chaque culture possède ses propres rites et traditions. Guide spirituel dans ma région depuis de nombreuses années, j'ai été persécutée au début mais, avec le temps, les attitudes ont évolué. Aussi, lorsque mon père mourut d'un cancer en 1984, nous avons organisé pour la première fois un enterrement sans église, sans pompes funèbres, sans rien. Nous avons tout fait nous-mêmes.

Au début, devant cette perspective, les gens furent tellement épouvantés qu'ils refusèrent. Mais je leur ai répondu : « Nous le ferons car telle était la volonté de mon père. » Il n'avait jamais appartenu à une Eglise, ni souhaité un quelconque contact avec des prêtres, conscient du mal que ces derniers lui avaient fait et de celui qu'ils avaient infligé à son peuple. En l'enterrant ainsi, je ne faisais que respecter ses désirs.

Il mourut en août. La journée était magnifique et des aigles apparurent. La veillée mortuaire dura deux jours, entrecoupée de festins rituels et de cérémonies. Puis, à cheval, mon fils aîné et moi ouvrîmes le cortège. Nous étions onze cavaliers à l'avant, portant le bâton sacré décoré de plumes d'aigle. Nos jeunes guerriers, ma mère et mes sœurs suivaient dans des chariots, mes frères à pied. Et derrière le corps, la population fermait la procession.

Il nous fallut traverser la route et la police dut arrêter la circulation pour nous laisser passer, participant à sa façon à notre cérémonie ; c'était incroyable : personne n'avait encore rien vu de tel. On avait si bien étouffé notre culture que, devant cette audace, sympathie et stupéfaction se manifestèrent. Et je pensai : tout ceci est pour mon père, j'aimais tellement cet homme, ce fils de la terre, que je veux respecter ses moindres volontés. Un jour, il m'avait dit : « Ne me fais jamais entrer dans une église ; je n'en suis pas. Le ciel est notre toit, la terre notre pays. Où que tu sois, le Créateur est présent et tu peux le prier. Nous venons de la terre et je désire y retourner. »

Je suis fière d'avoir permis ce retour à nos traditions. Ma mère fut enterrée selon le même rituel et, de plus en plus, les Anciens font promettre à leurs enfants qu'ils agiront ainsi à leur égard. Le mouvement s'amplifie progressivement. Mais, aujourd'hui encore, nous sommes tous des survivants car, depuis l'arrivée de l'homme blanc, nous avons perdu nos droits et notre capacité à nous suffire à nous-mêmes.

J'assiste, au sein de notre peuple, à une nouvelle prise de conscience qui s'intensifie rapidement. Et, chaque jour, il m'est réconfortant de penser que mon action va engendrer des changements, de l'espoir et de nouvelles visions. Non seulement pour les miens, mais pour les peuples du monde entier qui souffrent également. Ils sont victimes d'eux-mêmes et recherchent auprès de nous des réponses à leurs questions parce qu'ils savent que nous vivons en harmonie avec toute chose vivante.

Cette nouvelle attitude à notre égard représente un énorme bouleversement, mais ils ont encore peur de reconnaître notre pouvoir de guérison. Je suis capable de soigner le cancer par les plantes et les rituels. J'ai reçu cette grande bénédiction. Les médecins le savent car je leur renvoie leurs patients après les avoir sauvés. Ils savent mais ne disent rien. J'ignore quand ils vont vraiment convenir d'un tel état de fait et me proposer de travailler ensemble. Nous serions alors tellement forts !

Aujourd'hui, je souhaite construire une autre loge de guérison, plus vaste, dans laquelle je pourrais travailler à plus grande échelle avec mes apprentis et mon peuple. Je reçois souvent des malades du cancer en phase terminale et il est difficile de les accueillir dans une petite structure ; d'autant qu'ils souffrent énormément. Dans cette nouvelle loge, ils disposeraient d'un espace à eux. J'espère la construire en rondins : nous en avons à notre disposition et ils dispensent une énergie dont nous avons besoin. Je vis actuellement dans une magnifique maison en rondins et une incroyable énergie s'y propage ; rien à voir avec les maisons modernes.

Dans cette loge, nous vivrons en harmonie avec toutes les forces de vie ; et nous aurons la liberté de sortir pour nous retrouver avec la Terre Notre Mère, les oiseaux et toute chose vivante. Je souhaite que cet endroit, en plus d'être un lieu de guérison, offre un espace où dispenser notre enseignement aux jeunes en difficulté. C'est une loge que je construirai moi-même, mais je dois trouver de l'aide pour y parvenir.

Elle s'appellera Loge-Médecine de la Peau de Bison et c'est ce que je laisserai derrière moi quand je partirai pour le monde des esprits. Je sais que d'autres prendront la relève. La médecine moderne est incapable de soigner les maux que nous savons guérir. Je mesure l'importance d'une telle affirmation, pourtant c'est la vérité. Nous ne nous concentrons pas uniquement sur le corps, mais également sur le mental, l'esprit, les émotions.

Si l'on désire apporter la guérison, toutes ces facettes de l'être humain doivent être prises en compte. Et le malade n'est pas seul impliqué ; sa famille l'est aussi, ainsi que toute la communauté. Par mon travail et ma vie, j'ai pu obtenir des réponses à nombre de questions que je me posais et j'en rends grâces. Mais, à une époque comme la nôtre, j'ai besoin d'aller plus loin, avec la volonté du Créateur. Je promets aux gens de faire de mon mieux pour les aider. C'est également ce que je dis au Créateur. Tout le reste est entre ses mains.

WARM SPRINGS

V<small>ERBENA</small> G<small>REENE</small> : le Chant-Médecine

La femme corpulente aux yeux de biche noirs et à l'immense sourire qui m'accueille à la porte de sa vaste maison me dit que tout le monde l'appelle « Beans[1] ». Rien d'étonnant à cela : âge et taille mis à part, elle a tout d'une enfant enjouée.

Nous entrons directement dans la cuisine où l'on achève les préparatifs en vue d'un rituel de guérison — le Chant-Médecine — qui commencera le lendemain soir et durera quatre jours. Dans la cuisine et la salle à manger, les filles de Beans utilisent le moindre mètre carré de tissu disponible pour confectionner les robes et les chemises à ruban qui seront portées au cours de cette cérémonie. Chiots et petits-enfants s'élancent à travers la maison cependant qu'une musique traditionnelle lakota emplit l'air.

Dans la chambre — qui, elle aussi, tient lieu d'atelier —, Beans débarrasse le lit pour que je puisse m'asseoir. Tout en parlant, elle fait le tri parmi les couvertures, les bourses faites à partir de petits morceaux de tissu et les nappes qui seront distribuées lors du give-away, cette cérémonie du don qui, chez les tribus du Nord-Ouest, fait partie intégrante de tout rituel.

La réserve des Indiens Warm Springs est située sur le versant est de la chaîne des Cascades, dans l'Oregon, à quelque cent cinquante kilomètres au sud-est de Portland. Trois tribus s'y sont regroupées

---

1. *To be full of beans* : être en pleine forme, péter le feu.

pour former une confédération : les Païutes, les Wascos et les Warm Springs. Beans est la Gardienne de la maison-longue qui se trouve juste à côté de chez elle : c'est un long bâtiment rectangulaire qui comprend une grande salle de réunion, un réfectoire et une cuisine.

La cérémonie s'ouvre le lendemain soir, après le dîner. Au cours des quatre jours et des quatre nuits qui suivent, la maison-longue n'accueille pas moins de deux cents personnes, y compris les enfants endormis sur les genoux de leur mère et les bébés assoupis dans leur berceau. Les observateurs et les participants s'assoient sur des bancs disposés en gradins tandis que les Anciens prennent place sur leur chaise pliante. Puis des cannes sont distribuées, sauf à ceux qui ont apporté la leur, dont l'extrémité sculptée a la forme d'une tête d'animal. A l'aide de ces cannes, chacun tambourine sur les planches qui courent sous les bancs. Dan et moi qui, sur invitation spéciale de Beans, pouvons assister à la cérémonie, sommes vite gagnés par les chants et commençons à battre la mesure énergiquement.

Beans et sa famille s'installent au fond de la pièce, sous des chevrons ornés de douzaines de couvertures pliées. Pour ouvrir la cérémonie, la sœur de Beans psalmodie un discours, d'une voix presque hypnotique. Entre deux danses, les gens continueront à chanter et à jouer du tambour pendant quatre jours et quatre nuits. Certaines danses sont uniquement destinées aux enfants, d'autres font partie d'un rituel de guérison ou d'action de grâces.

Le quatrième jour, le neveu de Beans, Gary, rentre de la guerre du Golfe où il a servi comme marine. Pour fêter ce retour, vêtu d'une peau de daim blanche et d'un gilet perlé décoré de plumes, Gary prend la tête d'une procession. Au dos de son gilet est représenté le drapeau américain. Sur la musique de Soldier Boy, les Anciens placent une coiffe de guerre sur sa tête et enveloppent ses épaules de couvertures pendant que le cortège grossit.

Des larmes dans la voix, Beans chante une prière d'action de grâces pour le retour sain et sauf de son neveu cependant que le battement des cannes, plus rapide et plus fort, emplit la maison-longue.

Ma mère avait l'habitude de découper des bouts de tissu en me disant : « Donne-les aux animaux ; ça leur rendra service. Que ce soient les oiseaux, les fourmis ou les grenouilles, ils pourront en avoir besoin. » Et j'allais ainsi les semer au vent. Je continue à le faire et j'aurai soixante-quatre ans dans quelques jours. Quand je couds en prévision de la cérémonie du Chant-Médecine, je garde toutes les chutes de tissu pour les partager avec les animaux. J'aime cette pratique car, jadis, les Anciens affirmaient : « Si tu partages avec les animaux, ils seront bienveillants à ton égard et t'indiqueront où trouver les meilleures racines ou encore une cascade. Les oiseaux chanteront de bonheur et, si tu es seule, ils te tiendront compagnie. » D'ailleurs, si vous écoutez attentivement, vous entendrez les oiseaux parler.

Souvent, quand je vais dans les collines pour arracher des racines ou cueillir des plantes médicinales, je ressens un immense plaisir à en rencontrer. J'invente mon propre vocabulaire pour que nous puissions communiquer ensemble. J'en ai surnommé certains les « nourrices » car leur chant ressemble à une berceuse. D'autres sont tellement excités et bavards qu'on les entend partout. Et j'explique aux enfants que les oiseaux sont heureux que nous soyons là. Je leur dis : « Ecoutez-les maintenant. Ils m'appellent par mon nom indien pour annoncer mon arrivée. »

Les « conteurs » aiment papoter. Qu'ils sont volubiles ! Je leur ai donné ce nom car, en une journée, ils peuvent communiquer à travers tout le pays ; d'une cime à l'autre, le vent transporte leur message qui, à chaque arbre, est repris par l'un des leurs. J'ai toujours prêté attention aux oiseaux de cette façon.

Les Anciens m'ont relaté bien des légendes et m'ont appris à les raconter. Ils me disaient : « Les animaux seront tes maîtres. Ils sauront discerner quel genre de personne tu es et partageront leur savoir avec toi. » Puis, ils ajoutaient : « Le jour où nous prendrons soin des animaux comme nous sommes censé le faire, notre terre redeviendra intacte. Nous devrions toujours les écouter. »

Au printemps, en observant les hirondelles longer la rivière Columbia, nous savions que les saumons s'apprêtaient à la remonter rapidement. Nous étions tous très heureux et préparions nos hangars pour y mettre les poissons à sécher. Quelle tristesse de constater qu'aujourd'hui ils ne sont plus aussi nombreux !

Il y a une superbe mélodie que les saumons chantaient lorsqu'ils se déplaçaient en bancs et que nous chantions aux enfants qui attrapaient leur premier poisson.

Tel est l'enseignement que j'essaie de dispenser à qui souhaite m'écouter. Deux de mes petits-enfants y sont très réceptifs. Lorsque je vais parler dans des écoles, j'aime que l'un d'eux m'accompagne afin que les autres élèves comprennent comment un tel message peut être transmis de grands-parents à petits-enfants, comme il se doit. Jadis, le rôle des grands-parents ne se limitait pas au baby-sitting ; ils ne se contentaient pas de laisser les enfants jouer ou faire des bêtises, ils travaillaient avec eux. Lorsqu'ils entreprenaient une tâche, aussi minime fût-elle, ils leur demandaient toujours de venir les aider : qu'il s'agisse de déterrer des racines, de faire rôtir de la viande ou de cueillir des baies. La grand-mère emmenait ses petits-enfants et leur apprenait comment cueillir les fruits et remplir très vite son panier.

On nous disait toujours de nous dépêcher car si on était rapide, nos mains le seraient. Et en apprenant à nos mains à agir prestement, on comprendrait vite ce qu'on nous disait. Ainsi, on saurait se souvenir de certaines choses sans jamais les oublier.

Quand j'étais jeune, dès mon réveil, j'entendais les Anciens chanter et prier pour accueillir le jour nouveau. Et ils me disaient : « Lève-toi, il est temps d'aller nager. Avant de faire quoi que ce soit, il faut te purifier. » Qu'il pleuve, neige ou fasse soleil, nous allions prendre un bain et apprenions ainsi à être forts et à faire face aux mauvaises nouvelles, au stress ou à la dépression.

Nous ne fléchissions jamais et nous rendions dans le grand bassin creusé par mon père près de la maison. L'eau y était très froide, mais nous n'avons jamais été malades. Par contre, maintenant que je suis une vieille femme, dès que le vent souffle un peu, j'attrape mal. Mais quand nous étions jeunes, il était très rare que l'un de nous tombe malade. D'autant que nous prenions également des bains de vapeur.

Nous commencions dès le plus jeune âge, vers trois ans. Récemment, j'ai emmené mon plus jeune petit-fils dans la loge à sudation et organisé une cérémonie pour les enfants car certains n'avaient jamais pris de bain de vapeur. Ce fut un véritable événement. Dehors, il gelait, et si vous vous aspergiez d'eau, des glaçons se formaient dans vos cheveux. Mais aucun des enfants n'a reculé.

Jadis, nous mangions beaucoup plus sainement et n'allions que très rarement dans un magasin. Les adultes faisaient les courses pour la famille peut-être une fois par mois. Sinon, nous, les enfants, ignorions tout du monde des Blancs. Aussi, c'était une véritable sortie que d'aller en ville et, malgré le mauvais temps et la route accidentée, nous n'y renoncions jamais.

Mon père possédait un ranch de plus de cent vingt hectares où nous plantions du blé et du fourrage pour les chevaux et le bétail. Juste avant l'arrivée de la neige, il labourait la terre avec sa charrue pour l'humidifier. Quand il rentrait déjeuner, il nous disait toujours : « N'embêtez pas les chevaux. Donnez-leur simplement de l'eau. » Mais nous les montions et galopions alentour pendant que mon père mangeait. Puis, il reprenait son travail là où il s'était arrêté et, plus tard, nous l'aidions à distribuer le foin aux bêtes.

Nous avons toujours eu un immense jardin où nous plantions toutes sortes de légumes et de fruits. Ma mère faisait sécher les fruits et mettait les légumes en conserve. Dans un coffre à grain, nous gardions aussi des melons, des courges et du maïs ; ils ne s'abîmaient jamais : c'était comme un réfrigérateur ou une glacière. Au moment de Thanksgiving[1], chacun sortait ses denrées de choix et nous partagions. Nous n'avions jamais faim et ne man-

---

1. Fête américaine annuelle d'action de grâces qui se tient le quatrième mardi de novembre. Elle commémore les festivités organisées par les Pères Pèlerins suite à l'abondante récolte de 1621.

quions de rien. Je n'ai jamais compris pourquoi, lorsqu'il est arrivé, l'homme blanc nous a qualifiés d'indigents.

Nos aliments et notre mode de vie nous convenaient car nous vivions en contact très étroit avec la nature. Depuis le début, elle assurait notre subsistance. En échange de tous ses dons, notre peuple prenait soin de la Terre, Notre Mère. S'ils faisaient du feu, les gens recouvraient systématiquement les cendres avant de partir afin qu'elles retournent à la terre. Ils ne laissaient jamais traîner leurs ordures, ils n'en avaient pas. En guise de déjeuner, chasseurs et pêcheurs emportaient juste la ration suffisante — racines, poisson ou viande séchée — qui leur permettrait de tenir jusqu'à leur retour.

Aujourd'hui, quand les gens vont pique-niquer, ils emportent des casse-croûte de toutes sortes, des boissons gazeuses et de grandes glacières remplies de nourriture. Je dois d'ailleurs avouer que je suis parfois moi-même coupable de ce genre d'attitude.

Autrefois, notre peuple prenait toujours bien soin de ses rivières et empêchait les animaux d'approcher des points d'eau en construisant une barrière de pierres autour d'eux.

Telle était alors notre existence d'enfants. A la maison, nous parlions indien et vivions de manière traditionnelle. Deux ou trois Anciens habitaient avec nous et nous apprenions à les vénérer ; à nous écarter, par exemple, pour les laisser prendre place à table. Aujourd'hui, où que vous alliez, les jeunes vous bousculent pour pouvoir se servir en premier. C'est vraiment triste de voir combien ils manquent de respect à l'égard des personnes âgées.

Petite, je parlais peu l'anglais car ça ne m'intéressait pas vraiment. Mon frère et mes sœurs allaient à l'école où ils apprenaient beaucoup de choses et, à leur retour, ils me rapportaient souvent un livre. Pourtant, je restais distante face à cet enseignement jusqu'au jour où je dus finalement être scolarisée moi aussi.

Sur la réserve, nous avons cinq maisons-longues. Deux ici, à Warm Springs, une à Agency, une à Simnasho et une près de la

Highway 26 en direction de Portland. C'est dans cette dernière que nous nous réunissons en automne, à la saison des airelles. Nous avons également notre propre maison-longue et j'en suis la Gardienne. Mon mari en sentait toute l'importance et voulut la construire bien avant d'être habilité à chanter. Comme mon père et mon frère étaient chanteurs-médecine, ils en entreprirent la construction et mon mari les aida. Puis, il devint gravement malade, et il apprit, lui aussi, à chanter.

Des guérisons ont eu lieu au cours de ces chants. Au début du XIXe siècle, de nombreux Blancs vinrent s'installer dans notre région et certains témoignèrent de beaucoup de respect à l'égard de notre cérémonie du Chant-Médecine. Jusqu'à ce que l'armée arrive et essaie d'anéantir nos traditions et de s'opposer à nos rituels. Ils n'ont jamais pensé une minute que nous avions vécu ainsi pendant des milliers d'années. Ils voulaient nous « civiliser » afin que nous leur ressemblions.

La cérémonie du Chant-Médecine est liée à la thérapeutique indienne. Le gouvernement n'appréciait pas ces docteurs indiens et interdit ce rituel sous peine d'arrestation. Mais notre peuple refusa de se laisser faire et lutta pour le préserver. Il arrive que des personnes doivent chanter quarante ans avant de pouvoir être homme-médecine. Ça n'a jamais été dans mon intention de le devenir ; j'ai chanté pour être capable de mieux m'occuper de mes enfants.

Si vous êtes un être véritablement spirituel, les esprits se manifesteront à vous. Les chants ne se ressemblent pas car de nombreux esprits sont très provocateurs. Certains chants vous aideront, par exemple, à lutter contre un esprit qui tente de vous anéantir ou de vous rendre malade.

Il existe des chants réservés aux enfants et d'autres aux adultes. Certains sont faciles et doux alors que d'autres vous assomment littéralement ; il est d'ailleurs arrivé qu'un esprit me frappe et me fasse tomber. La plupart vous donnent la nausée, parfois pendant plusieurs jours ; cependant, leur but n'est pas de vous faire du mal mais d'entrer dans votre vie.

Un jour, un chant a simplement failli me tuer. J'étais tellement malade que j'avais juste assez de forces pour me traîner jusqu'à la salle de bains. C'est comme une épreuve qu'il faudrait surmonter en se demandant : « Y suis-je prête ? » On a l'impression que le chant s'entortille autour de notre corps et nous sonde pour voir si on est digne de lui. Beaucoup de chants provoquent ce genre de malaise jusqu'à ce que l'on soit en mesure de le chanter. Certains nous viennent aussi en rêve.

Pour devenir un chanteur-médecine, il faut d'abord respecter nombre de rituels. Et purifier son corps en prenant des bains de vapeur pendant un an ou deux à raison d'une fois par semaine ou de deux ou trois jours d'affilée ; ou encore quotidiennement jusqu'à sentir que l'on a changé. C'est un véritable bouleversement qui vous oblige à renoncer à tout sentiment de colère, méchanceté et violence et à prendre garde à ce que vous dites.

Le Chant-Médecine se transmet de génération en génération. Nous sommes censés chanter dans notre propre langue car il est plus malaisé d'utiliser une langue d'emprunt.

Dans la famille, nous pouvons remonter à au moins cinq générations de chanteurs-médecine. Ils ont toujours respecté la religion de chacun sans jamais lui imposer les rites de la maison-longue. Ils nous ont dit que ça pourrait nous aider, un jour, mais que nous serions à même, plus tard, d'embrasser la religion de notre choix pour apprendre à mieux connaître le Créateur. Tous, nous croyons en lui qui est le Créateur de toute chose.

Le Chant-Médecine remonte à l'origine de notre peuple. Jadis, on chantait pour survivre, quand les temps étaient durs. Et nous devons d'être ce que nous sommes aujourd'hui à tous ces chanteurs-médecine qui nous ont précédés et qui apprirent à chanter à travers la quête de visions.

Dans notre culture, quand nous perdons quelqu'un, nous donnons tout ce que nous possédons, sans rien garder, au cours d'une cérémonie du *giveaway*. On distribue les souvenirs familiaux pour remercier ceux qui ont aidé à traverser la maladie ou à préparer les obsèques. C'est un temps de partage. Ainsi, lorsque mon mari est mort, nous avons vidé notre salle cérémonielle de ses dix cana-pés et donné tout ce qui se trouvait dans la maison-longue.

Notre peuple ne connaissait pas Noël car il organisait sans cesse des *giveaways*. Les gens ne restaient pas assis à attendre qu'on leur dise « Joyeux Noël ! » mais s'offraient des cadeaux en signe de remerciement. D'ailleurs, ils ne disaient jamais : « Merci », mais : « Je suis heureux du fond du cœur pour ce que vous avez fait pour moi. »

De même, le mot « au revoir » n'existe pas dans notre langue. Les gens préféraient se serrer la main et dire : « Maintenant, je m'en vais. Nous nous reverrons. »

Avant la mort de mon mari, il y a quatre ans, j'aimais beaucoup plaisanter. Après sa mort, je devins incapable de faire une blague ou même de rire. Ma belle-famille me donna des vêtements de deuil et un mouchoir pour sécher mes larmes. Mais j'avais du mal à m'habituer à cette absence. Pendant un an et demi, je me suis simplement coupée des choses et des êtres. Je n'ai pas parlé pen-dant un long moment, puis je suis tombée malade et devins inca-pable de marcher. Deux mois plus tard, je suis sortie de mon isolement en me disant : « Pourquoi réagir ainsi ? Pourquoi céder à la maladie ? » Mais rien n'y faisait. Et je pensais : « Quand je serai fin prête, je surmonterai ce qui me tracasse. » Un jour, j'ai recommencé à sortir, mais j'ai souvent rechuté. Ce fut l'épreuve la plus difficile qu'il me fut donné de vivre. La mort peut vraiment vous meurtrir.

Mon mari, Perry Greene, est né ici et a grandi sur la réserve. Nous avons élevé nos enfants en leur apprenant à respecter leurs différents héritages. Je suis une Warm Springs avec un peu de sang païute. La mère de Perry était warm springs et wasco et son père un Nez-Percé. Nous avons donc transmis à nos enfants la culture de chacune de ces tribus, de telle sorte qu'ils puissent, s'ils le désirent un jour, adopter celle qui leur convient le mieux. Mes enfants étaient très fiers de leur origine nez-percé et ne l'ont jamais oubliée.

Mon mari adorait les traditions wascos. Cette culture est lègèrement différente de celle des Warm Springs. Les Wascos organisent également des cérémonies du Chant-Médecine mais, à l'époque, ils se montraient très stricts vis-à-vis des enfants. Les petits n'étaient pas autorisés à prendre part au rituel, cependant les plus âgés pouvaient participer à la nuit des enfants.

J'ai grandi ici, dans cette vallée de la Dry Creek que nos Anciens appellent *Toukse*. *Toukse* est une plante que notre peuple utilisait pour fabriquer des cordes et des filets extrêmement solides. Beaucoup de gens venaient chez nous quand ils traversaient un moment difficile et avaient besoin de prier, restant jusqu'à ce qu'ils reprennent pied. Notre maison était un lieu de réunion et, quand vous êtes un enfant, vous êtes tellement pur et innocent que vous voyez et entendez beaucoup de choses.

Nous jouions souvent au bord d'un ruisseau et parlions aux grenouilles et aux insectes aquatiques. Un jour, j'ai couru à la maison pour dire à ma mère : « Prends à manger. Des êtres ont faim. »

Ma mère m'a répondu : « Eh bien, nous ferions mieux de les aider. » Mais, en sortant, elle s'est étonnée : « Où sont-ils donc ? Je ne vois ni chevaux ni chariot.... »

Alors j'ai filé jusqu'au ruisseau et j'ai retourné une pierre. La grenouille se cachait mais, quand ma mère est arrivée, je lui montrai les têtards en disant : « Regarde ! Ils meurent de faim ! »

« Oh ! » répondit-elle, je m'attendais à voir des gens ! »

Mais pour moi, les têtards étaient des êtres vivants au même titre que les humains et je suppliai ma mère : « Ne dis rien, ils peuvent t'entendre et te comprendre. » C'est ce que je croyais à l'époque, et j'y crois encore.

TROIS SŒURS

Sylvia Walulatuma, soixante-seize ans, Nettie Queahpama, quatre-vingt-onze ans, et Matilda Mitchell, quatre-vingt-sept ans, vivent dans le petit hameau de Simnasho, sur la réserve de Warm Springs. A l'instar des Trois Sœurs, ces montagnes où vivait jadis leur peuple, Sylvia, Nettie et Matilda habitent l'une à côté de l'autre. Elles parlent d'une voix douce mais c'est farouchement qu'elles défendent la tradition dans laquelle leur père, un chef, les a élevées. Matilda, confinée dans un fauteuil roulant depuis une récente attaque, enseigne aux enfants les psalmodies et autres chants traditionnels dans l'ancienne langue sahaptin. Depuis la mort de son mari en 1972, elle est la seule qui connaisse encore les chants prophétiques sacrés. Sylvia continue à voyager pour témoigner de leur culture et assiste à des réunions avec les Anciens d'autres réserves.

Je fus frappée par leur chaleur, leur humour et leur bonté.

SYLVIA WALULATUMA

Je m'appelle Sylvia Walulatuma. Je suis née le 10 décembre 1917, ici, à Simnasho. Comme mes sœurs, Nettie et Matilda, je suis une Warm Springs.

Nous habitions une petite maison en planches de deux pièces aux murs fendillés. Mon père l'avait construite quand il était jeune et la plupart d'entre nous y sommes nés. Tout autour, des bâtisses étaient dispersées çà et là et, l'hiver, il arrivait qu'à cause de la boue, nous ne puissions accéder à certaines d'entre elles. Aujourd'hui, nous sommes très peu à demeurer dans le coin.

A l'heure actuelle, le gouvernement oblige les gens à vivre les uns sur les autres. Jadis, il y avait beaucoup de fermes. Nous cultivions tous le blé et le seigle ainsi que des légumes tels que le maïs, les carottes, les pommes de terre, les courges et les melons d'eau. Nous pouvions faire pousser n'importe quoi car les saisons étaient longues. Depuis, les choses ont bien changé. L'été s'est à peine installé qu'il fait déjà froid. Au printemps, il gèle beaucoup, ce qui laisse très peu de temps pour planter.

Lorsque nous vivions encore ainsi dispersés, nous ne fermions

jamais notre maison à clef quand nous nous absentions et ce, afin de permettre à un visiteur éventuel d'entrer et de se mettre à l'aise en attendant notre retour. Aujourd'hui, c'est impossible, on nous cambriolerait.

A l'époque, les gens s'entraidaient. Ainsi, à la saison du battage, on allait de champ en champ et la batteuse appartenait à tous. Quand nous avions besoin d'elle, mes deux frères demandaient au précédent utilisateur de la déplacer jusqu'à notre champ et appportaient l'eau et le bois nécessaires pour alimenter la machine qui fonctionnait à la vapeur. Puis, tout le monde venait nous aider, ce qui nous permettait d'abattre beaucoup de travail en peu de temps. Ensuite, mes frères et mon père déplaçaient la batteuse sur le champ d'un voisin qu'ils aidaient à leur tour.

Parfois, mes sœurs étaient envoyées chez l'un ou l'autre pour mettre le couvert ou faire la cuisine. La vie était agréable à l'époque. Les femmes âgées voulaient souvent que je joue au *stick game*[1] avec elles et c'était très divertissant de les écouter chanter. Certains des chants étaient vraiment drôles.

Mon père, Frank Queahpama Senior, était l'unique chef de la réserve qui regroupait trois tribus. Mais aujourd'hui, nous avons trois chefs : un pour les Warm Springs, un pour les Wascos et un autre pour les Païutes.

A l'emplacement de la maison-longue originelle se tient maintenant une petite hutte. Dans cette maison-longue au sol en terre battue, trois feux brûlaient en hiver tellement il faisait froid. Dès le 21 décembre, jour le plus court de l'année que nous appelons le Nouvel An indien, nous nous y installions tous pour danser, prier et dormir et ce, jusqu'au 1er janvier.

Petite fille, je me souviens que les adultes organisaient des dan-

---

1. Jeu de bâtonnets au cours duquel deux équipes se font face. Les membres d'une des équipes chantent au rythme du tambour en se transmettant un osselet de main en main, à l'abri des regards. Lorsque les chants s'arrêtent, l'équipe adverse doit deviner où se trouve l'osselet, les bâtonnets servant à récompenser le vainqueur. Ce jeu se pratique encore aujourd'hui lors de réunions entre amis mais également au cours de *powwows*.

ses sociales pour les enfants l'après-midi afin que nous ne soyons pas dans leurs jambes quand eux danseraient. Puis ils nous mettaient au lit. Notre mère avait l'habitude de tendre un petit hamac et de nous y installer, enveloppés dans une couverture, afin que nous puissions regarder les danses ; dès que nous étions fatigués, nous nous endormions.

A cette époque, les danseurs ne portaient pas de tenue fantaisie : les femmes revêtaient une simple robe et les hommes leur costume traditionnel et leur coiffe de plumes. Quelques-uns s'agenouillaient autour de l'immense tambour pendant que des femmes d'un certain âge se tenaient debout dans le fond de la pièce pour chanter au rythme de l'instrument. Contrairement à ce qui se passe aujourd'hui, nous n'avions qu'un seul tambour qui, d'ailleurs, prenait beaucoup de place.

Au cours des mois d'hiver, les Anciens nous racontaient nombre d'histoires et légendes indiennes. J'ai oublié la plupart d'entre elles ; seuls me reviennent certains passages : ça fait si longtemps ! C'était une période heureuse car ma mère nous distribuait des friandises qui n'existent plus aujourd'hui. Parfois, j'y pense avec nostalgie.

Par ici, on trouve beaucoup de « baies Simnasho » qui poussent sur des arbrisseaux aux longues épines que l'on trouve dans les prés. Ces baies sucrées aux nombreuses graines se développent en grappes. Fraîches, il ne fallait pas trop en manger si on voulait éviter d'être malade. Quand nous allions les cueillir, ma mère apportait des récipients en bois ainsi qu'une longue pierre à piler toute lisse et, le jour durant, elle écrasait les fruits jusqu'à ce que les graines soient complètement broyées. Puis elle confectionnait des petits pâtés ronds et plats qu'elle mettait à sécher au soleil. Secs, c'était également délicieux. Elle faisait de même avec les mûres. En hiver, elles mélangeait ces petits pâtés à différentes racines telle que la *howsh*.

Les *camas*, eux, étaient cuits dans la terre et mis encore chauds dans un pot. Ces espèces de petits oignons qui poussent dans les prés ont des fleurs pourpres que beaucoup de gens cultivent comme plantes d'agrément. Il existe différentes façons de les faire cuire. Ma mère creusait un gros trou dans lequel elle allumait un feu pour y maintenir une chaleur intense. Au centre, nous installions des pierres et recouvrions le tout de feuilles de chou ou autre légume de la même espèce. Enfin, nous y déposions les *camas*. Après avoir planté un bâton au milieu, nous y versions de l'eau et recouvrions le trou de toile à sac puis de terre. Le feu était entretenu pendant trois jours et trois nuits sans interruption. Avec quelle impatience nous attendions la fin de la cuisson !

Mes parents nous ont beaucoup appris. Mais je me souviens qu'ils insistaient vraiment pour que, jamais, nous ne nous ôtions la vie même si, à l'époque, très peu de gens se suicidaient.

Je crois qu'ils nous en parlaient au cas où il nous arriverait, un jour, d'y penser. Ils nous disaient que, si nous mettions fin à nos jours, nous ne verrions jamais la magnifique terre qui nous est promise. Et que, pas un instant, nous ne pourrions trouver le repos. La mort serait pire que la vie : nous errerions seuls, sans personne pour nous prêter secours.

Je n'ai pas souvenir de qui que ce soit s'étant suicidé au cours de notre enfance, mais nos parents souhaitaient simplement nous mettre en garde. J'ignore comment ils eurent conscience d'une telle éventualité ; peut-être les esprits les avaient-ils prévenus ? Jadis, les gens prédisaient ce qui nous arrive aujourd'hui. La vie n'était pas aussi difficile pour les jeunes. Aujourd'hui, ils se droguent, boivent, se suicident et s'entre-tuent. On nous avait annoncé toutes ces dérives et mis en garde contre elles mais, à l'époque, nous ne comprenions pas ces prophéties car de telles conduites nous étaient étrangères. Malheureusement, nous découvrons maintenant qu'elles se réalisent.

Il y a bien longtemps, certains de nos chants — que, contrairement à ma sœur, je ne connais pas — évoquaient l'homme blanc avant même que ce dernier n'ait foulé notre sol et décrivaient déjà certains des objets qu'il allait apporter avec lui. Le poêle à bois, par exemple, cet objet en fer qui produirait du feu à l'intérieur pour chauffer la maison. Ou encore la scie à main et même la tronçonneuse qui abattraient nos arbres. Ces chants mentionnaient également le fait que notre peuple volerait et irait voir le grand chef, évoquant sans doute les voyages en avion que nos tribus feraient beaucoup plus tard pour assister à des réunions à Washington. Voilà ce que les Anciens chantaient avant l'arrivée de l'homme blanc.

Lorsque nous prions, nous n'avons besoin de rien ; nous nous recueillons, comme vous dans vos églises. Le moment le plus propice est le réveil, alors que le soleil se lève. Nos chants nous disent que c'est un instant merveilleux car notre esprit est frais et dispos et chaque chose renaît à la vie. On peut alors prier pour soi et pour son peuple. C'est au moment d'aller se coucher, quand le ciel nous offre ce spectacle magnifique, tard dans la soirée, que le Créateur nous parle et s'adresse à nos cœurs. Si nous savons écouter avec nos cœurs — ce que mes parents m'ont appris —, nous comprendrons ce que nous dit le Créateur et nous le laisserons guider nos pas tout au long de notre vie. Malheureusement, beaucoup ne savent pas écouter, ce qui explique tous les problèmes que traverse le monde actuellement.

Nous avons aussi nos cérémonies. La fête des Racines est un rituel d'action de grâces au cours duquel nous remercions le Créateur d'avoir mis à notre disposition les différentes racines, le saumon et surtout l'eau qui donne vie à toute chose.

Nous lui témoignons aussi notre reconnaissance pour les montagnes qui nous sont si précieuses. Ils nous a installés à leurs côtés afin que, grâce à l'humidité qui émane d'elles, nous puissions faire pousser plantes et racines. Nous croyons également que le Créateur nous a donné ces montagnes pour nous protéger du vent et de la tornade. Et il nous a fait don du saumon, du cerf et de nombreux animaux.

Nous rendons grâces à la terre qui nous offre les plantes et les arbres et tout ce dont nous avons besoin pour vivre. Nous devrions prendre soin de la Terre Notre Mère, car c'est à partir d'elle que le Créateur nous a façonnés et c'est elle qui nous accueillera à notre mort.

Nos chants ne nous enseignent pas la réincarnation. Mais nous en avons de magnifiques qui nous parlent de l'avenir et nous apprennent à soigner notre corps et à vivre.

Certaines prophéties annoncent que la terre va tourner très vite. Aussi, quand nous enterrons les nôtres, nous faisons attention à ce que la tête du défunt soit orientée vers l'ouest et non à l'est comme le font beaucoup de gens. Le temps venu, lorsque la terre tournera extrêmement vite, le Grand Esprit viendra et, quittant la terre, nous nous élèverons avec lui.

Nous ne disons pas « Jésus » mais « notre frère ». Et Dieu est notre père, notre Créateur. Nous n'avons pas besoin de lire la Bible pour le savoir car, si nous sommes vraiment à l'écoute, il parlera directement à nos cœurs. Parfois même, il s'adresse à son peuple à travers certaines personnes.

L'été dernier, je suis allée en Allemagne où j'ai prononcé ces mêmes mots. J'ai expliqué à mon auditoire que le Créateur s'adressait à nos cœurs et que, si nous savions l'écouter, nous saurions faire ce qui est bon. Car il agit de même avec tous les peuples de la terre, mais certains n'y prêtent aucune attention. Il vous a donné la Bible pour que vous la lisiez car vous n'écoutez pas vos cœurs. Beaucoup vivent à leur guise, sans même tendre l'oreille.

A Anoha Hill, de l'autre côté de Mount Hood, nous luttons pour qu'ils n'abattent pas tous les arbres. C'est un des endroits où nous emmenions les enfants camper pendant cinq jours. S'il arrivait que l'esprit d'un animal vienne habiter l'un d'eux, c'était signe qu'il l'accompagnerait sa vie entière ; alors, un jour, cet enfant pourrait très bien devenir homme-médecine et apporter la guérison grâce au concours de cet esprit.

Notre peuple ne connaissait que la thérapeutique des hommes-médecine. Aujourd'hui, nous dépendons beaucoup des docteurs blancs. Mais certains d'entre nous essaient encore de soigner selon la tradition. Je ne pense pas que tous agissent de manière intègre ; il y a ceux qui « font semblant » et qui ne guérissent personne.

De nos jours, on organise encore des cérémonies du Chant-Médecine mais en copiant des chants transmis par de précédents chanteurs-médecine. Jadis, tout chanteur-médecine recevait des esprits un chant qui devenait sien et dont le pouvoir spirituel était très important. Aujourd'hui, les chants sont comme des coquilles vides car ils sont utilisés par des gens auxquels ils n'appartiennent pas et qui ne vivent aucune véritable quête spirituelle. Nos enfants subissent trop l'influence de la société dominante et j'ai le sentiment que nous ne pourrons jamais revenir aux traditions dans lesquelles nous avons été élevés. La plus grande majorité d'entre eux refuse ce retour en arrière et souhaite mener la même existence que les Blancs.

Nous faisons de notre mieux pour transmettre aux enfants qui viennent dans la maison-longue les enseignements de nos chants. Mais très peu écoutent parce que trop de choses les attirent au-dehors : la drogue, l'alcool et même les sports comme le basket et le base-ball. Il est bon de faire du sport mais nous aimerions que ces enfants soient les futurs leaders du changement, alors nous sommes inquiets. Nous aimerions qu'ils agissent de telle sorte que tous puissent vivre sur la réserve et la conservent intacte.

Nettie Queahpama

Je suis la sœur de Sylvia. Mon nom indien est *Tunastanmi* mais, à l'école, on m'a donné celui de Nettie Queahpama.

Je suis née en 1902 à Warm Springs, le soir où ma mère fut à court d'allumettes et de levure. Enceinte, elle se rendit à cheval au magasin. Elle venait de finir des gants et comptait les troquer. Mais elle s'est trouvée mal en plein milieu de la boutique et je suis née. Elle m'a alors enveloppée dans ses vêtements et m'a ramenée à la maison le lendemain pour que nous retrouvions ma grande sœur et mon père.

A l'époque, la charpente de la maison était faite de joncs disposés comme les mâts d'un tipi que l'on trouvait dans les marécages au bord de la Deschutes River. Il y faisait chaud car, au centre, brûlait un feu, mais je me souviens que nous n'étions pas autorisées à jouer à l'intérieur. Nous fabriquions nos poupées à partir de chiffons et, parfois, il nous arrivait de chiper des morceaux d'étoffe à notre mère. Nous recevions une bonne correction si nous nous faisions prendre ! Nous sommes restés environ douze ans dans cette maison, puis mon père construisit celle dont a parlé Sylvia.

Mon grand-père était un chef et avait cinq épouses. A l'époque, il était normal pour un homme de son rang de recueillir une femme qui venait de perdre son mari. Ses cinq épouses l'aidaient ; ça n'était rien pour elles de faire sécher le poisson ou de cuisiner. Aussi mangions-nous merveilleusement bien. Sa vieille maison, de taille imposante, comportait une cuisine et une immense pièce où dormaient les filles ; les garçons, eux, étaient installés à l'étage.

Je suis allée à l'école jusqu'à ce qu'elle brûle et nous avons tous pleuré quand c'est arrivé. J'ai alors été envoyée en pension. C'était au cours de la Première Guerre mondiale et, suite à une épidémie de grippe, nous ne pûmes rentrer chez nous pour les vacances.

La cueillette du houblon reste un souvenir extraordinaire pour moi. A cheval, je galopais derrière ma tante que nous considérions comme une mère. Je nageais en plein bonheur ! Cette activité lucrative nous rapportait vingt-cinq cents le panier et un dollar les quatre, ce qui n'était pas une petite somme à l'époque. Tous sur la réserve essayaient de gagner un peu d'argent en cueillant houblon, baies et cerises.

Quand nous avions deux maisons-longues, nous organisions pendant un mois des danses indiennes, les seules que je connaissais alors. Puis, quand je suis allée à l'école, j'ai pu apprendre certaines danses des Blancs comme le fox-trot.

Lorsque je me suis mariée, j'adorais danser ; tout comme mon premier mari, William McCartle. C'est avec lui que j'ai vraiment appris. William était wasco et warm springs. Un jour, il s'est lassé de moi et a rencontré une meilleure épouse. Je suis restée seule pendant sept ans : j'étais triste et pleurais beaucoup, mais je ne pouvais pas l'empêcher de partir. Puis j'ai rencontré Elby Showaway : il fut un très bon mari et me gâta énormément.

Mon premier mariage donna lieu a une cérémonie de grande ampleur, avec échange de sacs perlés — des perles *wampum* [1] — et de superbes couvertures. Par contre, le deuxième ne fut pas aussi important, même s'il donna également lieu à des échanges de cadeaux. Ce sont les parents des futurs époux et les amis qui le souhaitent qui se chargent de préparer ces présents. Du côté de la mariée, on confectionna les sacs perlés et on troqua des racines séchées présentées dans d'immenses poches en feuille de maïs. Contre ces racines, la famille du marié offrit une valise en peau remplie de magnifiques couvertures, de châles et autres étoffes.

Avant mon mariage, mes parents m'avaient donné quelques conseils. Ils m'avaient dit d'éviter de faire la moue ou de rire sottement ; de toujours me lever tôt pour préparer le petit déjeuner ; de ne jamais me montrer paresseuse ; et de bien m'occuper de ma belle-mère. C'est ce que j'ai toujours fait.

Ma sœur Matilda se souvient de l'histoire de notre peuple et je dois lui servir d'interprète car elle ne connaît que quelques mots d'anglais. Elle nous a raconté comment, escorté par des soldats menaçants, notre peuple fut déplacé ici alors qu'il était établi depuis toujours à Shearsbridge, dans la région de la Tygh Valley, là où notre arrière-grand-père paternel avait été chef. On avait promis aux nôtres qu'ils auraient une vaste réserve montagneuse qui s'étendrait jusqu'aux Trois Sœurs ou Montagnes Bleues, au nord-

---

1. De l'algonquin *wap apy aki*. Diminutif de *wam pum peag*. Les Américains diront simplement *peag* pour désigner la monnaie amérindienne. Ensemble de perles cylindriques faites de coquillages polis, qui sert d'ornement, de monnaie, parfois d'aide-mémoire. En français, on dira aussi *porcelaine*. (*L'Indien généreux*, Éditions Boréal, 1992.)

ouest de Bend and John Bay. Mais, plus tard, on nous en confisqua une grande partie et notre territoire s'amenuisa de jour en jour.

La première fois que les Blancs déplacèrent notre peuple, celui-ci se fixa entre *Kah-nee-ta* (lieu actuel de villégiature) et l'embouchure de la Columbia River, et y resta de nombreuses années. Les gens aimaient bien vivre ainsi, en amont et en aval de la rivière car l'hiver y était clément. Plus tard, le gouvernement obligea les Wascos à quitter la région de la Columbia River et notre peuple leur proposa de s'installer sur nos terres, à Warm Springs. C'est là que, quelques années après, les Païutes firent halte alors qu'ils venaient d'être libérés du camp d'internement de Fort Simcoe, sur la réserve des Yakimas, et tentaient de retourner à Fort Hall, Idaho, d'où ils étaient originaires.

Une nuit, en effet, ils installèrent leur campement près de l'endroit où habitait notre grand-père. Ce dernier était un homme bienveillant et il eut pitié de ces gens aux pieds ensanglantés par une longue marche. Bien que les Païutes aient été nos ennemis et malgré les souffrances atroces qu'ils avaient pu faire endurer à notre peuple, notre grand-père, grâce à sa foi dans le Créateur, leur proposa de s'installer au sud de notre réserve. Ils y sont toujours aujourd'hui. Nombreux sont ceux qui pensent encore que nous avons eu tort d'agir ainsi et que nous aurions dû renvoyer les Païutes chez eux ; pour ma part, je crois que nous avons bien fait car, comme le disait notre grand-père, eux aussi sont des êtres humains.

Mon grand-père avait une maison-longue. Le dimanche, les gens venaient y prier et danser au rythme de sept tambours. Les chrétiens n'aimaient pas ça et affirmaient que mon grand-père adorait le diable. Les Wascos, quant à eux, avaient tous été christianisés et baptisés catholiques ou presbytériens. Nous-mêmes dûmes être baptisés avant d'aller en pension chez les missionnaires.

Un dimanche, alors que nous étions tous réunis dans la maison-longue pour prier, des policiers wascos surgirent et mirent en pièces nos sept tambours. Puis ils attrapèrent mon grand-père et coupèrent une de ses nattes avant de lui lier les pieds et les mains et de le traîner derrière un cheval jusqu'à Warm Springs. A l'arrivée, sa peau était écorchée jusqu'à l'os. Mais, sans même avoir été soigné, il fut emprisonné dans une immense cave. Heureusement, c'était un être si profondément religieux qu'il pria et chanta toute la nuit. Le lendemain, ils le libérèrent après lui avoir ordonné de quitter la réserve.

Notre père nous racontait souvent cette histoire, ainsi qu'à nos cousins ; elle nous rendait tous très tristes. Mon grand-père partit donc avec trois de ses femmes et en laissa deux ici pour s'occuper de la maison-longue pendant son absence. Il alla à Priest Rapids, au bord de la Columbia River, et vécut trois ans auprès des habitants qui étaient également très pieux. Là, il rencontra un prêtre catholique qui se proposa de retourner sur la réserve avec lui pour le protéger. C'est ainsi que mon grand-père put rejoindre les siens. Il construisit une deuxième maison-longue à côté de laquelle le prêtre bâtit la sienne. Et le matin, tous deux priaient dans la maison-longue catholique et déjeunaient ensemble.

Matilda Mitchell

Je suis née le 4 juillet 1906. Quand j'étais petite, le père Fouettard était un personnage très présent dans nos vies. Il était invité à participer à des réunions hebdomadaires au cours desquelles les parents l'informaient des bêtises commises par leurs enfants pendant la semaine. Lui nous affirmait que c'est un oiseau qui lui transmettait ces informations. Nos parents ne nous frappaient jamais et nous manifestaient toujours beaucoup d'amour ; de notre côté, nous les aimions et les respections énormément. Le père Fouettard ne nous faisait pas mal : à l'aide d'une branche de saule tendre, il nous tapotait les jambes. J'ai essayé d'être vertueuse toute ma vie ; je n'ai jamais bu ni fumé. Mais, comme toutes les filles, j'aimais les garçons. Mes parents refusèrent que je me marie avec un Wasco et cherchèrent à me couper des autres tribus. Bien que souffrant énormément j'ai obtempéré. J'ai toujours essayé d'obéir à tout. Une fois, mon père m'a demandé d'aller toucher un chèque pour lui et de revenir aussitôt. Ce jour-là, il y avait de nombreuses attractions à Warm Springs et ma sœur et moi aurions aimé nous amuser. Pourtant, la course faite, nous sommes immédiatement rentrées à la maison. J'étais grande à l'époque, j'avais déjà dix-neuf ans, mais il fallait encore que je me conforme aux ordres de mon père. C'est extrêmement dur d'obéir aux autres. D'ailleurs, si les enfants écoutaient leurs parents, le monde serait différent. Les petits-enfants de ma sœur, par exemple, vont à l'église ; c'est bien. Mais ils y entrent en tennis et en short, tout en blanc, et ça ne me plaît pas.

Nous ne nous opposons pas à ce que les jeunes aillent à l'église tant qu'ils sont fermement convaincus que ça peut changer leur vie. Nous aimerions simplement qu'ils s'éloignent de la drogue et de l'alcool.

J'ai tant de petits-enfants, d'arrière-petits-enfants et même d'arrière-arrière-petits-enfants. J'aimerais leur dire à tous qu'ils peuvent aller à l'église des Blancs s'ils y croient sincèrement. Mais une fois que la messe est terminée, nous serions heureux de les accueillir dans notre maison-longue et de les voir participer à nos cérémonies. Ils y trouveront l'enseignement même que la Bible leur prodigue à l'église. J'aimerais tellement que nos jeunes apprennent nos traditions !

UTE

BERTHA GROVE : l'Église des Premiers Américains

J'ai rencontré Bertha Grove pour la première fois à l'occasion d'une réunion de l'Eglise des Premiers Américains qui se tenait à Ignacio, Colorado, sur la réserve des Utes du Sud. Cette Eglise utilise le peyotl[1] au cours de ses cérémonies, et bien qu'intriguée par tout ce que j'avais entendu dire sur cette plante, je me sentais un peu nerveuse. J'étais accompagnée d'un ami psychiatre et de sa femme métisse qui ressentait le besoin de participer à un rituel de guérison. Sur la route, elle et moi nous rassurions mutuellement en blaguant : s'il nous arrivait de « flipper », nous aurions toujours un psy à nos côtés pour nous remettre d'aplomb. En fin de compte, j'ai réalisé que la plupart des histoires qu'on m'avait racontées sur le peyotl tenaient véritablement de la science-fiction.

Les Indiens ont commencé à intégrer le peyotl dans leurs cérémonies au cours de la deuxième moitié du XIXᵉ siècle : ce petit cactus des montagnes du Mexique et du sud-ouest des États-Unis était depuis longtemps consommé de façon courante par les Huichols et les Yaquis. Les missionnaires en proscrivirent l'utilisation car elle allait à l'encontre de la doctrine de l'Église interdisant l'énoncé de prophéties au cours de rituels religieux. De plus, ils considéraient que le peyotl, agissant comme une drogue, éloignait l'Indien du salut de son

---

1. Plante cactacée de forme arrondie, sans épines, dont on extrait un alcaloïde doué de propriétés hallucinogènes : la mescaline.

âme. *Aujourd'hui, nombre d'Indiens s'opposent à sa consommation arguant du fait qu'étant un narcotique, il crée un état de dépendance. Or, les membres de l'Église des Premiers Américains sont parvenus à désintoxiquer des alcooliques et à guérir nombre de maladies aussi bien mentales que physiques grâce à la Plante Sacrée. Ses propriétés curatives, multiples et inestimables, ont d'ailleurs été prouvées.*

La cérémonie annuelle à laquelle nous avions été conviés se tint le 31 décembre. Comme toute réunion de l'Église du Peyotl, elle s'ouvrit le samedi à la tombée de la nuit pour se terminer le lendemain au lever du soleil. Nous étions une cinquantaine d'invités, assis en cercle autour d'un autel de sable en forme de demi-lune et d'un feu entretenu la nuit durant.

Des boîtes de café vides furent distribuées et, quand je m'enquis de leur utilité, le célébrant ou road chief[1] cligna des yeux en me disant : « Vous allez vite comprendre. » Je fis la grimace : nous avions mangé une nourriture plutôt grasse lorsque nous nous étions arrêtés sur la route pour déjeuner.

Beaucoup avaient apporté une valise ou une boîte remplie de tout un attirail d'objets sacrés : châles de prière, bâtons cérémoniels, sifflets en os, plumes de prière et, pour certains, tambours d'eau.

La Plante Sacrée circula quatre fois entre les participants au cours de la nuit. De même, le bâton cérémoniel et le hochet-crécelle passèrent de main en main, chacun étant invité à chanter ou à prier lorsque ces objets sacrés lui étaient présentés. Le thé au peyotl était amer : j'eus du mal à l'avaler ; et, peu après la première distribution, je compris le rôle des boîtes de café. Mais, entre deux nausées, je connus un état de recueillement, voire de transcendance, provoqué aussi bien par le rythme hypnotique des tambours et des chants que par le peyotl lui-même. Je n'eus pas d'hallucinations et, à part un sentiment d'agréable lassitude le lendemain, je ne ressentis aucun effet secondaire. Mon amie sortit de la réunion soulagée de son mal.

Le matin, pour clôturer la cérémonie, plusieurs Anciens prirent la parole : le célébrant, les Gardiens du Feu, l'homme du cèdre et quel-

---

1. « Chef de route » : celui qui dirige la cérémonie et guide les participants.

ques autres. *Les mots de Bertha me touchèrent particulièrement.
Elle appela à l'unité familiale, à l'amour, à la compréhension mutuelle
et à la tolérance à l'égard de toute forme de prière. Puis on servit le
petit déjeuner composé de mets traditionnels sacrés.*

*Plus d'une année s'était écoulée quand je suis retournée voir Ber-
tha dans sa maison de Bayfield, Colorado. Elle venait de survivre à
une tumeur et cette expérience avait changé le sens de sa vie. Nous
discutâmes tard dans la nuit ; puis Bertha m'apporta un oreiller et
une couverture et je m'installai sur le canapé. Je la quittai quelques
heures plus tard, ayant acquis une nouvelle compréhension de la
notion de « famille » et mieux saisi cette inestimable tradition
indienne qui consiste à « se faire un parent ». J'avais l'impression,
d'une manière ou d'une autre, de m'en être fait un.*

O ù est la réalité ? Où est l'illusion ? J'ai l'impression que cette
grave maladie, en me terrassant, m'a arrachée au monde de
l'illusion. Un jour, je me suis réveillée dans celui de la réalité et,
depuis lors, j'appréhende les choses sous un jour nouveau et avec
plus d'humour. Ce qui, habituellement, me contrariait, me mettait
en colère ou me décevait, ne m'atteint plus et, maintenant, je sais
prendre mon temps et réfléchir avec calme. J'ai l'impression
d'avoir découvert le véritable sens de la vie. Jadis, les Anciens
affirmaient que le rêve *était* réalité. Maintenant, je suis éveillée et
capable de voir le monde qui m'entoure.

Quand on se réveille, on est avant tout habité par la confiance
et par la foi. Tous les matins, je remercie le Créateur pour la vie
dont il m'a fait cadeau. J'ai appris qu'il était important de témoigner de la gratitude. Et le Créateur est sensible à nos actions de
grâces.

Parfois, les gens ignorent ou ne peuvent se rappeler ce qui leur
est arrivé. Ils ne parviennent pas à comprendre pourquoi ils se
trouvent dans un état de confusion, surtout par rapport à leur
enfance. Pour ma part, j'ai passé la plus grande partie de ma jeunesse à garder les moutons, ce qui m'a permis de prendre le

temps de méditer et de réfléchir à mon avenir. A part deux chiens qui m'accompagnaient partout, j'étais très seule. Tout en surveillant le troupeau, j'écoutais le vent, les oiseaux et les animaux ; cette période a constitué le fondement sur lequel j'ai pu m'appuyer pour grandir et devenir celle que je suis aujourd'hui.

La mort de ma mère, alors que j'avais neuf ans, fut l'un des événements les plus tristes de mon existence. Il m'a permis de réaliser combien je vivais dans un profond isolement. Lorsqu'elle est tombée malade, c'est moi qui m'en suis occupée et qui ai sellé un cheval pour l'emmener à l'hôpital où elle devait être opérée. Puis ma sœur et moi avons mis de l'ordre dans la maison car nous pensions que notre mère allait bientôt rentrer. Mais elle est morte à l'hôpital.

Cette nuit-là, une veillée mortuaire fut organisée à laquelle les enfants n'eurent pas le droit de participer. Mais, quand le corps de ma mère fut prêt, mes oncles et tantes vinrent chercher tous les enfants, sauf moi. En regardant par la fenêtre, je vis les adultes soulever les petits au-dessus du cercueil pour un dernier au revoir. Et moi, j'étais seule, désirant ardemment être parmi eux, mais personne ne m'invita à venir les rejoindre. Puis, ils sont partis à l'enterrement et m'ont laissée à la maison, oubliée de tous. Cet épisode m'a poursuivie pendant de longues années.

Quand ce souvenir et, plus globalement, la façon dont je fus traitée pendant mon enfance finirent par me rattraper, je me sentis très mal en point. C'était cette même blessure que j'avais en moi depuis si longtemps mais, maintenant, il me fallait pardonner et laisser cette souffrance en chemin. Pour ce faire, nous avons une méthode que peu de gens connaissent et dont je parle rarement. Il s'agit d'aller chercher une pierre et de la serrer dans vos mains en vous concentrant sur toutes vos souffrances. Puis, après vous être pardonné et avoir pardonné à tous ceux qui vous ont blessé, vous pouvez reposer la pierre et la rendre à la Terre, Notre Mère.

La spiritualité est ce qui soude le monde et l'humanité. Quand elle disparaît, il ne reste plus rien. Comme un mort quand son esprit l'a quitté. Il faut des années pour apprendre à être ce à quoi nous sommes destinés. Et cet apprentissage n'a rien de comparable avec des études universitaires : il ne suffit pas d'obtenir un diplôme pour tout savoir. Un guérisseur, un porteur de pipe doivent avant tout agir avec humilité. L'homme fut créé en dernier, après les arbres, les animaux et les insectes ; nous étions censés être le plus bel accomplissement du Créateur. Et pourtant, on m'a toujours appris à être encore plus humble que les insectes, ces créatures inférieures et rampantes.

J'ai grandi dans un tipi au milieu de chevaux et de chariots. En 1923, quand je suis née, le gouvernement faisait construire des maisons de deux pièces en adobe. La Crise n'était pas loin, mais je ne réalisais pas l'état d'immense pauvreté dans lequel nous vivions tous. J'étais de ceux dont les parents étaient trop démunis pour pouvoir subvenir aux besoins de leurs enfants. Parmi mes huit frères et sœurs, certains furent confiés à des oncles et tantes. Quant à moi, je fus élevée par mes grands-parents.

Ma grand-mère montait elle-même notre tipi et, à l'époque, la toile de tente n'existait pas. Elle utilisait donc d'immenses sacs à farine qu'elle disposait en quatre épaisseurs pour éviter que la pluie ne pénètre. Ma « chambre » se trouvait au sud. Mon grand-père occupait l'espace le plus vaste, à l'ouest, et ma grand-mère s'installait au nord. Le foyer était au centre et nous rangions l'épicerie et la vaisselle entre ma grand-mère et la porte. De mon côté, nous entreposions les réserves de bois et d'eau. Et nous gardions nos maigres possessions dans des musettes. Mon grand-père mettait ses affaires au fond du tipi, ce qui nous protégeait des courants d'air. Mon grand-père était un chaman, un homme-médecine, et il soignait tous ceux qui faisaient appel à lui, qu'ils soient Utes, Navajos ou Apaches. En vivant avec quelqu'un comme lui, il faut savoir respecter certaines convenances : entrer dans le tipi par le sud ; puis, une fois à l'intérieur, ne pas faire de bruit ; et toujours circuler dans le sens des aiguilles d'une montre.

Mes grands-parents me racontaient légendes et histoires, surtout l'hiver, et chantaient pour m'endormir. Parfois, ma grand-mère faisait cuire des pommes dans les cendres du foyer ou confectionnait un dessert à base de fruits séchés et de baies sauvages que nous mangions avec du pain frit. Il nous était difficile de nous procurer des balles pour nos fusils de chasse, et nous ne consommions donc pas beaucoup de viande.

Au cours des repas, alors que nous étions tous assis par terre, notre grand-père prenait la parole et profitait de ces moments-là pour nous parler de la vie. Il nous disait de ne pas fumer — déjà, à l'époque, la marijuana circulait — car certaines herbes pouvaient faire perdre la tête pendant un bon moment. « Ne fumez pas ; ne buvez pas. » Mon grand-père m'inspirait beaucoup de respect ; je l'aimais et le craignais tout à la fois.

Ça n'est que plus tard qu'il commença à aborder les questions spirituelles. Il nous parla des cérémonies et, de temps en temps, il ouvrait une immense boîte remplie d'objets cérémoniels en nous précisant le rôle de chacun. Nous étions autorisés à les regarder, peut-être même à les sortir. Puis il expliquait ce qu'un garçon pouvait toucher et pas une fille ; ce qu'une femme était habilitée à faire et pas un homme.

Nous, les enfants, jouions au chaman. L'un de nous, faussement malade, s'allongeait. Aussitôt, on faisait venir un prétendu homme-médecine qui imitait les gestes et parfois même les paroles de notre grand-père. Mais nous étions toujours très sérieux au cours de ces jeux et, ce faisant, avons beaucoup appris.

Mon grand-père était célébrant de la danse du Soleil et j'ai grandi dans cette tradition. Mais quand je me suis mariée au sein de l'Eglise des Premiers Américains, la plupart des membres de ma famille m'ont reniée. Je ne pense pas que la consommation du peyotl ait été illégale à l'époque. Lorsque j'ai commencé à aller aux réunions, elles se tenaient hors de la réserve car trop de familles renommées, telle que celle du chef Buckskin Charlie, y participaient. Chef Buckskin Charlie avait introduit cette religion ici à la fin du XIXe siècle. Il mourut en 1936.

Au cours de la cérémonie, nous consommions quatre boutons séchés. A l'époque, le peyotl ne circulait ni haché, ni sous forme de thé, mais entier. Il n'était pas non plus utilisé comme encens : on priait uniquement avec du cèdre jusqu'à ce que les Cheyennes introduisent l'encens de peyotl. J'ai eu toutes sortes de visions pendant ces réunions. D'ailleurs, ma vie intérieure a toujours été intense. Petite fille déjà, un même cauchemar revenait très souvent : je rêvais que j'étais poursuivie par des espèces de chapelets de gros grains séchés ; c'était comme si quelqu'un essayait de me les mettre autour du cou et j'avais terriblement peur. Puis, en me mariant au sein de l'Eglise des Premiers Américains, j'ai vu tous ces boutons de peyotl suspendus et j'ai réalisé qu'il s'agissait des chapelets qui hantaient mes nuits et qui, depuis mon enfance, essayaient de me rattraper. Maintenant, ce rêve a disparu car j'ai fini par en comprendre la signification.

J'ai commencé à me faire des amis par l'intermédiaire de l'Église et à sentir qu'on pouvait m'aimer et avoir besoin de moi : je n'étais plus isolée. Lors de mon mariage, seuls mes deux sœurs cadettes et mon frère vinrent m'entourer. A l'époque, beaucoup assimilaient l'Eglise au culte du diable. Les autres membres de ma famille me désavouèrent et, lorsque je les croisais dans la rue, ils m'ignoraient. A ce jour, rien n'a changé ; pourtant, voilà soixante-quatre ans que j'ai embrassé cette religion.

Beaucoup de liens se nouent au cours des réunions de l'Église des Premiers Américains : il est vrai que, grâce au peyotl, les participants se rapprochent. Cette plante, que nous appelons « Grand-Père », est un instrument qui nous aide à entrer en contact. Tout comme l'eau et le cèdre nous permettent de nous purifier. Chaque année, nous partons en pèlerinage au Texas, pour la cueillette de la Plante Sacrée. D'abord, chacun se choisit un endroit et part à la recherche des boutons. Il est plus facile d'en trouver après en avoir consommé un peu ; sinon, on peut très bien avoir le nez dessus sans même les remarquer. Mais là-bas aussi, la situation a évolué. Au début, il n'y avait ni clôture ni gisement pétrolier et nous pouvions rester dans les champs toute la nuit, y faire du feu et fumer.

Cette cueillette est un temps de prière. En guise d'offrandes, nous laissons du tabac et parfois un foulard ou une plume. Puis nous demandons à Grand-Père si nous pouvons le rapporter chez nous afin qu'il aide notre peuple.

Un jour, alors que je priais les yeux fermés, j'ai senti quelqu'un dans mon dos. Lorsque je les ai rouverts, j'ai vu une personne derrière moi se balancer d'un pied sur l'autre, les épaules enveloppées d'une couverture et chaussée de mocassins. J'ai pensé qu'il s'agissait de mon fils Junior car, lorsque nous cueillons le peyotl, nous portons toujours nos vêtements cérémoniels.

Cependant, je m'étonnai de ne pas l'avoir entendu arriver et finis par me retourner pour lui proposer de fumer avec moi. Mais il n'y avait personne et j'ai aperçu Junior un peu plus bas. J'ai recommencé à prier et, à nouveau, cette même vision m'est apparue. Alors, j'ai compris qu'il s'agissait de l'esprit du peyotl lui-même.

Il y a un an, j'ai été très gravement malade. Après avoir fait des radios, les médecins m'apprirent que j'avais une tumeur à l'estomac qu'il fallait opérer immédiatement. Mais, le week-end précédant mon hospitalisation, mon fils et mon mari organisèrent une cérémonie du tipi à mon intention au sein de notre Eglise.

Beaucoup de gens se déplacèrent pour venir prier avec moi et pour moi. On m'allongea dans la partie sud-ouest du tipi et on me fit boire plusieurs louches de thé de peyotl. Après la deuxième, j'entrai dans une sorte de transe. Il était plus de minuit et l'eau allait circuler. Alors mon mari s'est agenouillé et m'a demandé de me réveiller. En revenant à moi, j'eus l'impression d'avoir dormi et je bus l'eau sacrée. Puis le rituel suivant débuta, mais j'ai commencé à avoir la nausée et dus sortir.

Ma sœur, mon frère et mon mari m'accompagnèrent dehors et tinrent devant moi une grande casserole en fer-blanc. Quand je vomis, un morceau informe, de la taille d'un gésier de dinde, vint toucher le fond du récipient avec un bruit énorme. Mon mari essaya de le sectionner pour voir de quoi il s'agissait, mais il était trop dur.

Le lundi matin, je suis retournée à la clinique où on m'a fait une nouvelle radio : la tumeur avait disparu. Les docteurs ne purent se l'expliquer et je suis rentrée chez moi sans rien leur raconter. Peut-être aurais-je dû vivre cette expérience bien avant, mais il était sans doute trop tôt.

J'ai appris la patience. A une période de ma vie, ma foi s'est volatilisée : j'ai alors touché le fond et dus trouver la force de me relever. Après une telle épreuve, on se sent plus solide car, dès que Grand-Père nous fait tomber, on se redresse en ayant appris davantage. Il semble que la souffrance apporte la connaissance.

SÉMINOLE

Sonny Billie : un homme-médecine miccosukee

Sonny Billie est apparenté à Josie et à Ingraham Billie, les plus fameux hommes-médecine séminoles du xxᵉ siècle. Sa stature est imposante — 1,88 m et plus de 110 kilos — et ses méthodes de guérison sont couvertes par le secret le plus absolu. En ce jour du mois de mai 1993, un petit groupe s'était rassemblé au campement de Sonny, dans la région des Everglades, en Floride, pour lancer « The Sonny Billie Foundation for Native Cultural Studies [1] » dont le but est de créer et gérer une pépinière qui permettra de produire en permanence les herbes qui deviennent de plus en plus difficiles à trouver à l'état sauvage du fait de la pollution qui gagne les Everglades.

Au début du xviᵉ siècle, la nation des Creeks se composait de deux groupes linguistiques : les Muskogees et les Hitchitis qui ont adopté par la suite le nom de « Mikasuki » (ou Miccosukees). Les Miccosukees occupaient à l'origine un vaste territoire dans lequel les envahisseurs européens ont découpé les États actuels de Caroline du Nord, Caroline du Sud et Géorgie. Par la suite, ils se sont réfugiés dans les épaisses forêts du nord de la Floride espagnole où ils ont fondé la ville de Miccosukee, entre Tallahassee, Floride, et Thomasville, Géorgie. Les Muskogees appelaient ces exilés, mais aussi les survivants des anciennes tribus qui occupaient la Floride et les esclaves marron qui trouvaient refuge auprès d'eux, Si-min-oli, c'est-à-dire

---

1. La Fondation Sonny Billie pour l'étude de la culture autochtone.

fugitifs, que nous avons transcrit Séminoles. Durant les guerres qui les ont opposés à l'armée américaine, dans la première moitié du XIXe siècle, les Séminoles ont été menés au combat par des chefs miccosukees implacables, parmi lesquels le fameux Osceola. A la suite de ces conflits acharnés et interminables, et de l'exil d'une partie des leurs à l'ouest du Mississippi, les Séminoles, qui n'étaient plus que trois cents, trouvèrent un nouveau refuge dans les marais et les terres marécageuses du sud de la Floride où ils demeurèrent coupés du reste du monde jusqu'au milieu de ce siècle. Aujourd'hui, deux milliers de Séminoles, essentiellement des Miccosukees, vivent sur cinq réserves situées dans les Everglades.

Sonny Billie est photographié en compagnie de sa mère, Edie Buster Billie, née en 1889.

J e suis né et j'ai été élevé dans une famille d'hommes-médecine. Depuis le moment où j'ai quitté le sein de ma mère, je n'ai entendu parler que de pouvoir-médecine. Sur le moment, je ne m'en suis pas rendu compte. Je savais des choses, mais je voulais seulement être une personne normale.

Alors que notre enfant avait dix-huit mois, ma première épouse est morte d'une affection cardiaque dont j'ignorais qu'elle était atteinte. Sa famille ne l'avait jamais fait soigner. Ça m'a choqué. J'en ai parlé avec ma mère, avec Ingraham Billie et Josie Billie qui m'ont ouvert les yeux. C'est alors que j'ai pris la décision d'étudier les plantes médicinales.

Josie Billie était un célèbre homme-médecine. Des chercheurs de la Upjohn Pharmaceutical House ont étudié son infusion d'herbes. Pendant des années, elle a guéri un grand nombre d'Indiens qui avaient des « affections cérébrales », et Josie affirmait que sa médecine était beaucoup plus puissante quand son élaboration était accompagnée par les chants et le jeûne de l'homme-médecine qui la concoctait. Il avait l'habitude de dire que l'esprit de la médecine venait de l'intérieur de l'homme qui possédait le pouvoir.

Un autre de mes oncles était également un célèbre homme-médecine ; son nom était Jimmy Tommie. Quand il venait nous rendre visite, il s'asseyait au milieu de mes sœurs, mes frères et moi, il nous parlait et nous apprenait des tas de choses. Il nous enseignait que le savoir médicinal est divisé en autant de parties qu'il y a de saisons. Nous avions beaucoup de respect pour lui. Ingraham Billie, qui était considéré comme le plus savant de notre tribu, venait lui aussi nous rendre visite, s'asseoir avec nous et nous parler.

Une fois, j'ai vu Ingraham Billie construire un petit *chickee*, une petite hutte, pour l'un de ses patients. Personne n'était autorisé à s'approcher de ce *chickee*, excepté lui-même et son assistante. Ils préparaient ensemble la nourriture du malade et les médecines. Ils nous avaient bien dit de rester à l'écart, mais vous savez comment sont les jeunes, alors je suis entré subrepticement et j'ai regardé. Le malade ressemblait à une méduse, il avait perdu le contrôle de ses membres. Au bout d'un mois, il a pu se lever, marcher et partir en compagnie de sa femme. J'ai demandé à ma mère :

— Pourquoi tous ces malades viennent par ici ?

Et ma mère m'apprit que certains de mes parents étaient hommes-médecine et soignaient avec des plantes, et qu'il me faudrait suivre une longue formation si je voulais acquérir le savoir nécessaire pour devenir l'un des leurs. Elle ajouta que si je le désirais, un jour viendrait où je pourrais apprendre toutes ces choses.

Plus tard, j'ai étudié avec mes oncles. Rien n'est écrit. Il faut tout mémoriser. Si nos ancêtres l'ont voulu ainsi c'est qu'ils savaient que les Blancs étaient là pour rester. D'abord les Français, puis les Espagnols, et enfin les Anglais, tous plus désireux les uns que les autres de nous voler notre savoir. Nos guérisseurs ne voulaient pas que l'homme blanc puisse nous prendre quoi que ce soit, alors ils ont mémorisé leurs connaissances et ne les ont transmises que de bouche à oreille. Il faut apprendre tout ça par cœur. Votre tête devient semblable à un livre. Vous rangez d'un côté de votre cerveau les informations concernant les médications, et de l'autre côté celles concernant la conduite de votre vie et l'éducation de vos enfants. C'est comme ça que nous avons été élevés, on nous a appris à tout stocker dans notre cerveau.

Quand mes oncles ont décidé de me transmettre leur savoir, ils m'ont enseigné les règles de leur art et m'ont annoncé que je serais un jour un homme-médecine. Ils l'ont fait publiquement, et à partir de ce moment-là, des gens sont venus me voir pour me demander de leur préparer des médecines. Vous ne devez refuser votre aide à aucun malade. Vous êtes censé aider toute personne qui le demande. Tous ceux qui ont le pouvoir de guérir devraient le faire, quelle que soit leur race ; ils doivent aider leur prochain. Dès que mes oncles eurent annoncé la nouvelle, un tas de gens commencèrent à venir me trouver.

Toute ma vie durant, j'ai vécu dans un entourage d'hommes-médecine. Dès qu'il est question de prières, je me souviens d'un texte sacré que je chantais étant enfant. C'est le chant de circonstance en cas de brûlure bénigne, pour ôter le feu et éviter que la peau ne se boursoufle. Je n'étais pas censé le chanter en public, mais je l'aimais tellement que je ne pouvais pas m'en empêcher. Je suppose que le fait de vivre dans un tel entourage m'a avantagé dès le départ pour étudier la médecine par les plantes. Plus tard, j'ai perfectionné mes connaissances à l'occasion de stages. Plus j'avançais en âge, plus j'avais de choses à apprendre. Puis j'ai commencé à réaliser que les non-Indiens étudiaient la médecine de la même façon que nous. Jusque-là, je pensais que seuls les Indiens agissaient ainsi.

Au cours de certains des stages auxquels j'ai participé, j'ai eu l'occasion de rencontrer des médecins blancs. J'ai appris qu'ils devaient eux aussi respecter certaines règles de conduite. La seule différence c'est que nous utilisons des plantes. Avant, tout allait beaucoup mieux parce que l'air était pur et que la nourriture était saine. Nos conditions de vie s'améliorent, mais pas notre médecine traditionnelle. C'est ce qui m'a donné l'idée de la faire progresser en créant un lieu où nous pourrions faire pousser en permanence nos propres plantes médicinales.

J'ai vu beaucoup de patients au cours des trente années durant lesquelles j'ai exercé la médecine. L'un d'entre eux a été ma deuxième fille. Elle souffre d'asthme depuis l'âge de six ans. J'ai commencé à étudier le problème et j'ai rencontré plusieurs hommes-médecine pour découvrir comment je pourrais l'aider. J'ai essayé de perfectionner une médecine que je connaissais déjà. Je l'ai finalement décomposée en plusieurs traitements dont un pour le cœur, un pour les poumons, un pour le foie, un pour les reins, etc. J'ai étudié les différentes parties du corps humain, puis les herbes. J'ai cherché à savoir quelle plante conviendrait plus particulièrement à cette partie du corps, et ce qu'il faudrait faire pour formuler une médecine qui puisse soigner l'asthme.

Je savais que les poumons d'un asthmatique ne fonctionnent pas correctement les jours où il pleut, les jours où le taux d'humidité est élevé ; mais qu'ils fonctionnent parfaitement lorsque le temps est chaud et sec. J'ai continué à étudier la question avec acharnement. Finalement, j'ai pensé avoir trouvé la solution. J'en ai parlé avec ma femme. Tout bon époux se doit de consulter son épouse, la mère de ses enfants. Lorsqu'il doit prendre une décision lourde de conséquences, il doit s'asseoir avec elle et en parler. Je lui ai dit sur quoi je travaillais et les résultats que j'avais obtenus. Je lui ai expliqué que j'avais réuni toutes les informations nécessaires et que je voulais soigner ma fille.

— Mais comme c'est également ta fille, je ne peux pas prendre ce genre de décision tout seul.

J'avais besoin qu'elle me donne son accord en connaissance de cause. Elle m'a demandé si j'en savais vraiment suffisamment. Je ne pouvais pas en être sûr car il me restait encore tellement de choses à étudier. Alors elle a décidé que je ne devais pas tenter l'expérience. J'ai été très contrarié, mais nous avons convenu de ne rien faire, de laisser les choses en l'état.

Cependant, notre fille avait surpris notre conversation et compris de quoi nous discutions. Quelques années plus tard, elle se maria et alla habiter chez son mari. Elle avait des crises d'asthme de plus en plus fréquentes. Un jour, elle est venue me trouver.

— Tu te rappelles le jour où tu as proposé à maman de soigner mon asthme ? Elle n'était pas d'accord et vous vous êtes disputés à ce sujet.

J'ai répondu : « Oui », et elle a poursuivi :

— Eh bien, j'aimerais prendre cette médecine dont tu parlais ce jour-là.

— D'accord, donne-moi quelques jours. Je vais ramasser les herbes et retrouver la composition de ma médecine. Tu en as parlé à ta mère ?

— Non, je n'en parlerai à personne. C'est une affaire entre toi, moi et la médecine.

— Bien. Aujourd'hui, tu es en âge de décider. Je suis content que tu n'aies pas oublié.

J'ai préparé la médecine et j'ai expliqué à ma fille comment l'utiliser. Elle l'a prise sur-le-champ et elle a été secouée par une terrible crise d'asthme. J'ai eu peur qu'elle n'en meure. Pendant douze heures, elle a eu beaucoup de mal à respirer. Puis, tout est rentré dans l'ordre et depuis, elle n'a pas eu de nouvelle crise. De temps à autre on dirait qu'elle va en avoir une, mais rien ne se produit. Depuis, j'ai traité quelques autres asthmatiques et j'ai réussi à créer une médecine spécifique.

Par la suite, j'ai travaillé sur le problème du diabète. Je suis très entêté. Ma femme était diabétique depuis longtemps. Je l'utilisais pour tester ma médecine, avec son consentement bien sûr.

A présent, je vois que des médecins non indiens travaillent avec nous dans certains domaines. Si nous avions collaboré depuis le début, nous aurions peut-être connu une amélioration plus rapide des médicaments disponibles. Mais je ne voudrais surtout pas virer de bord ni risquer d'embarrasser qui que ce soit ; particulièrement les médecins non indiens. Je m'efforce seulement de coopérer avec eux et j'essaye de les aider, si je pense que nous pouvons nous entendre.

Nous avons un chant sacré qui traite de l'éducation et de l'amitié entre les peuples. On peut le comprendre de diverses manières. Si vous avez une certaine éducation, vous pouvez faire des choses bien pour les autres et les aider. On dit même que si vous êtes très savant, vous pouvez aider les autres et être heureux. Mais on ajoute aussi que beaucoup de gens seront jaloux de votre savoir et essaieront de vous nuire. Dans notre langue, il n'y a pas de mot pour dire : « Je regrette. »

C'est pourquoi un Indien bien informé se gardera bien d'étaler ses connaissances, et que certains hommes blancs pourront se méprendre sur son compte et le croire un peu nigaud. On nous a appris à ne pas parler trop vite, à moins que nous ne soyons sûrs de notre fait, parce que les mots peuvent être aussi meurtriers que des armes. L'homme blanc a un tas de mots pour dire : « Je regrette. »

Je revois les prêtres chrétiens en train de nous dire qu'il fallait abandonner notre médecine par les plantes, que c'était elle qui avait fait périr un si grand nombre des nôtres, que c'était à cause d'elle que nous étions aussi peu nombreux. Dans ma tribu, il n'y a plus que six personnes qui sachent comment préparer des médecines traditionnelles, c'est pourquoi j'essaye de tenir bon et de continuer à travailler. Je dois encore améliorer notre vie. C'est ce que je crois, et c'est ma médecine.

Annie Jimmie : légendes séminoles

Annie Jimmie est une Ancienne et une femme-médecine respectée. C'est son père, l'homme-médecine Little Doctor, qui lui a transmis son savoir et lui a appris les légendes et les histoires-médecine qu'elle raconte. Elle n'a jamais parlé l'anglais et s'habille toujours en costume traditionnel. Nous nous sommes assises à l'ombre d'un chickee[1] et avons communiqué par l'intermédiaire d'un interprète.

---

1. Maison séminole construite sur pilotis pour se protéger de la boue et de la pluie et totalement ouverte afin de permettre à la brise de rafraîchir l'intérieur. Son toit de chaume est recouvert de feuilles de palmier.

J e suis née dans le comté de Glades en Floride. J'ignore l'année car, contrairement aux Blancs, nous n'avions à l'époque ni calendrier ni recensement. Nous vivions dans un camp où nous faisions pousser beaucoup de canne à sucre, d'où les gens tiraient leur propre alcool, ainsi que des pommes de terre. J'entendais parler des Blancs mais je ne les ai vus pour la première fois que lorsque nous nous sommes rendus dans un lieu d'attractions pour touristes à Miami où nous sommes restés quelque temps. C'est là que j'ai réalisé qu'il existait des gens différents de nous.

Un jour, mes parents nous emmenèrent chez notre grand-mère paternelle. Elle était alitée et je pense qu'elle désirait nous voir car elle se sentait mourir. Après sa mort, on la coiffa, on la couvrit de perles et elle fut habillée de ses vêtements traditionnels. A l'aube, son corps fut emporté dans les bois pour y être enterré.

Je restai dans le camp avec ma sœur Lena et notre petit frère, Joe Doctor alors bébé, mais ce dernier n'arrêtait pas de pleurer car il avait faim. Finalement, les adultes revinrent et prirent un bain, comme l'exige la tradition après des funérailles. Puis ma mère allaita Joe. Nous restâmes quatre jours au camp avant de rentrer à la maison. J'étais encore une toute petite fille à l'époque.

Mon père me transmit une grande partie de son savoir médicinal mais j'attendis d'avoir des enfants pour commencer à pratiquer. La mère de mon mari m'apprit également beaucoup de chants-médecine mais les plus récents me viennent de Little Fewell, un homme-médecine de la réserve de Big Cypress [1].

L'une de nos légendes raconte l'histoire d'un serpent qui, après avoir longuement voyagé, disparut dans les airs sans que personne sache où il allait. Et on dit que, le moment venu, il reviendra.

Une autre légende relate les aventures d'un lapin qui voulait se

---

1. La tribu séminole de Floride occupe cinq réserves : Big Cypress, Brighton et Dania, qui sont des réserves fédérales, alors que Hollywood et Immokalee dépendent de l'Etat de Floride.

marier avec une femme. C'est mon père qui me l'a racontée. Peut-être était-ce une façon de se moquer de lui-même.

Ce lapin n'arrêtait pas de tourner autour d'un groupe d'Anciens pour qu'ils lui apprennent la sagesse car il avait désespérément envie de se marier. Les Anciens lui répondirent que, préalablement à tout enseignement, il devait se soumettre à certaines épreuves : tuer un serpent ; tuer un alligator et lui couper la queue ; et, enfin, abattre un arbre de quatre coups de hache seulement et le leur rapporter. Le lapin partit donc s'acquitter de ces tâches.

Il commença par l'alligator qu'il savait où trouver et, s'approchant de lui, il expliqua : « On a besoin de toi. Suis-moi. » Alors, l'alligator sortit de l'eau et lui emboîta le pas. Après avoir parcouru une courte distance, le lapin entra dans les bois, en ressortit avec une grosse branche et se mit à frapper son compagnon. Ce dernier, ne comprenant pas ce qui lui arrivait, se sauva et retourna dans l'eau.

Le lapin était déçu et, tout en marchant, il se demandait que faire lorsque, par hasard, il rencontra un écureuil. Il lui demanda s'ils pouvaient échanger leur manteau, c'est-à-dire leur fourrure. L'écureuil enfila donc celle du lapin qui se révéla un peu trop grande pour lui alors que la sienne allait au lapin comme un gant.

Dans ce déguisement — qui induirait l'alligator en erreur — le lapin monta sur la branche d'un saule et commença à jeter des fleurs dans l'eau. L'alligator finit par lui demander d'arrêter et raconta au faux écureuil comment, il y a un instant, il avait failli être tué par un lapin. Le faux écureuil le pria alors de sortir de l'eau et de l'accompagner, ce que l'alligator fit aussitôt.

Tout en se promenant, l'écureuil demanda à son compagnon où étaient les points vulnérables de son corps. L'alligator lui répondit qu'ils se trouvaient derrière sa tête et au niveau de son arrière-train ; et ils poursuivirent leur marche.

Soudain, l'écureuil sauta sur l'alligator et le frappa à mort aux points précis indiqués par ce dernier. Puis il lui coupa la queue, remit sa fourrure et rentra voir les Anciens aussi vite que peut le faire un lapin qui porte la queue d'un alligator.

Mais les Anciens lui demandèrent, « Qu'en est-il du serpent ? » Le lapin épointa donc une branche de pin et partit. Il trouva le serpent et le pria de se dérouler complètement afin qu'il puisse le mesurer. « En effet, expliqua-t-il, les bruits courent que tu es plutôt de petite taille et j'aimerais les démentir. » Le serpent s'étendit donc de tout son long. Mais, très vite, le lapin l'assomma, le mit sur ses épaules et, après être retourné auprès des Anciens, le laissa tomber sur le sol devant eux.

« Et l'arbre ? » s'informèrent-ils. Peu de temps après, le lapin revint avec l'arbre. Les Anciens lui affirmèrent que, maintenant, il était très sage. Mais le lapin fut contrarié et en colère — il avait pensé qu'après ces épreuves, les Anciens lui auraient transmis un enseignement. Alors il s'enfuit dans les bois en courant.

Très peu de jeunes essaient de connaître les traditions de leur peuple et nous questionnent sur les légendes et les chants-médecine afin d'essayer de faire vivre notre culture. Nos Anciens nous prédisaient des changements et je constate que ces prophéties se réalisent aujourd'hui. Jadis, il y avait très peu d'habitations, seulement quelques camps, mais du poisson et du gibier à profusion. De plus, les récoltes étaient toujours abondantes et de qualité. Cependant, les Anciens affirmaient qu'un jour, nous serions cernés par des maisons qui surgiraient de partout et que la technique viendrait porter atteinte à l'intégrité de la terre. Il n'y a qu'à voir ces rivières artificielles creusées par l'homme et dont l'existence sème la mort chez de nombreuses espèces de poissons et d'autres animaux. Les Anciens prédisaient également la mise en exploitation des Everglades, ce qui est d'actualité. Et, avec le vieillissement de la terre et la pollution, nos vergers et nos potagers, abîmés, produiront de moins en moins. Tel est notre avenir.

Oui, tout change et le passé ne reviendra pas.

APACHE

Mildred Cleghorn : prisonnière de guerre

En plus de son rôle de chef de la tribu des Apaches de Fort Sill, Mildred Cleghorn, ancienne présidente de l'Association des femmes nord-américaines, travaille au sein du Comité des affaires indiennes d'Oklahoma. Et, depuis plus de cinquante ans, elle fabrique et habille des poupées de chiffon qui, par leurs authentiques costumes traditionnels, illustrent les différences culturelles entre les tribus. Ces poupées ont été exposées dans bon nombre de musées américains, notamment à la Smithsonian Institution de Washington à l'occasion du Premier Festival du Folklore.

Mildred fit également partie d'un groupe d'éminents Anciens sollicités pour participer à la conception du nouveau National Museum of the American Indian à Washington. Son grand-père, George Wratten, vécut sur la réserve apache ; il parlait leur langue mieux que n'importe quel autre Blanc avant lui. Il chevaucha aux côtés de Geronimo, le célèbre guerrier, et lui servit d'interprète. Bien que souvent fait prisonnier, Geronimo réussissait toujours à s'échapper. Sa reddition définitive en 1887 précipita la fin de l'état de guérilla dans lequel étaient plongés les États-Unis et les Apaches.

Le cousin de Mildred, Alan Houser, est un sculpteur célèbre qui reçut la Médaille nationale des arts en 1992. On peut admirer son Geronimo à la National Portrait Gallery de la Smithsonian Institution.

Je m'appelle Mildred Imach Cleghorn. Je suis née prisonnière de guerre le 11 décembre 1910 à Fort Sill, Oklahoma. Quelques années plus tôt, notre tribu, conduite par Geronimo, était tombée aux mains de l'armée américaine puis ce dernier avait capitulé en 1887 à Fort Bowie, Arizona. A l'époque, mon père avait peut-être huit ou neuf ans.

Il se souvient d'avoir été déporté avec les siens jusqu'à la prison militaire de Fort Marion, à Saint Augustine, Floride, et d'avoir, à cette occasion, pris le train pour la première fois. L'année suivante, plusieurs dizaines d'hommes, de femmes et d'enfants succombèrent à la maladie, à la différence de climat et au mal du pays.

Deux religieuses, constatant la dureté des conditions de vie et les souffrances endurées par les enfants, exprimèrent leur inquiétude à Herbert Welch, le président de l'Association des droits des Indiens, et obtinrent son appui. Par son intermédiaire, elles furent reçues au ministère de la Guerre où on leur accorda l'autorisation de créer une école à l'intérieur de la prison et de faire ce qui était en leur pouvoir pour aider notre peuple. Une pièce, transformée en salle de classe, se remplit donc d'enfants et d'adultes à qui les religieuses enseignèrent le catéchisme et l'anglais. Elles usèrent également de leur influence pour faire transférer les nôtres au camp militaire de Mount Vernon, Alabama, où ils restèrent jusqu'en 1894. Puis ils furent déplacés à Fort Sill, près de Lawton, Oklahoma ; ils y vécurent une dizaine d'années et devinrent d'excellents fermiers.

Mon grand-père, George Wratten, s'était beaucoup intéressé, enfant, à Geronimo et aux Apaches. Plus tard, il les rejoignit en Arizona, apprit leur langue et fut fait frère de sang de Roger Toclanny, l'un des compagnons du grand chef. Lorsque les Apaches furent capturés, on les plaça sous l'autorité de mon grand-père car il était capable de communiquer avec eux. De plus, les Indiens lui faisaient confiance et mon grand-père, qui connaissait les desseins de l'armée, en informait ses amis au fur et à mesure. En Alabama, il tomba amoureux de ma grand-mère. Ils se marièrent et eurent deux

enfants, ma mère et ma tante. Finalement, ma grand-mère quitta son mari et en prit un autre ; ses filles durent aller vivre chez leur tante à qui mon grand-père envoyait une aide financière.

En 1913, on proposa à notre peuple d'aller sur la réserve des Mescaleros au Nouveau-Mexique ou de rester en Oklahoma et d'y acquérir un lopin de terre. Quatre-vingts d'entre eux optèrent pour cette dernière solution et ma famille s'installa dans une ferme.

Mon oncle, le père d'Alan Houser, avait vécu auprès de Geronimo et nous passions des heures à l'écouter nous raconter sa vie. Enfant à l'époque, son rôle consistait à s'occuper des chevaux lorsque les autres étaient partis en raid. Il nous apprit que, dès l'âge de douze ou treize ans, Geronimo était déjà un véritable guerrier. Mon oncle s'était substitué à mes grands-parents, morts peu de temps après ma naissance.

Quand notre peuple fut fait prisonnier, mes parents étaient adolescents et mon père fut envoyé à l'école indienne de Carlisle, Pennsylvanie. Puis, lorsque les Blancs nous déplacèrent à Fort Sill, ils allèrent tous deux à l'école de Shelock et se marièrent en 1907.

En Oklahoma, nous vivions auprès des Kiowas et des Comanches. De peur d'un soulèvement, les Blancs nous avaient disséminés à travers toute la région. Aussi, quand nous désirions rendre visite à des parents, il nous fallait parcourir quelque dix ou vingt kilomètres en chariot. Nos parents avaient connu la vie de pensionnat et s'étaient juré qu'aucun de leurs enfants ne connaîtrait une telle expérience. Nous fûmes donc envoyés dans une école publique. A l'époque, nous n'étions que cinq Indiens parmi les élèves et nous nous entendions tous très bien avec les Blancs. Ce qui n'est plus le cas aujourd'hui.

Ça n'est qu'en 1949 que je me suis mariée avec William Cleghorn, un Oto [1] qui était chargé de la gestion des terres tribales au sein du Bureau des affaires indiennes. J'obtins ma licence d'économie domestique et devins aide familiale. Après avoir travaillé au Kansas, j'eus l'occasion d'être mutée et de pouvoir retourner en Oklahoma.

---

1. Indien du Nebraska.

Mon mari et moi avons dû chercher un logement. Un jour, une femme qui louait sa maison me reçut en me demandant de but en blanc : « Êtes-vous indienne ? » Comme je répondais par l'affirmative, elle rétorqua aussitôt : « Nous ne voulons pas de locataires indiens », et me claqua la porte au nez. De ma vie, je n'avais jamais été traitée de la sorte, que ce soit à mon travail ou au cours de mes voyages à l'étranger. Il fallait que je rentre dans mon pays pour que, du fait de ma race, on me congédie brutalement ! J'étais furieuse, hors de moi, scandalisée. C'était la première fois que je me trouvais confrontée à un problème de racisme et, à partir de ce moment-là, je devins une sorte de paisible militante.

A la fin des années soixante-dix, je pris des engagements au sein de la tribu car je sentais que notre peuple avait besoin d'être soutenu. Ma tribu et mon église ont toujours eu une place importante dans ma vie.

C'est en 1895, un an après son arrivée à Fort Sill, que notre peuple avait été mis en contact pour la première fois avec l'Eglise réformée d'Amérique, par l'intermédiaire d'un missionnaire, Frank Wright, un Choctaw. Il vivait au milieu des Cheyennes et des Arapahos mais, lorsqu'il apprit que les Apaches étaient retenus prisonniers, il fit aussitôt le voyage en chariot pour nous rejoindre. Devant nos conditions de vie et le nombre d'enfants ayant perdu leurs parents, il se mit à la tâche et créa un orphelinat. Depuis, nous sommes membres de l'Eglise réformée.

Fort Sill ne ressemblait pas à une véritable prison mais notre liberté de mouvements était limitée. Cependant, Geronimo put assister à certains *powwows* locaux et participa, à cheval, à la parade inaugurale du président Theodore Roosevelt lors de l'Exposition universelle de 1904 à Saint Louis, Missouri.

Rituels et cérémonies étaient proscrits, mais certains d'entre nous, de manière très discrète, passaient outre à cette interdiction. Lorsqu'en 1894, ma mère et les siens furent transférés d'Alabama en Oklahoma, ils durent passer une nuit dehors à Rush Springs, le terminus de la ligne, en attendant que des chariots leur soient envoyés de Fort Sill. Au hurlement des coyotes, les

Anciennes de la tribu se mirent à pleurer : c'était la première fois qu'elles les entendaient depuis leur départ d'Arizona, bien des années auparavant, et elles avaient l'impression d'être rentrées chez elles. Cette histoire m'a toujours beaucoup touchée. Plus tard, lorsque je me suis rendue sur notre terre natale, aux alentours de Truth or Consequences, une ville du Nouveau-Mexique, j'ai compris ce qu'elles avaient pu ressentir à Fort Sill : les deux endroits se ressemblent.

En 1976, nous avons fondé la Tribu Apache de Fort Sill, élaboré notre constitution et tenu des élections. Je fus élue chef de la tribu et je lui suis toujours. Mon travail consiste essentiellement à aider les jeunes à obtenir des prêts et des bourses, et à tenter de résoudre les problèmes de logement. A cet effet, nous avons acheté environ un hectare de terrain. Puis, en 1980, le gouvernement fédéral nous a fait une donation foncière, ce qui nous a permis de construire un complexe comprenant un gymnase, un abri pour les sans-logis et un bureau.

Les problèmes de santé constituent ma préoccupation majeure d'autant que nous avons beaucoup de personnes âgées et que la salle des urgences de notre hôpital a dû être fermée. Un montant forfaitaire est attribué par l'État aux sept tribus qui vivent dans la région pour être ensuite réparti entre elles au prorata du nombre de leurs membres. Etant la plus petite tribu — nous sommes trois cent cinquante —, la somme qui nous revient est vraiment faible.

Je suis très en colère de constater que le gouvernement n'a jamais tenu une seule des promesses qu'il nous a faites. Les Blancs ont capturé Geronimo en s'engageant à le libérer deux ans plus tard ; mais il mourut prisonnier, en 1909, loin de son pays. Puis ils nous firent choisir entre l'Oklahoma — où on nous garantissait soixante-cinq hectares par personne — et le Nouveau-Mexique. La plupart de ceux qui restèrent en Oklahoma ne reçurent en moyenne que dix hectares. Combien d'engagements qui ne furent jamais tenus !

Jadis, tout se concluait sur parole : nous ne faisions jamais appel à un avocat pour rédiger un document qu'il faudrait ensuite signer.

Une poignée de main ou un serment suffisaient à régler une affaire car l'honnêteté était une valeur sacrée. C'était une question de vie ou de mort. Si vous mentiez, on vous coupait le bout de la langue. De même, une femme infidèle était mutilée. Je me souviens d'en avoir vu une à qui on avait coupé le bout du nez.

Spirituellement, nous avons été nourris par l'Église réformée. Il est étrange de constater combien les valeurs auxquelles nous adhérons, au nom de notre foi indienne — et qui sont identiques à celles que notre peuple respectait avant l'arrivée des Européens —, sont proches de la Bible. De même que le Saint-Esprit s'est manifesté à travers des langues de feu, ce même feu est au centre de notre religion : c'est autour de lui que nous dansons ; il est lumière et chaleur.

A la fin du siècle dernier, toutes nos familles étaient élevées dans la foi chrétienne de l'Église réformée. Notre peuple continuait à organiser des cérémonies mais les missionnaires essayaient de l'en empêcher, qualifiant ces rituels de sataniques.

La fête de la Puberté est l'une de nos principales cérémonies. Les festivités publiques durent huit jours puis la jeune fille passe quatre jours auprès de ses proches uniquement. Telle une marraine, une femme-médecine ne quitte pas l'adolescente, s'occupe d'elle, l'habille, la peigne et lui transmet nos enseignements. La jeune fille, revêtue de peau de daim, devient une personnification vivante de Femme Peinte en Blanc [1] et, en cette qualité, est habilitée à accorder des grâces. On utilise beaucoup de pollen de maïs au cours de cette cérémonie car c'est notre plante sacrée, symbole de la procréation.

Au cours du rituel de quatre jours, les *Gans*, danseurs masqués qui n'apparaissent que la nuit, exécutent la danse du Feu et la danse des Esprits de la Montagne [2].

Nous avons toujours des hommes-médecine et des femmes-

---

1. Mère et héroïne culturelle des Apaches.
2. Femme Peinte en Blanc avait dit : « A partir de maintenant, nous organiserons une cérémonie de la Puberté lorsqu'une jeune fille aura ses premières règles ; nous chanterons et danserons à son intention. »

médecine et ils utilisent nos propres plantes médicinales. J'ai pu assister à de nombreux rituels de guérison. Un de mes oncles était, quant à lui, doté d'un don très particulier : il savait dompter les chevaux. Je n'oublierai jamais le spectacle auquel j'ai assisté lors d'une de mes visites au Nouveau-Mexique. Un jour, alors que mon oncle et moi étions à White Tail, au fin fond de la réserve, nous vîmes un individu tenter de maîtriser un cheval des plus rebelles. Alors, mon oncle me dit : « Regarde bien. Je vais apprendre à ce cheval à se conduire comme il faut », puis il s'avança vers l'individu et lui demanda de lui confier les rênes. Les oreilles du cheval se dressèrent, il regarda mon oncle et s'ébroua. Mon oncle tira brusquement sur les rênes tout en parlant à l'animal et, progressivement, il se rapprocha de lui. Peu après, le cheval commença à trembler de tout son corps. Alors, mon oncle le caressa et lui frotta le dos, l'encolure et les jambes, toujours en lui parlant. Finalement, il emmena le cheval par la bride.

Jadis, une de nos femmes-médecine guérissait la tuberculose. Après avoir écouté les esprits, elle savait exactement que faire et comment procéder. Mais il était impératif que le patient ait foi en ce pouvoir de guérison s'il voulait voir son mal disparaître. A l'époque, le pollen, les chants et la prière intervenaient déjà au cours de ces rituels.

C'est vraiment dommage que les non-Indiens n'aient pas compris que nous guérissions par la prière. Votre Bible vous demande de partager et d'aimer ; tel est également notre enseignement. Elle vous parle de la terre et de nos liens à elle. « Souviens-toi que tu es poussière et que tu retourneras à la poussière. » Je me souviens d'avoir entendu ces paroles au cours d'un enterrement non indien. Nous aussi croyons en cette continuité, en ce cercle jamais brisé. En donnant, nous recevons ; en recevant, nous donnons.

HAÏDA

LAVINA WHITE : descendante de la famille royale haïda

Les îles de la Reine-Charlotte, cet archipel du Canada situé le plus à l'ouest au large de la pointe de l'Alaska, constituent la terre des Haïdas. Ce territoire, et toutes les créatures qui l'habitent, incarnent l'histoire de ce peuple, sa culture, sa raison d'être et jusqu'à son identité. Les Indiens haïdas se réfèrent aux corbeaux et aux baleines comme à leurs « frères » et « sœurs » et aux poissons et aux arbres comme aux êtres à nageoires et à écorce.

Le peuple haïda n'a jamais été conquis, pas plus qu'il n'a signé de traité avec le Canada ; c'est pourquoi il insiste sur son statut de nation séparée et souveraine. Lavina White, qui est une descendante de la famille royale, défend cette cause avec éloquence et élégance. Et, lorsqu'elle évoque son combat, cette femme au port noble, grande et mince, devient aussi implacable que le guerrier le plus féroce qui ait jamais défendu la côte déchiquetée de sa terre natale.

Nous nous sommes rencontrées à Vancouver où elle et son mari, Bill Lightbown, possèdent un appartement. Lavina va bientôt rentrer chez elle, à Haïda Gwaii, pour poursuivre la lutte.

Mon nom indien est *Thowhegwelth*, c'est-à-dire « Bruit-de-Plusieurs-Boucliers-de-Cuivre. » Dans notre culture, ceci indique que j'ai en charge de nombreuses responsabilités car seules les personnes de sang royal étaient autorisées à porter de tels boucliers. Je suis la fille d'Henry et Emily White. Mon grand-père s'appelait Charles Edenshaw, version anglicisée de *Edunsu* ou « Ainsi-Soit-il », ce qui signifie littéralement que sa parole a force de loi. Homme très talentueux, il fut nommé Premier Artiste du Canada et, en tant que grand chef, succéda à son oncle, Albert Edward Edenshaw.

La nation haïda est divisée en deux clans, celui des Corbeaux et celui des Aigles, chacun d'eux comportant de nombreuses subdivisions. J'appartiens au clan des Corbeaux, et à la branche des Yakohanas par ma mère. Mon grand-père était un Aigle. Autrefois, une union ne pouvait se sceller au sein d'un même clan : un Aigle devait se marier avec un Corbeau et vice versa. Mais nos lois matrimoniales sont tombées en désuétude et il nous est très difficile depuis lors de suivre les différents lignages d'autant, qu'à une

époque, notre tribu n'a plus compté que cinq cents membres. Nous avons un long chemin à parcourir avant de pouvoir redresser la situation.

Aujourd'hui, j'ai soixante-treize ans et, enfant, je me souviens d'avoir entendu les Anciens parler des trois épidémies qui frappèrent notre peuple, et évoquer les ravages causés par ces maladies attrapées au contact des Blancs. Jadis, nous étions quatre-vingt mille à peupler ces îles, mais seuls cinq cents purent échapper aux guerres et à la contamination. Aujourd'hui, notre tribu compte environ six mille membres, disséminés un peu partout. Les îles de la Reine-Charlotte sont situées à cent trente kilomètres au sud de l'Alaska et à l'ouest du Continent. Nous les appelons *Haida Gwaii*, c'est-à-dire l'« île des Haïdas » et redonnons à nos terres ancestrales, à nos montagnes et à nos rivières leur nom d'origine. J'espère que tout le pays va agir dans ce sens à l'occasion de l'Année des Peuples Indigènes.

Je me bats essentiellement pour la liberté, d'autant que je suis assez âgée pour avoir connu une existence sans entrave, que ce soit de la part de la police ou des pêcheries. Il m'est donc très difficile de déposer les armes et je veux être là le jour où nous gagnerons la bataille. En menant ce combat, je revendique la reconnaissance de notre souveraineté comme peuple originel, non seulement du Canada mais également des États-Unis, et comme peuple habilité à prendre ses propres décisions, à se gouverner et à reprendre, une fois de plus, le contrôle de sa vie, de son territoire et de ses ressources.

Au Canada, nombre de jeunes se suicident, n'ayant plus d'espoir. Nous en souffrons beaucoup, d'autant qu'une telle attitude est totalement étrangère à notre culture ; la vie est pour nous un bien infiniment précieux. Nous sommes également très inquiets de constater la dégradation de notre planète. L'an 2000 est tout proche maintenant et nous vivons encore sur des réserves sans véritable assise économique. J'ai pu constater qu'en plus du manque de logements, nombre de régions n'ont toujours ni eau courante ni égouts. J'interviens donc dans diverses écoles et universités pour demander aux étudiants de commencer à remettre en question le système imposé par le gouvernement. Ici, la démocratie n'est qu'illusion et, en tant qu'Indiens, nous pensons que cette mentalité coloniale dominante qui régente le pays s'appuie sur l'exploitation de tous, y compris des enfants.

Nous sommes des intrus sur nos propres terres, dans nos propres forêts et, par la force, on a fait de nous des mendiants. Dans le cadre du système canadien des réserves, pas un pouce de ce territoire ne nous appartient. Le gouvernement affirme que nous sommes ici par la grâce de la Couronne qui, seule, est propriétaire de ce pays. Il est étonnant de constater que plusieurs personnes sont venues sur place pour écrire des livres concernant notre *Haida Gwaii*, mais que jamais ceux-ci ne mentionnent notre existence. A croire que nous sommes des pièces de musée.

En 1976, j'ai été la première femme à être élue chef d'un peuple, présidente de la nation haïda. J'ai essayé de remplacer ce titre par celui de « grand chef » et la notion de « présidence » par celle de « chefferie » afin que les mots reflètent davantage notre réalité culturelle.

Mais je fus également, à une certaine époque, une femme déchue de ses droits pour avoir épousé un Indien non affilié[1]. Et, en même temps que mes droits, je perdis mon identité. En effet, la tribu ne permet pas à un Indien non affilié de vivre sur les terres ancestrales ou de participer de quelque façon que ce soit à la vie politique. Par contre, si l'un de nos hommes épouse une Blanche, cette dernière acquiert tous ces droits dont on me priva. Mais,

---

1. Au Canada, les Indiens ont traditionnellement été divisés en trois groupes : les Indiens affiliés (*status Indians*), les non affiliés (*non-status Indians*) et ceux dont la tribu avait signé un traité avec le gouvernement canadien (*treaty Indians*).

Un Indien affilié est celui qui est inscrit, ou peut être inscrit en tant qu'Indien, aux fins de l'Indian Act de 1876 sur l'assimilation à la société canadienne.

Un Indien non affilié est une personne d'ascendance et de culture indiennes qui a perdu ce droit, la raison la plus courante étant, pour une femme, le mariage.

quand nous étions jeunes, nous n'abordions jamais cette question de statut car nous en ignorions tout.

Je me suis mariée à deux reprises. Mon premier mari, Sonny, était un homme du Nord, originaire du Continent. Son père, un individu très brillant, se destinait à être le premier Indien titulaire d'une chaire à l'UBC (University of British Columbia). Mais, pour qu'un Indien puisse travailler ou étudier au sein de la société blanche, il lui fallait abdiquer, non seulement ses droits, mais ceux de sa famille. Quand je me suis mariée avec Sonny, j'ignorais son statut et j'ai automatiquement perdu mes droits. Être dépossédée ainsi de cette identité à laquelle je tenais tant fut pour moi une terrible épreuve.

La Colombie-Britannique est peuplée de vingt-six nations indiennes qui ne parlent pas la même langue. Non pas que nous soyons en désaccord : nous portons simplement un regard différent sur les choses.

Je pense que si chacun commençait à respecter l'identité de l'autre, il y aurait moins de conflits de par le monde. Aux Etats-Unis par exemple, il semble que la violence fasse rage. Si nous apprenions à nous accueillir mutuellement avec nos différences, au lieu de nous enorgueillir de notre *melting-pot*, nous pourrions vivre dans l'harmonie.

Avant l'arrivée des Blancs, nous avions nos propres systèmes éducatif et de gouvernement suivant la région dont on était originaire. Dans notre tribu, la maison-longue était au centre de nos vies. Malgré tous nos efforts, nous avons eu beaucoup de mal à nous adapter au système éducatif occidental où chaque chose est compartimentée car, à nos yeux, tout est lié.

Quand nous étions petits, neuf d'entre nous ont dû quitter les terres ancestrales, la réserve, pour aller en pension. Pour ce faire, le gouvernement n'avait nul besoin d'obtenir l'accord des parents : il lui suffisait de nous emmener. Comme ce premier jour d'école est restée gravé dans ma mémoire ! Des années plus tard, lors d'une émission de radio, on m'a demandé : « Quand avez-vous pris conscience pour la première fois que le gouvernement vous opprimait ? » J'ai dû réfléchir un moment, puis j'ai répondu : « Le jour où je suis arrivée en pension. » Avant que ces mots ne sortent de ma bouche, je n'avais pas réalisé combien cette vie de pensionnaire avait représenté une expérience traumatisante pour moi. A l'époque, j'avais tout juste neuf ans, je ne parlais pas du tout l'anglais, mais une des mes sœurs aînées était avec moi. Par contre, on nous a séparées de notre frère pour l'emmener dans la section des garçons et, à partir de ce moment-là, il nous a été impossible de communiquer avec lui. Je me souviendrai toujours de son regard lorsqu'il s'est retourné avant de traverser ce couloir qui nous paraissait immense. Ce fut très dur et j'ai encore beaucoup de blessures à panser. Aussi, à la radio, me suis-je mise à pleurer : je crois qu'au plus profond de mon être, j'avais toujours su qu'on m'avait volé mon enfance.

Nos Anciens ne sont jamais devenus séniles car on avait besoin d'eux jusqu'à leur mort. Ce sont les oncles et tantes maternels qui apprenaient aux enfants la philosophie et les principes à respecter dans la vie et le travail. D'une part parce que, dans la culture haïda, la lignée se transmet par la femme et que, d'autre part, parents et enfants manquent d'objectivité les uns vis-à-vis des autres. Tel était notre système éducatif.

Nous apprenions tout par la pratique et non pas en restant assis dans une salle de classe. Au sein de notre peuple, chaque groupe était hautement spécialisé dans un domaine particulier : l'un fabriquait des canoës ; un autre était détenteur de notre mémoire collective. On nous apprenait qu'un chef ne recherche ni le prestige, ni le pouvoir ou l'autorité, mais uniquement la prise de responsabilité. Et nous respections le code de l'honneur car l'écrit n'existait pas : il fallait croire l'autre sur parole.

En mettant les enfants en pension, le gouvernement cherchait avant tout à les séparer de leurs parents. Et le résultat fut absolument désastreux. Loin de leur famille, ces jeunes ne reçurent jamais cette nourriture qui développe le corps et l'esprit, et c'est vraiment triste. Aussi, lorsqu'à leur tour ils devinrent parents, furent-ils totalement incapables de transmettre quoi que ce soit à leurs propres enfants. Les répercussions de cette politique se font encore sentir aujourd'hui : nous n'avons pas fini de nous reconstruire.

Après la fermeture des pensionnats, le gouvernement commença à placer nos enfants dans des familles blanches en vue d'une adoption. Et cette politique est toujours en vigueur. Aussi avons-nous appelé à un moratoire à ce sujet, avant même que le législateur n'intervienne. Je travaille à mettre sur pied un véritable système de protection de l'enfance. Dans notre culture, les enfants ont toujours été tenus en très haute estime. Jamais nous n'avons eu d'orphelins car, s'il arrivait quoi que ce soit aux parents, des proches prenaient immédiatement le relais pour les accueillir et pourvoir à leur éducation.

Bien avant l'arrivée des Européens, on nous avait prédit que des êtres à la peau blanche, aux cheveux et aux yeux clairs viendraient nous déposséder de tout, y compris de nos terres, de nos enfants et, si besoin, de nos vies. Mais qu'un accord finirait par être conclu pour que chaque peuple gère ses propres affaires sans aucune intervention extérieure. J'attends ce jour avec impatience.

Une autre prophétie, dont je me suis souvenue récemment car elle semble se réaliser, nous avertissait que le jour où les oiseaux commenceraient à nicher sur le sol, ce serait le début de la fin. Non pas la fin du monde, mais peut-être la fin d'une époque et le début d'une autre. Etant donné la façon dont on abat nos forêts sans même laisser un seul arbre debout, il semble évident que les oiseaux vont devoir faire leur nid par terre.

Les Haïdas sont très doués pour la construction. Ce sont eux qui fabriquèrent les premiers bateaux de pêche de la région : ils étaient superbes. Notre flotte était la plus importante. Mais les compagnies pour lesquelles les nôtres pêchaient finirent par acquérir tous ces bateaux. En plein tribunal, j'ai affirmé qu'elles nous les avaient volés et avaient complètement exclu nos hommes de cette activité. Pourtant, les Haïdas étaient les meilleurs pêcheurs de la côte. On les savait excellents guerriers, aussi ont-ils toujours été craints ; ce qui était indispensable puisqu'ils vivaient seuls sur une petite île, en plein milieu de l'Océan. Enfin, leurs qualités politiques étaient indéniables.

Certains affirment que ce pays est une terre de liberté ; c'est ignorer tout de la liberté. Si, comme moi, ils y avaient goûté, ils n'abandonneraient jamais le combat et la défendraient jusqu'au bout. C'était tellement bon d'être libres ! Nous pouvions nous déplacer n'importe où. Au printemps, en été et en automne, nous moissonnions ; l'hiver, nous nous réunissions avec nos parents et amis. Nous savions à quel moment aller pêcher à la rivière et chaque famille se rendait alors sur ses propres emplacements, dans son domaine.

Quand j'étais jeune, nos cérémonies étaient interdites. Toute petite, avant que je ne sois envoyée en pension, je m'installais dans un coin sans faire de bruit dès que des Anciens venaient rendre visite à mes parents, et je les écoutais raconter l'histoire de notre peuple. Chacun prenait la parole à tour de rôle et j'avais l'impression d'assister à une véritable pièce de théâtre. Tout à coup, à un moment donné, ils se mettaient tous à chanter et à mimer, puis reprenaient le fil du récit. Grâce à eux, j'ai été sensibilisée à notre culture ; ils m'ont transmis leur amour de notre histoire, de nos légendes et de nos chants.

Nous connaissons le récit de la Création et pouvons même indiquer l'endroit exact où Premier Homme est censé avoir été attiré hors d'une coquille de palourde : c'est à Rospitas ou *Nekut*. Dans notre culture, le Corbeau symbolise le Créateur et, d'après nos légendes, lorsqu'il eut fini de créer le monde, Corbeau se sentit seul. Alors, il se dirigea vers la langue de terre et fit sortir l'être humain d'une coquille de palourde. Je pensais qu'il s'agissait de l'homme et de la femme mais j'appris plus tard que la femme était sortie d'une coquille de moule au sud de l'île.

Je tiens à raconter cette histoire car les Blancs continuent à affirmer que nous sommes arrivés par le détroit de Béring. Mais notre peuple sait que nous sommes ici depuis la nuit des temps.

BELLA BELLA

Emma Humchitt : le potlatch

*La communauté de pêcheurs installée aujourd'hui à Waglisha,
réserve de Bella Bella, descend de différentes tribus heiltsuks qui
parlaient toutes la même langue, le kwakiutl, et peuplaient environ
dix mille kilomètres carrés de l'actuelle Colombie-Britannique. Elles
étaient et sont encore divisées en quatre clans : le Corbeau, l'Aigle,
l'Orque et le Loup.*

*Emma Humchitt est la veuve du chef héréditaire Wigvilba Wakas
(Leslie Humchitt) et la mère d'Harvey Humchitt Senior, le chef actuel.
Elle est timide et parle d'une voix douce. Aussi, Connie et Glen Tallio,
sa fille et son gendre, l'aident-ils à répondre à mes questions.*

*Elle me raconte le potlatch qu'elle a organisé récemment pour
célébrer le deuxième anniversaire de la mort de son mari et le rite
d'initiation de son petit-fils de dix-neuf ans, Harvey Junior. Le potlatch est une cérémonie qui dure plusieurs jours et qui se tient à
l'occasion de divers événements tels qu'une naissance, un mariage,
un deuil, l'attribution d'un nom, les premières règles d'une jeune fille,
l'entrée dans l'âge adulte ou encore l'accession d'un nouveau chef à
sa fonction. Les hôtes offrent des couvertures, des vêtements, des
canoës et toutes sortes d'objets. Il faut parfois des années pour préparer une telle cérémonie qui peut coûter à la famille l'intégralité
de sa fortune. Mais elle gagne en respect ce qu'elle perd en biens
matériels.*

Le gouvernement canadien frappa ce rituel d'interdiction dès 1884.

Aussi, en 1922, lors d'un potlatch, *des agents des Affaires indiennes intervinrent, confisquant de nombreux trésors et emprisonnant tous les participants. Depuis 1951, cette cérémonie peut à nouveau se dérouler normalement et en toute légalité.*

Venus de toute la côte, des chefs, des Anciens et leurs familles assistèrent au potlatch *organisé par la famille Humchitt. Emma est photographiée portant dans ses bras sa petite-fille Morgan.*

L ors de mon premier *potlatch*, j'avais douze ans, les cheveux longs et je portais une simple robe ; à l'époque, les filles ne mettaient jamais de pantalons. Au cours de ces cérémonies, les adultes nous demandaient de nous tenir tranquilles et de ne pas courir partout ; aussi, je restais toujours auprès de ma mère. Vêtus de costumes traditionnels aux styles et motifs variés, les danseurs portaient aussi des couvertures décorées de coquillages en nacre. Assis sur deux rangées de bancs installés dans une grande salle, nous n'avions pas le droit d'aller les rejoindre à moins d'y être invités. Et, comme nous mangions toujours avant que les danses ne commencent, notre mère apportait sur place des bols, des assiettes et des cuillères.

A l'occasion de mes premières règles, je dus garder le lit pendant quatre jours sans manger, n'ayant droit qu'à une tasse de thé quotidienne. Je me levais très tôt et deux de mes tantes me donnaient un bain, mais il m'était interdit de sortir pour participer à une quelconque activité, et ce, jusqu'à l'arrêt du flux menstruel. Ma mère m'occupa en me confiant des travaux de couture, de broderie et de tricot et, aujourd'hui encore, ce sont mes activités préférées. Au cours de ces quatre jours d'isolement, je ne devais toucher ni couteau ni paire de ciseaux.

Chacun de nos quatre clans est composé de différentes familles. Normalement, on ne doit pas se marier à l'intérieur de son propre clan. C'est une position difficile à expliquer par des mots mais qui tient davantage de la culture que de la religion. L'un de mes trois

noms indiens, *Ola*, me vient de mon père. Il appartenait au clan de l'Orque.

Je n'avais jamais vraiment participé à des *potlatchs* avant que mon mari ne soit honoré en tant que chef. Nous dûmes alors assister à ces cérémonies du début jusqu'à la fin. Ce fut intéressant et très instructif d'observer ce qui se passait, l'attitude des gens, les cadeaux reçus. Un *potlatch* s'ouvre vers quatre ou cinq heures du matin pour se terminer très tard dans la nuit et se tient dans une salle décorée de branchages de cèdre enroulés autour de poteaux : on a vraiment l'impression d'être en pleine forêt. Au début de la cérémonie, les hôtes distribuent toutes leurs affaires. Puis ils exécutent la danse de Tanis au rythme des tambours et des chants traditionnels. Selon les circonstances, ils peuvent utiliser aussi des sifflets creusés dans du cèdre et qui émettent un son proche du cri de l'aigle, du corbeau ou du huard.

Le jour où mon mari reçut ses noms cérémoniels, nous avions organisé un banquet funéraire, et non un *potlatch*, en mémoire de son père. Ce fut Leslie lui-même qui prépara le repas. Auparavant, nous nous étions déjà séparés d'une partie de nos biens, le rang d'un chef étant à la mesure de ses dons. De plus, un chef est l'unique personne responsable de son peuple et, à ce titre, mon mari s'était préalablement assuré que tous seraient pourvus en nourriture et en bois pour l'hiver.

Un *potlatch* du Souvenir a lieu un ou deux ans après un décès : son but est d'aider les parents et amis à sécher leurs larmes et à surmonter leur chagrin. Cette cérémonie s'ouvre par des chants funèbres qui témoignent de notre respect à l'égard de ceux qui nous ont précédés dans la mort. De nos jours, les chanteurs tambourinent sur des bûches de cèdre rouge évidées, mais continuent à utiliser également l'instrument rond traditionnel fait à partir d'une peau de daim. Les proches, une couverture brodée autour de leurs épaules, sont assis près de la pierre tombale dissimulée sous une étoffe jusqu'à la fin des chants. Puis tous les chefs se mettent à danser, la tête recouverte d'une coiffe ornée de duvet d'aigle. Ce duvet volette à travers la salle et, lorsqu'il recouvre le sol, nous y voyons un signe de purification. Alors les chefs rendent grâce, et le repas commence.

Lors d'un *potlatch*, nous mangeons essentiellement des mets traditionnels. Le saumon est servi sous toutes ses formes : fumé, frit, cuit au four, grillé ou farci. Nous proposons également du flétan, du crabe, des crevettes, des huîtres, de la salade de pommes de terre, du riz, des algues ainsi que des beignets et de la soupe de palourdes. Les hôtes se chargent de se procurer les aliments nécessaires pour les repas servis le premier jour, mais ils embauchent du personnel pour faire la cuisine. Il faut nourrir beaucoup de monde, de trois cent cinquante à cinq cents personnes qui se sont déplacées de tous les coins du pays pour assister aux cérémonies.

Le lendemain, on sert du ragoût de bœuf ou de chevreuil. Parfois, la famille se proposera pour préparer un ou plusieurs repas. Lors de la mort de mon mari, le *potlatch* dura trois jours mais nous n'eûmes à cuisiner que le premier jour. La cérémonie du *giveaway* eut lieu le dernier soir et nous distribuâmes les cadeaux que nous avions faits ou achetés : objets artisanaux, couvertures, vaisselle, serviettes de toilette, taies d'oreiller, draps et torchons. Auparavant, nous avions déjà confectionné et offert nombre de couvertures décorées, de gilets et de tuniques. A cet effet, ma fille était arrivée trois semaines à l'avance pour m'aider pendant que son mari et son fils fabriquaient des masques.

J'ignore les raisons exactes qui poussèrent le gouvernement à interdire le *potlatch*. Peut-être les Blancs étaient-ils las de voir ces pauvres Indiens démunis dilapider le fruit de leurs pêches en prévision d'une cérémonie. Je me souviens d'avoir lu certains articles concernant le raid de 1922. Des masques et des couvertures cérémonielles furent confisqués et des mâts totémiques réduits en cendres. Des gens furent jetés en prison ; j'ignore pour combien de temps. Quelle injustice ! Par la suite, les Indiens ont continué à danser et à chanter mais je ne pense pas qu'ils se soient déplacés autant à travers le pays. Aujourd'hui, on essaie de faire revivre ces cérémonies et on a dû construire un centre culturel pour y conserver nos objets sacrés.

Nous ne sommes pas matérialistes car, à nos yeux, ce sont les membres de notre famille qui constituent nos richesses. Au cours de notre *potlatch*, nous avons distribué des bols remplis de pommes. C'est un geste traditionnel pour un chef. Ces bols ciselés — offerts aux autres chefs, aux amis proches ou aux *Umaqs*, c'est-à-dire à la femme ou à la fille d'un chef — ressemblent à ceux que nos ancêtres offraient déjà au cours de rituels identiques. Puis, nos parents et amis en ont fait don aux autres invités.

A la mort de mon mari, étant les hôtes, nous n'avons reçu aucun cadeau. Il nous a fallu deux ans pour préparer le *potlatch*. Lorsque l'état de santé de Leslie fut tel que les médecins ne lui donnèrent plus que six mois à vivre, j'ai commencé à m'organiser en prévision des différentes cérémonies. Je mis de côté des tissus et autres articles de mercerie que nous utilisâmes lors du banquet funéraire. Puis, après ce repas, j'ai recommencé à faire des économies en vue du *potlatch* que je me devais d'organiser en tant que veuve d'un chef très respecté.

Nous avons également confectionné des robes noires et des vestes portant l'emblème de mon mari, l'Aigle et l'Orque, que nous avons revêtues au cours de la cérémonie. Dans notre culture, ce rituel est le plus important. Chaque chef a son propre danseur Tanis, son Homme de la Forêt, et Harvey Junior a toujours tenu ce rôle auprès de mon mari. A cet effet, il dut être initié afin de devenir, spirituellement et rituellement, un véritable Tanis. Il y avait soixante-dix ans qu'un tel événement ne s'était pas produit à Bella Bella. Harvey partit seul dans la forêt et jeûna, ayant uniquement le droit de boire de l'eau.

Trois personnes le surveillaient de près, mais elles n'étaient pas véritablement avec lui. Elles ignoraient même parfois où il se trouvait car, en guise de camouflage, il avait ceint son front, ses poignets, ses chevilles, sa taille et son cou de couronnes de sapinciguë, ce qui lui permettait de se confondre avec les arbres de la forêt. Il était là pour méditer et communiquer avec son être spirituel afin de découvrir ce à quoi il se destinait, quel chemin il emprunterait et s'il allait opter pour le bien ou le mal au cours de son existence. L'avenir dépendrait de ce qui habitait son esprit et son cœur au cours de ces quatre jours de quête intérieure.

Le *potlatch* commença lorsque Harvey Junior fit son entrée dans la salle, une fois devenu le Tanis qu'il avait cherché en jeûnant et en méditant dans la forêt. Il était faible et fatigué et ne se souvient absolument pas de cette arrivée et de tous ces gens qui l'accueillaient, témoins de sa métamorphose. Cette initiation fut un tel moment d'émotion, une telle expérience spirituelle, que des larmes perlaient sur tous les visages. A quatre reprises on dansa la danse de Tanis autour de la salle, puis Harvey se retira dans son petit abri en branches de cèdre décoré d'une feutrine rouge.

Des marches permettaient d'accéder au sommet du mât totémique de Tanis où était déposé un morceau de cuivre, sorte de blason familial. Des traits gravés sur cette pièce témoignaient de tous les *potlatchs* organisés par la famille, retraçant ainsi, en quelque sorte, son histoire. Harvey se mit à monter et à descendre les marches pendant que le son des tambours se faisait de plus en plus fort, l'encourageant à danser.

Ce qu'il fit trois heures durant au son des tambours et des chants, jusqu'à retrouver son état normal. C'est une danse véritablement spirituelle. Il y a des années, il était interdit de prendre des photos pendant son exécution et, lors de l'initiation de Harvey, seule sa famille y fut autorisée.

Comme le veut la tradition, on brûla le mât totémique de Tanis à la fin de la cérémonie. Il devait être totalement calciné afin de ne laisser aucune trace. Puis, tout le monde partit dans une ambiance de très grande harmonie et de paix, signe que le *potlatch* avait été correctement organisé.

Lorsqu'on désire honorer certaines personnes en particulier, on peut leur offrir des bijoux en argent ciselé ou des couvertures indiennes. J'ai même entendu parler de gens qui s'étaient séparés de leur vaisselier, de leurs chaises, d'un canoë ou encore d'un bateau à moteur. D'autres font à tous le même cadeau ; je pense à la graisse d'eulachon[1] par exemple, que nous utilisons pour y plonger du poisson fumé, du hareng séché ou des pommes de terre : c'est délicieux.

Pour notre part, nous avons distribué des seaux remplis d'œufs de hareng que nous avions récoltés à l'intention des différents villages qui n'ont pas l'habitude d'en consommer. Le dernier soir, un des cousins de mon mari qui lui était particulièrement cher et pour lequel il avait toujours eu beaucoup d'estime vint nous apporter du sucre, de la farine, des algues et du riz que mes petits-enfants emballèrent avant d'en faire cadeau aux invités. Par contre, j'ai conservé les habits de Leslie afin de pouvoir les donner plus tard à mes petits-fils, à l'exception de quelques chemises que j'ai offertes à ses proches amis.

Par la suite, nous avons partagé les frais entre nous et nous sommes entraidés, mais il nous a fallu un certain temps avant de retomber sur nos pieds financièrement.

Lorsque mon petit-fils fut atteint de leucémie quelque temps après, nous organisâmes de nombreux *potlatchs*. Aujourd'hui, il connaît une période de rémission et si la maladie ne réapparaît pas dans les cinq années à venir, il sera hors de danger, d'autant que la greffe de moelle osseuse qu'il a subie a très bien pris. Afin de remercier les gens pour leur soutien et leur générosité durant cette période difficile, nous les avons invités à un dîner de bienvenue qui s'est clôturé par une cérémonie de *giveaway*. Là encore, nous avons dépensé beaucoup d'argent. Et, aujourd'hui, la famille s'agrandissant, nous désirons attribuer des noms indiens aux enfants qui n'en ont pas, même à ceux qui sont encore dans le ventre de leur mère : il nous faut donc penser à préparer un nouveau *potlatch*.

---

1. Traditionnellement, la graisse tirée de ce poisson constituait une denrée particulièrement recherchée. L'huile s'obtenait en empilant les poissons à moitié décomposés dans des boîtes de bois placées ensuite dans de l'eau où l'on jetait des pierres chauffées. Il n'y avait plus alors qu'à recueillir l'huile qui se formait à la surface. Cette graisse remplaçait les sauces et le beurre ; elle était utilisée dans les fêtes et offerte en cadeaux par tous les peuples de la côte nord-ouest. Elle est toujours consommée aujourd'hui.

Dans notre culture, ce sont les liens familiaux qui nous enrichissent et non pas les biens matériels. D'ailleurs, je crois qu'il s'agit vraiment d'une valeur partagée par tous les Indiens : nous accordons une place très importante à la famille et à la qualité du temps partagé. Lorsque j'étais petite, on m'a toujours appris à aider mes frères et sœurs et à ne jamais les humilier, même s'ils avaient mal agi. Et si l'un des nôtres rencontre des difficultés, il se voit immédiatement aidé et entouré sans avoir besoin d'en faire la demande. C'est pourquoi je suis fière de mon peuple : il est bon et généreux.

KIOWA

Gus Palmer : la Société des Jambières noires

Ennemis des Cheyennes et des Sioux, les Kiowas ont été parmi les plus belliqueux de tous les Indiens des Plaines. Au début du XVIIe siècle, ils habitaient la haute vallée de la Yellowstone River, à proximité des Black Hills. Puis, en 1805, ils ont émigré vers le sud pour s'installer dans ce qui est à présent l'est du Colorado et l'ouest de l'Oklahoma, bataillant contre les Navajos et les Utes, mais aussi contre les Blancs venus de l'Est. Finalement, en signant à Fort Sill, Oklahoma, en 1867, le traité de Medicine Lodge, ils ont fait la paix avec le gouvernement des États-Unis et accepté de se regrouper sur une réserve en compagnie des Comanches. En 1901, la politique fédérale de lotissement a débité les terres des réserves en parcelles qui ont été attribuées à chaque famille et, aujourd'hui, la plupart des Kiowas vivent dans l'ouest de l'Oklahoma, aux environs d'Anadarko.

Gus Palmer est commandeur de la Société des Jambières noires et prêtre de l'Église des Premiers Américains. Il habite une magnifique maison qu'il s'enorgueillit d'avoir peinte lui-même, intérieur et extérieur. Sa famille habite à proximité, dans des maisons qu'il a aidé à construire. Gus est fier de ce qu'il est comme de ce qu'il a accompli.

Je m'appelle Gus Palmer et j'appartiens à la tribu des Kiowas. Je suis né à Anadarko, Oklahoma, le 1er janvier 1919. J'habite ici depuis cinquante et quelques années, et j'y ai élevé mes

enfants. Tous deux originaires de l'est de l'Oklahoma, mon grand-père paternel était un Irlandais, et ma grand-mère paternelle une Choctaw. Les parents de ma mère, quant à eux, étaient des Kiowas de sang pur.

A l'origine, les Kiowas vivaient plus au nord, aux environs de ce qui est aujourd'hui le Wyoming. Puis, ils ont émigré vers le sud et sont venus habiter aux confins du Kansas, de l'Oklahoma, du Nouveau-Mexique et du Colorado. Ils y vécurent jusqu'à ce que le gouvernement des États-Unis signe, en 1867, le traité de Medicine Lodge avec les Kiowas, les Comanches, les Apaches, les Arapahos et les Cheyennes, leur accordant un million et demi d'hectares en Oklahoma. Les trois tribus qui ont été installées ici, dans la région d'Anadarko, ont finalement obtenu quatre-vingts hectares, et le reste a été vendu par le gouvernement à des non-Indiens. Nous vivons toujours aujourd'hui sur cette même superficie.

Au cours de la Seconde Guerre mondiale, j'ai servi dans la huitième division aérienne ; j'appartenais au 96e groupe de bombardement, j'étais mitrailleur sur un bombardier B-17, une forteresse volante. Nous avons effectué vingt et une missions. J'ai reçu deux décorations de l'armée de l'air, avec feuilles de chêne[1], et la médaille de la Victoire ; notre unité, quant à elle, a eu les honneurs d'une citation présidentielle.

Pendant que j'étais à la guerre, je me suis promis que si j'en réchappais, je ferais quelque chose pour notre tribu. Quand je suis revenu chez moi, j'ai organisé une réunion de tous les Kiowas qui avaient servi dans l'armée. Nous nous sommes retrouvés à la maison des anciens combattants de Carnegie, Oklahoma. Ils étaient cinquante à avoir répondu à mon appel. Je leur ai expliqué que nous aurions intérêt à nous unir parce que les États-Unis, pour lesquels nous venions de combattre, ne se rappelleraient bientôt plus que nous avions été sous les drapeaux. En nous organisant, nous pourrions leur rafraîchir la mémoire. A l'automne, nous avons participé

---

1. Feuilles de chêne en bronze, appliquées sur le ruban d'une décoration et indiquant qu'elle a été décernée pour la seconde fois.

aux célébrations du *Veterans Day*[1]. Au moins, ils ont dû reconnaître ce que nous avions fait, et nos noms n'ont jamais été oubliés.

La Société des Jambières noires a toujours existé chez les Kiowas, mais le gouvernement s'est efforcé de mettre fin à ses activités car c'était notre société guerrière et elle protégeait notre peuple. J'ai pensé que nous devrions lui redonner vie, et donc j'ai annoncé que nous allions le faire.

Le nom de cette société vient du fait que ceux qui en faisaient partie peignaient en noir leurs jambes, du genou à la cheville, et leurs bras, du coude au poignet. Leur poitrine, leur ventre, leur dos et le reste de leurs membres étaient, eux, peints en jaune. En ce temps-là, ils n'étaient vêtus que d'un pagne en peau.

Certains membres de ma famille portent une cape rouge, en souvenir d'un de mes arrière-grands-pères. C'était un Blanc qui avait été capturé bébé et élevé par notre tribu. Quand il eut environ trois ans, on remarqua que lorsqu'il se mettait en colère sa figure devenait toute rouge, et on l'appela *Gool-hla-e*, ce qui signifie : Celui-qui-rougit ou Garçon Rouge. C'est le nom qu'il a mérité.

A cette époque, quand les jeunes garçons devenaient des hommes, ils cherchaient à acquérir une réputation de guerrier. Il leur fallait, entre autres faits d'armes, toucher leurs ennemis avec leur lance ; on appelait ça « compter un coup ». Mon arrière-grand-père a combattu aux côtés de ces jeunes guerriers, et ils sont allés ainsi jusqu'au Mexique.

Ils s'absentaient parfois pendant des mois, voire des années. Une fois, ils ont rencontré des soldats mexicains, et l'officier qui les commandait portait une cape rouge. Mon arrière-grand-père a tué cet officier mexicain, lui a pris son uniforme et a conservé la cape rouge comme trophée de guerre. Et nous, ses descendants, nous portons une cape rouge en son honneur, mais seuls mes frères, mes cousins et moi en avons le droit.

---

1. La fête des anciens combattants, célébrée le 11 novembre.

Depuis que nous avons réorganisé la Société des Jambières noires, nous célébrons régulièrement « le retour du guerrier ». Nous nous réunissons au moins deux fois par an, et nous ne dansons qu'à ces occasions-là.

La Société compte environ deux cents membres et, lors des réunions, une quarantaine d'entre nous portent le costume et les peintures traditionnels. Nous avons des lances et nous pouvons les orner d'une plume d'aigle pour chaque acte de bravoure que nous avons accompli. La mienne compte vingt et une plumes d'aigle, autant que de missions de bombardement effectuées au-dessus du territoire ennemi. Les hommes blancs reçoivent des médailles, et nous des plumes d'aigle. Autrefois, les Kiowas accrochaient des scalps à leurs lances qu'ils décoraient comme ils l'entendaient.

Mon nom indien est Mypah et signifie : Celui-qui-fait-bondir-un-ennemi-en-le-frappant. Il m'a été donné par un cousin de ma grand-mère, qui a été comme un autre grand-père pour moi. Ma grand-mère m'a raconté que j'avais reçu ce nom parce que le père de ce cousin, un homme-médecine du Bison, accompagnait les guerriers au combat et les soignait lorsqu'ils étaient blessés.

J'ai grandi au sein de l'Église des Premiers Américains. Mon père était un prêtre de cette église et il avait un aide qui entretenait le feu toute la nuit. Quand j'étais jeune, j'accompagnais parfois mon père et il me disait :

— Je vais à une veillée organisée pour quelqu'un qui est malade.

J'ai assisté à ma première réunion à l'âge de neuf ans. Elle était tenue par mon père. Sur le coup, je n'ai pas bien compris ce qui se passait. Je connaissais seulement quatre chants. Mon père m'a dit :

— Après minuit, tu pourras chanter ces quatre chants.

Le tambour et la gourde passaient de main en main, et ils ont chanté toute la nuit. Comme j'étais jeune, je n'ai pas compris grand-chose, seulement que tous priaient et chantaient. J'ai bu de la médecine, deux ou trois petites gorgées. Je n'ai pas tout compris, mais je savais que j'étais seulement censé prier.

J'ai assisté à des guérisons, du temps où mon père et les Anciens organisaient des veillées. En ce temps-là, on ne connaissait que la médecine traditionnelle. Il y avait des hommes-médecine aussi capables que n'importe quel docteur. Ils disaient :

— Voici la médecine que le Créateur a faite. Elle peut te guérir si tu la prends et que tu Lui demandes de t'aider.

Maintenant que nous avons toute cette médecine moderne, nous ne nous servons plus beaucoup de ça. Pourtant, il y a deux semaines, nous avons construit une loge et organisé une veillée pour une femme qui souffre d'un cancer, et elle est toujours solide, elle ne renonce pas. Je lui ai donné un bouton de peyotl séché et je lui ai dit :

— Je vais en préparer un, spécialement pour toi, je dirai des prières sur lui et je te le donnerai.

Quand quelqu'un est malade, je me sers de ces plumes qui m'ont été données par mon beau-père ; il s'en servait pour soigner les malades. Ce sont les plumes d'un oiseau qu'on appelle une dinde d'eau[1]. Je ne suis pas un homme-médecine, j'essaye seulement d'aider les gens. C'est ce qu'il faut faire, je ne cherche pas à en tirer profit comme ça se passe dans d'autres tribus. Je dirais plutôt que je suis une sorte de prêtre.

Certains de ceux qui sont venus me voir ont été guéris, dont un qui avait un ulcère. Ils ont pris une médecine à base de peyotl et ça leur a fait du bien. D'autres ont eu peur d'en prendre et n'ont pas été guéris. Mon beau-frère avait, lui aussi, un ulcère et il s'en est débarrassé de cette façon. Maintenant, les gens viennent rarement me voir quand ils sont malades, mais des réunions sont tenues pour fêter un anniversaire ou le retour d'un fils qui a terminé son service militaire.

Il m'est arrivé d'entretenir le feu à l'occasion de veillées organi-

---

1. Sorte de serpentaire d'Amérique ; *Anhinga anhinga*.

sées par ma belle-famille. De temps à autre, il m'arrive de diriger le rituel de l'Église des Premiers Américains, quelle que soit la raison pour laquelle il est célébré.

J'ai été choisi pour aller à Washington représenter notre Église devant une sous-commission du Congrès. Il était alors question d'un projet de loi qui, visant notre foi, se proposait d'amender la loi sur la liberté des cultes amérindiens pour interdire l'usage du peyotl. Un représentant de la *Food and Drug Administration*[1] est venu expliquer à la sous-commission que, dans la mesure où le peyotl est répertorié comme médicament, les Indiens peuvent en consommer d'une manière cérémonielle au cours des réunions de l'Église des Premiers Américains. Il y avait là, venu des plaines du Nord, un autre représentant de notre Église qui affirmait qu'elle comptait deux cent cinquante mille fidèles dans son secteur.

Je n'ai pas fait ça pour notre Église, mais pour protéger le peyotl. Pour moi, c'est un sacrement que nous a donné le Créateur. Je veux dire par là qu'il a créé le peyotl tout exprès pour les Indiens, bien avant le début du christianisme. Nous utilisons le peyotl comme les catholiques se servent de l'hostie, et on ne les a jamais vus en abuser. C'est la même chose pour nous. Le Créateur a créé cette plante à notre usage. Il est présent dans le peyotl, comme dans l'air que nous respirons, Il est omniprésent. Je peux certifier que pas un de nous n'abuse du peyotl, et nous voulons qu'il soit protégé parce que nous le consommons uniquement au cours de nos cérémonies.

L'utilisation rituelle du peyotl a débuté dans le sud-ouest de l'Oklahoma. A la fin du siècle dernier, un anthropologue nommé James Mooney est venu vivre parmi les Kiowas. C'est lui qui a fait les démarches nécessaires pour obtenir l'autorisation de consommer le peyotl d'une manière cérémonielle au sein de notre Église. Le gouvernement a tenté de s'y opposer, mais Mooney s'est entêté et a fini par avoir gain de cause en 1918. En 1944, les Navajos ont incorporé le peyotl dans leur propre religion, et dans les années

---

1. Office de contrôle des produits alimentaires et pharmaceutiques.

cinquante, les tribus des plaines du Nord ont rejoint l'Église des Premiers Américains.

On dit que ce sont les femmes qui ont été les premières à avoir connaissance des propriétés du peyotl. La tradition raconte qu'une femme s'était égarée avec son enfant. Les esprits lui conseillèrent de cueillir une certaine plante et de la manger, lui disant qu'elle aurait ainsi toute la nourriture et la boisson dont elle avait besoin. Ils lui dirent aussi qu'après ça elle retrouverait les siens. Et c'est ce qui arriva. Une fois qu'elle l'eut mangé, le peyotl lui donna la connaissance.

Quand vous consommez du peyotl, ça vous rend humble. Je ne suis pas très favorable à ce que l'on soigne, lors des réunions de prière, les personnes qui ont des problèmes d'alcoolisme. Mais s'ils viennent, je leur dis :

— Ici, vous allez apprendre à prier dans votre langue maternelle.

Ces jeunes hommes sont prisonniers des biens matériels. Et ce n'est pas facile de les soigner car à présent ils s'adonnent à toutes sortes de choses. C'est difficile pour eux d'être parmi nous alors qu'ils préféreraient rester au-dehors.

— Mais si vous entrez, vous entendrez tous ces gens qui prient le Créateur, tous ces chants, ces magnifiques chants qui ont été donnés aux Indiens ; vous verrez le résultat, et vous vous sentirez bien.

Aujourd'hui, ils voudraient que je leur enseigne leur langue maternelle, que je leur apprenne quelques-unes de nos traditions pour qu'elles ne se perdent pas. Notre premier devoir envers notre tribu, c'est d'éviter de rompre avec les jeunes, même s'ils sont désormais intégrés dans une autre culture. Ils sont en train de perdre leur langue. Ils ne savent plus quel nom donner à leurs parents, ni pourquoi leur donner ce nom. Ils auraient plus de respect pour eux s'ils ne les appelaient pas par leur prénom. C'est le monde à l'envers. Nous allons leur apprendre à saluer les autres. Je pense qu'un grand nombre d'entre eux aimeraient renouer avec ça, ou l'apprendre, pour pouvoir continuer la tradition.

Avant, tout était transmis oralement ; rien n'était écrit. Les grands-parents instruisaient leurs petits-enfants l'un après l'autre. Ils leur parlaient des dix ballots sacrés sur lesquels nous veillons jalousement, et ils leur expliquaient d'où ils venaient.

Le récit traditionnel de l'origine de notre peuple peut se résumer ainsi : Une grand-mère fabriqua une roue pour que ses deux petits-fils puissent jouer avec. Elle dit à l'un des deux : « Ne la lance jamais en l'air. » Mais la curiosité fut la plus forte et il la lança en l'air. Quand elle retomba, il l'esquiva mais elle le poursuivit. Elle le partagea en deux, créant deux êtres semblables. Ils n'étaient pas jumeaux, on les appelait « moitié de garçon ». Ils se considéraient comme frères. L'un des deux dit : « Je vais aller dans le lac. » Et l'autre dit : « Je vais placer les différentes parties de mon corps dans dix ballots. »

Nous conservons toujours ces dix ballots. Ils sont gardés par dix personnes différentes. Il y en a un dans ma famille. Il se transmet de génération en génération. Le frère de mon beau-père le gardait. Il le tenait du grand-père de sa femme. En étant les gardiens, ils devaient emporter le ballot avec eux partout où ils allaient et ne jamais le laisser sans surveillance. Avant, ils le gardaient dans leur tipi ; à présent, ils le conservent dans leur maison. Maintenant qu'ils ont des voitures, ils doivent le prendre avec eux quand ils se rendent quelque part. Aussi longtemps qu'il existera des Kiowas, ils garderont ces dix ballots qui remontent à l'origine de leur peuple.

Ces histoires servaient à apprendre aux enfants comment ils étaient censés vivre, comment ils devaient se comporter. Un été, il y a quinze ou seize ans de ça, j'ai repris le flambeau. Nous appelons les petits enfants des lapins. Dès qu'ils sont capables de marcher jusque chez moi, je chante pour eux, et je leur raconte certaines de ces légendes. Je demande à leurs mères et grands-mères d'apporter leurs magnétophones et de m'enregistrer, afin que ces chants et ces contes ne soient pas perdus. Quelqu'un a organisé une fête pour les enfants, et il en est venu deux cents ou trois cents à la salle de danse. Un des chants que j'ai chantés appartenait au cycle de ces deux « moitiés de garçon », et je leur ai expliqué la signification de chaque mot car ils ne savent pas parler kiowa.

Certains de nos chants sont perdus. J'ai appris ceux que je sais de ma grand-mère. Pour une raison ou une autre, ils me sont restés en mémoire, et je sais à quoi les rattacher. Comme celui qui parle d'un bison, un petit bison rouge. Savez-vous que les bisons sont rouges quand ils sont petits ?

Il y en a un autre qui parle des chiens de prairie. Il y avait une fois un homme qui était grand. Il appelait tout le monde *sagee*, neveu. Il aimait tricher, mentir et se vanter. Tout en lui était mauvais. Il s'approcha d'un groupe de chiens de prairie. Tout ce qu'il voulait, c'était s'emparer d'eux, les faire cuire et les manger. Alors il leur dit : « Je vais faire quelque chose pour vous tous. Je vais chanter et vous danserez. Quand je chanterai la chanson des chiens de prairie vous danserez en fermant les yeux. Gardez bien les yeux fermés pendant que je chanterai. » Il avait un bâton et les frappa derrière la tête sans qu'ils s'en aperçoivent. Il les trompa et les tua. Tous sauf un, le plus petit, qui avait gardé les yeux ouverts. Il le vit tuer tous les autres. Il se sauva et disparut dans son terrier. On racontait cette histoire pour expliquer pourquoi il y avait toujours des chiens de prairie.

Avant que les enfants s'en aillent, je leur ai dit :

— Demandez à vos mères, à vos grands-mères de vous aider à vous habiller comme les Anciens. Revenez ici et asseyez-vous devant moi que je puisse vous voir. Nous vous décernerons des prix ; nous vous donnerons des cadeaux. Vos mères et vos grands-mères vous verront danser, elles seront fières de vous et diront quelque chose en votre honneur, comme on le fait pour un adulte. Un jour, vous deviendrez des personnes importantes et utiles pour votre peuple.

Ils sont revenus avec des châles et tout le reste.

Je ne veux pas me sentir abandonné parce que je suis un Ancien. Nous avons cinq arrière-petits-enfants, et l'un d'entre eux ne va pas tarder à marcher. Je vais l'appeler *Gool-hla-e*, Petit-garçon-qui-rougit, en souvenir de mon arrière-grand-père, parce qu'il a la peau très claire et rougit facilement.

YUROK

GEORGINA **T**RULL : enseignante

*La maison de Georgina et John Trull est située en pays yurok, à envi-
ron vingt kilomètres à l'est de la petite ville de Hoopa et à trente
kilomètres du pont qui traverse la Klamath River au nord de la
Californie. Pour y parvenir, j'ai dû emprunter une petite route étroite
qui serpente au-dessus des berges escarpées de la rivière. Le terrain
est abrupt et couvert de chênes, d'érables et de madroños[1] à
l'écorce rouge et lisse. Leur maison, bleue et blanche, se niche à
flanc de coteau et surplombe la rivière. Pendant ma visite, une grosse
chienne et sa portée avaient élu domicile sous la véranda et des
chats se promenaient partout. A l'intérieur, le salon clair et bas de
plafond était décoré de nombreuses photos de leurs enfants et
petits-enfants.*

*Georgina est leste et rapide dans ses mouvements. D'ailleurs, elle
ne porte pas ses soixante-dix-sept ans. Une certaine paix émane de
cette femme qui rit aisément, surtout des histoires de son mari.*

*Nous nous sommes installés sur la véranda, levant de temps à
autre les yeux vers le ciel pour regarder un faucon décrire des cercles au-dessus de nos têtes.*

---

1. Arbre à feuilles persistantes de la famille de la bruyère, aux épaisses feuilles ovales et aux baies rouges comestibles que l'on rencontre dans le nord-
ouest des États-Unis.

Je suis membre de la nation yurok établie sur la rive nord de la Klamath River. Nous sommes originaires d'un village indien jadis important, Shregon Village, situé à environ un kilomètre d'ici. Quand j'étais jeune, il n'y avait ni routes, ni voitures : nous étions isolés de tout. Nous nous rendions à l'épicerie en bateau, à cheval, ou encore à pied. Sous bien des aspects, cette vie était préférable à celle d'aujourd'hui car il n'y avait pratiquement ni drogue ni alcool. De plus, nous n'étions jamais seuls, ayant toujours la possibilité d'aller au village rencontrer d'autres enfants de notre âge. Le soir, comme unique distraction, nous écoutions des histoires racontées par les Anciens. Mais, quand la vie du village a commencé à se désagréger, de plus en plus de gens se sont mis à boire.

Notre peuple ne s'est jamais doté d'une structure bien définie ; malgré cela, il a réussi à survivre et à être autonome. Pour la plupart, nous n'avons pas connu de moments vraiment difficiles au cours de notre existence, mais nous dûmes travailler dur pour y arriver. Jamais nous n'avons compté sur le Bureau des Affaires indiennes pour répondre à nos besoins et nos jeunes pourront survivre sans devoir dépendre de ses allocations car ils savent que, pour s'en sortir, il faut se donner du mal.

Je parle encore couramment le yurok. Je l'ai enseigné à l'école de la réserve pendant une vingtaine d'années ; j'ai pris ma retraite il y a un an, mais je continue à donner des cours aux enfants et aux jeunes. Les petits de la maternelle et du cours élémentaire sont des élèves attentifs. Mais, dès qu'ils grandissent, leurs aspirations évoluent et c'est d'autant plus difficile pour eux que leurs parents ignorent tout de notre langue. Ici, sur un rayon d'environ quinze kilomètres à la ronde, nous ne sommes que deux à la parler couramment et, dans toute la région de Klamath, Eureka et Wietchpec, nous sommes onze. Je crois qu'une langue véhicule l'identité d'un peuple. Le yurok est la base de notre culture, sa véritable fondation. J'ai d'ailleurs remarqué que, même au cours de cérémonies d'importance mineure, les jeunes ne chantent pas comme nos Anciens car, même s'ils parlent leur langue, ils sont incapables d'en reproduire l'accent.

Je fais souvent observer à mes élèves que chaque nationalité possède sa propre langue et que toutes en font usage. Aux Etats-Unis, il ne faut pas aller bien loin pour entendre parler espagnol, chinois ou italien. Mais les Indiens prétendent que leur propre langue est trop difficile à apprendre, qu'ils s'en sentent incapables.

J'ai parlé à nombre de ceux qui se rendent dans les régions montagneuses pour prier. Les Hoopas vont dans les Trinity Alps alors que, comme nous, les Tolawas et les Karuks montent à Chimney Rock. Et tous parlent des langues différentes.

J'ai trois petits-enfants et je m'interroge sur leur avenir. Car ces nouvelles générations vont devoir apprendre à intégrer deux cultures différentes. Certains jeunes ont du mal à apprendre leur langue, à participer aux danses traditionnelles de leur peuple et à en comprendre la signification.

Chez les Yuroks, seuls les hommes prennent des bains de vapeur rituels et il en a toujours été ainsi. Mais, lorsque ma grand-mère avait de l'arthrite, ma mère la faisait transpirer pour calmer la douleur. Après avoir déposé des pierres au fond d'un immense tub en aluminium, elle y versait l'eau qu'elle avait préalablement fait chauffer dans la cheminée. Puis elle installait une chaise sur la cuvette. Ma grand-mère une fois assise, elle enveloppait tout son corps dans une couverture. La plupart des femmes agissaient de même.

Jadis, les gens se montraient très réservés et cherchaient toujours à préserver leur intimité. Lorsqu'ils priaient, par exemple, ils refusaient que quiconque les accompagne afin que seul le Créateur entende leurs prières.

Quand j'étais petite, nous n'avions pas un nombre important de costumes traditionnels à notre disposition, tous étaient faits à la main, l'art de la confection se transmettant de génération en génération. Aujourd'hui, des cours de couture sont dispensés en ville et on utilise même une perceuse électrique lors du travail des coquillages et des pignons.

Autrefois, lorsqu'un habitant du village tuait un cerf, il le partageait avec tous, sans que rien soit gaspillé. D'autre part, chacun pêchait en vue de se constituer des provisions pour l'hiver puis retirait ses filets pour laisser les autres en faire autant. Il ne nous serait pas venu à l'idée de vendre notre poisson : nous en faisions don à qui était dans le besoin. De même, ma mère n'a jamais refusé à quiconque le gîte ou le couvert ; toute personne était accueillie comme un membre de la famille et ce, quelle que soit sa race. Malheureusement, les choses ont changé : aujourd'hui, tout doit rapporter.

Même notre relation aux arbres était différente et, lorsque nous allions chercher du bois, nous ramassions juste la quantité nécessaire pour nous permettre de traverser l'hiver. Ma grand-mère m'emmenait toujours avec elle et m'apprenait, par exemple, à ne pas abîmer les affaires des autres car il me faudrait alors les leur rembourser ; elle me parlait aussi des plantes médicinales. Aujourd'hui, il semble que les parents ne passent pas beaucoup de temps avec leurs enfants, c'est dommage. Il y a quinze jours, lors d'un bilan de santé, le médecin a abordé la question du tabac. Alors, je lui ai répondu : « Docteur, ma grand-mère a vécu jusqu'à l'âge de cent quinze ans, et elle a toujours fumé. » Sa vie durant, elle n'a jamais consulté qui que ce soit, pas même un dentiste et, à sa mort, elle avait encore presque toutes ses dents : elles étaient très usées et, lorsqu'elle riait, on aurait dit deux rangées de petits boutons plantés dans ses gencives.

Nous nous soignions uniquement à base d'herbes médicinales et c'était très efficace. D'ailleurs, lors de ce bilan, le médecin m'a dit qu'il n'avait jamais vu une personne de mon âge en si grande forme. C'est vrai que je suis en parfaite santé.

Les Yuroks jugeaient bon de ne pas avoir de kilos en trop. Je me demande ce que penseraient ma mère ou ma tante en constatant combien certains de nos jeunes se laissent aller à l'embonpoint. A nos yeux, celui qui grossissait commettait un péché car cet excès pondéral reflétait une indifférence à l'égard du corps, alors que nous étions censés ne rien ingérer qui puisse nuire à ce dernier. Il ne fallait donc pas se suralimenter. Nous devions prendre une bouchée, reposer notre cuillère pendant que nous avalions et attendre quelques instants avant de recommencer à manger. Et, enfant, dès que je montrais trop d'impatience, on me sermonnait.

Notre peuple vivait de la cueillette, de la chasse et de la pêche mais n'avait pas de jardins. Ce n'est qu'à partir de la génération de ma mère qu'on a commencé à faire des plantations. Mais, à présent, les jeunes affirment qu'il ne faut manger que des produits biologiques. Et j'ai toujours réalisé qu'en achetant ces produits, nous revenions à la nourriture de mon enfance. Certains continuent à ramasser des glands et à cueillir des airelles, mais avec les années, on oublie la manière de faire.

Mon grand-père nous prédisait la disparition de la rivière sans jamais nous en préciser les circonstances. Aujourd'hui, ils veulent construire des barrages dans notre région pour retenir l'eau. Le nombre de poissons va s'en trouver fortement réduit. De plus, les jeunes générations ne réalisent pas qu'en commercialisant les produits de leur pêche, ils empêchent les poissons de se reproduire. Bientôt, notre rivière sera sans vie. Ma génération ne sera peut-être pas témoin de cette évolution mais les prochaines risquent de l'être...

PUEBLO

S ANTIAGO L EO C ORIZ : chef de *kiva*

On dit que les Anasazis seraient les plus anciens habitants connus de l'Amérique du Nord. Ils sont les ancêtres des Hopis, des Zunis et des Pueblos. Il existe vingt pueblos *habités par les Indiens Pueblos dans le sud-ouest des États-Unis. Chaque* pueblo *est autonome et parle sa propre langue. Et même si les habitants de tous ces villages ont la même religion, la façon dont ils célèbrent leurs cérémonies varie. Selon la tradition, les premiers Indiens Pueblos sont sortis d'un monde souterrain en passant par un lac situé dans le Nord et appelé Sipapu. Puis, guidés par le Grand Esprit, ils ont commencé leur migration vers le sud. Durant le voyage, le Grand Esprit leur a donné ses commandements. Il leur a montré les plantes qui poussent en abondance sur la terre, leur a appris comment les planter et quand les récolter. Il leur a enseigné des rituels et des prières pour obtenir la pluie, et des danses d'action de grâces pour les moissons ; autant de cérémonies qui sont encore célébrées de nos jours.*

Les commandements reçus par les Indiens Pueblos contiennent les règles d'une vie bien ordonnée et paisible, et celles-ci se sont transmises de génération en génération. Le Grand Esprit les a prévenus des désastres qui s'abattraient sur eux s'ils cessaient d'obéir à ses commandements.

Chaque pueblo *est divisé en clans, et chaque clan possède sa propre* kiva, *une chambre cérémonielle, souterraine ou semi-enterrée, dans laquelle on pénètre par une ouverture pratiquée dans le toit, et à l'intérieur de laquelle on descend au moyen d'une échelle. Seuls les hommes sont autorisés à pénétrer dans la* kiva.

Le pueblo *de Santo Domingo est situé au sud de Santa Fe, sur les rives du Rio Grande et au pied des Sandia Mountains où l'on trouvait autrefois des turquoises de grande valeur.*

Contrairement à beaucoup d'Indiens Pueblos, qui sont très réservés et se méfient des étrangers, Leo, un chef de kiva, se montre très accueillant. Il a envie de mieux faire connaître son peuple à tous ses « petits-enfants » des quatre coins du monde. Comme son père et le père de son père avant lui, Leo est un maître joaillier dont les œuvres sont exposées dans les musées.

J e suis né ici, à Santo Domingo Pueblo, dans cette maison, en juin 1913. Je suis allé à l'école primaire du *pueblo* où l'enseignement se faisait en espagnol. Puis, quand j'ai eu sept ou huit ans, on m'a envoyé dans un pensionnat catholique de Santa Fe. Je n'aimais pas beaucoup ça. Ils voulaient nous faire oublier nos façons de voir, de faire et de penser, et nous apprendre celles des catholiques. Ces gens-là pensent que le catholicisme est la seule véritable religion.

Mais la culture indienne est ma culture, et le mode de vie indien mon mode de vie. Avant même que je ne fréquente l'école, mon grand-père et mon arrière-grand-père m'avaient enseigné à vivre d'une manière respectueuse et religieuse. Aujourd'hui, un grand nombre des nôtres sont catholiques, mais la majorité est encore attachée à nos croyances traditionnelles. Les Zunis et tous les Indiens de la vallée du Rio Grande se réunissent ici une fois l'an. Notre *pueblo* est le plus actif de tous pour la défense de la culture *pueblo*. Ici, tous les enfants apprennent leur langue maternelle. C'est la langue que nous parlons tous les jours. Mais dans les autres *pueblos*, ils n'apprennent même plus leur langue à leurs enfants, et ils parlent anglais. Je me rappelle qu'au début où j'allais à l'école, nous étions punis dès que nous disions un seul mot d'« indien ». A présent, on est en train de préparer une loi, en

Oklahoma, pour organiser l'enseignement des langues indiennes à l'école. Je pense que c'est une bonne chose.

J'ai passé cinq ans dans ce pensionnat de Santa Fe, mais je n'ai pas obtenu mon diplôme de fin d'études secondaires. J'ai été mis à la porte en cinquième parce que j'avais la langue trop bien pendue. A l'époque où j'allais à l'école, je revenais à Santo Domingo chaque été pour travailler à la ferme de mon oncle. Nous produisions l'essentiel de notre consommation : maïs, haricots, courges, melons et piments. C'était comme ça que les nôtres se nourrissaient. La culture principale était celle du maïs. Ils en faisaient du commerce avec les Comanches, les Apaches et les Navajos.

Ensuite, j'ai trouvé du travail à Albuquerque. Je continuais à habiter au *pueblo* et j'essayais de subvenir aux besoins de mes parents. Mon père n'est jamais allé à l'école, mais il s'est bien occupé de nous. Il fabriquait des bijoux en turquoise qu'il vendait à des Hopis et des Navajos. Dans les années vingt et trente, cette maison était pleine de turquoises et d'argent.

Je me suis marié en 1938 et j'ai eu quatre enfants de ma première épouse. En 1941, j'ai été appelé à servir dans la marine. J'avais les cheveux longs et il m'a fallu les couper. Ils ont découvert que je savais travailler le métal et m'ont bombardé fonctionnaire fédéral de troisième classe, chargé de rapiécer les avions qui avaient été abattus par les Japonais.

Quand je suis revenu de la guerre, j'ai commencé à avoir des problèmes avec mon estomac. Je n'arrivais pas à garder ce que je mangeais. Pendant une année, j'ai fait de fréquents séjours à l'hôpital. Les docteurs m'ont dit qu'ils allaient devoir m'enlever l'estomac, mais je leur ai répondu :

— Vous ne me charcuterez pas !

J'ai demandé à ma tante de m'indiquer un homme-médecine. Je suis allé le trouver et je lui ai demandé s'il voulait s'occuper de ma maladie. Il m'a dit :

— Je vais demander à ma divinité, mes dieux, mes esprits de m'éclairer pour que je puisse prendre soin de toi. Mais tu devras faire ce que je te dirai, et croire en ce que tu demandes. Ce n'est pas moi qui vais te soigner, mais le Grand Esprit. Demain, je vais ramasser quelques plantes. J'en ferai de l'infusion, je t'en apporterai un pot de quatre litres et tu devras le boire entièrement. Tu mourras momentanément, mais tu ne devras pas avoir peur. Tu mourras, mais tu ressusciteras. Et quand tu te réveilleras, tu auras faim.

Et depuis cette année-là, depuis 1952, je n'ai plus eu de problèmes avec mon estomac.

Étant bébé, j'étais de santé fragile. Alors, ma mère m'a confié à un autre couple qui m'a adopté à la manière indienne, en m'échangeant contre de la farine de maïs. J'ai passé quatre ou cinq ans avec eux. Nous autres, Indiens, croyons qu'une autre mère et un autre père peuvent avoir plus de pouvoirs sur les esprits. J'ai vécu chez eux, j'ai grandi et je me suis mieux porté.

La chasse au lapin fait partie de nos anciennes traditions. Nous ne chassons pas pour tuer, mais pour ranimer notre énergie vitale et demander une année de bonne santé. Tout ce que nous faisons sur la réserve est traditionnel et cérémoniel. Nous essayons de débusquer un lapin ou une caille. Nous avons des bâtons, et quand le lapin saute, on lance le bâton juste en avant de lui pour l'atteindre à la tête. Pour le gros gibier, c'est différent. Pour tuer un daim il faut prier et, bien sûr, avoir un permis de chasse.

Maintenant, au mois d'août, nos cérémonies habituelles sont terminées. Plus tard, nous aurons la danse des Moissons ; une danse réservée aux hommes. C'est le moment de demander une bonne récolte. Puis viendront les danses hivernales, comme la danse de l'Aigle et la danse du Bison.

Nous avons toutes sortes de danses. Plusieurs ont été oubliées et ne seront jamais plus dansées. Nous en avons conservé un certain nombre, mais beaucoup ont été perdues. Nous dansons toujours à certaines époques : Noël, le Nouvel An, Pâques. Nos danses sont un mélange de traditions espagnoles, mexicaines et indiennes. Nous avons aussi les danses *Matachina*. J'ai toujours dansé la danse du Maïs depuis que je suis en âge de marcher. Quand j'étais enfant, il y avait peut-être une trentaine de danseurs, mais aujourd'hui chaque groupe de la danse du Maïs compte deux à trois cents danseurs. Pour nous préparer aux plus importantes cérémonies, nous devons jeûner pendant plusieurs jours.

Je suis le chef d'une *kiva* et je m'efforce de promouvoir notre culture. J'appartiens au clan du Renard, ma première épouse était du clan du Maïs, donc tous les enfants que j'ai eus d'elle sont du clan du Maïs. Ma seconde épouse était du clan du Chêne, donc tous les enfants qu'elle m'a donnés sont du clan du Chêne. On appartient au clan de sa mère.

Au printemps, les hommes commencent à curer les canaux d'irrigation. Il y a quatre canaux de chaque côté du *pueblo*. On les nettoie avec des pelles pour pouvoir irriguer nos champs. En avril, nous commençons à semer le maïs — le bleu et le blanc —, les piments, les melons, les courges ; et les semailles durent jusqu'en mai. Nous récoltons les légumes en août et septembre, et le maïs en octobre.

Aujourd'hui, notre problème principal c'est le mode de vie de l'homme blanc. Tout le monde veut l'adopter. Nous pouvons quitter la réserve à tout moment, mais nous ne pouvons pas devenir blancs. Nous avons encore notre propre gouvernement, nos capitaines, nos chefs de guerre. Nous avions déjà tout ça avant l'arrivée des Espagnols. Les chefs et les capitaines sont responsables de tout, à l'intérieur des limites de la réserve. Les autorités de l'État du Nouveau-Mexique ne peuvent pas venir ici nous donner des ordres. Mais le problème c'est que nous n'avons plus rien. Les Blancs nous ont pris notre terre ; des gens riches achètent beaucoup de terrains dans les alentours.

C'est la famille qui nous aide à garder notre culture en vie. Dans une famille, les plus âgés se chargent de l'éducation des plus jeunes. Si quelque chose ne va pas, le gouvernement du *pueblo* et les chefs de guerre sont chargés de faire le nécessaire. Ils expliquent à tous comment respecter la tradition et comment y revenir. La plupart des jeunes sont ce que nous appelons des Indiens des villes ; ils y vont travailler et y vivent, mais ils reviennent au *pueblo* lorsqu'ils sont plus âgés. Ils retrouvent leur culture et leurs

traditions. Je pense que la vie que nous menons ici est bien plus agréable que celle qu'ils ont en ville. Ici, nous ne croyons pas à la violence et à toutes ces sortes de choses. Nous formons une grande famille, et tout le monde a le droit de faire des erreurs. Nous avons notre façon à nous de faire les choses comme il faut, ni par force, ni pour le profit, mais seulement parce que nous sommes respectueux les uns des autres.

Dans les Jemez Mountains, on trouve un grand nombre de vestiges des lieux habités autrefois par nos ancêtres. Des hommes blancs ont cherché à y faire des fouilles, mais sans succès. Je pense qu'ils devraient laisser la nature tranquille. Il y a encore beaucoup d'endroits où il est possible de s'instruire, à la manière ancienne, en regardant autour de soi, mais bien des choses ont été détruites. Nous voulons que les jeunes générations connaissent notre façon de voir, de faire et de penser, et elles le veulent aussi. Nous devons donc empêcher ces gens de s'approprier les vestiges de notre passé. D'autant que la plupart d'entre eux ne le font que pour le profit.

J'ai dit à mes enfants :

— Le Créateur nous a donné le maïs. On le met en terre, il pousse et on le mange. Il nous a donné aussi l'argile pour faire des pots, et la turquoise pour faire des perles. Si vous travaillez la terre, l'argile ou la turquoise, vous aurez de quoi manger.

C'est pourquoi les Indiens ne sont pas des voleurs, ne prennent pas ce qui ne leur appartient pas. C'est le principal commandement de notre religion : ne pas s'approprier le bien d'autrui.

Vous pouvez quitter le *pueblo* et gagner de l'argent si vous trouvez du travail, mais que vaut l'argent ? Ça ne se mange pas. Il faut bien que quelqu'un fasse pousser ce que vous mangez : les tomates, les piments, les haricots. Et il y a des moments où vous n'aurez pas de travail. Débrouillez-vous par vous-même. Faites des bijoux en turquoise, des pots ; prenez des graines, mettez-les dans la terre, et vous aurez de quoi manger. C'est ce que j'ai dit à mes enfants. Je créé des bijoux et je suis prêt à enseigner mon métier à qui veut l'apprendre. Si vous n'avez pas d'argent, je le ferai gra-

313

tuitement. Je ne veux pas emporter mon savoir avec moi, dans l'autre monde. Je veux le laisser dans ce monde-ci pour que les autres puissent s'en servir.

Le Créateur nous a installés ici, expliquaient les Anciens ; il nous a seulement prêté le monde dans lequel nous vivons, nous n'en sommes pas propriétaires ; personne ne l'est. Mon grand-père disait :

— D'accord, il y a toutes sortes de gens dans ce monde, mais il n'y a qu'un seul Créateur. Il y a des Noirs, des Rouges, des Jaunes, des Blancs ; il y en a de toutes les couleurs, mais nous sommes tous parents. Alors, respectons-nous les uns les autres comme des parents. Nous sommes tous frères et sœurs. Un jour, peu avant la fin du monde, nous serons tous réunis.

Je pense qu'il avait raison. Aujourd'hui, nombreux sont les mariages entre personnes de race et de culture différentes. Une de mes arrière-petites-filles a épousé un Vietnamien, mais il ressemble beaucoup aux jeunes de chez nous. Ce qu'avaient prédit les Anciens est en train de se réaliser.

Je n'en suis pas certain, mais je pense qu'il s'écoulera encore un millier ou un million d'années avant la fin du monde. Bien sûr, chacun a son idée sur la question. Partout où vont les gens riches, ils creusent le sol, abîment la terre, la détruisent et empoisonnent l'eau. Ils ne pensent qu'à s'enrichir. Ils ne font rien qui soit profitable aux habitants de cette planète, ils ne pensent qu'à leur propre profit. Quand ils meurent, ils ne peuvent pas emporter leur argent mais seulement le laisser à quelqu'un qui achètera encore plus de terre pour la saccager, c'est tout.

Nous détruisons le monde dans lequel nous vivons et que le Créateur nous a prêté pour que nous en jouissions et que nous y soyons heureux. Il nous a donné toutes ces choses magnifiques : les montagnes, les arbres et la nourriture que nous mangeons. Tout est là, même ce qu'il faut pour nous soigner, mais nous ne savons plus nous guérir avec des plantes. A présent, il faut avoir de l'argent pour aller chez le docteur, alors que tout est gratuit en ce monde. Je n'y vais jamais, je sors de chez moi et je cueille de quoi préparer ma propre médecine. C'est pourquoi je suis en bonne santé.

Mes deux grands-pères étaient hommes-médecine. Ils allaient dans les montagnes chaque printemps et ils ramenaient un tas de racines et d'autres choses qu'ils mettaient à sécher sous la véranda. Ensuite, ils broyaient le tout et rangeaient ça dans des sacs.

Aujourd'hui, on accuse un animal d'être porteur de ce nouveau virus[1]. On ne peut pas rendre un animal responsable de quoi que ce soit. Celui qui nous a créés, ainsi que cet animal, n'a pas pu créer quelque chose qui nous rende malades et qui nous tue. Je pense que ce virus vient de l'atmosphère ou d'un produit fabriqué par l'homme. Ce n'est pas le Créateur qui apporte les maladies, c'est nous qui sommes la cause de tous nos maux. Avant la venue de l'homme blanc en Amérique, les Indiens étaient en parfaite santé.

A Los Alamos, ils utilisent toutes sortes de produits chimiques. Puis le vent se lève, les emporte au loin et les disperse dans toute la région, empoisonnant l'air et l'eau. Ce n'est pas le Créateur qui va provoquer la fin du monde, c'est nous. Voilà ce que disent les Anciens.

---

1. Un virus semblable à celui de la grippe, parfois fatal et qui est apparu dans le sud-ouest des États-Unis durant l'été 1993 ; on a prétendu qu'il était transmis à l'homme par un rongeur.

LAKOTA
ET
SÉMINOLE

Mike Haney : un Ancien de demain

Moitié Séminole, moitié Sioux Lakota, Mike Haney a grandi sur une réserve du comté de Séminole, Oklahoma, dans une région où l'on compte plus de trois cent mille Indiens représentant trente-six tribus différentes. « Toutes les tribus qui ont déclaré la guerre aux États-Unis ont fini en Oklahoma. » Le combat mené par Mike pour défendre les droits des Indiens l'a conduit aux quatre coins du pays. Il a créé récemment une association contre le racisme dans les sports et les médias. En 1992, lors de l'émission de télévision d'Oprah Winfrey, il a parlé de l'utilisation de noms indiens pour baptiser les équipes sportives. Il a fait remarquer qu'il n'existait pas de Chicago Caucasians *ni de* New York Negroes, *alors qu'il y a les* Atlanta Braves *et les* Washington Redskins [1]. *En janvier 1992, Mike et un groupe d'activistes ont dressé un tipi de près de sept mètres de haut devant une des portes d'entrée du Metrodome, le grand stade de Minneapolis, pendant le* Super Bowl [2] ; *puis ils ont organisé une manifestation regroupant un millier d'Indiens qui protestaient contre le nom des* Washington Redskins.

Il s'en est pris également à certains noms de voitures — comme la

---

1. Chicago Caucasians : les Blancs de Chicago. New York Negroes : les Nègres de New York. Atlanta Braves : les Braves d'Atlanta (équipe de football américain). Washington Redskins : les Peaux-Rouges de Washington (autre équipe de football américain).
2. La grande finale du championnat professionnel de football américain.

Jeep Cherokee, *les caravanes* Winnebago *et les camions* Dakota — *en raison du fait qu'ils exploitent de vieux clichés de pacotille qui donnent de l'Indien une image stéréotypée et réductrice.*

En 1973, durant les soixante et onze jours d'occupation et de siège du village, tristement célèbre, de Wounded Knee, Dakota du Sud, Haney a fait de nombreux allers et retours entre Wounded Knee et diverses universités américaines, donnant des conférences et collectant des fonds. Pendant tous ses déplacements, deux agents du FBI ne l'ont pas quitté d'une semelle, prenant des notes sans arrêt.

— Tant que nous étions en voyage, ils étaient très sympas. Ils descendaient dans les mêmes hôtels que nous, nous demandaient où nous pensions aller dîner et quand nous comptions repartir. Mais quand nous revenions à « The Knee » (Wounded Knee), nous déchantions très vite, car ces mêmes gars essayaient de nous abattre.

En fin de compte, deux Indiens seront tués et de nombreux autres grièvement blessés.

Mike a de qui tenir. Jerry Haney, son oncle, est le chef élu des Séminoles de l'Oklahoma. Enoch Kelly Haney, un cousin, est un artiste renommé et l'un des sénateurs de l'État d'Oklahoma.

Mike, un Ancien de demain, est le sous-chef élu de la bande des Newcomers (Nouveaux Venus), une subdivision des Séminoles de l'Oklahoma.

En 1972, j'appartenais à la section de l'*American Indian Movement* (AIM) de l'Oklahoma. A cette époque-là, de nombreuses tribus connaissaient la misère. Ma tribu, la nation séminole, disposait d'un budget annuel de fonctionnement d'environ vingt mille dollars. Nous nous réunissions dans des églises ou au tribunal car nous ne possédions aucun local approprié. Nous n'étions qu'une bande d'Indiens qui se permettaient de dire tout haut ce qu'ils pensaient des traités ; nous les trouvions mauvais et nous pensions que nous aurions dû avoir nos propres tribunaux et nos propres écoles — de bonnes mesures qui, je pense, auraient permis de trouver des solutions à certains des problèmes qui se

posaient. Mais le concept même de l'existence de nations dotées d'une certaine autonomie à l'intérieur des frontières des États-Unis était inacceptable pour le Bureau des Affaires indiennes et le gouvernement fédéral.

Étant originaire de l'Oklahoma, je n'avais qu'une expérience très limitée de la vie sur les réserves[1], mais les Anciens m'avaient tout de même appris que les traités n'étaient pas seulement des arrangements fonciers ; pour eux, c'étaient des textes sacrés. Ils avaient prié au-dessus d'eux avant de les signer.

Nous avons eu le tort de ne pas le comprendre et de ne pas transmettre cette idée aux jeunes générations. Celle de nos parents a, dans sa grande majorité, tourné le dos à la tradition et recherché l'assimilation totale. Je sais à quel point nous en avons souffert. Les Anciens avaient raison lorsqu'ils disaient que nous avions besoin d'une renaissance spirituelle. Il nous fallait renaître primitifs et païens.

Ce sont les commandements que nous avons reçus du Créateur, à l'origine, qui nous donnent notre force. Le jour où je n'ai plus été en mesure de les respecter, je ne l'ai pas supporté et je me suis mis à boire. Par la suite, j'ai reçu une leçon de spiritualité le jour où l'on m'a déclaré cliniquement mort.

Pendant quelques années, j'avais relevé un tas de défis, et j'avais toujours trouvé le moyen, d'une façon ou d'une autre, de m'en tirer au mieux. Mais l'alcool et la drogue se sont révélés être des adversaires au-dessus de mes forces. Pendant trois ans, j'ai été un ivrogne. Je n'avais pas atteint la trentaine et j'étais l'un des plus jeunes leaders de l'AIM. Pendant toute cette période, je m'étais exilé volontairement dans une autre région de l'Oklahoma.

Un soir, je suis allé à une petite fête chez une femme que je n'avais jamais rencontrée auparavant. Là, j'ai tout de suite reconnu l'un des trois gars qui avaient violé ma cousine six mois plutôt. Elle était jeune et de petite taille, et ils lui avaient bousillé

---

1. La liquidation des réserves de l'Oklahoma s'est achevée en 1907. Voir à ce sujet : Angie Debo, *Histoire des Indiens des États-Unis*, Albin Michel, 1994.

la mâchoire et fracturé le bassin. Ils l'avaient vraiment traumatisée, et il avait été impossible de porter plainte parce que ma cousine avait eu tellement honte qu'elle s'était lavée et avait fait disparaître les preuves de l'agression qu'elle venait de subir. Mieux, elle n'avait parlé à personne des fractures dont elle souffrait. Le procureur était prêt à inculper les trois gars, mais il était persuadé qu'un bon avocat n'aurait aucun mal à les tirer de là.

Ce soir-là, à la fête, dès que j'ai repéré le gars en question, je lui ai dit de sortir. Il ne me connaissait pas. Quand nous nous sommes retrouvés dehors, j'ai commencé à le frapper. Alors, son frère est venu à la rescousse. Je suis plutôt grand — 1,95 m — et je pèse 110 kilos ; je n'avais donc aucun mal à faire face à deux gamins de vingt ans, mais un troisième type est venu m'attaquer par-derrière.

Je l'avais remarqué un peu plus tôt ; il était torse nu, portait des bottes et un pantalon de treillis, et une baïonnette était passée dans sa ceinture. Ce que je ne savais pas, c'est qu'il était le cousin des deux autres. Quand il m'a vu faire, il s'est approché de moi par-derrière et m'a frappé à onze reprises. Une fois la baïonnette m'a traversé l'estomac, une autre fois le bras. Je savais où se trouvait l'hôpital le plus proche. Je suis monté dans ma voiture et un ami m'a conduit aux services des urgences.

Pendant mon service militaire, j'avais assuré la maintenance du bloc opératoire du service des urgences, et je savais que si je parvenais jusque-là j'aurais la vie sauve. J'ai fait mon entrée dans l'hôpital, couvert de sang — il était deux ou trois heures du matin —, l'infirmière de service a poussé un cri. Je devais être plutôt effrayant à voir. Elle a sonné l'alarme et ils sont tous arrivés en courant. J'avais perdu tellement de sang qu'il n'ont pas réussi à prendre ma tension. Je ne sais pas s'ils ont voulu se protéger contre d'éventuelles poursuites judiciaires, mais ils ont inscrit sur le rapport que ma tension artérielle était nulle, que je ne donnais plus signe de vie et que j'étais donc cliniquement mort.

Au début, je n'arrêtais pas de leur dire que j'étais bien vivant. Et puis, j'ai trouvé plus agréable de fermer les yeux et de m'évanouir. Ils ont été forcés de couper mon Levis. Mais c'est ce qu'ils ont essayé de faire après qui m'a tiré de mon évanouissement. Ils ont commencé à découper mes bottes. J'étais allongé, nu, et soudain je me suis redressé et j'ai dit :

— Attendez une minute !

Ils ont eu la frousse.

— Il m'a fallu quatre mois pour économiser le prix de ces bottes !

C'étaient de magnifiques bottes en cuir d'anguille, et je n'avais pas l'intention de les laisser faire.

— Attendez une minute !

J'ai enlevé mes bottes moi-même et je me suis rallongé. Pendant qu'ils m'opéraient, j'ai vécu une expérience de sortie hors de mon corps. Tu sais, parfois quand on rêve, on se voit de l'extérieur vivre une certaine scène. Eh bien, c'était exactement ça, je me suis vu allongé sur la table d'opération. Je n'ai pas pensé que j'allais mourir. J'étais certain de m'en sortir et de devenir plus fort que jamais.

A ce moment précis, je me suis trouvé méprisable. Il fallait que je sois vraiment soûl pour m'attaquer à trois gars à la fois, dont un armé d'une baïonnette de trente-cinq centimètres de long. Je devais être complètement ivre pour me retrouver à deux heures et demie du matin dans la maison de quelqu'un que je ne connaissais pas, en train de me battre avec des Indiens. Je me suis juré de ne plus jamais lever la main sur un autre Indien. J'ai compris que le Créateur m'accordait une seconde chance. Il avait sans doute d'autres projets pour moi. Il voulait me confier une autre tâche, et mon heure n'avait pas encore sonné.

Après être passé aussi près de la mort, j'ai retrouvé ma foi en l'avenir et une raison de vivre. Par la suite, Philip Deer, mon oncle et l'un des chefs spirituels des Muskogees, a organisé pour moi une série de cérémonies dans la loge à sudation. J'ai vomi tant que j'ai pu, jusqu'à ce que je sois parfaitement purifié. J'ai fait ça quatre fois. Au bout de la troisième fois, j'avais des haut-le-cœur, mais je n'avais plus rien à vomir, les muscles de mon estomac et de ma poitrine me faisaient mal, mais mon organisme était encore gorgé de poison. Alors, mon oncle a tellement surchauffé la loge à sudation que j'ai prié pour avoir la force de survivre à cette dernière cérémonie ; non pas pour devenir meilleur, ni pour ne plus être une charge pour ma famille, non, seulement pour que le Créateur m'aide à surmonter cette épreuve. Je souffrais mille tourments. Mais il fallait que j'en passe par là, que je descende le plus bas possible, mais je ne pouvais pas aller plus bas que ça.

J'étais allongé sur le sol, complètement nu, en compagnie de mon oncle, qui était également mon ami et mon professeur. Il souffrait lui aussi. Je n'étais pas le seul à être étendu là et à pleurer. Tu peux me croire, je pleurais. J'étais submergé par le chagrin et je m'apitoyais sur mon sort, et mon oncle ressentait la même chose que moi parce qu'il m'aimait. J'ai compris tout ça après coup. Il avait créé les conditions favorables, à moi d'avoir la volonté nécessaire pour me libérer de l'alcool. Avec l'alcoolisme étaient arrivés tous les autres défauts en « isme ». J'étais incapable de subvenir aux besoins de ma famille, je faisais honte à ma mère, mon père et mes oncles.

Il fallait sans doute que je souffre, que je connaisse les abîmes de l'apitoiement sur soi-même et de l'absence d'amour-propre pour finir par comprendre que je ne voulais surtout pas que mes enfants vivent ce que j'avais vécu. Je veux voir mes enfants libres de connaître le bonheur, de s'instruire et de réussir professionnellement. Je veux qu'ils entretiennent de bonnes relations avec tous ceux de leur génération et, bien sûr, avec les Anciens. J'ai succombé à l'alcoolisme parce que j'ai voulu faire comme les copains. Cela ne porte pas atteinte au travail extraordinaire que l'AIM a accompli et continue d'accomplir. Je n'ai commencé à boire qu'à l'âge de vingt-quatre ans. Avant ça, j'avais fait mon service militaire en Allemagne où j'avais eu à ma disposition toute la bière et tout le vin que je pouvais désirer, mais je n'en avais pas bu une goutte.

Quand j'ai commencé à travailler pour la section de l'AIM de l'Oklahoma, j'étais chargé d'organiser des conférences de presse où je m'en prenais régulièrement à l'alcoolisme. Mais par ailleurs, j'ai voulu me montrer à la hauteur, gagner ma place au sein de la bande, alors je me suis mis à boire et je suis vite devenu très fort à ce petit jeu. J'étais un véritable alcoolique. Bien sûr, j'ai été obligé de ralentir mes activités au sein de l'AIM parce que boire empêche de faire quoi que ce soit d'autre. J'ai fini par comprendre que si l'on voulait être traditionaliste, il fallait être sobre. Nous parlions de revenir à la tradition, mais nous en parlions en état d'ivresse. Ça n'avait pas seulement un impact négatif sur les jeunes, ça faisait du tort aux Anciens. Nous reprenions leur message, mais en le déformant. Et nous avions la prétention de servir de modèle à la jeunesse.

C'est vrai, ma santé spirituelle et mentale laissait à désirer. J'ai eu beaucoup de chance d'avoir quelqu'un comme Philip Deer qui m'aime et accepte de me consacrer une partie de son temps. Il a dû souffrir terriblement en entendant dire que je traînais dans les bars et que je ne faisais rien de ma vie. J'avais besoin de quelqu'un qui me conseille et me soigne ; quelqu'un qui me prenne la main et me ramène sur le chemin de l'homme rouge. Je sais que les Blancs ont créé une organisation, les Alcooliques Anonymes, et élaboré un programme en douze points, basé sur leur Bible ; mais je remercie le Créateur de m'avoir fait naître indien et je lui suis reconnaissant de nous avoir donné nos cérémonies de guérison. Je tiens à ce qu'elles demeurent sacrées.

Si je comprends bien nos légendes, les hommes sont de quatre couleurs différentes, mais ils sont les enfants d'un même Dieu. Non pas quatre races mais une seule race qui peut prendre quatre couleurs : argile blanche, argile rouge, argile noire et argile jaune. Nous pensons qu'à l'origine, chaque peuple a reçu du Créateur des commandements qui lui sont propres. Ceux qui s'en sont écartés ont souffert. J'ai appris qu'en Afrique, les hommes-médecine ont prescrit, et continuent de prescrire, la bière comme traitement. Pourtant le sucre et l'alcool étaient autrefois inconnus dans cette région du globe, et l'organisme des autochtones est incapable de les métaboliser. De la même façon, les maladies européennes ont causé de terribles ravages parmi nous lorsqu'elles ont été introduites sur ce continent, parce que notre organisme ne possédait pas de mécanisme de défense pour les combattre. Nous connaissons les mêmes difficultés avec l'alcool et le sucre. Notre métabolisme a toujours été gravement affecté par ces deux produits, et il continue de l'être. C'est facile à démontrer car les preuves ne manquent pas, et c'est exactement ce que les Anciens nous ont toujours enseigné.

Je pense que les traditionalistes sont dans le vrai lorsqu'ils affirment que le Créateur nous a donné tout ce qui est nécessaire pour survivre sur cette terre. Nous sommes entourés de plantes médicinales et de plantes comestibles. Il ne dépend que de nous d'apprendre des Anciens à les trouver, à les reconnaître et à les utiliser. Les Anciens ont la responsabilité de la conservation du savoir traditionnel et de sa transmission aux jeunes générations. Il faut que nous les écoutions de plus en plus. Nos traditions et nos légendes ne sont pas seulement des contes de fées, elles ont une valeur scientifique. Notre histoire aussi a une grande valeur.

Des chercheurs s'intéressent depuis peu à la microbiologie et à la microarchéologie. Ils découvrent aujourd'hui, avec leurs méthodes scientifiques, ce que mon grand-père m'expliquait il y a quarante ans de ça. Tout ce qu'ont vécu mes ancêtres est inscrit dans l'ADN de mes chromosomes. Un examen minutieux de cet ADN pourrait nous apprendre pas mal de choses sur leurs migrations, leur régime alimentaire et les maladies dont ils souffraient. Je souhaite que cette technique rende bien vite inutile les exhumations pratiquées aujourd'hui encore par les archéologues. Ils n'ont plus besoin du corps tout entier, il leur suffit désormais de prélever un cheveu ou un fragment d'os et de faire toutes les analyses nécessaires avec l'aide d'un ordinateur.

A son retour d'un voyage en Europe et en Afrique, Philip Deer s'est adressé au conseil des Anciens. Il avait ramené un cercle sacré de vingt-cinq centimètres de diamètre environ, décoré de perles, avec, en son centre, la représentation des quatre horizons. Nous étions tous assis en rond. Il a déposé l'objet au milieu et il a demandé :

— Est-ce que quelqu'un peut m'indiquer la provenance de ce cercle ?

L'objet est passé de main en main. Quelqu'un a dit :

— Pour moi, ça vient de chez les Arapahos, à cause du « point de peyotl » que je vois là.

Et un autre :

— Pour moi, ça vient de chez les Cheyennes du Sud, parce que ce genre de perles n'a été utilisé qu'à une certaine période, dans une région bien précise.

Chacun avait sa petite idée sur la question, mais Philip Deer nous a stupéfiés quand il nous a dit que ça venait d'Afrique. On y voyait les quatres couleurs traditionnelles de l'humanité. Nos légendes parlent de la venue de l'homme blanc, le *kalani*, ce qui signifie blond ou jaune. Elles parlent aussi des peuples africains. Elles disent que nous descendons d'un peuple à la peau plus sombre, et que les Africains sont les premiers habitants de la terre. A partir de la couleur noire, on peut obtenir du blanc par dilution, mais l'inverse est impossible. Selon nos légendes, les couleurs intermédiaires ne seraient que des souvenirs des diverses phases de l'évolution.

Chaque jour, je découvre à quel point il est important d'enseigner nos traditions, d'en parler en classe et à la maison pour les garder vivantes. Si nous sommes encore là, cinq cents ans après le débarquement de Christophe Colomb, c'est parce que nous avons toujours respecté la volonté du Créateur et considéré ses commandements comme sacrés. Nous parlons encore nos langues et nous continuons de célébrer les mêmes cérémonies depuis des générations et des générations. Notre récompense, ce sont nos jeunes. Je suis devenu grand-père pour la première fois il y a à peine un an. Pour moi, c'est la preuve que le Créateur désire que ma lignée continue, et j'en suis assez fier.

A la même époque, on m'a décerné une récompense pour actes courageux. Moi, j'appelle ça des actes « outrageux ». Nous avons pris en otage un musée de l'Illinois qui exhibe les ossements de deux cent trente-sept Indiens, et les gens paient pour venir les voir et restent bouche bée devant eux. Ils leur jettent des mégots de cigarettes, des papiers de bonbons et de la menue monnaie. Nous avons rencontré à ce sujet des représentants du gouvernement et nous avons obtenu la promesse qu'une nouvelle législation serait votée. Mais quand nous avons reçu le texte du projet de loi, nous avons compris qu'ils nous avaient menti. Ils n'avaient pas l'intention de faire quoi que ce soit, alors nous nous sommes emparés du musée. Nous avons recouvert quelques-uns des ossements avec de la terre prise dans les jardins du musée, nous avons négocié avec le gouverneur pour obtenir une amnistie complète de toutes les infractions que nous avions commises, et nous sommes partis.

La Conférence nationale des chrétiens et des juifs m'a décerné une récompense en tant qu'organisateur de cette action. En me la remettant, ils m'ont demandé :

— De toutes les récompenses que vous avez reçues, quelle est celle qui a le plus de prix à vos yeux ?

Je ne leur ai pas donné la réponse qu'ils espéraient. Je leur ai répondu que, deux semaines auparavant, le Créateur m'avait accordé le bonheur de devenir grand-père et que c'était certainement la plus belle récompense que j'aie jamais reçue.

Mon petit-fils s'appelle *Ishokpi*, du nom du chef de guerre qui, en compagnie du chef Little Crow, conduisit la révolte des Sioux Santees, en 1862. Le plus âgé de mes fils s'appelle *Kungetankalo*, en souvenir du chef Little Crow. J'ai voulu redonner vie à ces noms pour honorer ceux qui les ont portés. Mon plus jeune fils s'appelle *Hin-Han-Ska Hoksila*, White Owl Boy[1]. J'ai aussi une fille, c'est elle qui m'a donné un petit-fils, elle s'appelle *Akidoi*, un vieux nom kiowa qui signifie Fleur Médecine. *Aki* signifie fleur et c'est ainsi que nous l'avons surnommée. Sa mère est Kiowa, et les Kiowas ont une tradition qui commande de ne pas laisser les noms se perdre.

Je n'ai pas voulu que mes enfants portent des noms anglais. J'ai voulu qu'ils aient des noms indiens et qu'ils en soient fiers. Quand un professeur prend la liste de ses élèves, il sait tout de suite lesquels sont Indiens. Mon nom lakota est Caske, ce qui signifie « le-premier-né-de-sexe-mâle » ou encore « défenseur-du-village-au-sein-de-la-société-des-Guerriers ». Mon nom séminole est Kuakagee, Chat Sauvage. Un grand chef séminole a porté ce nom.

Là où je suis né, les traditionalistes avec lesquels je suis en contact et dont je sollicite les avis militent pour faire reconnaître les droits des Séminoles. C'est le but qu'ils se sont fixé.

J'ai décidé un tas de jeunes à revenir aux fondements de notre culture et à célébrer la continuation de notre mode de vie traditionnel.

Nous sommes ici depuis si longtemps : pendant des générations, les nôtres y ont vécu et y sont morts. Lorsque je marche sur cette terre, je marche sur les ossements de mes ancêtres. Nos

---

1. Du nom du harfang des neiges ou de la chouette effraie.

voisins blancs n'entretiennent pas la même relation avec cette terre, c'est peut-être pour ça qu'ils ont tellement de mal à mesurer les conséquences des politiques qu'ils nous imposent — les mines à ciel ouvert, la pollution des rivières et du sol —, et qu'ils ignorent les signaux d'alarme indiquant que l'atmosphère ne pourra bientôt plus absorber les polluants que nous émettons.

Je repense aux hippies d'il y a vingt ans, je les aimais bien. Ils étaient toujours amicaux, portaient des perles — des perles d'amour, comme ils disaient — et se mettaient des fleurs dans les cheveux. Ils parlaient de la terre avec beaucoup de respect et je me disais :

— Ces gars-là parlent comme des Indiens ! Depuis cinq siècles nous attendons que les Blancs se mettent à parler ainsi, et voilà que cette nouvelle génération...

Je me rappelle qu'ils se plaignaient toujours des relations qu'ils avaient avec leurs parents. Ils appelaient ça le fossé entre les générations. Ça me laissait perplexe. Ils avaient un slogan : « Contestez l'autorité », et je pensais qu'ils avaient raison en ce qui concernait la société blanche, mais il ne m'est jamais venu à l'idée de contester l'autorité au sein de la société indienne. J'aimais beaucoup leur goût pour la liberté et leur absence totale de préjugés.

Le mot hippie m'a toujours fait penser aux Hopis qui sont l'un des peuples les plus traditionalistes et les plus religieux que je connaisse. Vingt ans après, j'ai revu quelques-uns de ces hippies, certains sont confits dans l'alcool, rongés par la drogue ou taulards, tandis que les autres ont succédé à leur papa.

Nous avons survécu à la « génération du moi », maintenant nous avons affaire à la « génération Nintendo ». Je pense que les jeunes vont devoir surmonter des obstacles encore plus grands que ceux que nous avons dû surmonter : maternité des adolescentes, abus d'alcool et de drogues en tous genres, etc. Ils vont devoir prendre des décisions de plus en plus difficiles à un âge de plus en plus précoce. Et puis, notre époque manque terriblement de spiritualité. La faute en incombe aux messages confus et contradictoires que nous envoyons aux jeunes générations. Dire que la vie est sacrée et être partisan de la peine de mort, c'est envoyer un message contradictoire à la jeunesse. Les chrétiens enseignent qu'il faut aimer son prochain comme soi-même et qu'il ne faut lui faire que ce que nous aimerions qu'il nous fasse. Un principe fort louable, mais qu'ils oublient souvent de mettre en pratique.

Notre peuple ne manque pas de contradictions, lui non plus. Plusieurs de nos chefs tribaux et de nos hommes-médecine parcourent le pays pour parler de l'environnement. Ils disent que les Indiens ont été les premiers écologistes, qu'ils sont les régisseurs de la Terre, Notre Mère, et qu'ils détiennent la clé de la plupart des problèmes d'environnement. Mais faites un tour dans nos villages, jetez un œil sur nos arrière-cours, et vous constaterez que nous sommes probablement les pires pollueurs. Nous parlons de spiritualité, du caractère sacré de la plume d'aigle, et on vend de l'alcool lors des *powwows*, tandis que des marques de boissons alcoolisées patronnent les concours de chants et de danses. J'ai vu de mes yeux, à l'occasion de ces concours, des femmes vêtues de costumes traditionnels et parées de plumes d'aigle, porter des dossards publicitaires vantant des marques de bière.

Beaucoup des nôtres sont prêts à parcourir des milliers de kilomètres pour se rendre à un *powwow*, mais refusent d'en faire quarante pour assister aux cérémonies traditionnelles de leur propre tribu. C'est ce genre de contradiction qui sème le trouble dans l'esprit de nos enfants. Ils ont bien du mal à comprendre le fossé qui sépare ce que nous disons de ce que nous faisons, ce qui est bon en théorie de ce qui est applicable dans la pratique quotidienne. Nous devons aussi surveiller les programmes de télévision que regardent nos enfants. Pas seulement ceux qui sont interdits au moins de dix-huit ans, mais aussi tous ces films des années quarante et cinquante qui donnent une image tellement négative de l'Indien ; un Indien qui passe son temps à tourner en rond en poussant des grognements, qui parle petit nègre, qui n'attaque jamais la nuit parce qu'il a peur de l'obscurité, qui ne se contente pas de se promener dans les bois, mais s'y dissimule pour faire de mauvais coups. Tous ces films bourrés de slogans et d'insultes racistes sont dépoussiérés et colorisés à l'usage de la nouvelle génération. Ce genre de programme de télévision est en train de créer des générations entières de racistes.

Je milite aujourd'hui pour que les tribus de l'Oklahoma prennent grand soin de leurs Anciens et de tous ceux qui possèdent un savoir traditionnel. Je préside un comité que nous avons appelé le Comité de rapatriement, qui s'efforce d'obtenir une protection légale pour nos Anciens et nos ancêtres. Nous travaillons aussi sur trois nouveaux amendements à la loi sur la liberté des cultes amérindiens. Beaucoup d'entre nous pensent qu'un grand nombre de nos problèmes actuels sont liés au fait que nous avons cessé de prendre soin de nos ancêtres. Nous devons obtenir que leurs restes ne soient plus stockés dans des entrepôts ni montrés en public. Les objets sacrés qui sont exposés dans les musées, ou dissimulés dans leurs réserves, doivent nous être rendus. Les tribus ont besoin de ces accessoires religieux.

Je pense qu'il existe une relation directe entre notre santé spirituelle et la dépossession que nous avons subie. Nous avons agi auprès d'un grand nombre d'États et nous avons déjà obtenu que sept d'entre eux votent des lois à ce sujet. Nous devons poursuivre nos efforts. Les musées ne sont pas les seuls à nous avoir dépossédés ; le ministère de la Défense a agi de même, par l'intermédiaire du Génie, ainsi que la Marine, par le biais des collections de Suitland, Maryland. A Suitland, ils ont réaménagé le *Cultural Resource Center* qui doit regrouper et abriter l'ensemble des collections. Il y a là non seulement des objets sacrés, mais du mobilier funéraire et des ossements. Je veux que la Marine nous rende tout ce qui a été trouvé à l'intérieur et autour des sépultures. Qu'ils fassent des copies des objets, si c'est vraiment nécessaire, mais je préférerais qu'ils nous rendent tout et qu'ils oublient ce qu'ils ont vu.

Le gouvernement fédéral compare le « rapatriement » — la restitution des ossements à chacune des tribus concernées, afin qu'ils soient remis en terre comme il convient — à un autodafé de livres. Mais à nos yeux, le rapatriement n'est pas un acte destructeur, c'est le retour à l'ordre naturel des choses. Quand nous passons de vie à trépas, nous retournons au sein de la Terre, Notre Mère, et les substances chimiques qu'elle contient décomposent notre cadavre jusqu'à ce qu'il ne fasse plus qu'un avec elle. Les produits résultant de notre décomposition nourrissent les plantes, et le cycle recommence. Je comprends que ces ossements peuvent livrer de précieuses informations sur notre vie passée et sur notre histoire, mais ces informations peuvent être obtenues autrement qu'en déterrant nos ancêtres. Parlez avec nos Anciens, ils sont la meilleure source d'informations possible. Les ossements ne vous diront rien des chants que nous entonnions quand nos enfants étaient malades ; ni de la raison pour laquelle nous nous déplacions d'un endroit à l'autre, suivant les saisons ; ni des bouleversements qui ont entraîné la destruction de bandes entières, ou le regroupement de plusieurs bandes en une seule tribu.

Toutes les compétences de vos chercheurs ne leur permettent que de formuler de savantes hypothèses. Lorsque je parcours des rapports de fouilles archéologiques, je m'aperçois que je pourrais dire énormément de choses sur les objets qui ont été découverts sur tel ou tel site funéraire, parce que la façon dont nous enterrons aujourd'hui nos traditionalistes est tout à fait comparable, pour ne pas dire similaire, à celle dont nos ancêtres étaient enterrés, il y a des milliers d'années. Vos chercheurs pourraient en apprendre beaucoup plus en interrogeant nos Anciens qu'en profanant les tombes de nos ancêtres. Les sites archéologiques et historiques sont la proie de deux sortes de pilleurs de sépultures : les chasseurs d'antiquités, qui ne sont pas diplômés, et les archéologues et anthropologues des universités, qui le sont. Mais les diplômes ne changent rien au fait qu'il s'agit, dans les deux cas, d'une profanation.

Nous devons convaincre le milieu universitaire, le milieu médical et les diverses communautés religieuses que nous avons le droit de reposer en paix, comme n'importe quel Américain.

Ce qui est au centre de mes préoccupations à l'heure actuelle, ce sont les traditions qui ont été transmises au sein de mon clan, celui de l'Alligator. Mais c'est l'aboutissement d'un long et lent processus. Au début, j'ai été gagné par l'excitation de faire front et d'être considéré comme un révolutionnaire et un activiste. J'aimais la reconnaissance que l'on nous manifestait lors des *pow-wows*, j'aimais être invité dans les universités et les lycées pour expliquer ce que cela signifie d'être un Indien dans une société blanche, et comment il est possible de résister à toutes les tentatives d'assimilation.

Lorsque Vern Bellecourt, un ami et l'un des premiers dirigeants de l'AIM, m'a appelé pour me demander de venir à Rapid City, Dakota du Sud, pour la journée nationale d'action en faveur des droits civiques des Indiens, je venais juste de rentrer de Washington où nous avions remporté une petite victoire en obtenant l'ouverture d'un procès relatif aux traités. Nous avions organisé une marche de protestation, la Piste des Traités Violés, réunissant des centaines d'Indiens venus des quatre coins du pays, et qui s'était terminée devant le siège du Bureau des Affaires indiennes, à Washington. Aucune des promesses qui nous avaient été faites, concernant les logements, les fournitures de vivres et la possibilité de rencontrer des membres du gouvernement, n'avait été tenue, et la marche s'était terminée par l'occupation des bâtiments. Le FBI a appelé ça « la prise du BIA ». On nous avait proposé soixante-six mille dollars pour quitter la capitale, et nous avions accepté la transaction. Nous avions pris les dollars et nous étions partis en nous congratulant. C'était pendant la campagne des élections présidentielles de 1972[1] et ça a fait la une des principaux journaux des États-Unis.

Ils ont appelé ça de la « désobéissance civique ». Nous appelions ça défendre nos droits souverains et soigner nos blessures d'amour-propre, en accord avec les termes des traités. Un grand nombre de célébrités et d'organisations de défense des droits civiques nous avaient soutenus. Personne n'avait été poursuivi à la

---

1. Richard Nixon a été réélu triomphalement, battant dans 49 États sur 50 le démocrate George McGovern qui bénéficiait pourtant du soutien des minorités.

suite de l'occupation des locaux du BIA, et je me sentais quasi-ment invincible. A mon retour en Oklahoma, j'ai donc reçu l'appel de Vern qui m'a demandé de le rejoindre à Rapid City. De là, il parlait de m'emmener à Wounded Knee. J'ai pensé qu'il m'invitait à assister à une sorte de *powwow*.

Nous sommes arrivés sur place dans la nuit du 26 novembre. Il y avait déjà environ trois cents personnes. Quand je me suis réveillé le lendemain, je me suis rendu compte que nous étions cernés par des automitrailleuses, des engins blindés de transport de troupes et des hélicoptères de combat. Je venais juste d'ache-ver mon service militaire et je connaissais bien les équipements qu'ils utilisaient : des appareils qui leur permettaient de voir sans être vus, et de nous tuer sans prendre le moindre risque.

Je me retrouvais encerclé par cette armée que je venais juste de quitter. Ils ont ouvert le feu sur nous et ont continué à tirer pendant plusieurs heures. La plupart des Indiens présents étaient des vétérans de la guerre du Viêt-nam qui avaient servi dans cette même armée et risqué leur vie pour ce pays qui à présent cher-chaient à nous tuer. Mais nous avions appris à nous défendre. Nous avons creusé des tranchées et construit des abris à des endroits stratégiques. Nous étions aidés par la Terre, Notre Mère, et par les esprits de ceux qui étaient morts au même endroit, cent ans auparavant ; ils étaient là, à nos côtés.

Le vent a fait dégringoler la température jusqu'à moins quarante et moins cinquante degrés sous zéro. Si tu es jamais allé à Woun-ded Knee, tu sais qu'il n'y a pas un arbre, rien pour arrêter le vent qui descend des Black Hills. Ça nous a aidés ; pas moi particulière-ment, mais ceux qui étaient de la région et qui étaient habitués à supporter ce genre de climat. En empêchant tout ravitaillement, les militaires nous ont coupé les vivres, mais nous avions l'habi-tude de nous serrer la ceinture. Ça nous a aidés, car même si nous avions affaire à des soldats bien entraînés, ils n'étaient pas prêts à affronter ce type de conditions météorologiques. Ils sortaient tout droit de la jungle tropicale et, du jour au lendemain, ils ont subi trois tempêtes de neige successives. Quand nous avons eu besoin de nous ravitailler — médicaments, munitions, vivres —, nous n'avons eu aucun mal à franchir leurs lignes car ils étaient trop frigorifiés pour mettre le nez dehors.

La vraie raison de notre présence à Wounded Knee, c'étaient les Anciens, les femmes et les enfants. Depuis des années, notre peuple était persécuté par Dick Wilson, le président du Conseil tribal de la réserve de Pine Ridge, un dictateur au petit pied qui, avec l'aide du BIA et le soutien de « l'escadron des tueurs à gage », avait établi un régime de terreur entièrement dévoué aux métis et aux chrétiens, et qui faisait la chasse aux traditionalistes.

Les Anciens nous avaient demandé :

— Que comptez-vous faire par rapport à la déplorable situation sanitaire de notre réserve ? L'alcoolisme et le diabète déciment notre peuple, nos enfants sont malades. Comment allez-vous réagir aux morts suspectes et aux meurtres survenus récemment sur la réserve et qui ne n'ont pas été suivis d'enquêtes de police ? N'y a-t-il personne parmi vous qui ait le courage et l'esprit combatif de ceux qui ont mené la lutte : Crazy Horse, Gall, Sitting Bull ?

Nous étions mis au défi par ces Anciens et ces femmes qui nous disaient :

— Personne ne nous a aidés, vous êtes notre dernière chance, vous les membres de l'*American Indian Movement*.

Je me rappelle qu'au début de l'occupation j'avais peur, puis j'ai accepté l'idée que je pouvais mourir, et la peur a disparu. Je me disais que mon rôle dans la vie c'était d'être là pour attirer l'attention sur la situation difficile dans laquelle se trouvent aujourd'hui les Indiens. Je n'ai jamais été armé alors que la plupart l'étaient. Pete Catches, lui, n'avait que sa Pipe, qui valait beaucoup mieux que les armes les plus sophistiquées. La preuve en a été faite.

Pendant tout un temps, nous avons bénéficié de l'aide de nos ancêtres. Je me souviens très bien du moment exact où j'ai pris conscience du fait que leurs esprits étaient bien présents et se tenaient à nos côtés, et où j'ai compris que nous allions devoir nous occuper d'eux : c'est lorsque Leonard Crow Dog a exécuté la danse des Esprits, la première qui était célébrée depuis près d'un siècle. Il l'a fait pour attirer sur nous leur protection, pour que les esprits de ceux qui avaient été massacrés à Wounded Knee en 1890 nous viennent en aide. Nous leur avons demandé de nous assister presque un siècle plus tard, et ça a marché.

Dennis Banks et Russell Means ont été jugés à Saint Paul, Minnesota, pour avoir dirigé l'occupation de Wounded Knee. Ce fut certainement l'un des plus longs procès de notre histoire. Le procureur a passé neuf mois à essayer d'étayer son accusation, la défense a plaidé seulement pendant une journée. Dennis et Russell ont finalement été acquittés pour cause de mauvaise administration gouvernementale. Le seul précédent historique de cet acquittement avait été la sentence rendue lors du procès de l'affaire dite des « documents du Pentagone ».

Je me souviens qu'il y avait, dans le dossier reçu par les avocats de Dennis et Russell, des volumes entiers de transcriptions des communications radio échangées par les soldats, les sous-officiers et les officiers des unités qui se trouvaient au siège de Wounded Knee, y compris les équipes de reconnaissance. On y lit que les sentinelles ont signalé régulièrement l'apparition de mystérieuses silhouettes montées sur des chevaux. Chaque fois, l'armée s'est lancée à leur poursuite, mais sans parvenir à les repérer. Des militaires ont entendu des voix, des bruits de chevaux et d'autres bruits inexplicables. Il y a eu de nombreuses interruptions dans les communications radio. Un sentiment de peur avait gagné la plupart des soldats présents au siège, mais plus particulièrement ceux qui se tenaient aux avant-postes et qui ont souvent fait part de leurs craintes et de leurs préoccupations par radio, réclamant une surveillance renforcée. Mais celle-ci ne leur permit pas davantage d'apporter quelque explication.

Je connais l'efficacité de nos cérémonies et je suis certain que les esprits étaient présents. Je ne remettrai plus jamais en question les connaissances de ces Anciens qui savent tant de choses et m'ont fait découvrir que j'en sais si peu.

J'ai la chance d'appartenir à un peuple qui dispose de telles cérémonies, et je souhaite que les autres peuples aient aussi les leurs. Je pense qu'ils les ont, et que les chrétiens qui ont vraiment la foi sont réconfortés et connaissent la paix. Pour moi, la religion des autres est aussi sacrée que celle de mon peuple. J'ai appris ça de Pete Catches.

ÉPILOGUE : VERS LA RECONQUÊTE

Mon voyage touchait à sa fin. Cela faisait trois ans que le visage de Pete Catches m'était apparu à l'occasion de ce qui avait été, je le comprenais à présent, une vision. Une fois, il m'avait dit : « Je me montre parfois aux gens sous la forme d'un aigle. » J'avais voyagé en direction des quatre horizons, du Nord-Est canadien aux marais de Floride, de l'île de Vancouver au désert de l'Arizona.

Et l'époque de la danse du Soleil était revenue, « l'époque où la lune est encore dans le ciel quand le soleil se lève, le moment où les merises sont mûres ». Pete m'a invitée à me rendre à Pine Ridge pour assister à la danse du Soleil conduite par son fils Peter, qui est lui aussi homme-médecine.

L'endroit où devait se dérouler la danse du Soleil était situé au sommet d'une colline qui dominait les splendeurs d'un paysage vallonné, couvert de sauge et planté de grands peupliers, sous un ciel d'un bleu incroyable. Ceux qui devaient participer à la danse n'étaient pas tous lakotas, quelques-uns appartenaient à d'autres tribus, certains n'étaient même pas indiens. Ils avaient fait le vœu de danser chaque année, pendant quatre années consécutives. Chaque fois, quatre journées exténuantes, quatre journées de sacrifice personnel, passées à danser du lever au coucher du soleil, sans manger ni boire, sous le soleil brûlant de la mi-août. Le dernier jour, une offrande de chair est dédiée à *Wakan Tanka*, une prière pour obtenir que son peuple vive longtemps ; selon certains, une façon de reconquérir une partie de son esprit que l'on a perdue.

Les tambours se sont mis à battre, les voix des chanteurs ont retenti, et au son des sifflets en os d'aigle, seize danseurs ont pénétré sur l'aire de cérémonie. Torse nu, les hommes portaient de longs pagnes, rouges pour la plupart, les femmes des robes longues. Tous allaient pieds nus et de la sauge tressée leur ceignait le front, les poignets et les chevilles. Parés de plumes d'aigle, leurs longs cheveux flottaient librement. La sauge est destinée à les purifier, et chaque danseur choisit les couleurs, le sac-médecine, le bouclier qu'il porte, et tous ces objets sont *wakan*, c'est-à-dire sacrés.

Les yeux fixés sur le soleil, ils ont dansé lentement, mais d'un pas décidé, autour de l'Arbre sacré. Un peuplier de Virginie, choisi et coupé selon le cérémonial d'usage, avait été planté dans un trou au fond duquel on avait placé le cœur d'un bison. Des offrandes de tabac et des rubans aux couleurs des quatre horizons avaient été attachées au sommet.

J'ai pris place sous la tonnelle qui entourait l'aire cérémonielle, en compagnie des amis et des parents qui étaient venus soutenir les danseurs. Le battement des tambours a fait vibrer le sol tandis que nous dansions sur place, à petits pas, ressentant ainsi les battements du cœur de la terre elle-même. Ils s'insinuaient à travers la plante de nos pieds et se diffusaient dans tout notre corps, jusqu'à ne faire plus qu'un avec les battements de notre propre cœur.

J'ai regardé Pete qui, revêtu de son costume cérémoniel, s'agenouillait devant l'autel pour bourrer les Pipes des danseurs. Chaque fois, il a brandi le tabac vers les quatre horizons et a récité ses prières à voix haute et en lakota. Ensuite, il s'est prosterné et a posé son front sur le sol avec tant de révérence que des larmes me sont montées aux yeux.

Le troisième jour, son fils Peter est venu vers moi.

— Mon père veut que tu ailles te placer sous l'arche.

Je l'ai regardé d'un air interdit.

— Maintenant ?

— Oui, maintenant. Vas-y.

L'arche était faite de branches de pin ; c'est l'endroit par lequel on fait passer les Pipes chaque fois qu'elles ont été regarnies. D'un pas hésitant, je suis allée me placer sous l'arche, tenant à la main la petite plume d'aigle que j'avais reçue en cadeau. Pete s'est dirigé vers moi en dansant ; ses pas étaient puissants et assurés, et ses bras se sont écartés comme les ailes d'un aigle ; il ne paraissait pas son âge.

J'ai regardé son visage, ses yeux pleins de sagesse et de compassion qui m'étaient devenus si chers. Tandis qu'il commençait à éventer mes cheveux et mes épaules à l'aide de plumes d'aigle, il entonna un chant de bénédiction d'une voix qui résonna dans les collines et s'éleva vers le Grand Esprit.

J'ai songé à tout le chemin que j'avais parcouru depuis notre premier contact, pas seulement sur les routes et dans les airs, mais dans cette autre dimension qui sépare notre cœur de notre cerveau. Sans le savoir, j'avais franchi un pont qui m'avait fait passer dans un autre monde ; un monde qui était jusque-là invisible à mes yeux, comme aux yeux de la grande majorité des personnes de culture occidentale ; un pont vers le passé, vers la terre qu'ont foulée les premiers Américains. Leurs descendants m'ont accueillie chez eux, ils m'ont raconté leur histoire, et ils m'ont changée, à jamais.

J'ai repensé à cet événement unique qui s'était déroulé dans mon appartement new-yorkais et qui avait marqué le début de mon long voyage, et j'étais intimement convaincue que des forces inconnues m'avaient arrachée à cet endroit, à tout ce qui faisait ma vie à ce moment-là, pour me conduire ici, sous cette arche.

Je portais à mon cou le cadeau que Sara Smith m'a offert, une chaîne en argent avec un petit cristal maintenu en place par une minuscule tortue en argent, le symbole de son clan. Plus bas sur ma poitrine pendait le bouclier-médecine décoré de perles que « Beans » m'a donné à la suite des cérémonies de guérison auxquelles j'ai assisté. Il y avait aussi un autre cadeau, un sac-médecine que d'autres Anciens ont garni de plantes médicinales et de divers objets curatifs. Et tous ces présents étaient comme autant de filaments de la Toison d'or que j'avais rapportés dans le monde aveugle des Blancs.

Je me suis souvenue de la maladie qui m'avait assaillie pendant que j'étais en voyage, et du rêve que j'avais eu au plus fort de cette maladie. J'entendais une voix d'homme qui me disait :

— Il faut que tu guérisses, tu dois construire une loge à sudation pour le président George Bush.

Je me suis réveillée hilare et je n'ai pas pu attendre pour appeler Pete qui adore les bonnes plaisanteries. Sur le coup, il est resté étrangement calme. Puis, il a fini par dire :

— Mais c'est exactement ce que tu dois faire. Il faut que tu construises des loges à sudation pour tous les George Bush des États-Unis.

D'étranges instructions pour une fille de Philadelphie qui avait choisi d'aller vivre à New York.

Toutes mes croyances avaient été retournées comme les doigts d'un gant. Vern Harper m'avait dit :

— Chaque fois que tu admires la nature, c'est comme si tu disais une prière au Créateur.

Un homme-médecine qui m'a demandé de taire son nom, de peur que tous les Blancs qui ont un emploi du temps démentiel ne viennent faire la queue devant sa porte, m'a même montré qu'il était possible d'arrêter le temps. Je n'en jurerais pas, mais je crois que j'y suis parvenue, un jour où j'étais en route pour l'aéroport. J'ai dû faire demi-tour pour revenir chez moi prendre quelque chose que j'avais oublié, et j'étais sur le point de rater mon avion. Il était tout à fait impossible que je parvienne à l'avoir. Du moins dans ce monde-ci. Alors j'ai pensé très fort à cet autre monde où le temps n'existe pas, comme on m'avait appris à le faire, et je suis finalement arrivée à l'aéroport en avance, et sans avoir eu de procès-verbal pour excès de vitesse.

Les Anciens que j'ai rencontrés m'ont appris à croire, à ne plus mettre en doute les miracles, à ne plus chercher à les expliquer. J'ai été le témoin de plusieurs guérisons ; mieux même, j'ai été le témoin de ma propre guérison. Le temps de la reconquête est venu.

POST-SCRIPTUM :
CÉRÉMONIE FUNÈBRE

Le 1er décembre, Dan Budnik est venu à Santa Fe me photographier pour la couverture du livre. Tandis qu'il prenait la dernière photo, le soleil cru du Nouveau-Mexique a commencé à étaler sur le paysage les ombres froides du soir. Nous nous sommes remerciés mutuellement pour le travail que nous avions accompli, et nous nous sommes embrassés avant de nous séparer. Mais, alors que je remontais dans ma voiture, Dan s'est souvenu soudain de quelque chose. Il est allé fouiller à l'arrière de son 4x4, et il en a ramené une grande enveloppe qui contenait un tirage du portrait de Pete Catches qu'il avait choisi pour le livre ; une photo que je n'avais encore jamais vue. Un flot de tristesse m'a submergée à la vue du visage de cet homme qui semblait verser des larmes sur le sort de son peuple. Très émue, j'ai remercié Dan et j'ai démarré en emportant mon précieux trésor.

Au moment où j'ai franchi le seuil de ma maison, le téléphone s'est mis à sonner. Cindy Catches, la belle-fille de Pete, m'appelait de Pine Ridge. Est-ce le ton de sa voix lorsqu'elle a prononcé mon nom, ou bien le fait qu'elle m'appelle au beau milieu de l'après-midi... ? Je l'ignore, mais j'ai retenu ma respiration.

— Nous avons essayé de te joindre toute la journée.

Sa voix semblait faible et lointaine.

— Pete est mort ce matin, à 3 h 37.

Elle m'a donné plus de précisions et je l'ai écoutée en silence. J'étais comme engourdie. C'est seulement quand elle a commencé à me parler des instructions qu'il avait laissées au sujet de son enterrement que j'ai craqué. Il avait demandé à être enterré dans la chemise de cérémonie que j'avais faite pour lui, l'été précédent.

J'avais parlé avec Pete, au téléphone, dix jours plus tôt, juste après sa sortie de l'hôpital (sa santé s'était détériorée depuis le décès de sa femme, Amelia, en octobre). Je lui avais dit que je prévoyais de monter le voir avant que la neige ne s'installe pour de bon. Il avait répondu :

— Oui, j'aimerais beaucoup ça.

Puis il avait ajouté calmement :

— Je ne passerai pas l'hiver.

J'ai appris par la suite que les esprits lui avaient annoncé la date exacte à laquelle il devait rejoindre ses ancêtres.

Il faisait nuit lorsque je suis arrivée à Pine Ridge, trois jours plus tard. La maison était pleine de gens, venus là pour la veillée mortuaire. Les femmes étaient dans la cuisine, occupées à préparer suffisamment de nourriture pour rassasier toute la nation sioux. Les autres se tenaient dans la vaste salle de séjour, assis sur des bancs qui avaient été disposés de façon à faire face au cercueil fermé et recouvert d'un drap. Je suis entrée et je suis allée placer la photo de Pete, que j'avais fait encadrer, sur une table proche de son cercueil. Je suis restée debout un instant, incapable d'imaginer Pete mort et enfermé dans cette boîte. Il y avait quelque chose qui clochait. Est-ce qu'il n'aurait pas dû être enveloppé dans une peau de bison, et placé sur une plate-forme funéraire dressée au sommet d'une colline, comme il convient à un saint homme ? On m'a répondu que c'était illégal. Illégal ? Sur une réserve indienne ? Et la loi sur la liberté religieuse ? J'ai interrogé Pat Locke, une amie très chère de Pete, universitaire et militante des Droits de l'homme, venue de la réserve de Standing Rock, Dakota du Nord. Elle m'a expliqué que depuis le vote de la loi sur la liberté des cultes amérindiens, en 1978, plus d'une cinquantaine de procès relatifs à des questions de liberté religieuse avaient été perdus par diverses bandes ou tribus. Même mort, Pete n'était toujours pas libre.

Durant toute la nuit, des gens sont venus s'asseoir sur les bancs, la tête penchée, plongés dans leurs pensées et leurs souvenirs.

Certains ont veillé la nuit entière. Au-dehors, les hommes de la famille surveillaient et entretenaient le feu qui devait brûler sans interruption pendant quatre jours et quatre nuits. Je suis allée dans la cuisine pour aider, heureuse de pouvoir m'occuper et de retrouver la camaraderie de ces femmes qui étaient devenues ma famille indienne.

Frère Simon, de la mission catholique Red Cloud, est venu s'asseoir au milieu des autres. Au bout d'un moment, il s'est levé et a dit une prière. Je n'ai pas pu m'empêcher de poser la question : « Tu n'y vois pas d'inconvénient, grand-père ? » A mon avis, la réponse était non. Pete pensait que le Créateur voyait le monde et les divers peuples qui l'habitent comme un jardin planté de fleurs de toutes les couleurs.

Plus tard, Kevin Locke a joué sur sa flûte des chants de prière superbes et lancinants, tandis qu'Isaac Dog Eagle et Virgil Taken Alive se mettaient à chanter.

Le jour s'est levé, clair et radieux. Je me suis assise au soleil, devant la maison d'Amelia, pour reprendre mes tâches ménagères. D'autres femmes sont venues me rejoindre et nous nous sommes assises en rond autour de grandes bassines pour éplucher des pommes de terre, échanger des anecdotes au sujet de Pete, et rire au matin de ce quatrième jour, le jour où son esprit allait accomplir son voyage vers le monde des esprits. La joie que nous ressentions c'était probablement sa joie, celle d'être finalement libéré et dispensé de passer un dur hiver de plus sur la réserve. J'avais apporté des photos prises l'été précédent à quelques mètres de l'endroit où nous nous trouvions. On y voyait quatre femmes blanches occupées à découper un bison.

Arvol Looking Horse nous a rejoints. Il avait fait le voyage depuis Green Grass (plus de quatre heures de voiture par beau temps) sous une terrible tempête de neige. Il m'a expliqué qu'il était arrivé tard dans la nuit, après que je fus allée dormir quelques heures chez les Brave Heart, et qu'il avait veillé toute la nuit. Sa vue a ravivé mon chagrin et j'ai de nouveau pleuré.

A midi, nous avons servi à déjeuner à plus de trois cents convives. Nous avions dressé un buffet de fortune devant lequel ils ont tous défilé tandis que nous garnissions leurs assiettes de viande de bœuf, de pommes de terre, de soupe, d'œufs, de riz sauvage, de jambon cuit, de dinde rôtie, de pain frit, de salade de fruits, et de *wasna*, le dessert traditionnel des Lakotas, à base de merises.

Le lieu que Pete avait choisi pour être mis en terre était situé au sommet d'une colline qui surplombait l'aire réservée à la danse du Soleil. A deux heures de l'après-midi, nous avons entamé les six kilomètres de procession qui devaient nous conduire jusqu'au lieu de l'enterrement, à travers le village silencieux sous la couche de neige qui le recouvrait. Le cercueil avait été placé sur un chariot en bois tiré par quatre chevaux montés par des membres de la tribu des Blackfeet. Voitures et camionnettes venaient derrière, pleines à craquer. Pat, la fille de Pete, Basil Brave Heart, Bob, son fils, et moi, nous étions entassés dans le pick-up de Basil. Nous avons été parmi les premiers à parvenir au bout de la route sinueuse, montante et verglacée. De là-haut, nous pouvions voir la longue file de véhicules, phares allumés, semblable à un gigantesque serpent qui s'étirait aussi loin que la vue pouvait porter, interrompue momentanément par une fausse manœuvre ou un dérapage.

Le reste de la montée devait se faire à pied, avec de la neige jusqu'aux genoux. Ceux qui portaient le cercueil ont dû se servir d'une corde pour parvenir à hisser leur précieux fardeau jusqu'à l'endroit où la tombe avait été creusée. Tout à côté, sous un abri fait de branches de pin, un autel avait été érigé pour recevoir les objets-médecine qui devaient être utilisés pendant la cérémonie. Les vêtements et les affaires personnelles de Pete avaient été enveloppés dans un quilt aux motifs étoilés, et placés sur une plate-forme à laquelle on mettrait le feu, pour respecter la tradition lakota.

Venant du Canada, du Montana, du Minnesota, des deux

Dakotas, du Nebraska et du Nouveau-Mexique, il y avait là des Crees, des Blackfeet, des Chippewas, des Dakotas, des Lakotas, des Navajos ; mais aussi des Blancs, venus rendre hommage à un homme très estimé par bon nombre d'entre eux.

La famille et les amis faisaient cercle autour de la tombe, silencieux et immobiles, les yeux rivés sur le cercueil, jusqu'à ce que les tambours brisent le silence. Alors, sous le ciel pur et immense, les chanteurs ont entonné à pleine voix les chants de la danse du Soleil que Pete aimait tant. Le Lakota qui célébrait la cérémonie a sorti sa Pipe et l'a bourrée au son du chant de la Pipe sacrée. Puis, sur la pièce de feutrine rouge qui couvrait le cercueil, il a peint à la bombe un visage ressemblant vaguement à celui de Pete. Il a versé quatre gorgées d'eau sur la bouche et il y a placé de la nourriture pour que Pete puisse se sustenter durant le voyage qu'il allait accomplir. Un homme tenant un linge blanc est passé parmi les membres de la famille pour essuyer leurs larmes.

Deux des filles de Pete, qui se tenaient au sud, ont déployé une grande pièce de tissu blanc qui a été entamée au couteau avant d'être déchiré brusquement, libérant du même coup l'esprit de Pete. La foule a lancé un trille d'allégresse, et le feu a été mis à la plate-forme funéraire.

Puis, au moment précis où le soleil commençait à disparaître derrière les collines bleutées qui ferment l'horizon occidental de cette vallée calme et reculée, un cercueil des plus ordinaires, contenant le corps d'un homme tout à fait extraordinaire, a été descendu lentement dans les profondeurs de la terre sacrée qu'il chérissait tant.

TABLE

TABLE

L'introduction, l'épilogue ainsi que les textes des hommes ont été traduits par Alain Deschamps, ceux des femmes par Hélène Fournier.

REMERCIEMENTS

Je remercie du fond du cœur non seulement celles et ceux qui apparaissent dans ce livre, mais également toutes les personnes qui m'ont encouragée, conseillée, soutenue et permis de mener à bien mon projet. Parmi elles : Craig Carpenter et Sharon Laurence, son épouse, Peter et Cindy Catches, Hildegarde Catches, Charlotte et Basil Brave Heart, Mildred et Emery Holmes, Tom Tarbet, Byron Pickett, Pat Fransceschini, Robin Young Bear, Jeanette Cypress, Lisa Snow, Glen Wassen, Cliff Gardner ; mais aussi Sandy Sacher pour les nombreuses heures de fidèle transcription ; Glenn Schiffman, Joanne Baldinger et Catherine Butler pour leur aide éditoriale ; Glen et Connie Tallio, Pat Locke, Peter Tadd, Janice Rouse, Jeffrey Reiss, D.B. ; Mark Robinson, pour sa patience et ses conseils techniques ; et Amy Hertz, mon éditeur, Rachel Lehmann-Haupt, son assistante, et Luann Rouff, chef de fabrication.

Mes remerciements vont aussi à celles qui, à l'occasion, ont fait une partie du voyage avec moi : Ingrid Nelson, Neale Ward et Marsha Downey ; mais aussi à celles et ceux dont les innombrables gentillesses m'ont aidée à ne pas me perdre en route : Frank Hladkey, Bill Johnson, Anthony Johnson, Elly Paulus, Carylon Stone, Melinda Morrison et Servando Trujillo.

Ma profonde gratitude, *in memoriam*, à Tish Hewitt, pour tout l'amour qu'elle m'a témoigné.

« TERRE INDIENNE »
Collection dirigée par Francis Geffard

*La composition de cet ouvrage a été effectuée
par Nord Compo, à Villeneuve-d'Ascq
L'impression et le brochage ont été effectués
sur presse de l'imprimerie Pollina
à Luçon
pour le compte des Éditions Albin Michel
en janvier 1996*

*N° d'édition : 15149. N° d'impression : 69141
Dépôt légal : février 1996*